U0104293

簡約書寫與空白美學

蕭蕭新詩論評集

（修訂版）

羅文玲

主編

目 次

附錄

〔再版序〕

極簡派的現代維摩詰

羅文玲

賈伯斯曾引用達文西說過的話：「簡約是細膩的極致」。他在蘋果公司致力於「征服複雜」，創造出簡約的最高境界。賈柏斯讓一件事變得簡單，並創造出優雅的解決方案，成就美學與科技完美結合的蘋果王國。

一位力行簡約與創意無限的智慧學者，一位行動派的文學評論家——蕭蕭！

這些年在中文系主任的工作上乃至擔任國學所所長一職，隨著蕭蕭老師一起籌辦四年的「濁水溪詩歌節」、「桃城詩歌節」以及「漳州詩歌節」等文化活動，乃至於推動錦連、翁鬧、管管、周夢蝶以及張默、隱地等學術研討會，深刻感受蕭蕭老師對文學推動的用心以及行動派的哲學，他總是能在簡約中創造出高品質，讓人心生感佩！

蕭蕭老師的創意與文思，呈現在編寫書籍已達一百一十二本的成果中，他不僅對文壇前輩尊重，對後生晚輩亦是關懷提攜，念及一群明道中文系的學子喜歡創作，他親自帶著這群孩子組成「兩個地球寫作社」利用每周三夜晚帶著孩子們挑燈研讀文學創作，這點亮的不僅是文學的希望，也照亮孩子生命的心燈！

蕭蕭老師熱愛故鄉——彰化，並回饋鄉里，建國百年之際，並獲選為彰化「百歲百傑」的殊榮，他將童年苦讀的三合院書房捐出，成立「蕭蕭工作室」其中裝滿童書與文學夢想讓社區民眾免費借閱一起築夢。二〇一〇年秋天由香港大學、上海復旦大學、徐州師範大學以及明道大學共同舉辦「蕭蕭與二十世紀華文文學研討會」，討論的論文有十一篇來自兩岸三地學者，在這些精彩對話與論述，學者不約而同聚焦在蕭蕭詩歌中呈現的「簡約書寫」以及「空白美學」的特點上，二〇一一年春天將論文修改並集結正式出版並名之為《簡約書寫與空白美學——蕭蕭新詩論評集》。因著蕭蕭老師長期在文壇的深耕，引起廣大讀者的迴響，此書將於二〇一二年秋天再版問世。我想這也是現代文學史上值得書寫紀錄的扉頁。

將七種色彩以轉盤快速旋轉，與視覺相遇就是純淨的白色，白色象徵生命的超脫與看淡，當七彩亮麗的色彩逐漸調和成為純淨的白色　，就儼然如瑜珈行者的吐納般深而長！而白色與道家的「返樸歸真」，佛家的「遺世獨立」，都是一致的，一如「繁華落盡見真淳」的美好！讀蕭蕭的文章可以領略大地之美、人情淳厚，透過外在視覺形式，以及內在意象不斷簡潔化，造成作品中寧靜淡泊，呈現出人生的詩意與溫暖風情，在作品中傳遞溫度！

在現代文學的研究上我屬晚輩，但這些年隨著蕭蕭老師學習，其待人處世的「豁達」器度，以及對文學推動的堅定而沉穩力量，深感其人與文如現代王摩詰，湛然澄清，恬安淡泊；再版前夕，寫作此序，向一位全心耕耘文學心田的學者致敬！

明道大學國學所所長 羅文玲

二〇一二年白露時分序於明道大學開悟大樓

〔序一〕

橫嶺側峰各有神

方環海

2010 年 10 月，上海世博會行將結束期間，承楊乃喬教授周全，在復旦大學隆重舉行了「蕭蕭與二十世紀華文文學」國際學術研討會，蕭蕭先生親臨本次學術盛會，本人蒙香港大學黎活仁先生盛情邀請，有幸聆聽蕭蕭先生在會上對自己詩歌文本的獨特解讀，幸何如之。

論文集所刊載的論文，即為本次會議通過匿名審查的論文，計達 11 篇，海內外許多學者都從各自不同的視角解讀了蕭蕭詩歌文本的「廬山真面」。東坡有詩云：橫看成嶺側成峰，遠近高低各不同。之所以有「橫嶺側峰」之異、「遠近高低」之別，唯所立足之處不同耳。站在不同的視角，一個廬山的外貌都有這樣的雲泥之差，同樣的，應該說所有的科學研究也都不能不說是一種「偏見」，不過是這種「偏見」顯得有理有據、合情合理而已。

人文科學的研究基於其價值評判的學術指向一直不太招自然科學界的待見，說是人文社會科學缺失學科應有的科學性。就拿詩歌來說，許多人斷言研究者對詩歌文本的解讀只能無限接近詩人表達的意指，永遠不可能和詩人重合。其實，許多人不瞭解，詩人創作出詩歌文本後，詩歌文本就已脫離了詩人而獨立存在，成為一種主體，一種現象，這和自然科學要研究的物質現象本質上完全一致，沒有哪個科學家能夠言之鑿鑿，說他的研究已經完全揭示了其研究物件的真實，完全達到了終極真理，他們在做的研究也只是在無限地接近事物的真相而已。

任何詩歌文本的研究過程，說到底其實也都是一種交際過程，是詩人與研究者雙方通過語言形式符號交流資訊的過程。客觀世界的原始資訊，通過詩人的經驗進行編碼，把自己對客觀世界的經驗與想像，投射到語義層面，按照語言的自身規則碼化為形式符號，外化成詩歌文本的語言形式。學者在進行研究解碼時，執行「可理解輸入」的原則（comprehensible input），利用視覺器官對詩歌文本進行接收和解碼，這一過程就是對視覺收到的言語信號進行分析、辨別、歸類，盡可能地「復原」原來的語義內容，同時和自己心智中已經存在的經驗成分建立聯繫，從而對文本表達的意義進行新的理解與消化，並且還要把新感知的言語信號存入記憶庫，再變成經驗成分，形成學術研究文本。

有意思的是，所有詩歌文本的資訊在這一交際解碼過程中，資訊都出現了不同程度的「損耗」。不要說資訊的無窮與語言的有限使得詩人難以將自己感受到的全部原始資訊百分之百地編入文本，已經出現「損耗」，多數情況下，研究者認知和整理的資訊肯定會少於詩人要表達的資訊，同時為了真正理解詩人的創作意圖，必須根據自己的經驗與想像「重建」一些新資訊，在解構的同時進行重建，而這種資訊交流出現的「損耗」和「重建」等不一致的現象恰恰就是詩學研究的一種常態。這個過程和自然科學的研究過程也完全一致，都是用一定的程式對現象進行的解析，並且上升到理性的認識，既然詩歌文本已經成為客觀的研究物件（只是這個研究物件是詩人創造出來的而已），大家只能把文本放在手術臺上將其支離破碎，那麼，無論學者的解構與「重建」究竟是契合還是偏離了詩人的主旨，其實都已成為另外一種創造，是對詩意的一種再創造，這大概也是一千個人會存在一千個哈姆雷特的理由。如此說來，對文集中的學者而言，當他們的「符號」遭遇蕭蕭的「符號」，正所謂疑義相與析，解讀出來的肯定也有很多個不同的「蕭蕭」，希望蕭蕭先生莫以為怪。

我向來對作序者很是崇敬，自知無此資歷從來不敢奢望，然黎活仁先生青眼有加，並言之時間緊迫，不作不行，受命之餘，心中仍惴惴不已，倉促寫就以上文字，權且復命，在此特向一直筆耕不輟且著作等身的蕭蕭先生表示敬意，也向一直致力於學術研究的進步與規範的黎活仁教授表示敬意。

2010 年 10 月於廈門大學海外教育學院

〔序二〕

十里洋場中的寧靜與理性

李翠瑛

上海是個令人夢醉夢迷的所在，夢，來自於文字的描述，文字構築的上海充滿謎樣的面紗，從想像中走來，穿著中西古今的珠光寶氣，也穿著滄桑與厚厚重重的一疊歷史，醒著或是夢著，上海總是有一種多重文化交織的美感。

在這個既現代又古代的場域，世界矚目的世博正在進行，而重新粉妝上場的城市也正在展現她獨有的風貌。黃浦江邊的一排歐風建築，子彈曾經從身邊飛嘯而過，而現在卻是所有踏入上海這個城市的人們必然到訪的景點，紙醉金迷的上海十里洋場充滿許多神秘的傳說，這些故事有的隨白先勇來到臺灣，繼續唱著「金大班的最後一夜」，有的隨張愛玲遠去美國，卻把文字留在臺灣的書本裏，上海把曾經的繁華以及人們的喜怒哀樂，丟給海外的眾多讀者們。

從繁華向北而望，靜靜矗立在市郊一隅的是聞名的復旦大學，中國文學的研究重鎮，更北，是首都的北京大學、清華大學。上海的現代化，使得復旦也跟著從古典走向現代，特別是中國文學，時代的遞迭，文學作品的研究與習讀從古典到現代，從中國文學到西方文學，比較文學，多重組別的復旦中文系，呈現多樣的面貌色彩。遠離市區，復旦大學在城市北邊，像寧靜的女子，凝視著城市快速的繁華起落，始終有著冷靜而理性的眼神。

今年六月，在復旦最高的大樓中聚集來自兩岸三地的學者們，由香港大學黎活仁教授與復旦大學楊乃喬教授召開別開生面的會議，來自香港、臺灣、韓國的學者與復旦大學的師生切磋著學術的精神，交流著真理的價值，研討會的論文從古到今，交會於此，古典的與現代的分在不同場次，卻在同一時間進行，現代化的場域中，存藏著古老的靈魂，卻清醒著古典與現代交織的氛圍。

此場研討會起源於楊乃喬教授對於學生的關愛與黎教授對於學術的熱情，楊教授總是帶著熱切的神情，急盼著復旦大學最優秀的研究生與來自香港、臺灣的學生們進行一場國際性的學術對話，而黎教授則是在臺灣詩人與詩學研究上有計劃地進行一個又一個的學術探討，兩者的交會帶動此次研討會的與會者，從各地聚向復旦。

研討會名為「多元視域下的對話與比較：兩岸三地文學現象國際高峰會議」共有三場，第三場是「蕭蕭與二十世紀華文文學研討會」，圍繞詩人蕭蕭而論，論文的提出，各有擅長。學術研討會的舉辦若是針對某一主題或是詩人作家，則因研究對象或是主題相同，論文便如同競技場上，各顯神通，不同面向與研究切入角度將成為研討會上最精彩的論證，而若有針對相同主題提出不同研究角度者，又會在場中成為彼此默契與共識最佳表徵，此次的蕭蕭研討會上，有三篇論文針對蕭蕭的「白色」研究，一篇是沈玲、方環海的

〈蕭蕭詩作中的「白色」想像〉，一篇是白靈的〈煙火與水舞——蕭蕭小詩中的空白美學〉以及拙作〈白色的美學——論蕭蕭《後更年期的白色憂傷》之空白、平衡與形式〉，沈、方二教授的論文是從色彩統計上提出蕭蕭詩中白色的意義，白靈的論文透過科學的解釋，而定位蕭蕭其詩中空白的運用；拙作則是從蕭蕭《後更年期的白色憂傷》中找到白色美學的呈現方式，並借此說明白色在蕭蕭詩中的意涵與生命意義。除此之外，羅文玲從蕭蕭的為人與生命中的點滴，以感性的語言開啟會議，讓會議一開始便瀰漫著感性的色彩，黎活仁從飛行的想像討論蕭蕭的詩，張之維從哲學角度切入《草葉隨意書》中的思想，丁旭輝探討蕭蕭詩中的古典氛圍，段文菡以意念與意象糾結論蕭蕭新詩，而余境熹則從延緩論入手，各有擅場。

對於同一主題研究，有著不同的切入角度與觀點，無疑令人感到振奮而喜悅，如同彼此正在為同一位美女著上衣裝，不同設計者，必然呈現不同的美感與想像，有的以歷史視野為其裝扮，有的以創作技巧呈現裙擺的弧度，有的以古典的氛圍為其點綴，有的以意象與空間為其花邊呈現巧思，或者以文化研究做為美感設計，甚而以飛行的想像為其添增色彩，總之，各有擅長而巧妙不同，對於單一主題的研討會而言，是一場重要而生動的交會。

上海，我來過幾次。每次都被她的繁華迷亂，減去幾分沉靜的思考，此次，入上海而遠離塵囂，在文風鼎盛的復旦校區，反而有種清醒的觀照。內觀自省，世事如幻似虛，繁華與純靜，夢醒與夢迷之間，彷如生命的每一刻都在起伏與動盪間徘徊，心靜或者心淨，學術的或是歷史的，也如黃浦江的流水，從古到今，從今到未來。

寫於 2010 年 11 月 28 日臺灣元智大學

〔序三〕

規範與典範

黎活仁

復旦大學、香港大學、徐州師範大學、明道大學中文系、台中技術學院應用中文系、韓中文學比較研究會、全南大學校中文系和廈門大學聯合主辦的「多元視域下的對話與比較：兩岸三地文學現象國際高峰論壇」，於 2010 年 10 月 16-17 日（星期六、日）假復旦大學召開，與會兩岸三地和韓國學者達百人，分三個場地舉行。第一部分是蕭蕭與二十世紀華文文學研討會和中外文學現象；第二部分是中外文學現象；第三部分是古典文學和華文教學。論文的發表和講評，都使用了 ppt，一篇論文設兩位至多位講評者，達到充份討論的效果。講評引進 ppt，極視聽之娛，於節奏快慢的調度，起了良好的作用。這次研討會開放給研究生和本科生，復旦大學、明道大學、台中技術學院和香港大學，都有本科生宣讀論文，本科生也獲大會安排參加講評，最為特色，應記一筆。

香港大學中文學院和徐州師範大學、武漢大學文學院曾於 2005 年簽訂為期 10 年的「中國新詩研究合作計畫」備忘錄（2005 年 7 月 4 日），先後舉辦了以下的系列研討會：

1).「瘂弦與二十世紀華文文學研討會」(2005.7.4，武漢大學中文系)；2).「鄭愁予與二十世紀華文文學研討會」(2006.4.16，廣東茂名信宜市)；3).「洛夫與二十世紀華文文學」(2007.4.7，蘇州大學)；4).「余光中與二十世紀華文文學」(2008.3.23，徐州師範大學)；5).「周夢蝶與二十世紀華文文學」(2009.12.20，台灣明道大學)；6).「商禽與二十世紀華文文學研討會」(2010.4.3-4，廈門大學)，以上是台灣十大詩人系列；7).「蕭蕭與二十世紀華文文學研討會」(2010.10.16-17，復旦大學)；8).「白靈與二十世紀華文文學研討會」(2010.12.18-19，珠海北京師範大學與香港浸會大學聯合國際學院)。

著手籌備之先，是把研究資料系統地進行蒐集，利用掃瞄技術把詩集變為 pdf 格式，再讀取(OCR)為文字檔，供每位與會學者參考。有了 WORD 的檔案，蒐尋關鍵字句比較容易，研究也變得精細。這種前置作業其實也不難，值得推廣。

暑假之前，已開始培訓各校的代表學習論文的排版，又規定使用 MLA 格式，故現場效果比預期的為佳。又制訂寫作要求：包括必須徵引單篇論文 30 篇，以免論述過於短少，另外，引用外語或中譯外語著作 10 種，使內容更為豐富，更為國際化。為方便日後經費籌措，與會學者必須端正衣裝，男士黑色西裝，打領帶，黑色皮鞋；女士黑色套裝，黑色皮鞋，攝錄的照片如是較為美觀，將成為日後出版的附錄。

應該感謝復旦大學的楊乃喬教授、戴從容教授和李楠教授，楊教授組織了強大的會務組，參加的復旦同學達五十位，十分壯觀。朱驊博士又為遠道而來的學者安排到世界博覽會中國館參觀電子版《清明上河圖》，讓第一次踏足中土的學者留下深刻的記憶，意義重大。大會邀請了復旦五位碩士和本科生參加 2010 年 12 月在珠海舉行的白靈研討會，以為回饋。

明道的團隊，出發前由蕭蕭教授領導作了模擬預習，故達到較佳的水平；元智的五位老師和同學也積極參與，承李翠瑛教授賜序，陳巍仁教授惠允提交了觀察報告，張之維、湯子慧和劉姿麟女士寫了會後記；元智幾位不辭苦辛，對論文格式作了一次又一次的修訂，印象至為深刻；台北技術的與會同學，其中一位在會後考上成功大學的研究所，口試時出示與會發表論文，獲得高度評價，這是研討會開放給本科生的立竿見影效應，因為這種資歷，十分亮麗，極具競爭力，而且為學界所重視。

包括文學現象在內，部分蕭蕭研究論文，經學術審查後將交由韓國核心期刊《韓中言語文化研究》在 2011 年上半年，即會議後六個月，以專號刊載；承韓國外國語大學朴宰雨教授惠予協調，不勝感謝！

台灣團隊的組織，吳惠珍教授一直居中聯繫，至為感激!我的活動靠會務費，故增添與會人數，至為重要。吳教授的至交陳素貞教授從另一角度為大會留下珍貴的紀錄；蘇沛祺女士也應邀表達香港年輕一代對學術追求的理想，有助把連日高會的風流餘韻，衣香鬢影和萬千氣象整合為氣勢磅礡畫卷。

一兩百人發表論文的研討會並不罕見，但能維持優質高雅的格調，實在不易，《簡約書寫與空白美學——蕭蕭新詩論評集》是兩岸三地學者幾許無眠之夜的心血結晶，問世後成為常置案頭的經典，自不待言。

蕭蕭教授自「鄭愁予與二十世紀華文文學研討會」（2006.4.16，廣東茂名信宜市）以來，一直大力支持本系列的活動，自第二屆起，已參加了六次，還協助舉辦了「周夢蝶與二十世紀華文文學」（2009.12.20，台灣明道大學），《雪中取火且鑄火為雪——周夢蝶新詩論評集》（萬卷樓出版公司）也承蕭教授撥冗編校，已於 2010 年 12 月問世，謹趁這一機會致以萬分謝意！

蕭蕭教授於 2011 年 2 月春節過後，將應邀到香港大學擔任第四位駐校作家，香港文友擬舉行《簡約書寫與空白美學——蕭蕭新詩論評集》首發式，以表敬意。蕭蕭教授本屬於彰化、然後台北、台灣，隨著評論集的梓行，蕭蕭教授無疑將屬於香港，更為中土詩家文友所熟悉，並持續走向世界。這就是《簡約書寫與空白美學——蕭蕭新詩論評集》出版的意義，讓並肩攜手建立這一典範的朋友一起分享合力取得的成就；並祝願著作等身，著作達百本的蕭蕭教授百尺竿頭，更進一步，為中國文學史以至世界文學史揭開更輝煌的一頁，是所至盼！

2010 年 12 月 6 日寫於香港大學

〔序四〕

唯有湛然月色明

羅文玲

從彰化到台北再回到彰化，一位在城市與鄉村之間流動的智者——蕭蕭，每當蕭蕭向別人自我介紹時，就會驕傲的說著：「我姓蕭，我爸爸也姓蕭，所以我叫蕭蕭。」蕭蕭幽默風趣且創意無限，兩年前從蕭蕭老師手中接下中文系主任的棒子，一起籌辦了三屆的「濁水溪詩歌節」，以及錦連、翁鬧、管管、周夢蝶以及張默等學術研討會，對現代文學重要貢獻者致上敬意。溫文儒雅的蕭蕭，筆耕不輟著作已達一百一十二本，對前輩敬重，對年輕學子亦關懷提攜，在明道任教的前幾年還帶領新詩班上的同學共同編寫《第一次甘蔗甜》以及《再度夕陽紅》兩本詩集，對提升年輕學子寫作風氣助益實多！

蕭蕭熱愛鄉土並回饋鄉里，融冷靜與感性的隱與秀於一爐的蕭蕭，2010 年 5 月更將童年苦讀的三合院捐出，同時成立「蕭蕭工作室」讓社區民眾免費借閱圖書。今年十月由香港大學、上海復旦大學、徐州師範大學以及明道大學共同舉辦「蕭蕭與二十世紀華文文學研討會」討論的論文有十一篇來自兩岸三地學者，在這些精彩對話與論述，學者不約而同聚焦在蕭蕭詩歌中呈現的「簡約書寫」以及「空白美學」的特點上，因此將此論文集命名為《簡約書寫與空白美學——蕭蕭新詩論評集》。

蕭蕭返回家鄉彰化明道大學中文系執教的這幾年當中，寫出許多對彰化這片土地、家鄉、親人及對朋友的情懷。讀蕭蕭的文章可以領略大地之美、人情淳厚，蕭蕭的作品透過外在視覺形式，以及內在意象不斷簡潔化，造成作品中寧靜淡泊，呈現出人生的詩意與風情，悠遊自得，唯有湛然月色明可以形容。同時也積極推動文學研究及文學的活動，蕭蕭對文壇前輩的尊重以及對啟發青年學子學習文學的用心，令人敬佩！我想這也將是現代文學史上值得記錄的一頁。

在現代文學的研究上我屬晚輩，實在無資格寫作此序，但因會議召集人香港大學黎活仁教授囑咐，加之與蕭蕭老師為明道大學同事亦師亦友之深厚情誼，故寫作此序，願博雅君子勿見笑之！

序於明道大學蠡澤湖畔

蕭蕭詩學發展與臺灣現代詩場域流變

陳政彥（臺灣嘉義大學中文系助理教授）

摘要

本文希望以蕭蕭詩學與臺灣現代詩場域流變兩者對比，從時代發展順序考察蕭蕭詩學與臺灣現代詩場域之間的互動。七〇年代蕭蕭，嘗試建構銜接中國傳統的現代詩評論。在八、九〇年代中，他廣泛涉入詩論、詩選、詩教學等面向，確實地從影響讀者的方向，驅動著現代詩場域前進。而 2000 年之後，現代詩場域呈現出與學術場域趨合的現象，也由評論者轉換到學術場域中成為兼具詩人身份的學者。蕭蕭在現代詩場域中的活動，可讓我們釐清蕭蕭個人詩學發展脈絡，同時也是觀察臺灣現代詩場域流變的一個極佳切入點。

關鍵詞

蕭蕭、現代詩、場域、慣習、資本

一、引言

若從 1970 年，撰述三萬字論文評析洛夫一首〈無岸之河〉引起詩壇矚目開始算起的話，蕭蕭踏入現代詩的世界至今已經有四十年。

在這四十年當中，蕭蕭身兼現代詩創作者、評論者、編選者、教學者等多重身份，同時也是臺灣新詩推廣、導讀、寫作指導的重要作家，另外還參與詩選、散文選與評論集的編輯，並且至今仍然不斷有新的評論、散文與詩作品發表。除了創作之外，蕭蕭更長期在高中、寫作班、以及大學中親自指導現代詩的寫作，對於臺灣現代詩推廣的工作居功厥偉。[1]

蕭蕭詩作常在禪悟與詩思間往復，散文則一貫摩寫對故土人情的依戀。但更值得一提的是，蕭蕭在新詩實際批評與理論建構方面有卓越的建樹[2]，做為臺灣現代詩壇中極具代表的論述者之一，蕭蕭詩學仍是學術界必要正視的重要課題。

---

1 林明德說：「在臺灣現代詩壇上，蕭蕭這個人的角色與地位是不容忽視的。……他新詩、散文、評論並寫，集編寫評教等多重專長於一身，在質與量上都表現一定的水準與成績。」林明德，〈老中青聚焦蕭蕭〉，《蕭蕭新詩乾坤》（臺中:晨星，2009.10）2。

2 洪靜芳：「2007 年出版的〈現代新詩美學〉是蕭蕭的第一百本書，如果一個人一年能出一本書的話，那也要一百年的時間。放眼古今，在詩領域上，具有創作、評論、教學、編輯等多重身分，積極投入又可以完全稱職者，唯獨蕭蕭，當非過譽。」洪靜芳，〈《現代新詩美學》評介〉，《東海大學文學院學報》49，（2008.7）：557。古遠清：「蕭蕭是當下臺灣最活躍的詩評家之一。」古遠清，《臺灣當代新詩史》（臺北：文津，2008.1）405。

（一）研究動機

筆者碩士論文《蕭蕭詩學研究》以詩學理論、實際批評方式、詩史建構以及對蕭蕭詩學的批判等四部分進行討論，但當時學力仍淺，見識未深，沒有從時間順序上觀察蕭蕭詩學的發展，也沒有考察不同時期臺灣現代詩場域的流變對蕭蕭詩學體系所成的影響。

此外，《蕭蕭詩學研究》完成於2002年，至今也已將近十年。在筆者碩士論文完成之後，蕭蕭除了轉換跑道，在明道大學擔任副教授之外，還接連完成了數部重要的詩學作品《臺灣新詩美學》、《現代新詩美學》、《土地哲學與彰化詩學》，這些論著除了是蕭蕭詩學的新開展之外，同時也象徵了臺灣現代詩場域與學術界趨近的時代現象。這些都是過去《蕭蕭詩學研究》未能包含之處，因此本文希望以蕭蕭詩學與臺灣現代詩場域流變兩者對比，從時代發展順序考察蕭蕭詩學與臺灣現代詩場域之間的互動。

（二）研究方法說明

過去臺灣學界對於現代詩的研究多半集中在詩作文本的細讀分析以及詩人生平探討上，而這樣研究的盲點是無法考察到詩人在文本之外，在社會為推廣現代詩所做的行動，其影響與價值何在？蕭蕭的詩作固然值得分析，但他身為一個詩論家與現代詩推廣者的努力，無法在文本分析中得見。為了更全面地看待研究蕭蕭在不同面向上的貢獻，本文將借用皮耶・布迪厄（Pierre Bourdieu，1930~2002）[3]關於場域（field）的概念來進行討論。

布迪厄的經常用遊戲來比喻他的場域理論。每個特定場域都有自己的遊戲規則，而獲得遊戲勝利的方式，則是憑藉經濟資本、文化資本、社會資本、象徵資本等四種不同資本的累積與運用來達到目的。布迪厄說：「不同種類資本（經濟的、社會的、文化的、符號的資本）之間的等級次序也隨著場域的變化而有所不同。」[4]各種資本相當於籌碼，擁有越多籌碼可資運用的行動者，在場域中就可能得到更高的成就。每個場域都有自己獨特的要求，經濟場域最重視經濟資本（實質金錢）。而文學場域當中象徵資本（排斥經濟收益的文學象徵性舉動）具有決定性的影響力。在場域中的行動者如同參與一場遊戲，當場域中的行動者已經熟稔該場域特有的邏輯，他會將這些規則內化。此即布迪厄所稱行動者的慣習（habitus）。

這種場域的思考方式，可以更清楚地看到詩人在場域中活動的軌跡，而不至於疏忽了詩人的行動，所帶來的影響。用此方法來看蕭蕭十分貼切。蕭蕭作為現代詩場域中的一份子，他的行動一方面被場域的遊戲規則所影響，另一方面，

3 [法]皮耶・布迪厄（Pierre Bourdieu,1930~2002），法國重要社會學家，提出場域、資本、慣習等術語，並進一步分析電視場域、教育場域，最終提出學者應該服膺於反思社會學，不該輕易失去批判能力。沈遊振，〈論布狄厄的傑出階級與反思社會學〉《哲學與文化》11（2003.11）：93~120。

4 布迪厄（Pierre Bourdieu）、華康得（Loïc Wacquant）著，李猛、李康譯《布赫迪厄社會學面面觀》（*An Invitation to Reflexive Sociology*）（臺北：麥田，2008.12）159。

他的行動也可能間接導致場域的變化，因此將蕭蕭詩學置於臺灣現代詩場域流變脈絡中，更能清楚看出二者互動的脈絡。

從蕭蕭進入詩壇以及臺灣現代詩場域變化的時間分期來說，大致上可以分成七〇年代；八、九〇年代和二十一世紀之後等三個區塊來討論。以下分別討論。

二、文化場域轉型的七〇年代

(一) 現代詩場域的轉型階段

二次大戰結束到六〇年代末，這段期間由於美蘇兩大強權對峙的冷戰局勢，美國第七艦隊協防臺灣海峽，臺灣得到美國的支持，聯合國席次也穩固。在文化層面上同樣受影響，這是臺灣五、六〇年代文學場域流行現代主義的原因之一。陳芳明分析這段歷史談到：「臺灣在政治、經濟、軍事的對美依賴，也無可避免地形塑了一面倒的親美文化。……在美國大量的文化傾銷之下，臺灣作家只能被迫居於接受的地位。」[5]但是這樣的局勢卻在七〇年代一連串的國際情勢逆轉之後，大大改變了臺灣文化場域的遊戲規則。

七〇年代是文化轉型的關鍵時期。七〇年代正值蔣介石將權力交到蔣經國手上的過渡期。但同時接連發生退出聯合國、保釣運動、中美斷交等重大事件，失去美國的經濟與軍

5 陳芳明，〈臺灣新文學史第十四章—現代主義文學的擴張與深化〉，《聯合文學》207（2002.1）：143。相關討論可參考尉天驄，〈西化的文學〉，《中國現代文學的回顧》（臺北：龍田出版，1978）155、156。

事的援助，臺灣的國際地位一夕間崩盤。面對這些危機，國民黨政府不得不提出重用臺籍菁英，開放參政機會等名為「革新保臺」的政策以因應變局，這些因素都把臺灣帶入一個新的時代。如今回顧，不難發現七〇年代正好是一個分水嶺，劃分了臺灣文化發展的重要界線。[6]

七〇年代的外交困境直接衝擊臺灣過去對西方文化的崇拜。過去留學西方歸國學人的意見象徵現代化的進步觀點。但眼見美、日列強霸道的行徑，使得戰後世代不能像過去認同西方文化，取而代之的是強烈的民族情感。呂正惠便指出這點：「左翼鄉土文學在思想上蘊含了兩種傾向：民族主義和社會主義。七十年代臺灣開始發生巨變的時候，這兩種傾向可以說是絕大部分知識份子所關懷的焦點。……也就是說，『回歸』運動是一個包含眾多矛盾因素的含混的大運動。」[7] 兩種思潮彼此間的交集與衝突構成了七〇年代的文學思潮風貌。

布迪厄說：「只有當構成某種文學或藝術指令的特定法則，既建立在從社會範圍加以控制的環境的客觀結構中，又建立在寓於這個環境的人的精神結構中，這個環境中的人從這方面來看，傾向於自然而然地接受處於它的功能的內在邏輯中的指令。」[8]既然社會環境已然經歷如此巨大的變革，

---

6 中研院副研究員蕭阿勤借用德國哲學家雅斯培的說法，將七〇年代稱之為臺灣的「軸心時期」（the Axial Period）。蕭阿勤，《回歸現實：一九七〇年代的戰後世代與文化政治變遷》（臺北：中研院社研所，2008.6）1-2。

7 呂正惠，〈七、八十年代臺灣鄉土文學的源流與變遷〉，《文學經典與文化認同》（臺北：九歌，1995.4.10）75。

8 皮耶・布迪厄（Pierre Bourdieu），《藝術的法則——文學場的生成與結構》

身處其中的詩人當然也受到影響，拋棄舊有不適用的成規後，擁抱新的遊戲規則。

最大的改變是從西化的方向，轉換銜接中國文化傳統。早期詩壇提倡現代主義時就已經受到許多文化保守人士的抨擊，再加上國際情勢變化，七〇年代的詩壇傾向提出現代詩應該銜接中國文化傳統的主張。向陽曾以「反身傳統，重建民族詩風」、「回饋社會，關懷現實生活」[9]歸納七〇年代現代詩風潮，這個觀察十分精確地歸納了當時臺灣現代詩場域的改變。

在這個轉變的過程中，積極尋求改變的力量，主要來自於當時 20 歲到 40 歲之間的「戰後世代」，他們多半在戰後的臺灣成長，在國民黨體制下接受完整教育，但受到退出聯合國、保釣運動、中美斷交等事件的衝擊，不得不反省過去國民黨所灌輸的歷史與思想，轉化為批判的行動，形成一股回歸現實的思潮。如何建構一套關注現實與銜接中國傳統的詩學主張，成為這批「戰後世代」詩人關心的焦點，而蕭蕭正是其中的一員。

(二) 建構銜接中國文學傳統的現代詩學

由於五、六〇年代主導臺灣現代詩場場域的是以西方現代主義美學為主，因此除了在創作上崇尚現代主義詩風，批

（*Les Regles de L'art, Paris*）劉暉譯（北京：中央編譯出版社，2001 年 3 月）76。

9 向陽，〈康莊有待－七〇年代臺灣現代詩風潮試論〉，《康莊有待》（臺北：東大，1985.5）80-84。

評詩的理論根據，莫不以西方文論家字句為圭臬。[10]由此可見當時中文學界在現代詩評論領域中的忽視。換另一個角度觀察，以評論者來看，早期現代詩評論者除了詩人們自己的評論外，其餘多半是外文系學者擔當，例如葉維廉、張漢良、顏元叔、余光中、楊牧等。

在現代詩評論的場域裡中文系學者的缺席由來已久。早期中文學界保守傳統，囿於古典而不願意觸及現代文學。奚密提到：「事實上七〇年代末以前，現代詩完全被排除在臺灣各級正規教育之外。即便後來中小學的國文教材收入了少數現代詩，其篩選標準仍是基於傳統道德的考量。」[11]可以看到當時的狀況。

當時的現代詩場域罕有人以中國文學理論進行批評的。在這樣狀況下，蕭蕭以一個中文系學者身份，提出銜接中國文學傳統的現代詩批評體系是有時代意義的。

1970 年蕭蕭、陳芳明等人創立的龍族詩社。蕭蕭就是發起人之一。他解釋當時成立龍族詩社的動機：「為什麼要叫『龍族』？因為龍族代表傳承中國文化。因為我受的是中國文學系的教育。整個文化的傳承我們當然接受中國文

10 吳潛誠曾經批評過此一現象說：「風行一時的新批評和傳統批評詞彙，諸如細讀、本身俱足、內在價值、字質、有機結構、（和諧）統一、張力、歧義、曖昧、反諷、美感距離等等」吳潛誠，〈八 0 年代臺灣文學批評的衍變趨勢〉孟樊、林燿德合編《世紀末偏航》（臺北：時報文化,1990.12）419、420。

11 奚密，〈導論：臺灣新疆域〉馬悅然、奚密、向陽主編《二十世紀臺灣詩選》,（臺北：麥田，2001）248。

化。」[12]這段談話中，除了說明選取龍族作為詩社名稱的用意外，也可以看出日後蕭蕭所提出「文化中國、現實臺灣」的主張。除了以具體行動表示之外，蕭蕭在七〇年代集結發表的詩評論文集，分別是《鏡中鏡》、《燈下燈》以及《現代詩導讀》，在這些著作中，可以看出蕭蕭在七〇年代的詩學主軸，基本上就是以建立能銜接中國文學傳統的現代詩學為主。

在蕭蕭的《燈下燈・後記》中，他自己也透露出其評論方法的根源來自中國傳統詩學：

> 無論如何，詩是中國人寫的詩，語言是中國人寫的語言，亙古不變的必是中國人的詩情與詩思，因此，我下了很大的決心，有意選擇比較晦澀的詩人，透過中國傳統詩觀詩法加以鑑察，結果發現，他們並未產生巨大的偏航現象，現代詩仍然可以接續中國傳統兩千五百年的詩史而無愧。[13]

蕭蕭肯定現代詩的中國文化傳承，自無疑慮。但蕭蕭要怎麼解釋過去現代詩因為受到西方現代主義影響的詩作沒有偏離中國文化？為此，蕭蕭用傳統詩學「境界」說，來解釋超現實主義前衛詩的不可釋義性。

蕭蕭對碧果的詩作如斯解釋：「這首詩的詩思故意因語

12 陳政彥，〈蕭蕭詩學研究・蕭蕭訪談記錄〉，碩士論文，中央大學，2002，附錄 20。

13 蕭蕭，《燈下燈》（臺北：東大圖書公司，1980.4）259。

字排列而產生迷茫，因迷茫而得頓然清澈，讓讀者在碧果的詩中自己發現另一世界，亦即是，碧果以簡單的字語，加以排列、重複，而達及無限的領域，讀者得以發現一個只有自己與詩人共通聲息的世界。」[14]超現實主義想要表達內心意識流動的情況，這種表現方式本身就具有反叛傳統文藝價值觀的意義，這跟中國講究意境的詩學主張其實是大相逕庭的。[15]但蕭蕭並非認真想對接受超現實主義的前衛詩進行評論，而是嘗試從中國詩論當中找出接近或類似的說法，來對超現實主義詩作進行再詮釋。蕭蕭此詮釋與其說理解錯誤，不如說是一種對西方文學理論的誤讀，試圖透過理解的偏移來銜接中國文論話語。[16]

如果說過去五、六〇年代臺灣現代詩場域的遊戲規則是是以西方文學理論至上，那麼如何看待七〇年代蕭蕭等一批人嘗試建構富有中國傳統文論色彩的現代詩論述呢？朋尼維茲在說明布迪厄的慣習、場域關係時說：「慣習和場域的關係，首先是一種條件制約的關係：場域結構慣習，而慣習是

---

14 蕭蕭，《鏡中鏡》（臺北：幼獅文化，1977.4）143。

15 蕭蕭此論述與創世紀詩人說法相同。李豐楙曾指出創世紀詩人超現實主義創作希望從中國傳統詩學「以禪喻詩」尋求根據，但是理解不盡正確。李豐楙，〈中國純粹性詩學與現代詩學、詩作的關係〉《臺灣詩學季刊》第三期，33-66。焦桐則指出超現實主義等前衛詩沒有明確的意涵，用意是要求讀者的積極參與。這也與蕭蕭的解釋不同。焦桐，《臺灣文學的街頭運動》（臺北：時報，1998.11）64-109。

16 東方評論家從清末開始一直以來都有對西方理論或西方科學的焦慮，評論家往往有意識或無意識的進行對西方文論的誤讀。參見吳豔，〈誤讀與文學批評理論話語的轉型——以梁啟超、王國維為例〉《中國現代文學》15（2009.6）21-36。

內化這個場城內在必要性（或一群多少協調一致的場域總和）的結果矛盾的產生，可能是導因於分裂或撕裂的慣習。」[17]七〇年代臺灣政治經濟等較大場域面臨轉型，這是更大的場域影響所附屬的次場域的結果。而從個人慣習來說，蕭蕭出身自中文系，其所受中國文學教育的影響也影響了他的個人行動。

（三）傳統文論話語的轉型

蕭蕭如此用心建構這些論述，試圖扭轉以西方文學理論作為現代詩唯一詮釋的狀態，意圖爭取以中國傳統文論解釋現代詩的權力。在當時，評論家李瑞騰便肯定蕭蕭的批評方法：

> 蕭蕭以詩的詮釋做為詩學研究自然且明智的起點，不斷地將傳統詩作取來和所論述對象做類比或對比研究，適當地採取傳統詩學理念做為串聯整體詩作的中心線，可以說適時地免去了上述的危機，使得傳統詩學與現代詩學在結合上有了新的意義。[18]

從「話語」（Discourse）的角度來看，蕭蕭的嘗試有更深層的意義。「話語」是一種傳達知識的訊息活動，不同體

17 朋尼維茲（Parrice Bonnewitz），《布赫迪厄社會學的第一課》（*Premieres lecons sur La sociologie de Pierre Bourdieu*）孫智綺譯（臺北：麥田，2002.2）111。

18 李瑞騰，〈「鏡中鏡」話〉，《創世紀詩雜誌》46（1977.12）：62。

系的知識都有其獨特的話語，而話語的兩端又隱含著創造出話語的社會權力機關體系以及接受話語的社會成員。話語不單純只是訊息的交換，背後是更廣大的權力運作過程。因此傅柯強調：「不要——也不再要——把話語當作一組符號（意指性的因素指涉內容或重現事物本相），而是要當作一種運作，該等運作且有系統的形成它們所談論之對象。當然，話語是由符號所組成；但話語所作的不僅是運用這些符號去指認事物。」[19]中國古典文論作為文學研究的一種「話語」，在五、六〇年代的臺灣現代詩場域裡，並不受到重視，反之西方文論的話語則有較高價值，張誦聖分析非西方國家的文學體制中：「在大多數非西方現代社會裡，高層文化通常是舶來品。影響之一是，此類文學體制經常有一種架空性質（artificiality）。高蹈的文學論述多半以西方文論傳統為主要參考架構，與實際的創作生產與接受之間存在著顯著的空隙、摩擦、和一種貌合神離的關係」[20]因為舶來品而被視為較具價值的西方文論，可能造成與實際作品之間的差距，而蕭蕭則是反其道而行，以古典文論研究現代詩作為抵抗的基礎。

在七〇年代由蕭蕭開始嘗試將中國古典詩學觀念帶入現代詩的評論之中，影響最廣的可能要算是《現代詩導讀》。《現代詩導讀》分成詩史篇一冊、理論篇一冊以及導讀篇三冊。分別由外文系學者張漢良與中文系出身的蕭蕭執筆。相

---

19 米歇・傅柯（Michel Foucault），《知識的考掘》（*L'archéologie du savoir*）王德威譯（臺北：麥田，1993.7）131。

20 張誦聖，《文學場域的變遷》（臺北：聯合文學，2001.6）139。

對於張漢良多傾向借用西方文學觀念批評術語進行分析，蕭蕭則是常以中國詩話術語以及自己的閱讀感受出發討論詩作，這五大本資料豐富，導讀多達百餘人詩作，是當時接觸現代詩的重要的入門磚。影響所及，臺灣文化場域的轉變以及蕭蕭的提倡中國傳統詩學出發的現代詩評論互相影響，不知不覺間形塑了七〇年代臺灣現代詩場域的新風貌。

三、爭奪現代詩詮釋權的八、九〇年代

(一) 多元化的社會發展

八〇年代開始，各種社會運動風起雲湧。接踵而來的龐大壓力，使國民黨政府終於在 1987 年 7 月 15 日宣佈「解嚴」，終止了長達 38 年的戒嚴體制，接著也解除了黨禁、報禁，宣示了一個更加多元社會狀態的來臨。

進入八〇年代的臺灣，在經濟上不虞匱乏，高度發展的資本主義以及經濟富裕下發展的各種多媒體視聽娛樂，都使臺灣文化面臨一波新的變革。進入八〇年代後，人口流動比例呈往都市集中趨勢，臺灣的家庭結構也從早期農業社會大家庭制度轉為工業化、都市化下的小家庭制度；在教育發展上，識字率到八〇年代達百分之九十，顯示教育普及，國民知識水準提高；就職業結構變遷言，農業人口大幅下降、工業人口上昇、服務業人口更是大幅上升；中產階級的比例在八〇年代中葉已居社會階層首位。[21]

21 林嘉誠，《社會變遷與社會運動》（臺北：黎明文化，1992）187-201。

一九八〇年除了發生美麗島事件軍法大審之外，同時也是臺灣第一屆資訊展，蘋果個人電腦上市的一年，臺灣的資訊產業發展迅速。到了一九九八年，臺灣的網路使用者已經突破二百萬大關，而時至今日，上網已經成了全民運動，網路的影響無遠弗屆。身兼詩人的傳播學者須文蔚便指出網路成為新生代寫手介入詩壇的門票，而紙本副刊卻相對消退的狀態。[22]

網路的出現，成為發表作品的新媒介，不管是供人張貼作品的文學網頁，或是發表自己作品的部落格，都只需要很低的成本就可以讓很多人閱讀自己的作品，發表不再需要通過紙本出版的管道，相反的，許多年輕寫手都是在網路上成名已久，等到其名氣被研究者與出版者注意，才反過來出版紙本文本。[23]

以上這些狀況都說明了八、九〇年代的臺灣呈現出解構、去中心的後現代特質，張誦聖分析當時的文化場域狀態：「解嚴後臺灣社會的民主多元化、全球資本主義的高度進攻、以及國家機器逐漸退出直接的文化幹預（轉而扮演管理者和資源分配者的角色），則共同促成了文化場域的快速

22 須文蔚〈邁向網路時代的文學副刊：一個文學傳播觀點的初探〉，瘂弦、陳義芝編，《世界中文報紙副刊學綜論》（臺北：行政院文建會，1997）254-258。

23 此一現象以鯨向海、楊佳嫻的崛起最具代表性。當時還是學生身份的兩人從，剛剛開始流行 BBS 的時代，經營詩版並努力創作，引發詩壇關注。今日在詩壇已是新生代不能忽視的重要詩人。相關討論可參見丁威仁《戰後臺灣現代詩史論》（臺中：印書小舖，2008.9）303-351。

專業化發展。」[24]這些特色也反應在現代詩場域上。過去現代詩的閱讀人口少，會讀詩的人往往只有詩人。但是時序到了八、九〇年代，經過詩人三十年來的努力，現代詩已經漸漸被大眾所接受，現代詩壇進入了百家爭鳴的時代，前行代、中生代詩人紛紛爭議論述哪些詩作堪為經典，而年輕一輩的詩人紛紛從網路上竄起，從新的傳播媒介展現新生代詩人對詩的影響力，宣告自己正在創造經典。

（二）耕耘詩壇的評論家園丁

蕭蕭在此二十年間也極大地展現了自己在詩壇的論述能力與活動能力，在詩論上出版了《現代詩學》、《現代詩縱橫觀》、《現代詩廊廡》、《雲端之美，人間之真》；更難得的是蕭蕭還編寫了現代詩的入門書籍如《現代詩入門》、《中學白話詩選》、《青少年詩話》等，對初接觸現代詩的初學者，有基礎而完整的介紹。此外蕭蕭還編寫了《現代詩創作演練》、《現代詩遊戲》、《詩從趣味始》將自身在教學現場教導現代詩創作的經驗與教學方式，記錄下來，這些作品都成為今日現代詩教學時的重要依據。

在八、九〇年代當中出版的《現代詩學》、《現代詩縱橫觀》、《現代詩廊廡》、《雲端之美，人間之真》有許多是對七〇年代《鏡中鏡》、《燈下燈》論點的補足與深化，這裡也可

24 張誦聖，〈「文學體制」、「場域觀」、「文學生態」：臺灣文學史書寫的幾個新觀念架構〉《現代中文文學學報》6-2&7-1（2005.6）216。關於八〇年代臺灣社會變革，可參考彭懷恩，《認識臺灣——臺灣政治變遷 50 年》（臺北：風雲論壇，1997.10）161。

以看到蕭蕭詩學並非一成不變，而是隨著不斷的吸收資訊與研究而繼續成長，其中幾位蕭蕭關注的詩人，例如蘇紹連、席慕蓉、洛夫等人在不同的時間點，蕭蕭都挖掘出不同的意義來加以討論。

除了詩學主張的繼續補足與深化之外，另一個值得注意的特點是「文化中國、現實臺灣」此一臺灣現代詩史觀的提出。蕭蕭將「中國」分為文化的與現實的，提出「空間上，是臺灣鄉土的關懷。時間上，是中國文化的認同。」[25]臺灣特殊的歷史境遇，使臺灣人民不斷經歷生活文化的轉換，而臺灣內部也有閩、客、原住民以及一九四九之後的新住民，這些特殊的情況造成了許多衝突與糾紛，處在這樣的環境中，蕭蕭並不偏激地傾向單一立場，而是希望在這樣的文化環境中找出一種敦厚的中庸之道，「空間上，是臺灣鄉土的關懷。時間上，是中國文化的認同。」可以說兼顧了臺灣文化中相當重要的兩大部分。而這樣的發展到了二十一世紀之後又得到更進一步的發展。

除了提出這樣的史觀之外，蕭蕭也將這樣的想法具體實踐面向在詩史的論述中。在 1982 年蕭蕭編寫的《現代詩入門》中就已經把日據時期臺灣本土新詩編進去，並且分別單篇介紹了賴和、楊華、楊熾昌等日據時代臺灣詩人，這點在當時是相當罕見的。或可從雷蒙・威廉斯（Raymond Williams，1921~1988），提出的情感結構（structure of feeling）來理解蕭蕭的史觀。威廉斯說：「從根本上講，正是在藝術

25 蕭蕭，《現代詩縱橫觀》（臺北：文史哲出版社，1991.6）21。

中，總體性的影響、支配性情感結構的影響才得以表現和呈現。將藝術作品與被注意到的總體性的任何一部份相關係。」[26]中國文化在蕭蕭詩學中固然佔有重要地位，但是在臺灣生活了一輩子，自身的生命歷程與臺灣島嶼的命運融合為一，關注臺灣土地，往往是所有臺灣的文學家評論家思考中都有相同的「感情結構」。

除了在現代詩史觀上提出新的見解，蕭蕭更大的貢獻在於提供了現代詩實際批評的完整示範以及現代詩的入門教育。蕭蕭曾經專文評點過的詩人包括葉維廉、蘇紹連、碧果、羅門、洛夫、向陽、瘂弦、吳晟、席慕蓉、胡適、紀弦、余光中、鄭愁予、張默、夏宇等三十多位詩人。在眾多文章中，蕭蕭批評的方式，已經成為日後現代詩研究者學習的對象。蕭蕭關於現代詩入門的幾本書籍更是影響深遠。

美國學者斯坦利・費什（StanleyE.Fish）提出「解釋團體」（interpretive communities）來說明：「解釋團體既決定一個讀者（閱讀）活動形態，也制約了這些活動所製造的文本。」[27]「解釋團體」簡單說就是社會大眾對詩的共識，我們根據過去對詩所接受的認識，來對詩進行解讀，而詩的創作者，也會根據同樣的認識，創作心目中的好詩。這一套共

---

26 Raymond Williams, “structure of feeling”, *Marxism and Lterature*. (Oxford: Oxford University Press,1977) 128~135. 中譯採劉進，《文學與『文化革命』：雷蒙德・威廉斯的文學批評研究》（成都：巴蜀書社，2007.9）387。在臺灣，關於情感結構的討論，可參考陳明柔《典範的更替／消解與臺灣八〇年代小說的感覺結構》，博士論文，東海大學，1998, 6-12。

27 斯坦利・費什（StanleyE.Fish）著，《讀者反應批評:理論與實踐》,文楚安譯（北京：中國社會科學出版社，1998.1）,46。

識，不存在於詩文字中，也非存在單一詩人的想法裡。費什解釋：「歸根結蒂，解釋策略的根源並不在我們本身而是存在於一個適用於公眾的理解系統中。」[28]如果繼續追問，現代詩的公眾理解系統又是從何而來？答案就是教育體制，透過現代詩教育者們的努力，讀者學會了看詩的方法，作者學會了創作的方法，成了詩人。唯有專門從事現代詩推廣教育的人才能具有此影響力。在臺灣詩壇來說，蕭蕭與白靈可以說最具代表性。多元文化競逐現代詩詮釋權的八、九〇年代臺灣詩壇，蕭蕭以踏實的基礎教育工作傳達他對詩的理念。

（三）期待視野的建立與現代詩場域的關係

以現代詩場域來看，八、九〇年代蕭蕭在詩壇奮鬥努力最重要的影響在於建立了現代詩讀者的期待視野。期待視野（horizon of expectation）[29]是姚斯提出的接受美學術語。姚斯說：

> 一部文學作品，即便它以嶄新面目出現，也不可能在資訊真空中以絕對新的姿態展示自身。但它卻可以通過預告、公開的或隱蔽的信號、熟悉的特點、或隱蔽

28 斯坦利・費什（StanleyE.Fish）57。

29 又譯「期待地平線」、「期待層面」。指讀者接受文學作品的前提條件,如讀者從已讀過的作品中獲得的經驗、知識,對不同文學形式和技巧的掌握程度,以及讀者本人的生活經歷、文化水準與欣賞趣味等。王先霈、王又平，《文學批評術語辭典》（上海：上海文藝出版社，1999.2）453。金元浦，〈方法論頂粱柱：期待視野〉《接受反應文論》（山東：山東教育出版，1998.10）121-126。

的暗示，預先為讀者提供一種特殊的接受。[30]

簡單的說，詩的期待視野就是讀者讀詩之前的先備知識，如果完全沒有與詩有關的先備知識，那麼自然讀不懂詩。在多次論戰中，不同評論者都把現代詩的不受歡迎歸因於現代詩的晦澀，但是七〇年代臺灣現代詩語言淺白後，讀者也沒有明顯增加。想要增加現代詩的讀者，唯有透過教育，讓更多讀者具備現代詩的先備知識，懂得欣賞的方法，才能吸引讀者閱讀現代詩。姚斯指出：「文學的歷史是一種審美接受與創作的過程。這個過程是在具有接受能力的讀者、善於思考的批評家和不斷創作的作者對文學文本的實現中發生的。」[31] 如果姚斯說的有理，文學史並非由作者與作品決定，而是取決於讀者如何看待作品、接受作品。那麼不管現代主義者與現實主義者如何論爭得聲嘶力竭，由基層教育者以及接受教育後閱讀領略現代詩的普遍讀者群，對於現代詩「是什麼」或是「該是什麼」事實上是有更大的主控權。這點長期從事現代詩普及教育的蕭蕭可說影響深遠。

布狄厄的話來分析此時的蕭蕭在現代詩場域中扮演的角色：「藝術品價值的生產者不是藝術家，而是作為信仰的空間的生產場，信仰的空間通過生產對藝術家創造能力的信

---

30 Hans Robert Jauss, *Toward an Aesthetic of Receptiont*（Trans Timothy, Brighton: Harvester Press, 1982）。中譯採 H.R 姚斯，R.C 霍拉勃，周寧、金元浦譯：《接受美學與接受理論》（遼寧：遼寧人民出版社，1987.9）29。

31 漢斯・羅伯特・耀斯（Hans Robert Jauss），〈文學史對文學理論的挑戰〉，張廷琛編譯，《接受理論》（成都：四川文藝出版社，1989.5）2-3。

仰，來生產做為偶像的藝術品的價值。」[32]換言之，詩的價值並非完全是由詩的文本所創造，而是由詩人與讀者所架構的現代詩場域來決定，蕭蕭在詩選、詩評論以及詩教育的努力，影響了讀者們的看法，間接改變了場域，改變了詩的遊戲規則。

除了上述談到大量詩論的創作之外，蕭蕭長期與協助編選詩選，對建立讀者的期待視野也十分重要。身兼出版人身份的詩人學者孟樊如此肯定蕭蕭：「譬如資深詩人張默與中生代詩人蕭蕭，他們在臺灣詩壇居有相當重要的地位，一半也因為兩人是若干重要詩選的編者。」[33]這是很中肯的看法。

蕭蕭在這八、九〇年代當中，編輯了多次的年度詩選，如《七十二年詩選》、《七十六年散文選》、《七十八年詩選》、《八十五年詩選》等，又與張默合編《新詩三百首》，一次又一次的詩選編輯，背後隱含了蕭蕭及編選委員選詩的標準，從數目眾多報章雜誌發表詩作中所選出來的詩作，或多或少就具有更高的公信力，進一步成為讀者們接受的典律。從五〇年代以來，現代詩被選入臺灣教科書的數目並不是很多，因此哪些詩會成為典律，成為詩人們認同、討論乃至於學習、效仿乃至進一步超越的詩作，詩選就是佔有很重要的地位，主編詩選的詩人對詩的喜好，當然也左右了哪些讀者對詩的好惡。

32 皮耶・布狄厄，《藝術的法則》276。
33 孟樊，《文學史如何可能——臺灣新文學史論》（臺北：揚智，2006）127。

詩選編輯的影響力之外，蕭蕭也積極努力推廣現代詩的教育，教育也是另一個關係期待視野生成的因素，教師選擇了哪些詩當作範例，或多或少都影響了受教育者對詩的看法、偏好。

舉例來說，席慕蓉剛以《無怨的青春》、《七裡香》大賣而受到詩壇矚目的時候，引來部分詩人指責，在一片批判聲浪中，蕭蕭是最早開始討論席慕蓉的評論家之一，以詩論肯定席慕蓉詩的風格與藝術技巧。而時至今日，席慕蓉詩的價值已經受到普遍的認同，甚至編入教科書中，成為現代詩典律之一，由此可見蕭蕭的洞見以及影響力。蕭蕭與現代詩場域的互動影響，有此可見一般。

四、詩壇與學界趨近的二十一世紀

(一) 臺灣現代詩研究體制化的社會背景

時序進入二十一世紀後，臺灣的國際政經情勢沒有太大變化，但是內部卻起了不小的改變。民進黨取得政權，並且嘗試建立更強烈的臺灣認同，並且試圖將臺灣文學進一步學術體制化。

誠如艾普爾（Michal W. Apple）在他的文章〈官方知識的政治運作策略：國定課程的意義何在？〉一文中提到：「所謂官方知識的政治學，此等政治學包含因著不同知識觀所產生的衝突。」[34]過去長期居於反對勢力的民進黨，其實

34 Michal W. Apple、Geoff Whitty、長尾彰夫合著,楊思偉、溫明麗合譯，《課

世界觀、知識觀都與國民黨大不相同，臺灣文學的地位也因此被提昇到過去未曾有過的高度。這樣的改變也影響到現代詩，也連帶使得現代詩的學術研究開始受到高度重視。

應鳳凰談到：「可從國家設立專門機構專司其責，臺灣文學的教育、推廣、規劃、管理、指導等工作，漸次由政府撥款資助或接受國家行政管理表現出來。臺灣文學系的設立，國家文學館的籌備開張，都是具體實例。」[35]應鳳凰並列舉臺灣文學研討會開始出現、臺灣文學系得以設系與國家臺灣文學館成立三件事來說明臺灣文學體制化的經過。

其中又以臺灣文學系與臺灣文學研究所的成立，對於臺灣文學體制化的影響最大。設置臺灣文學系所對民進黨當局來說，當然具有深刻意義。1995 年「臺灣筆會」等十八個單位連署呼籲設立臺灣文學系是此一風潮的先聲。之後經過長久的爭執辯論，到了 1997 年淡水工商管理學院（今升級更名真理大學）終於獲准成立臺灣文學系。成大則在 1998 年獲准成立第一個臺灣文學研究所。隨著 2000 年民進黨政府執政，臺灣文學設系的速度開始加快，應鳳凰說：

> 2000 年 8 月以後，新政府發函十九所公立大學鼓勵籌設臺灣文學系所，於是設立的腳步加快：成大、靜宜、先後成立『臺灣文學系』，清華、國北師成立了

程・政治——現代教育改革與國定課程》（臺北：師大書苑，1997.10）3。

35 應鳳凰，〈九〇年代臺灣文學的體制化——國家文學館及臺灣文學系所之設立〉聯合報主編《臺灣新文學發展重大事件論文集》（臺南：國家臺灣文學館，2004.9.3）277。政大臺文所已經成立。

> 『研究所』。至 2003 年，臺師大成立，2004 年臺大之外，中正、中興兩個『中字號』國立大學隨即跟上。政大即將加入，致使臺灣南北合計十家以上國立大學新設有臺灣文學系所，這還不包括師範體系裡的相關語文系所[36]

增設這麼多臺灣文學系所對現代詩研究教學有什麼影響呢？現代詩是臺灣文學領域中十分重要的一部份。因此大量臺灣文學系所的設置，便引導許多年輕學子必須學習、研究現代詩這門專業課程。而且臺灣文學與華文現代文學之間界線並非截然二分，現代詩研究在臺灣文學研究領域受到重視之後，反過來影響中文學界也開始重視此一區塊，此一改變直接促進現代詩研究與教學的風氣，使得臺灣現代詩受到前所未有的關注。

根據羅宗濤、張雙英兩人收集的研究資料來看，從 1988 到 1996 年為止，以現代詩為研究對象的學位論文，有九篇碩論與一篇博論。因此羅宗濤、張雙英質疑道：「大致而言論文數量並不多，而且僅出現一篇博士論文，作為現代文學相當重要的一種文類，新詩批評仍未受到學院應有的重

36 應鳳凰：「教育部於 2000 年 9 月 13 日以第 89114635 號函指示配合九年一貫課程之實施，……有意增設臺灣文學系所者，教育部政策上將從優考量。」見〈九〇年代臺灣文學的體制化——國家文學館及臺灣文學系所之設立〉聯合報副刊主編《臺灣新文學發展重大事件論文集》（臺南：國家臺灣文學館，2004.9.3）282。

視。」[37]但是在潘麗珠類似的統計研究中我們可以發現，光是在 1996 年之後，現代詩研究的數量大幅增加。潘麗珠以 1981 年到 2001 年為區間，統計出碩士論文共 47 篇，博士論文共 10 篇。兩相比較會發現，從 1996 到 2001 年，短短幾年間碩論增加三十篇，博論增加 9 篇。[38]截至目前為止（2010），臺灣博碩士論文系統上查詢得到現代詩相關的碩博士論文已經增加到 74 篇。總之，在二十一世紀現代詩研究已經正式成為學術領域的課題。這是過去五、六〇年代現代詩人們無法想像的狀況。

（二）蕭蕭詩學的新開展：主體性詩學的建構

蕭蕭一直以來都是相當具有研究能量的現代詩研究者，這點從他過去大量的詩論集可以看出。改換以學術期刊發表的遊戲規則後，蕭蕭仍展現其一貫的研究能量，有大量期刊發表。這些論文則大多收錄在他的兩本最新的論文集《臺灣新詩美學》、《現代新詩美學》當中，這兩本論文集可說是蕭蕭詩學體系的成熟完備的一次展現。

這兩本論文集中有過去蕭蕭詩學體系一貫的關注，有所承繼並且進一步發揚，例如年輕學子羅婉真便注意到蕭蕭詩學中的中國文化關懷。羅婉真說：「蕭蕭也花很多篇幅致力於融合古典與現代的視域，企圖達到傳統詩學與現代詩學的

37 羅宗濤、張雙英，《臺灣當代文學研究之探討》（臺北：萬卷樓，1999）352。

38 潘麗珠〈一九八一～二〇〇一年的臺灣現代詩研究略論——以中（國）文研究所博、碩士論文為例〉《國文天地》19：2=218（1993.07）：4-10。

融匯，在古典與現代的縫隙之間，發掘彼此隱隱嵌合的關係」[39]以此對照蕭蕭前期的論述，可以發現蕭蕭的詩學一直以來都堅持中國文化在現代詩研究中不可偏廢，這樣的堅持，相信日後必然會在文學史上留下肯定。

八、九〇年代，蕭蕭提出現代詩發展需兼顧「文化中國、現實臺灣」，但是這樣的說法仍然尚未完全貼近臺灣的真實文化環境，隨著在現代詩場域研究活動越久，對於各種文學流派對現代詩的影響越加瞭解，對各種族群各種文化不同認同的認識越深，蕭蕭最終提出了「二元對立與多方和諧的悖論美學」，嘗試建構具有共構交疊、識異求同的蕭蕭詩學。立論之前，蕭蕭說明臺灣的文化環境：「從長遠的歷史發展來看臺灣是一個累積式的移民社會，其中許多生活習性的磨合，政經利益的糾葛、衝突與妥協，漸進式的發生，推移式的泯除。」[40]

在這樣的環境下，現代詩的發展也產生了不同時間區塊確有相同吸收影響的例子，例如在《臺灣新詩美學》中談到，同樣是超現實主義，1949 年之前在日據時期臺灣有楊熾昌，由大陸來臺的商禽，以及在臺灣土生土長年的蘇紹連都有共同的風格交集。在《現代新詩美學》中指出創作浪漫主義詩作的詩人有提倡現代主義詩作卻有明顯浪漫主義風格的紀弦：又如沒有標舉理論旗幟，卻堪為臺灣浪漫主義詩代

---

39 羅婉真〈麥比烏斯環式的新詩美學建構——蕭蕭《臺灣新詩美學》、《現代新詩美學》讀後〉，《當代詩學》3（2007.12）：177-180。

40 蕭蕭，〈導論：臺灣新詩美學的共構現象〉《臺灣新詩美學》（臺北：爾雅，2004.2）1。

表的席慕蓉。眾多詩人詩作流派，分隔、交錯與融合，這是臺灣現代詩特有的特色。於是蕭蕭說：「在多元文化影響下的臺灣新詩，『分裂』可以是一種『張力』，『對立』反而形成共構，交疊、交錯、交織、交融，可以期待，也可以不期待其中任何一項顯現的力勁。」[41]

此處可看到蕭蕭對臺灣現代詩史發展的看法，已由最早的單一史觀，轉換成富有新歷史主義的史觀[42]，詩史上各種文化影響，不同理論流派競鳴，看似錯綜複雜，但其實蕭蕭卻以深入的「主體性詩學」加以統合。

主體性詩學相當於西方日內瓦學派所提出的意識批評。拉瓦爾解釋意識批評家們的基本文學觀念：「他們視文學為一種『主體的活動』，而非研究鑑賞之客體。他們拒斥文學類型的區分；他們在作者一系列的作品中，尋找單一的聲音。」此單一的聲音即作者的精神樣貌。跟日內瓦學派學者一樣，雖然沒有明確的理論方法或者成立學派，但在臺灣一樣有抱持相同文學觀念的研究者。例如游喚就曾經質疑當現代詩批評援引西方理論太過，將作品割裂，絲毫沒有主體感興的成分。為此游喚提出「主體性詩學」的呼聲：「我以為批評是要綜合閱讀過程之現象，自由之抒發，輔之賞鑑，資以學識，綜合而成的完形批評，才叫詩學。這種詩學其特色在閱讀性的強化，在主體解悟的深入，在反應感受的默會淋

41 蕭蕭，〈結論：二元對立與多方和諧悖論美學〉《現代新詩美學》（臺北：爾雅，2007.7）362-363。

42 海頓・懷特（Ha yden White,1928~ ），張京媛譯，〈作為文學虛構的歷史文本〉張京媛編《新歷史主義與文學批評》（北京：北京大學，1993）170。

漓。吾人可總名之：主體性詩學。」[43]在這樣的研究脈絡中，蕭蕭的詩學可算是「主體性詩學」的代表。

蕭蕭一直以來分析詩作，往往都是由體察詩人的心靈狀態出發，例如在《現代新詩美學》中討論臺灣現代主義詩作，就分別根據詩人心靈狀態的不同，而將白萩定位為「閉鎖式的現代主義」，將洛夫定位為「放逸型的現代主義」，同樣是現代主義為何呈現出不同風貌，這是蕭蕭根據不同詩人，不同心靈狀態出發產生的差異。馬樂伯曾提出提出意識批評家批評方法的兩個特徵，一是「從意向性的角度來描述意識」，二是「日內瓦批評家不時提到意識的模式與內容」[44]，第二點直指蕭蕭晚近兩本詩學著作的方法論。蕭蕭依詩人心靈的模式，以及詩人的學識，將研究對象區分成浪漫主義、閉鎖與開放的現代主義、並且用孤獨美學研究鄭愁予。關於白靈的研究就直接是「生靈關照與心靈觀照的交疊美學」，生靈關照指的是白靈詩作中淑世憂民的特徵，心靈觀照當然是白靈的心靈形貌展現。蕭蕭的研究方法可說呼應了日內瓦學派的另一名大將喬治・布萊（George Poulet，1902~1991）的意見：「批評首先應該回憶起的正是這最初的我，這時存在的最初的感知。然後它在所研究的作者那裡，緊隨其在解釋和重建宇宙中產生的意識的一切變化，它

---

43 游喚，〈新世代詩學批評（下）〉《當代青年》12（1991.12）34。

44 拉瓦爾（Sarah N. Lawall）馬樂伯（Robert R. Magliola）著，李正治譯《意識批評家——日內瓦學派文學批評導論》（臺北：金楓，1987.8）114、115。

首先應該確定的就是存在與其自身的最初接觸。」[45]。面對每一位詩人的詩作，蕭蕭無不是盡力貼近詩人心靈狀態，先決定出方向，才找尋適當的文學理論來詮釋。

臺灣的歷史條件特殊，多元文化的融合原本就充滿了衝突矛盾，但蕭蕭的詩學一如其人，最終發展出將紛陳複雜的詩學現象收攝入溫厚心靈的文字論述。

（三）學術體制化的蕭蕭詩學與現代詩場域

蕭蕭在學術化的現代詩場域中，也將其詩學體系轉為學術化，借用蕭蕭的話來說，蕭蕭詩學與臺灣現代詩場域兩者之間，似乎也存在著共構交疊的現象。

首先我們從詩人身份轉換開始談起，一如前言，過去現代詩研究一直未被納入正式的中文學術界看待。隨時代變化，現代詩研究取得了知識的合法性，開始受到學術界重視之後，如蕭蕭這樣長期耕耘現代詩評論的重要論者，才受到應有的肯定。蕭蕭在 2002 年回到故鄉彰化明道大學擔任副教授職務，正式把他現代詩研究的專業知識傳授給年輕學子，其間還曾擔任系主任等行政工作，並且舉辦多場重要大型的現代詩國際學術研討會等。由詩人、評論家身份正式轉變成學者，由此可觀察到現代詩場域與學術場域接近的狀況。

現代詩學術化的現象反應了使得現代詩地位提昇的社會

---

45 喬治・布萊（George Poulet）著，郭宏安譯《批評意識》（桂林：廣西師範出版，2002.3）268。

狀況。布狄厄說：「文化資本的客觀化可以採取學術資格這一形式。客觀化正是產生兩種資本之間差異的東西，即在自學者的資本，與那種得到合法保障的、其資格獲得學術上認可的文化資本之間產生差異。」[46]過去現代詩只能在詩的愛好者之間流傳，而今進入學術殿堂的現代詩，所獲得的肯定與過去不可同日而語。而蕭蕭在現代詩場域與學術場域結合的同時，由於過去的學術訓練以及長年實際評論的成績，使他兼具學者與詩人身份，而能在現代詩學術研究上，繼續發展自己的詩學，而在現代詩場域當中，由於文化資本的提高，受到重視的程度也同樣提升。

五、結語

蕭蕭詩學體系的發展於臺灣現代詩場域的流變息息相關，但是在變遷之中，我們可以看到蕭蕭的詩學一直秉持溫和中庸的立場，不偏激不譁眾取寵，不以爭議論辯取得名望，並且願意承擔沒有掌聲的臺灣現代詩的教育工作。最終發展出體大慮周的詩學體系，由場域的動態我們更可以確切看出蕭蕭詩學發展的走向。

七〇年代剛踏入詩壇的蕭蕭，嘗試建構銜接中國傳統的

---

46 皮耶・布迪厄（Pierre Bourdieu），〈文化資本與社會資本〉包亞明譯《二十世紀西方美學經典文本・第四卷後現代景觀》（上海：復旦大學出版社，2000.12）619。關於臺灣學術場域的相關討論可參見邱天助〈國家意志下，人文社會學術生產的再反思：Bourdieu 場域分析的啟示〉《圖書資訊學研究》2：1（2007.12）：1-19。

現代詩評論，在當時現代詩場域中的古典文論與西方文論話語角力間，有重要開創意義。而在八、九〇年代中，他廣泛涉入詩論、詩選、詩教學等面向，確實地從影響讀者的方向，驅動著現代詩場域前進。而兩千年之後，現代詩場域呈現出與學術場域趨合的現象，此時的蕭蕭進一步建構了主體性詩學研究方向，同時也由評論者轉換到學術場域中，舉行多次現代詩國際研討會，為現代詩學術研究貢獻心力。更令人期待的是《臺灣新詩美學》、《現代新詩美學》為其計畫新詩美學三部曲當中的兩部，第三部相信不久就能面世，屆時將三部曲連貫來看，相信能有更深刻的分析，值得所有現代詩愛好者的期待。

參考文獻

一、西文文獻

Hans Robert Jauss, *Toward an Aesthetic of Receptiont* Trans Timothy, Brighton: Harvester Press, 1982

Raymond Williams, “structure of feeling”, *Marxism and Lterature*. Oxford: Oxford University Press,1977

二、中文文獻

布迪厄（Pierre Bourdieu）、華康得（Loic Wacquant）著，李猛、李康譯《布赫迪厄社會學面面觀》（*An Invitation to Reflexive Sociology*），臺北：麥田,2008.12。

喬治・布萊（George Poulet）著，郭宏安譯《批評意識》，桂林：廣西師範出版，2002.3。

邱天助〈國家意志下，人文社會學術生產的再反思：Bourdieu 場域分析的啟示〉《圖書資訊學研究》2:1（2007.12）：1-19。

沈遊振，〈論布狄厄的傑出階級與反思社會學〉《哲學與文化》11（2003.11）：93~120。

陳芳明，〈臺灣新文學史第十四章──現代主義文學的擴張與深化〉，《聯合文學》207（2002.1）：143。

陳政彥，《蕭蕭詩學研究》，碩士論文，中央大學，2002。

陳明柔《典範的更替／消解與臺灣八〇年代小說的感覺結

構》，博士論文，東海大學，1998。

洪靜芳，〈《現代新詩美學》評介〉，《東海大學文學院學報》49，（2008.7）：557。

古遠清，《臺灣當代新詩史》，臺北：文津，2008.1。

海頓・懷特（Ha yden White,1928~ ），張京媛譯，〈作為文學虛構的歷史文本〉張京媛編《新歷史主義與文學批評》，北京：北京大學，1993。

焦桐，《臺灣文學的街頭運動》，臺北：時報，1998.11。

拉瓦爾（Sarah N. Lawall）馬樂伯（Robert R. Magliola），李正治譯《意識批評家——日內瓦學派文學批評導論》，臺北：金楓，1987.8。

林明德，〈老中青聚焦蕭蕭〉，《蕭蕭新詩乾坤》，臺中：晨星，2009.10。

林嘉誠，《社會變遷與社會運動》，臺北：黎明文化,1992。

呂正惠，〈七、八十年代臺灣鄉土文學的源流與變遷〉，《文學經典與文化認同》，臺北：九歌，1995.4.10。

李豐楙，〈中國純粹性詩學與現代詩學、詩作的關係〉《臺灣詩學季刊》3（1993.6）：33-66。

李瑞騰，〈「鏡中鏡」話〉，《創世紀詩雜誌》46（1977.12）：62。

羅婉真〈麥比烏斯環式的新詩美學建構——蕭蕭《臺灣新詩美學》、《現代新詩美學》讀後〉，《當代詩學》3（2007.12）。

羅宗濤、張雙英，《臺灣當代文學研究之探討》，臺北：萬卷樓，1999。

劉進，《文學與『文化革命』：雷蒙德・威廉斯的文學批評研究》，成都：巴蜀書社，2007.9。

孟樊，《文學史如何可能──臺灣新文學史論》，臺北：揚智，2006。

Michal W. Apple、Geoff Whitty、長尾彰夫合著，楊思偉、溫明麗合譯，《課程・政治──現代教育改革與國定課程》，臺北：師大書苑，1997.10。

米歇・傅柯（Michel Foucault），《知識的考掘》（L'archeologie du savoir）王德威譯，臺北：麥田，1993.7。

皮耶・布迪厄（Pierre Bourdieu），《藝術的法則──文學場的生成與結構》（*Les Regles de L' art, Paris*）劉暉譯,北京：中央編譯出版社，2001.3。

皮耶・布迪厄（Pierre Bourdieu），〈文化資本與社會資本〉《二十世紀西方美學經典文本・第四卷後現代景觀》包亞明譯，上海：復旦大學出版社，2000.12。

朋尼維茲（Parrice Bonnewitz），《布赫迪厄社會學的第一課》（*Premieres lecons sur La sociologie de Pierre Bourdieu*）孫智綺譯，臺北：麥田，2002.2。

彭懷恩，《認識臺灣──臺灣政治變遷 50 年》（臺北：風雲論壇，1997.10）161。

潘麗珠〈一九八一～二〇〇一年的臺灣現代詩研究略論──以中（國）文研究所博、碩士論文為例〉《國文天地》19：2=218（1993.07）：4-10。

斯坦利・費什（StanleyE.Fish）著，《讀者反應批評：理論與實踐》，文楚安譯，北京：中國社會科學出版社，

1998.1。

吳豔，〈誤讀與文學批評理論話語的轉型——以梁啟超、王國維為例〉《中國現代文學》15（2009.6）21-36。

吳潛誠，〈八〇年代臺灣文學批評的衍變趨勢〉孟樊、林燿德合編《世紀末偏航》（臺北：時報文化，1990.12）419、420。

王先霈、王又平，《文學批評術語辭典》，上海：上海文藝出版社，1999.2。

奚密，〈導論：臺灣新疆域〉馬悅然、奚密、向陽主編《二十世紀臺灣詩選》，臺北：麥田，2001。

須文蔚，〈邁向網路時代的文學副刊：一個文學傳播觀點的初探〉，瘂弦、陳義芝編，《世界中文報紙副刊學綜論》，臺北：行政院文建會，1997。

蕭阿勤，《回歸現實：一九七〇年代的戰後世代與文化政治變遷》，臺北：中研院社研所，2008.6。

蕭蕭，《燈下燈》，臺北：東大圖書公司，1980.4。

蕭蕭，《鏡中鏡》，臺北：幼獅文化，1977.4。

蕭蕭，《現代詩縱橫觀》，臺北：文史哲出版社，1991.6。

蕭蕭，〈導論：臺灣新詩美學的共構現象〉《臺灣新詩美學》，臺北：爾雅，2004.2。

蕭蕭，〈結論：二元對立與多方和諧的悖論美學〉《現代新詩美學》，臺北：爾雅，2007.7。

向陽，〈康莊有待－七〇年代臺灣現代詩風潮試論〉，《康莊有待》，臺北：東大，1985.5。

姚斯，霍拉勃，周寧、金元浦譯：《接受美學與接受理論》，遼寧：遼寧人民出版社，1987.9。
姚斯（Hans Robert Jauss），〈文學史對文學理論的挑戰〉，《接受理論》，張廷琛編譯，成都：四川文藝出版社，1989.5。
應鳳凰，〈九〇年代臺灣文學的體制化——國家文學館及臺灣文學系所之設立〉聯合報主編《臺灣新文學發展重大事件論文集》，臺南：國家臺灣文學館，2004.9.3。
尉天驄，〈西化的文學〉，《中國現代文學的回顧》，臺北：龍田出版，1978。
游喚，〈新世代詩學批評（下）〉《當代青年》12（1991.12）34。
張誦聖，《文學場域的變遷》，臺北：聯合文學，2001.6。
張誦聖，〈「文學體制」、「場域觀」、「文學生態」：臺灣文學史書寫的幾個新觀念架構〉《現代中文文學學報》6-2&7-1（2005.6）216。

上升與下降

蕭蕭的想像力研究

黎活仁（京都大學修士，香港大學哲學博士）

摘 要

本文以巴什拉的四元素詩於大氣的想像，研究蕭蕭的詩歌，蕭蕭詩的整體特色是上升和下降，不斷地上升又下降，下降之中，最特別的，是他要深入物質的內部，譬如堅硬的石頭的內部。在佛教信仰的影響下，夕陽變得與大地休息的夢想結合，而呈現柔和的氣氛。

關鍵詞

巴什拉、涅槃、淨土宗、四元素詩學、台灣文學

一、引言

蕭蕭（蕭水順，1947- ）的第一首詩〈舉目〉發表於1971年（24歲）《龍族》創刊號[1]，詩集依年代順序是：《舉目》（1978，31歲）[2]、《悲涼》（1982，35歲）[3]、《毫末天地》（1989，42 歲）[4]、《緣無緣》（1996，49 歲）[5]、《雲邊書》（1998，51 歲）[6]、《皈依風皈依松》（2000，53 歲）[7]、《凝神》（2000）[8]、《蕭蕭・世紀詩選》（2000）[9]、《我是西瓜爸爸》（2000）[10]、《蕭蕭短詩選》（2001，54 歲）[11]、《後更年期的白色憂傷》（2007，60 歲）[12]、《草葉隨意書》（2008，61 歲）[13]。蕭蕭的研究方面，已有碩博士論文多種[14]，單篇

1 蕭蕭個人網頁附的小傳和著作年表http：//www.mdu.edu.tw/~dcl/DCL/Faculty/Xiao/Indiv TLegc.html，上面還有作品可以下載。

2 蕭蕭，《舉目》（彰化：大昇出版社，1978）。

3 蕭蕭，《悲涼》（臺北：爾雅出版社，1982）。

4 蕭蕭，《毫末天地》（臺北：漢光文化公司，1989）。

5 蕭蕭，《緣無緣》（臺北：爾雅出版社，1996）。

6 蕭蕭，《雲邊書》（臺北：九歌出版社，1998）。

7 蕭蕭，《皈依風皈依松》（臺北：文史哲出版社，2000）。

8 蕭蕭，《凝神》（臺北：文史哲出版社，2000）。

9 蕭蕭，《蕭蕭・世紀詩選》（臺北：爾雅出版社，2000）。

10 蕭蕭，《我是西瓜爸爸》（臺北：三民書局，2000）。

11 蕭蕭，《蕭蕭短詩選》（中英對照）（香港：銀河出版社，2002）

12 蕭蕭，《後更年期的白色憂傷》（臺北：唐山出版社，2007）。

13 蕭蕭，《草葉隨意書》（臺北：萬卷樓圖書股份有限公司，2008）。

14 陳政彥，〈蕭蕭詩學研究〉，碩士論文，中央大學，2001；陳政彥，〈戰後臺灣現代詩論戰史研究〉，中央大學，2007；林毓鈞，〈蕭蕭新詩研究〉，碩士論文，彰化師範大學，2006；黃如瑩，〈臺灣現代詩與佛——以周夢

論文比較不多。

本文以巴什拉（Gaston Bachelard，1884-1962）的《大氣的夢想》（*Air and Dream*[15]）的宏觀分析進行研究，《大氣的夢想》[16]第 3 章發端說：上升與下降的隱喻，後者遠比前者為多，拙稿擬著手論證這一課題。近年因為巴什拉的著作中譯，而為國內所熟知。「四元素」（地、水、火、大氣）詩學，在研究詩歌而言，已開始廣泛為國人所理解和應用[17]。《大氣的夢想》「四元素」詩學系列的一種，對蕭蕭詩中常見的天空和雲的分析，極有幫助。

譬如《舉目》中〈扶搖〉（60）一詩，最後一句，用《莊子・逍遙遊》大鵬展翅的故事, 是由下而上閱讀的立體詩句[18]，充份表現出詩人要上升的意志：

蝶、夐虹、蕭蕭為線索之考察〉，碩士論文，臺南大學，2005；楊雯琳，〈蕭蕭詩作探究〉，碩士論文，淡江大學，2008。蔡欣倫，〈1970年代前期台灣新世代詩人群研究〉，碩士論文，中央大學，2006。

15 Gaston Bachelard, *Air and Dreams: An Essay on the Imagination of Movements*, trans. Edith R. Farrell and C. Frederick Farrell (Dallas：Dallas Institute, 1988).

16 Bachelard, *Air and Dreams* 91.

17 吳旭時，〈返回童年之生命哲學——論巴什拉之哲學思想〉，《清雲學報》29：2（2009）：229-46；蔡林縉，〈夢想傾斜：「運動-詩」的可能——以零雨、夏宇詩作為例〉，《中外文學》38.2（2009）：229-70；李妍慧，〈劈開字詞的極限經驗——探索黃荷生詩質的「隱形結構」〉，《臺灣詩學學刊》3（2009）：83-113；陳義芝，〈夢想導遊論夏宇〉，《當代詩學》2（2006）：157-69；彭懋龍，〈巴什拉的想像力與在Jean-Pierre Jeunet電影《艾蜜莉的異想世界》的運用〉，碩士論文，淡江大學，2006。

18 丁旭輝（1967- ）有研究立體詩專著，但沒有論及此詩，《台灣現代詩圖象技巧研究》，2版（台北：春暉出版社，2005）。

						里										
						萬										
				︽		九										
				舉		上							︿			
				目		直							扶			
				︾		搖							搖			
						扶							﹀			
						翅										
						振										
						乃										
						我										

〈固態的我不再固執〉大概是寫冰雪融化成水汽的想像，重點是迫不及待地上升成為他喜愛的雲：

> 固態的我／因為有汗而萌生了枝葉／因為有淚而流露出清韻／因為血在血管，氣在氣管／節節上升的我不再堅持固執的姿態（《皈依風皈依松‧固態的我不再固執》56）

巴什拉「四元素」詩學是認為每位作家都據物質的想像力分為地、水、火和大氣四類。巴什拉在 1938 年開始出版他的四元素詩學系列，這包括《火的精神分析》（*The Psychoanalysis of Fire*, 1938，54 歲[19]）、《水與夢》（*Water*

---

19 巴什拉（Gaston Bachelard），《火的精神分析》（*The Psychoanalysis of Fire*，杜小真、顧嘉琛譯，北京：三聯書店，1992）。

and Dreams, 1942，58 歲[20]）、《空氣與夢》（*Air and Dreams*, 1943, 59 歲）、《大地與意志的夢》（*Earth and Reveries of Will: An Essay on the Imagination of Matter*[21]，1948 年，64 歲）、《大地與休息的夢》（同上）、《燭之焰》（*The Flame of a Candle*, 1961，77 歲[22]），1962 辭世，未完成遺稿《火的詩學》（*Fragments of a Poetics of Fire*[23]）則於 1988 年付梓，據云巴什拉一直希望改寫《火的精神分析》，可惜未能完成。在《火的精神分析》出版之後到逝世為止，四元素詩學的建構用了 24 年。除了四元素詩學系列之外，巴什拉的《空間的詩學》（*The Poetics of Space*, 1957，73 歲[24]）最為人所熟知。

---

20 Gaston Bachelard, *Water and Dreams: An Essay on the Imagination of Matter*, trans. Edith R. Farrell (Dallas: The Dallas Institute of Humanities and Culture, 1983).

21 Gaston Bachelard, *Earth and Reveries of Will: An Essay on the Imagination of Matter*, trans. Kenneth Haltman (Dallas: Dallas Institute, 2002)；黎活仁，〈詩歌與上升下降的敘事：周夢蝶的研究〉，《雪中取火且鑄火為雪──周夢蝶新詩論評集》，黎活仁、蕭蕭、羅文玲主編（台北：萬卷樓，2010）217-250。黎活仁，〈虛無權力意志等尼采命題：商禽詩的研究〉，《韓中言語文化研究》24（2010）421-44，這一篇也是研究上升下降的。

22 巴什拉，《燭之焰》（*The Flame of a Candle*），《火的精神分析》（*The Psychoanalysis of Fire*，杜小真、顧嘉琛譯，北京：三聯書店，1992），135-229。

23 Gaston Bachelard, *Fragments of A Poetics of Fire*, trans. Kenneth Haltman (Dallas: The Dallas Institute of Humanities, 1990).

24 Gaston Bachelard, *The Poetics of Space*, trans. Maria Jolas (1893-1987)（Boston: Beacon P，1969）。此書現已有中譯。

二、上升、下降與死亡儀式

蕭蕭自言在大學一年級時從南懷瑾（1918-　）修習「禪宗概要」課程，閱讀了不少禪學著作，詳黃如瑩的碩論〈台灣現代詩與佛——以周夢蝶、敻虹、蕭蕭為線索之考察〉[25]。禪宗和淨土宗在宋代開始合流[26]，淨土信仰把遙遠的極樂世界設定在太空，對上升與下降的想像力也有一定影響。《緣無緣‧心境》就有類似的表現：「我潛入你夢中／畫了一隻弓／將自己搭在弦上／射向蒼穹無盡深邃處」（57）。

看作家作品的四元素與與死亡儀式的關係，即土葬、水葬、火葬、天葬，常常可以判別作品於四元素的屬性。現在中國人到殯儀館參加追悼儀式，一定會聽到抑揚頓挫的佛曲，佛曲其實只重複「南無阿彌陀佛」幾句子。早期的禪宗講求時間的修練，不利於日常生活[27]，至於淨土宗，不分好人壞人，只要口念「阿彌陀佛」（這叫做「稱名念佛」），在彌留之時，「阿彌陀佛」就來接引到「極樂世界」，在蓮花中化生。淨土派經典主要有三種，即：1）。《佛說阿彌陀經》（又稱《小阿彌陀經》；2）。《觀無量壽佛經》——簡稱《觀

25 楊雯琳，〈月光下的現代詩——論蕭蕭《後更年期的白色憂傷》中的禪意特色與其發揮之用〉，《問學集》16（2009）232。黃如瑩182。

26 陳揚炯，《中國淨土宗通史》（南京：江蘇古籍出版社，2000）417-22。

27 季羨林（1911-2009），〈中國佛教史上的《六祖壇經》〉，《佛教十五題》（北京；中華書局，2007）139；從生產力講述漸修、頓悟的優劣，法師不事生產，長期接受供養，則國家稅收不易得到平衡，造成排佛的原因，提倡頓悟，可節省不少時間。如周夢蝶，實屬於漸修一類。

經》；3）。《大乘無量壽經》──亦稱《大阿彌陀經》。淨土三經詳細描寫了「極樂世界」的莊嚴華麗，到處都有異香、食物和衣著，隨意念呈眼前[28]。〈挽歌──送李伯伯一程〉詩，就是送故人歸往西方極樂世界：

> 樑木會摧折，哲人會萎落／心中、永存的典範呵／跨過世紀，不腐不朽／／綿長的思念呵／像盛開的蓮花一朵一朵／千朵萬朵蓮花呵／接引李伯伯／西方淨土，極樂的佛國（一九九九年，為友人李辰二老師之尊翁逝世而寫，（蕭蕭，《皈依風皈依松》135）

〈淪陷──為沉海的土地而寫〉提問「是土葬，還是水葬？」，但就內容而言，是一首生態環保的詩：

> 是土葬，還是水葬？／一輩子討海的人／原期望大地是最後的依歸／入土而可以放下／所有身與心／不再漂泊沉淪／不再淼淼茫茫／／不再淼淼茫茫／每年十五公分下沉／三代以前先祖的墳塋／每年十五公分下沉／我們已經可以摸到自己的屋簷（《皈依風皈依松》152-53）

---

28 方立天，《佛教哲學》（長春：長春出版社，2006）113。全佛編輯部主編，《佛教的蓮花》（台北：全佛文化事業有限公司，2001）53-87，〈蓮花在佛教中的意義部分〉；〈《淨土三經》屬於哪一個宗派的經典〉，《佛教200題》，黃頌主編（成都：四川人民出版社，2005）396-99。余光中和周夢蝶都有往生淨土的描寫：黎活仁，〈與傷春拔河：余光中的時間意識研究〉，《韓中言語文化研究》16（2007）15-35；黎活仁，〈周夢蝶的研究〉。

巴什拉在《夢想的詩學》(*The Poetics of Reverie: Childhood, Language, and the Cosmos*)說在充滿生機的童年夢想中,「死這個詞是極粗俗的。[29]」蕭蕭的詩作,很少涉及死亡。沒有涉及死亡,是因為更多的篇幅,是回憶舊夢,包括孩提往事。《夢想的詩學》的內容是討論人類對自己童年的回憶,巴什拉認為我們一生會不斷回憶童年,回憶童年使成年生活變得廣濶[30]。

(一)上升下降的宇宙現像:天空

在詩集而言,《舉目》是處女作,當年《創世紀》詩刊的元老派詩人張默(張德中,1931-)已看出特點,說不少作品,是如此平行的排列(一字一行單獨排列),是「寄望不斷的生長與翔舞」,以上見於作者在該書的跋,至少是認同這一匠心,逢其知音[31]。

《舉目》顧名思義,在中文書寫而言,大概是看無際的天空之意,巴什拉說雨果(Victor-Marie Hugo, 1802-85)認為自然景物如萊茵河像孔雀開屏似,不免要多看一眼[32]。〈皈依風皈依松〉就是對天空的凝視:

29 巴什拉,《夢想的詩學》,劉自強譯(北京:生活・讀書・新知三聯書店,1996)140。

30 巴什拉,《夢想的詩學》28。

31 蕭蕭,《舉目・後記》108。

32 安德列・巴利諾(André Parinaud),*《巴什拉傳》*(Gaston Bachelard),顧嘉琛、杜小真譯(北京:東方出版中心,2000)239。巴什拉,《水的夢》35。

> 如果我是那一片天的無極／誰給我飛翔的翅翼？／如果我是天邊那雲的翅翼／誰給我白的舒展與歡欣？／如果我是那舒展的巨大荒山／誰給我探出岩石的驚喜？／如果——我就是那種籽／你會是我那蠕動的心嗎？（《皈依風皈依松》10）

「探出岩石的驚喜」，如後所述，是要深入岩石的內部，作一勘探，是「深入物質內部」的想像力，山也是垂直和上升的象徵，於是深入上升物質的內部，成為蕭蕭特色之一。榮格（C.G.Jung, 1875-1961）《分析心理學與夢的詮釋》（*Grundfragen zur Praxis*）說在人生轉變期，少年時期，青春期、中年（36-40 歲），以及死神將至之時，會出現特「大」的概代的夢，「形態常常詩情畫意又漂亮」，書上舉例有一少年夢到蛇[33]。在蕭蕭而言，大就是天和雲。〈水戲之四〉一詩看到愈來愈大的天宇，在西方美學而言，無限大是崇高的因素之一：

> 水在水中／／向內開花／一朵朵花／／又繼續向內開花／／向內開花，向內／／開一朵朵向內開花的花//我們看見越來越大的天宇／／越來越大（《雲邊書・水戲之四》127-28）

33 榮格，《分析心理學與夢的詮釋》（*Grundfragen zur Praxis*），楊夢茹譯（上海：上海三聯書店，2009）138。

《草葉隨意書・海的徒然》也有這樣一句：「天　寫了一個好大的　空」（59）。

水花的漣漪不斷打開，在巴什拉的《夢想詩學》也有解釋，每一經過仔細觀察的物，都不停打開它的器官[34]。以下的一首〈看水開花〉，同樣是寫漣漪：

> 水自在地流，流得長久／花自在地開，開得豐盈潔白／流，流向哪裡？／開，開成什麼顏色？／一個過客，問也不問，看水開花／（《皈依風皈依松・看水開花》61）

《夢想的詩學》中的巴什拉哲學是一種「世界的遐想者的哲學，他『向世界敞開，世界也向他敞開』」[35]。花朵盛放也是「打開器官」的描寫：「那匆匆的頰與唇與頰的相會／是含苞的花蕾／回味裡／慢／慢／開放（《舉目・花蕾》50）。〈河邊那棵樹〉期待泥土對他的根部張開，擁抱著他，也可用「世界也向他敞開」的原理解讀：

> 河邊那棵樹／對泥土說：／我只在你面前流淚／全然張開自己的傷悲／一如你張開自己／全然環擁我和我的／淚，緩緩，滲入你的心井／溫潤蚯蚓（《緣無緣・河邊那棵樹・1》85）

---

34 巴什拉，《夢想的詩學》210。

35 巴利諾296。

1.雲的上升下降：〈天淨沙　變奏〉的重寫

「枯藤／老樹／昏鴉／小橋流水人家／古道／西風／瘦馬／／夕陽西下」是馬致遠（1250-1321）的名作〈天淨沙〉片段，中國文學的極品，以後現代概念而言，就是重寫：

> 枯藤／老樹／昏鴉／小橋流水人家／古道／西風／瘦馬／／夕陽西下／天則／無／邊／無／際／無／涯／過了正午・臉才開始／上昇／上昇成一堆堆／緩／緩／慢／慢／的／黑／雲／流連／復／流連／／臉才開始／下降／緩／慢／慢／的／黑／雲，一堆堆／斷腸人在天涯　（《舉目・天淨沙　變奏》38-41）

重寫是好事，重寫相當於創新，譬如李碧華（1959-　）的《青蛇》重寫《白蛇傳》故事，從小青發展出插曲，十分成功，作為文本，《青蛇》不弱於經典文本；重寫有耶魯四人幫布魯姆（Harold Bloom，1930-　）「誤讀」概念為依歸，布魯姆認為作為後輩，對前代的經典作家，總有著心理學上的「殺父戀母」情結的「殺父」的心理，比方說，李白（701-62）、杜甫（712-70）之後，還有不少著名的詩人，他們都讀過李、杜的詩，感到佩服不已，除了佩服之外，想要獨當一面，另起爐灶，就必須把這些前代作家特點加以扭曲、改寫，以達到創新的效果。

蕭蕭的〈天淨沙　變奏〉（《舉目》38-41），也當然要創新，內容上他插入性格特別喜愛的天空，這個天空，在形式是所謂立體詩，大部分是一字一行的，排在頂端，以象蒼穹,「夕陽西下」，也就是要上升之後就下降。

雲	黑	的	慢	慢	緩	緩	上	上	過	涯	無	際	無	邊	無	天
							昇	昇	了							則
							成		正							
							一		午							
							堆		，							
							堆		臉							
									才							
									開							
									始							

雲如電梯，是水元素上升下降的的物理現象之一，如〈雪的去向〉一詩說：「白白的雪啊！／滿滿一山／嚴守著一整個無缺憾的冬／厚厚的寒／到底是化為雲的匆匆水的淙淙／還是／振翅的喜悅／夢裡的花叢？」(《雲邊書》36-37)。

2.白雲與黑雲

詩中出現蕭蕭作品很少出現的黑雲，烏雲密佈，往往是暴風雨的前奏。就物理學而言，因為蒸汽的積聚，遇冷，就會變得重，變得不透明，最後變成雨降下來。巴什拉的《大氣與夢》有專章（第 8 章）討論雲在大氣想像力的位置。他說黑雲往往是病或不幸的象徵[36]。

36 Bachelard, *Air and Dream* 191-92。

蕭蕭的雲，下降比上降升重要，同樣是為了深入物質的內部，巴什拉的《大氣與夢》所舉的例，就有雲下降到桌上[37]，但蕭蕭要深入物質內部的想像力，〈老僧〉一詩，說雲不但進入房子，還準備走進人體的心臟：

> 雲來，住在我茅屋裡／她說，她不走了／不走，就留下嘛／她說，她想住進我心房裡／要住，就住進來嘛／她說，她要走了／要走，就請便嘛／我只不過是另一種類型，的雲而已（《毫末天地・老僧》79）

3.雲煙與畫意

合山究（GOYAMA Kiwamu, 1942-）《雲煙之國》（1993[38]）對唐詩的煙雨的空間研究，極具啟示意義，愛甲弘志（AIKŌ Hiiroshi, 1955-）提示雲煙成為中唐詩主要意象，是因為與繪畫有關[39]，唐代的畫流傳不多，但題畫詩可見其中的雅趣，皇甫冉（714-767）如下所引之作，可為談助：「桂水饒楓杉，荊南足煙雨。猶疑黛色中，復是雒陽岨。」（〈題畫帳二首・山水〉[40]）至於膾炙人口詠煙雨的

37 Bachelard, *Air and Dream* 190。

38 合山究，《雲烟の國》（《雲煙之國》，東京：東方書店，1993）。

39 愛甲弘志（AIKŌ Hiiroshi，1955-），〈烟雨の向こうに見えるもの──中晚唐における意象の變容について〉（〈迷濛的煙雨：中晚唐詩意象研究〉），松本肇（MATSUMOTO Hajime，1946-）等編《中唐文學の視角》（《中唐文學研究》，東京：創文社，1998）145-64。

40 皇甫冉，〈題畫帳二首・山水〉，《全唐詩》，彭定求（1645-1719）編，卷249，冊8（北京：中華書局，1979）2799。

詩，則舉杜牧（803-852）〈江南春絕句〉:「南朝四百八十寺，多少樓台煙雨中。」[41]以為說明。蕭蕭的雲煙, 可作如是觀，《舉目》〈煙雲〉，正是以畫意為念：

> 我挺立如山——已然為水／流逝在你精緻的山水畫裡／如煙／／突然，逝去的我／從你賁張的毛細孔中,疾奔而出／是雲／一片煙雲（《舉目・雲煙》84）
> 最後一聲更鼓敲著／你走著／走在最後一聲煙雲裡／／（《悲涼・有無中的雪意》19）
> 車子緩緩駛入／高樓長林／／我胸中的丘壑／不能不昇起一縷無吁無嘆的／煙和雲（《毫末天地・長安居》26）

煙的優點是垂直和上升，如《毫末天地・痴》的一首:「如果曾經我一個人去過天涯／站著望著／成了海的一角／／那我勢必迤邐出一大片苔蘚和菌類／伸向茫茫未來茫茫／天的另一涯／煙，直直地直／（《毫末天地》51）。王維（701-761）〈使至塞上〉有「大漠孤煙直，長河落日圓。」[42]的名句，當然，詩中的煙，不一定是指雲，也可能是沙塵。煙的垂直上升，如人的直立，抵抗地心吸力，令人敬佩，故獲好評。〈春長在〉描寫蘆葦隨著上升的雲煙亂飛：

---

41 杜牧，〈江南春絕句〉，彭定求　卷522，冊16，5964。
42 王維，〈使至塞上〉，彭定求　卷126，冊4，1279。

> 蘆葦笑傲雲煙的地方／總有枯枝枯葉皺縮腳旁／不忙不慌，總是不忙不慌呵！／幾濛飛絮旋騰天上／／「滅卻春哪！」／蘆葦搖著頭，笑出一口白濛濛的煙／不要忘了很深很深的黑泥暗土裡／很遠很遠的海角天邊（《草葉隨意書・春長在》34）

《緣無緣》的〈訪白雲山莊未遇白雲〉（44）、〈再訪白雲山莊遇雲〉（45）和〈三訪白雲山莊無雲〉（46），是戲仿賈島（779-843）〈尋隱者不遇〉一詩：「松下問童子，言師採藥去。只在此山中，雲深不知處。」[43]深山大澤，實產龍蛇，故窮山之中，危機四伏。柏克（Edmund Burke, 1729-1797）認為崇高與恐怖有關，又從行船遇大霧的恐慌來說明。承上所論，蕭蕭以上戲仿諸作，讀來當有崇高感。

4.雲與佛教的「無明」

雲有緣起生滅的特點，與佛教的認識論近似。禪宗早期只修習一經，即《楞伽經》，《楞伽經》研究的重點之一，是在如來藏的問題。方天立（1933- ）說印度哲學原認為眾生

---

43 賈島，〈尋隱者不遇〉，彭定求　卷574，冊17，6693。石川忠久（ISHIGAWA Tadahisa，1932-），〈「尋隱者不遇」詩の生成について〉，《小尾博士古稀記念事業會編，《小尾博士古稀記念中國學論集》（東京：汲古書院，1983）365-87。黎活仁，〈唐詩三百首的登高詩：以懷才不遇、尋隱者不遇和悲秋等為主題的分析〉，輔仁大學中文系編《王靜芝先生八秩壽慶論文集》（台台北：輔仁大學中文系，1995）765-82。

的心本來不清淨[44]，但北魏譯本《楞伽經》認為真如（不生不滅，是永恒不變的真理，是世界本體）一方面有佛性，另一方面，又有或名叫「藏識」的「阿賴耶識」；佛性是清淨的，但作為「藏識」的「阿賴耶識」為情欲煩惱所污染（佛教叫做「無明」，「無明」時譯作「惑」）。據沖本克己（OKIMOTO Katsumi, 1943- ）的研究[45]，弘忍（601-674，禪宗五祖）的《最上乘論》（又名《修心要論》）有如來藏的影響：

> 如來於一切經中，說一切罪福、一切因緣果報，成[或]引一切山河大地草木等種種雜物，起無量無邊譬喻，或現無量神通種種變化者只是佛。為教導無智慧眾生，（因其）有種種欲心，心行萬差，是故如來隨其心門引入一乘；我既體知眾生佛性本來清淨，如雲底日，但了然守本真心，妄念雲盡，慧日即現。何須更多學知見所生死苦一切義理及三世之事，譬如磨鏡塵盡明自然現。（弘忍《最上乘論》[46]）

44 方天立，《佛教哲學》（長春：長春出版社，2006）一書對魏譯《楞伽經》與《大乘起信論》的發揮，有一定的分析：魏譯的於印度哲學的錯誤判斷，給《大乘起信論》加以引伸，而發展出一套中國化的佛教哲學（145-51）。

45 沖本克己，〈《大乘起信論》と禪宗〉，《如來藏と大乘起信論》，平川彰（HIRAKAWA Akira，1915-2002）編（東京：春秋社，1990）518。

46 弘忍，《最上乘論》，《大正新修大藏經》，高楠順次郎，冊48（東京：大正一切經刊行會，1928） 377下-78上。

沖本克己說「眾生佛性」為「雲底日」所掩，是常見譬喻。以下一段，引《維摩詰經‧菩薩品》，卻以如來藏如解釋：「《維摩經》云：「如無有生，……如無有滅。」（活仁案：見〈菩薩品〉）如者真如佛性自性清淨。清淨者心之原也，真如本有。（弘忍《最上乘論》[47]）」沖本氏又說弘忍對道信的繼承，在如來藏方面有所強調，下引「眾生清淨之心」為「雲霧所覆」，也是一例：

> 光元不壞，只為雲霧所覆，一切眾生清淨之心亦復如是，只為攀緣妄念煩惱諸見黑雲所覆，但能凝然守心，妄念不生，涅槃法自然顯現。故知自心本來清淨。（弘忍《最上乘論》[48]）

據神秀（？-706）《大乘五方便》所說入定之後，向前遠看，向後遠看，然後上下四方仔細觀察，看到虛空無一物，身心清淨之，就達到與真如佛性相契的境界[49]。蕭蕭詩中那麼多雲，以佛家而言，似嫌煩惱多了一點。《緣無緣‧心即心》一詩，即寫無明：

> 千支萬支帶毒的箭，帶著速度鑽入／一把無名的火燒

---

47 弘忍，《最上乘論》377中。沖本克己 519。

48 弘忍，《最上乘論》377上、中。沖本克己 519。

49 神秀，〈大乘五方便〉，收入鈴木大拙（SUZUKI Daisetz，鈴木貞大郎，SUZUKI Teitaro, 1870-1966）的《鈴木大拙全集》（東京：岩波書店，1968），卷3，168-69。

向無明／在滾燙的岩漿中，我／尋找站起來的膝蓋和姿勢／／這時候，你的骨髓在哪裡？／／穿越深黑的山谷／雜草叢生，只向陰冷的風折腰／磷火不確定的聲音／飄向顫顫危危，我的雙腿／／這時候，你的視窗開向何處？／／頭髮一急而灰白／竟然沒有一顆星願意為暗夜／引路／巨岩迸裂／菩提落葉／河水撞向堤岸／這時候，你的涕唾又拋給了誰？（《緣無緣》77-78）

（二）眼睛

拉康（Jacques Lacan, 1901-81）認為無生命的物體，也會回望對它進行觀察的人們，期待我們以某種形式觀看到它們[50]，以下一詩亦有「回望」一語，其中的「你」是指天空，天空有眼，故亦可回望：

在月與荷之間／皎潔與精緻之際／我回頭望你／你是可望而不可即的眼神／飄起了霞雲／（《皈依風皈依松・飄起霞雲的眼神》42）

巴什拉《夢想的詩學》說目光在夢想中，主觀地增強了世界

---

50 丹尼・卡瓦拉羅（Dani Cavallaro），〈凝視〉（"The Gaze"），《文化理論關鍵詞》（*Critical and Cultural Theory*），張衛東、張生、趙順宏譯（南京：江蘇人民出版社，2006）142；Jeremy Hawthorn, "Theories of the Gaze," *Literary Theory and Criticism*, ed. Patrica Waugh (Oxford: Oxford UP, 2006) 508-18。

的光明，是一種因為看得清楚，看得準確，看得遠而產生的自豪，並因而感到鼓舞[51]。〈天邊書——墾丁國家公園所見所思〉希望把眼睛掛在雲上：

> 將眼睛交給雲／將雲交給剛過去那陣風／將風交給無所事事　閒蕩在海上一大群遐想／我的心事就只剩下：／月亮為什麼那麼像瞎了的太陽？（《雲邊書》200-01）

《水的夢》說叔本華（Arthur Schopenhauer, 1788-1860）提示「美學的靜觀會使人同意志的悲劇分離，從而在瞬間平息人的不幸。[52]」叔本華的意志哲學認為生存是悲哀的，唯有哲學的沉思、推己及人的同情可以減免，對自然的靜觀，是巴什拉的演繹，他說湖的靜觀最理想：「湖是一隻安詳的大眼睛。湖攫取全部光亮，又把光亮變作一個世界。對於湖而言，世界已經被靜觀，世界已經被體現出來。湖還可以說：世界就是我的表象。[53]」天空倒影在湖中，適用自戀情結，於是水天合一，湖的眼睛也到了天上[54]。蕭蕭不傷春，不悲秋，對自然的靜觀成為整體主要特色，對愁苦起了清滌作用。

---

51 巴什拉，《夢想的詩學》230。

52 巴什拉，《水的夢》32。

53 巴什拉，《水的夢》32。

54 巴什拉，《水的夢》98。巴什拉，《夢想的詩學》，「宇宙是一個湖」，263。

三、下向的想像力

古典文學的季節意識（春夏秋冬），日本學者的研究興趣成果不少[55]，其中以松浦友久（MATSUURA Tomohisa, 1935-2002）的著作對中國學者影響最大[56]。這篇論文開始尋找尋切入角度時，特別準備對蕭蕭的傷春悲秋進行研究，發覺季節意識對他影響不大，對春天的歌詠特別少，只有春泥，值得留意。

(一) 深入物質內部

巴什拉不同意「一切形象都是表面的」[57]，就好像科學家研究分子中的原子，原子中的原子核，之後，眾所周知，又有中子，中子又可再細分[58]，引漢斯・卡洛薩（Hans Carossa, 1878-1956）《圓滿的奧秘》（*Secrets of Maturity*）說

55 黎活仁，〈秋的時間意識在中國文學的表現：日本漢學界對於時間意識研究的貢獻〉，《漢學研究的回顧與前瞻》，林徐典編（北京：中華書局，1995）395-403；黎活仁，〈瘂弦詩所見春天的時間意識〉，《方法論於中國古典和現代文學的應用》，黎活仁、黃耀堃合編（香港：香港大學亞洲研究中心，1999）235-62；黎活仁，〈春的時間意識於中國文學的表現〉，《漢學研究》3（1999）：529-43。

56 參松浦友久，《中國詩歌原理》，孫昌武（1937-）、鄭天剛（1953- ）譯（瀋陽：遼寧教育出版社，1990）一書。

57 巴利諾339。高豔萍，〈透入物的深處——巴什拉物質想象理論釋析〉，《哲學動態》7（2009）：96-101。

58 巴利諾339。

「人是唯一具有觀看另一人內部的意志的造物」[59]，蕭蕭〈走進你靈魂深處〉，正是這一題材：

> 是你在看我嗎？／不要緊，你可以再靠近一點／是的，凝視我／我將走進你的靈魂深處／如一隻暗夜的貓（《皈依風皈依松・走進你靈魂深處》79）

《舉目》的〈對視〉:「筆直走進你梨色的簾門／種下一排百合／你在最裡最裡處，呼喚水／呼喚火／／急切呼喚我」（《舉目》54），詩意似寫男女相悅時，四目交投，恨不得與對方融為一體。〈故鄉〉一詩，就進入對方的身體：

> 把我埋進你溫潤的第二層肌膚，深深地／閉目，調息／芒果樹下，和暖的東風安慰著背脊／我化為一斤血水（《悲涼・故鄉》31）

法國詩人畫家米肖（H. Michau, 1899-1984）也說：觀看是一種暴力傾向，使斷層、裂縫、裂痕呈現，侵犯別人的私隱。福樓拜（Gustave Flaubert, 1821-80）也說過甚至说「由於久久地盯著看石頭、動物或圖畫，我覺得自己進入其中了」[60]，蕭蕭〈冷〉一詩也有類似的寫法：

---

59 巴利諾340。

60 巴利諾 341。

花色隨暮色，漫天漫天／而暗／／在淒寂的風中／翻轉化泥成土，沒全身而入／入泥入土／堅持，不循根／不入莖／／不從粗枝大葉中旋飛／不使自己在眾裡叫出一聲／／冷（《舉目・冷》42）

1.**春泥**

春泥有生態文學的特點，即重視環保，生態環保，亦蕭蕭詩的整體特色之一。平岡武夫（HIRAOKA Takeo, 1909-1995）[61]、菅野禮行（SUGANO Hirouki, 1929- ）[62]和中原健二（NAKANARA Kenji, 1950- ）[63]對白居易詩於「春盡」和「三月盡」作了非常詳細的探討。據中原氏的分析，春天回去，是因為風雨或一些小鳥的呼喚，宋詞則除了流鶯之外，還加添了其他雀鳥，例如：

流鶯不許青春住，催得春歸花亦去。（王千秋[生卒不詳，生平亦無法確認]〈菩薩蠻〉[64]）

可堪杜宇，空只解聲聲，催他春去。（程垓[生卒不詳，友人曾在紹興 5 年（1194）為其詞集作序]〈南

61 平岡武夫，〈三月盡──白氏歲時記〉，《研究紀要》（日本大學）18（1976）：91-106。

62 菅野禮行，〈「春盡」の詩〉（〈「春盡」的詩〉，《靜岡大學教育學部研究報告》（人文・社會科學篇）35（1984）：15-28。

63 中原健二，〈詩語「春歸」考〉，《東方學》75（1988）：49-63；中原健二，〈詩語「三月盡」〉，《未名》13（1995）：1-25。

64 王千秋，〈菩薩蠻〉，《全宋詞》，唐圭璋（1901-1990）主編，冊3（北京：中華書局，1986）1469。

浦〉[65]）

第一首是燕子擔當這一角色，不過時空卻隔了一世紀，這也是創新的變奏，落花與傷惜春，是詞的基調，因此第二首帶有以婉約為正宗的詞境，女孩是因為「散居」（Diaspora）[66]外國，詩意似乎是請她毋忘故土：

> 鞋底帶不回春泥／燕子的叫聲留在二十世紀／／枯枝一樣的手滑過乳房（蕭蕭，《蕭蕭後更年期的白色憂傷‧枯枝與乳房》54）
>
> 飛吧！小小的心靈／越過藏青山嶺／蔚藍的海／越過天之另一涯，地球的另一邊／女孩！落花化春泥／浪濤、永遠眷戀著灣岸／不論海角天涯（蕭蕭，《皈依風皈依松‧記得：帶一片陽光給台灣》118-19）

2.頑石

物質分為堅硬和柔軟兩大類，岩石、金屬、晶體屬前者，面粉和泥土屬後者；就好像我們站立是要抵抗地心吸力，要保持垂直，與之抗衡，表現出強大的意志，這種力的意志，成就物質的想像。[67] 巴什拉又說花崗岩的堅硬，就在冒犯著人，如果人沒有武器，沒有工具，沒有謀略，就無

65 程垓，〈南浦〉，唐圭璋，冊3，1991。

66 潘純琳，〈散居（Diaspora）〉，《文化批評關鍵字研究》，王曉路等著（北京：北京大學出版社，2007）307-21。

67 巴利諾 339。

法復仇。[68] 人們透過勞動，強化意志[69]。蕭蕭的〈頑石〉就是從石的抗拒力，寫出人們要「頑石點頭」的勞動意志：

> 依然。／／依然流著欲碧猶紅的血／依然任風任雨任水襲擊／依然走進火中，穿過火／／依然不向誰，只向你／點頭（《舉目・頑石》78）

石頭可以因為地震而爆開，九二一地震在臺灣造成廣泛的破壞，但在「深入物質內部」的想像力而言，大地裂開，卻是無意識所期待的：

> 大山暴走，岩盤崩裂／溪石不敢高興：／／我終將成為那——巍峨（《後更年期的白色憂傷・地震之後》87）
>
> 我們呼喚你／心中的天已崩，腳下的土地還在斷裂／春陽一直都在飛旋，眾花早已萎謝／我們傾所有的血肉所有的生命呼喚你／千聲呼萬聲喚，喚你／你在大陸板塊與板塊的擠壓裡／斷層與斷層的夾縫之間／你是臺灣／／我們呼喚你／血水如無聲的淚／血水凝固成紛飛的瓦礫石屑／我們傾所有的筋脈所有的力勁呼喚你／千聲齊呼，萬聲齊喚／你在扭曲的鋼筋與鋼筋之間，扭曲／深陷的樓層與樓層的隙縫裡，深陷／你

---

68 巴利諾 314。

69 巴利諾 315。

是台灣的苦難（《皈依風皈依松・我們呼喚你——為九二一地震受難者而寫》130-31）

或因水旱而龜裂：

天鵝一歛翅，頓時／我　龜裂為荒野之顏／任螞蟻進出（《草葉隨意書・明月的手》18）
在龜裂有聲的田野／如何丈量秧苗與飢餓的距離？／一尾總統魚在潭邊／讀著／昏迷的莊子（《緣無緣・甲骨文》49）
在石頭爆裂開來的臟腑深處／有一隻蟲蠕蠕而動／／另一隻動也不曾動（《蕭蕭後更年期的白色憂傷・不動之動》91）

諺說「水滴石穿」，瀑布就有這種能耐，故「水從高處縱落／自己歡呼」（《後更年期的白色憂傷・瀑布留白》37），日子有功，波浪也可以把岩石侵蝕，以致碎裂：

水在岩石邊碎裂，碎裂成文／像無數的草花／迸放香息　悠悠而遠／像焰火／在高空中驚呼久未開啟的心門／那樣熱切／那樣　碎　裂／水發現八萬四千個自己面面相對／遂有石榴懷孕的喜悅（《雲邊書・水戲之十三》145-46）
你是岩，龐然的傳統黑色的包袱，樹與草因為你而顯現了／忠臣一樣的志節讓人仰望的高度，過去你是岩

> 漿如今岩，／未來我要讓你再度成為可以流淌滲漉的豆漿米漿酒漿，漿／是「將是水」的漿，岩是「山下石」（也不妨山下山中）／的岩，你是我的過去過去的黑，我則是你的未來未來的無／所不在，而你依然偉岸，轟然。／／我隱身為汽／我化身為雲／我棄身為瀑布／我變身為夏日一陣暴雨／我正身為水／磨你蹭你揉你搓你紋你烙你消失你而你依然／偉岸，轟然（《雲邊書》160-61）

以斷裂為美，成為相對於堅硬物質的攻擊的「力的意志」，以下一詩之所以得到稱頌，原因在此：

> 在所有的斷裂／斷裂之前／原始的生命仰賴一根魚骨維繫／而所有的斷裂斷裂之後／我們只剩下／瘦細的／　愛／可以依靠（《皈依風皈依松・斷裂》85）

3.泥土與手部的勞動

巴什拉在《水的夢》（第 4 章）和《大地與意志的夢》（第 4 章）曾經提及搓粉的心理學，「手幫助我們瞭解物質的內在深處。它因此有助於對物質的想像。」「在揉捏中，產生出更多的幾何，更多的稜角，更多的斷裂。」「這是一項可以閉目而作的勞動。因此，是一個內在深處的遐想。」[70] 搓粉讓人想起糕點，或包子等食物，這也是巴什拉討論較多

---

70 巴什拉，《水的夢》119。

的部分，但蕭蕭的詩，寫食意志幾乎沒有。手的描寫也不明顯，蕭蕭的深入泥土或岩石的想像力，似乎是靠水和波浪的動力去完成。陶瓷是以搓粉的原理製作的，是手部勞動的遐想，蕭蕭也有兩首，此其一：

> 是血就會嚮往溪流，河海，澎湃／是肉就不免腐臭／是高溫焙燒，自然晶其身瑩其體剔透其魂魄／是陶，是瓷，不免碎其心裂其膽／而無可如何（《雲邊書・瓷之一》46）

(二) 落日與涅槃

落日在淨土宗而言，有特殊的意義。中國中古以前的文學於太陽的用語，一般稱之為白日，或什麼「景」之類[71]。太陽在佛經顯得十分重要，「大日如來」（Mahā-vairocana）

71 小池一郎（KOIKE Ichirō），〈「暮れる」ということ——古代詩の時間意識——〉（〈日暮與歲暮：古代詩時間意識研究〉），《中國文學報》24（1974）：1-21；森博行（MORI Hiroyuki），〈魏・晉詩における「夕日」について〉（〈魏晉詩中的夕陽〉），《中國文學報》25（1975）：11-32； 山之內正彥（YAMANOUCHI Masahiko，1933-），〈落日と夕陽——唐詩における夕日の詩語初探——〉（〈落日與夕陽：唐詩夕日詩語初探〉），《東洋文化研究所紀要》63（1974）：41-119，據119補注所示，作者在定稿之後，才注意到小川氏有關落日與淨土宗的論述；加固理一郎，〈夕陽・黃昏〉，《詩語のイメージ——唐詩をよむために》（《詩語的意象：唐詩的鑑賞》），後藤秋正（GOTŌ Akinobu，1947- ）、松本肇（MATSUMOTO Hajime，1946-，）編（東京：東方書店，2000）33-44。

就是太陽的別名[72]。另一方面，淨土宗的《觀無量壽經》的「日想觀」對中國文學影響極大，淨土宗認為樂園就在西方，因此應正坐西向諦視日相[73]：

> 當起想念，正坐西向，諦觀於日欲沒之處，令心堅住，專想不移。見日欲沒，狀如懸鼓，既見日已，開目閉目皆令明了。是為日想，名曰初觀。[74]

《觀無量壽經》有 16 觀，分別是：日想觀、水想觀、水作冰觀、琉璃觀、地想觀、樹想觀、八功德水觀、像想觀、觀音菩薩想觀、大勢至菩薩想觀、雜想觀、總想觀、普想觀、上輩生想觀、中輩生想觀、下輩生想觀。小川環樹（OGAWA Tamaki, 1910-93）在〈落日的觀照〉一文特別指出這一特點[75]。巴什拉《夢想的詩學》認為寧靜使我們像獲得涅槃的境界，反而可似靜觀眼前的現象，得到充份的休息[76]。

> 落髮之後／可以挽回什麼？／或者，釋放什麼？／／

---

72 中川榮照（NAKAGAWA Eishō，1930-），〈光の形而上學をめぐる東と西の思想──主そして光の原理的構造とその展開──〉（光的形而上學與東西方思想：光的原理構造及其他〉），《東西思維形態の比較研究》（《東西思維形態的比較研究》），峰島旭雄（MINESHIMA Hideo，1927-）編（東京：東京書籍株式會社，1975）692。

73 小川環樹，《風與雲》，周先民譯（北京：中華書局，2005）130。

74 黃智海，《觀無量壽經白話釋》，2版（臺北：眾生文化出版有限公司，1993）79-80。

75 小川環樹 130。

76 巴利諾 329。巴什拉，《夢想的詩學》201。

落日以後／好長的一段時間／我望著西天遐想（《皈依風皈依松・落髮》101）
隨著蘆葦追太陽／向西直直奔馳過去／我，一聲呵欠／（《緣無緣・四十七歲》51）

以下的一首詩，不斷以日出日落，形成一種重複的節奏，有永遠回歸的圓環狀時間意識：

昨天的落日／今天的朝陽／去歲落紅／今歲新泥／我是那最鮮豔的花／開在最古老的土地上／／昨日西沈／今天東昇／去冬的落紅／今春的新泥／你是那最鮮豔的花／開在最高的枝頭上（《皈依風皈依松・消息》143）

(三) 記憶的深井

鑿井是深入地底的勞動意志，完全適用「深入物質內部」的想像力。《夢想的詩學》說長年累月的記憶以文藝腔出之，就是藏於深井，因為回憶中的童年如井一樣地深[77]。蕭蕭〈鹿港九曲巷〉正用深井的比喻：「我回到巷口／喚著你的乳名／彷彿井裡的傳奇以濕淋淋的記憶／緩緩甦醒」（《緣無緣》32）。

77 巴什拉，《夢想的詩學》144。

1.倒影

天空在水的倒影，在傳說山川互相映發的山陰道上，是永恒的美境，倒影是與希臘的水仙有互文關係，巴什拉在《水的夢》形容：是宇宙溺死在水中，水鏡把天空吸納，形成華麗的死：

> 我潛入你的鏡中／探取那朵不一定存在的花／／你從水裡撈走／我琢磨不知多少世的明月／卻只用泛起一圈的酒窩／（《皈依風皈依松・水月》90）

巴什拉認為倒影使水量變得更深、「在水邊遐想不可能不產生倒影和深度的辯證關係。似乎，從水底不知有何種物質在養活倒影。」濕軟泥是正在起著的製鏡子用的水銀的功能。[78]〈古井〉的鏡，就是要把高高在上的天，吸納到地心深處，形成既上升又下降的對衡作用：

> 沒有紅顏探臨的鏡子／自在地映照天光／／雲影在桂花香的時候才飄過來（《後更年期的白色憂傷・古井》30）
>
> 只能張著嘴／望著　天／還要說些什麼呢？／流不出來的淚／儲聚了幾十年／也慢慢枯竭了（《毫末天地・井與婚姻》72）

78 巴利諾 2。

2.回聲

希臘的水仙，本有女朋友，即只能像鸚鵡學舌的「回聲女神」，故向井下吶喊，是下降的動作，換來微弱上升的回響，是讓希臘水仙生厭的、女性的、也許是熱切的期待，可惜襄王無夢，多情自古空餘恨，不勝感慨！

> 詩不會比想念你的日子長／但已足夠我練習「愛」字的發音／如何柔和像一滴／水，落入三十二尺深的井底／激起的回響（蕭蕭，《緣無緣・見牛第三》146-47）
>
> 獨坐井邊，深頭而望／——一千丈的沉寂，沉沉沉入黝黑的心底／／我靜靜等等待昨日那一聲歎息的回音——多麼地乏力（蕭蕭，《悲涼・心井》43）
>
> 我的心遂深成一口無底的井可以任十三經二十五史七十二賢／人一〇八條好漢以及他們的無辜／縱———落　　落　　落　　落　　落／喊一聲喂／竟有八萬四千個喂喂喂喂喂喂喂喂喂喂喂喂喂喂喂喂喂喂喂喂／喂／我應來回喂喂喂喂喂喂喂喂喂喂喂喂喂喂喂喂喂喂喂喂喂喂喂（蕭蕭《凝神・空與有三款乙、有》103）

四、結論

蕭蕭的詩歌很多雲，或很多詩都寫雲，雲在高處，因此上升意象最為重要。有下降才有上升，雪融解為雲，雲下降為雨、日出日落、井底的回聲，都屬自然現象。石頭在蕭蕭的詩也十分重要，深入物質內部的想像，要表現出力的意志，最好是具堅硬度的花崗岩，這種想像力才是蕭蕭最大的特色。地震是最能把大地裂開的能量，應作適當的解讀，至於深入肌膚血管，深入對方的眸子，是相對於堅硬物質而言，相反地帶有柔性的想像，是言情的話語，適用於男女相悅之作。

煙火與水舞

蕭蕭小詩中的空白美學

白靈（臺北科技大學副教授）

摘要

迄 2008 年為止，蕭蕭總數 690 首詩中十行以內的小詩就有 567 首，占了 82.2%，其小詩的比例極為可觀，恐是兩岸老中青三代詩人所僅見。此小詩的形式的成因、手法、和特質便不能不追究。本文即擬針對蕭蕭所強調的「空白詩觀」形成的可能緣由和進行方式予以進一步探索，並就中西方「空白美學」，和科學上「潛熱」的觀點，挖掘蕭蕭堅持小詩形式與空白、色空、有無的關聯性，最後探討其可能產生的意涵和影響。

關鍵詞

蕭蕭、小詩、空白、色空、潛熱

一、引言

蕭蕭是臺灣中生代詩人[1]的先行者[2]、小詩創作的先覺者和領航人[3]，也是老中青三代詩人最重要的溝通員及架橋人[4]，他在臺灣出版的各類詩集、散文集、評論集、編選集

---

1 2005 年 5 月在臺灣舉辦過一場「臺灣中生代詩家論」的現代詩研討會，它是繼 2003 年舉辦過的「臺灣前行代詩家論」的研討會而舉行的，並先後出版了林明德主編的《臺灣新詩研究：中生代詩家論》一書，臺北：五南出版，2007。及彰化師範大學國文系主編的《臺灣前行代詩家論》一書，臺北：萬卷樓出版，2003。而 2005 年 10 月大陸的《江漢大學學報》（第 5 期）也曾推出「關於『中生代』詩人」專號，但「中生代」此一名詞的正式共同浮出於兩岸詩學研究論壇是 2007 年 3 月於珠海舉行的「兩岸中生代詩學高層論壇暨簡政珍作品研討會」。臺灣是在世紀之交後改用「前行代」稱呼五〇、六〇年代出現的詩人（65 歲以上的詩人），「中生代」通常指 40 至 60 或 65 歲的詩人，而「新世代」或「新生代」則稱呼四十歲以下的詩人。因此今日的「前行代」或「中生代」過去當然也曾「新生代過」、或「新世代過」，當今臺灣中生代詩人皆曾出現在簡政珍等主編的《臺灣新世代詩人大系》（1990）、《新世代詩人精選集》（1998），乃至朱雙一著作的《戰後臺灣新世代文學論》（2002）一書中，「戰後新世代」一詞則指 1945 年嬰兒潮開始的出生者，即今日臺灣的中生代。

2 中生代有 40 至 60 歲或至 65 歲兩種說法，因二戰後（1945）一代多年皆被視為同一代，蕭蕭出生於 1947 年，雖已過了六十歲，迄今 2010 年仍可視作中生代。而「中生代」一詞，誠如吳思敬於〈當下詩歌的代際劃分與「中生代」命名〉一文所言，應該具有「宏觀描述」、「溝通海峽兩岸」、「消解大陸詩壇『運動情結』」等三方面的效用。參見吳思敬：〈當下詩歌的代際劃分與「中生代」命名〉一文，《文學評論》，2007 年第 4 期。

3 蕭蕭出版過的詩集中，十行以下的小詩始終占絕大多數，為其他詩人所少見。

4 蕭蕭出版過的評論集、詩論詩話、詩選均以推介、傳播、成就老中青三代詩人為主。

總數超過一百本[5]，是三代詩人中唯一、也是最用功的一位。

在二戰後出生的詩人群中，他先是以詩論家的姿態崛起於詩壇，其後以大量的散文作品為青年學子所熟悉，其詩名開始響亮還是近二十年的事。他開始最熱衷的是「文學特質之省察」，比他的創作還早。其論述長文〈文學無我論〉寫於 1969 年，論洛夫〈無岸之河〉的三萬字論文及第一篇散文〈流水印象〉寫於 1970 年，第一首詩〈舉目〉[6]則於 1971 年才發表於《龍族》的創刊號，而在這之前他早已創辨過高中校內刊物《晨曦》文藝、主編《員林青年》（1962 年）、參與編輯《新象》詩刊（1964 年）、擔任輔大「文哲學會」會長（1965 年）、「輔大新聞社」及「新境界社」社長，協助陳明芳創辦輔大「水晶詩社」（1966 年）等等，[7] 其勇於承擔重任、熱誠服務他人的幹勁和精神，呈現了十足「農夫之子」為大地效勞的本色。1978 年後則「非常積極地扮演『佈道者』及『解人』的角色」[8]，「為詩人造像，為詩作演義，為詩壇植林，為讀者點燈，從而他的詩評的聲音

---

5 2007 年 8 月 15 日下午眾多文友曾在臺北的爾雅書房慶祝蕭蕭出版了他的第 100 本書：《現代新詩美學》。並由林德俊、向陽、唐捐、張默、李瑞騰等人就「詩的蕭蕭」、「詩學的蕭蕭」、「散文的蕭蕭」、及「編輯的蕭蕭」發表談話。

6 他習作的第一首詩，雖於 1963 年發表於桓夫商借《民聲日報》編刊的《詩・展望》上，但蕭蕭自認〈舉目〉才是他正式發表的第一首詩。

7 參見蕭蕭在明道大學個人網頁的著作年表，明道中文網站 http://www.mdu.edu.tw/~dcl/DCL/Faculty/Xiao/IndivTbook.html，2010 年 9 月 30 日查詢。

8 陳巍仁：〈羚羊如何睡覺？〉，見蕭蕭：《皈依風皈依松》導言，臺北：文史哲出版社，2000，頁 12。

遠遠超過他的詩。」[9]，著力於現代詩論評及現代詩的教學及傳播，著述極多，成績十分可觀。他的第一本詩集《舉目》(1978 年）比他的第一本散文集《流水印象》(1976 年）及第一本評論集《鏡中鏡》(1977 年）的出版還晚了一兩年，他 1982 年出版的詩集《悲涼》[10]還收入了《舉目》[11]所有詩作，因此 1989 年他出版詩集《毫末天地》[12]時，嚴格而言，也只能算作他的第二本詩集，此時他已出版過大量的散文集及評論、詩論集了。迄今不同版本的臺灣國中高中課本中至少選了他〈憨孫，好去睏啊〉、〈父王〉、〈穿內褲的旗手〉等三篇他早年成長故事有關的散文作品，可見得他的文名遠勝過他的詩名[13]。

直到上世紀九〇年代中葉後，他才開始加快詩創作的腳程，陸續而集中地又出版了六本詩集《緣無緣》(1996)、《雲邊書》(1998)、《皈依風皈依松》(2000)、《凝神》[14](2000)、《後更年期的白色憂傷》[15](2007)、《草葉隨意書》[16](2008)。他的詩作常有集中在一段時間創作的現

---

9 見張默：〈垂今釣古話蕭蕭：序《緣無緣》詩集及其他〉一文，蕭蕭：《緣無緣》，臺北：爾雅出版社，初版。臺北：爾雅出版社，1996年，頁21。

10 蕭蕭：《悲涼》，臺北：爾雅出版社，1982 年初版。

11 蕭蕭：《舉目》，彰化：大昇出版社，1978 年初版。

12 蕭蕭：《毫末天地》，臺北：漢光文化公司，1989 年初版。

13 參見上註，及白靈〈詩的第五元素〉一文：「在早先的文學生涯中，由於他對散文創作和文學評論的專注與投入，使得他的『文名』掩蓋了『詩名』」見蕭蕭：《雲邊書》一書序言，臺北，九歌出版社，1998年，頁10。

14 蕭蕭：《凝神》，臺北：文史哲出版社，2000 年初版。

15 蕭蕭：《後更年期的白色憂傷》，臺北：唐山出版社，2007 年初版。

16 蕭蕭：《草葉隨意書》，臺北：萬卷樓，2008 年初版。

象，且形式或內容、題材或主題於每一冊詩集中有整體性統一的趨勢，比如《皈依風皈依松》中有一輯詩作是觀賞畫及陶藝所生冥想之作，有一輯是因應公視節目「我們的島」不同的主題而創作，有一輯是集祝福、悼念、詩歌朗誦、校慶、節慶、乃至高中校歌之作。而《凝神》則是正反合式兩段或三段的辯証式作品，《後更年期的白色憂傷》全是三行的小詩，《草葉隨意書》是全以「草葉」為題材之詩與攝影合集，以七、八行小詩為主。因此他出版詩集的方式很像要到心境的高峰才放煙火、或落入生活低窪才展演水舞，而且見好即收，從不拖泥帶水。

據丁旭輝的統計，到 2005 年為止，蕭蕭包括《舉目》在內的前 7 本詩集中「549 首詩中，10 行以下的詩作佔了 77.6%」[17]，這還不包括行數超過十行，但字數仍少於百字、筆者也認定為是小詩的作品在內[18]。如果加上 2007 年《後更年期的白色憂傷》的 81 首三行詩、2008 年《草葉隨意書》的 60 首四行至九行詩，則其小詩的比例就更為可觀，總數 690 首詩中小詩就有 567 首，占了 82.2%。這樣小詩的形式就成了蕭蕭詩作極大的特色，而形成此種形式的成因、手法、和特質便不能不追究。

---

17 丁旭輝：〈論蕭蕭短詩的簡約美學〉，彰化師範大學國文學系《國文學誌》第10期，2005年6月，頁57。

18 白靈：〈閃電和螢火蟲──淺論小詩〉，見《臺灣詩學季刊》，第 18 期，1997 年 3 月，頁 25-34。此文認定小詩以百字之內為，不論是否為十行，不過一般臺灣詩界均以 10 行為小詩準則·筆者之後修正為 10 行內或百字內，如此可包括超過 10 行但不足百字的詩，如商禽的〈咳嗽〉一詩。此處則暫時未統計蕭蕭符合此標準的詩作。

雖然不少學者均注意及蕭蕭的小詩形式及其詩作「大都禪意十足」[19]，如陳巍仁所說：「綜觀蕭蕭的詩作，有兩個特色最常被提出，一是『小』、二是『禪』」[20]，或如丁旭輝所說：「意象的簡約化使得蕭蕭的短詩構圖簡潔、詩意隱匿而豐盈」[21]，卻大多將之歸因於其「中文系出身的學科背景，加上對中國古典文學的愛好與浸淫，讓詩人創作現代詩時自覺地選用短小的篇幅形式」、「為了便於推廣」、「對應現代人的閱讀習慣以及文化工業現象，『小型詩』形式的確適於推廣功用上的考量」，而得出「蕭蕭作品的『小型詩』形式特色，乃是出於個人偏好與實用面下自覺性選擇的結果」。[22]但均未對蕭蕭所言的「空白詩觀」加以進一步論述：

> 我的詩觀是空白。空白處，正是詩之所在。我給你有——有限的文字，藉著我有限的文字你發現了無——無限的空無限的白——你發現了詩。[23]

丁旭輝以「簡約」二字取代「空白」，指出蕭蕭「所賴以營造簡約美學的手法，乃是以詩作外景（外在視覺形式）

19 落蒂：〈水已自在開花〉，見蕭蕭《後更年期的白色憂傷》附錄，頁 94。
20 陳巍仁：〈羚羊如何睡覺？〉，見蕭蕭《皈依風皈依松》導言，頁17。
21 丁旭輝，頁64。
22 楊雯琳：〈月光下的現代詩——論蕭蕭《後更年期的白色憂傷》中的禪意特色與其發揮之用〉，頁230。
23 蕭蕭：〈蕭蕭詩觀〉，《蕭蕭世紀詩選》，臺北：爾雅出版社，2000年，頁6。

與內景（意象）的雙重簡約為基礎，或者利用簡約後極簡的意象凝緊全詩的焦點，藉以彰顯豐富的詩意與美感；或者消解意象的形體，甚至完全不用任何意象，而將詩意涵融於抽象的心象與簡潔的詩語之中」[24]，相當具體地指出其小詩手法的特點，但對「空白」二字並未進一步闡明，而僅止於推論出「所謂的『空』、『白』便是作者說得極少、意象極簡後，所留給讀者的巨大的、豐盈的想像空間，這便是蕭蕭短詩以簡約詩語追求飽滿詩意的美學手法。」最終得出其空白詩觀與中國古典美學思想中對於「空白」所造成的「以虛帶實，以實帶虛，虛中有實，實中有虛，虛實結合」[25]的美學效應，有「深刻的契合關係」[26]。但並未及進一步探究「空白」的更深層意涵，因此本文即擬針對蕭蕭所強調的「空白詩觀」形成的可能緣由和進行方式予以進一步探索，並就中西方「空白美學」的觀點，和科學上「潛熱」的理論，挖掘蕭蕭堅持小詩形式與空白美學的關聯性，最後探討其可能產生的意涵和影響。

二、色空關係與空白詩觀

第一節引言中所引的蕭蕭「空白詩觀」中，最可注意的是「空白處，正是詩之所在」一句，是「藉著我有限的文字

24 丁旭輝，頁57。

25 參見見宗白華：〈中國美學史中重要問題的初步探索〉，《美從何處尋》，臺北，駱駝出版社，1987年，頁10。

26 丁旭輝，頁 64。

你發現了無——無限的空無限的白——你發現了詩」。這幾句富有禪機的話語，看似在說詩，其實更像是在說宇宙的真象。因此如不能釐清「色」「空」、「有」「無」、與「有限」「無限」的相互關係，則蕭蕭的話也不過是一句偈語或智慧語錄罷了，不懂者仍舊霧裡看花、朦朧難解。

首先必須回到「有限」與「無限」的根本問題來，否則連「有」「無」與「色」「空」也成了形而上哲學的難題。最簡單的例子，可舉我們日常所見的一杯水，如果取出 360 滴來（可用小玻璃滴管），則大約是 18ml（大約小瓶養樂多的十分之一量），其具有的分子數就大約有 $6.02x10^{23}$ 個分子，那大約是一千萬個 100 兆的量，18 ml 是有限的，$6.02x10^{23}$ 個分子則是無限的，但兩者根本是相同、相等的事物，18 ml 的水一蒸發，就化成 $6.02x10^{23}$ 個氣體分子飛走了，18 ml 看得見，$6.02x10^{23}$ 個分子則看不見。這也是愛因斯坦的質能方程式 $E = mc^2$（能量 = 質量 X 光速的平方）可以成立的原因，當 $6.02x10^{23}$ 個水分子 H_2O 的所有 H-O-H 的鏈結全被打斷釋放出的能量，其能量是可怖的巨大。因此有限的事物只是無限暫時的、偶然因緣聚合的形體，無限的能量（空／無）才是有限的質量事物（色／有）的最終歸處，但兩者又會來回循環不停，無所休止。因此有限實即無限，無限實即有限，宇宙即於兩者之間往返循環不停，以是「色即是空，空即是色」不是佛學或哲學語言，而根本是科學真理。如是，質即能的暫時狀態、有即無的俗世面目、色即空的短暫因緣，皆成了科學可以釐清的真象。

因此當蕭蕭說「藉著我有限的文字你發現了無——無限

的空無限的白——你發現了詩」，他的「詩」是「無」，是「無限的空無限的白」，其實即在「有」之外發現它的對立面「無」的存在，「無限的空無限的白」成了蕭蕭最看重最在意的詩的內涵。卻無需大量的「有」，再小的「有限」（比如一滴水）也是「無限」的（也含有 1.67 $x10^{21}$ 水分子），世間其他事物的真象無不如此，再小的「有限」本身即是「無限」的暫時粘合，不此之見，則易落入形而上虛渺難解的思辯上，因此再小的「有限」也可以「召喚」出「無限」來，是一事實而非止於意識修為或頓悟虛空之事。然則宇宙的「無限」顯然是不可思議的、是不可知、難以確認其內容和形式的。回過頭來，連「有」皆是「無限」的在世暫存狀態，因此用肉眼所見並非即可確認其面貌，甚至其實體面貌究竟為何可能都成了難以明晰的困境，若不將之「懸擱」，則徒庸人自擾而已。因此蕭蕭即在他極簡的有限行數的小詩中欲顯現那樣的「無限的空無限的白」來，當他說：

> 我對禪門公案特別有興趣。因為了禪如寫詩，其深意俱在言語之外，而不在字面上有限的意義。
> 字越少，留存給讀者的想像空間就越大。如五匹黑馬→黑馬→馬，字越少，心中的馬，可能性就越大。
> 金剛經上說：「應無所住而生其心」，其中，「應無所住」即言萬事萬物、萬法萬象皆空，不該在任何處所依戀停留，此之謂「色即是空」；「而生其心」則是指

活水所到處，處處生機，此之謂「空即是色」。[27]

蕭蕭說的即是他貼在明道大學中文系網頁上的座右銘：「喜、怒、哀、樂生於色而不住於心」[28]，意謂既是人，不可能「喜、怒、哀、樂」不生於色，但因能「不住於心」而得以化解（?），如何而能，即在試圖明白「無限的空無限的白」的存在本身即是不可思議的。因此他的「空白詩觀」不只是詩觀，也是生活觀、存在觀、宇宙觀。蕭蕭的「不住於心」類似宗白華所說「美感的養成在於能空，對物象造成距離，使自己不沾不滯」、「不僅僅依靠外界物質條件造成的『隔』。更重要的還是心靈內部方面的『空』。……精神的淡泊，是藝術空靈化的基本條件。」[29]明白、認識「空」的存在和不可思議性，由「養空」而「能空」，成了蕭蕭小詩得以日趨成熟的必要條件。

然則「喜、怒、哀、樂」既「生於色而不住於心」，或者「能空」、「養空」是何其難也，以是才要以有限的文字去捕捉「無限的空無限的白」，一方面呈現了作者調度有限文字的能耐，一方面也大大考驗了讀者「填補」、「想像」、「跨越」甚至「開拓」那「空白」或「能空」的能力。這對作者和讀者而言，均是何等不易的事，因此如何去貼近，就成了

---

27 鄭懿瀛：〈在空白處悟詩——午後・蕭蕭〉，臺中圖書館《書香速傳》，2007年1月第44期，頁45。

28 同註 7。

29 宗白華：〈論文藝的空靈與充實〉，見其《宗白華美學與藝術文選》，河南文藝出版社，2009，頁 181。

「空白美學」的大問題。就如 H.奧特所稱的，要「說出」那「不可說的」，但得有「不可言說之物」，然後才有可能進行詩意的「不可言說的言說」。[30]能空的方式既然是「生於色」但又能「無住於心」，要「不粘不滯」，表現的方式是「字越少，想像空間就越大」、「可能性就越大」，則或可以圖一及圖二表示：

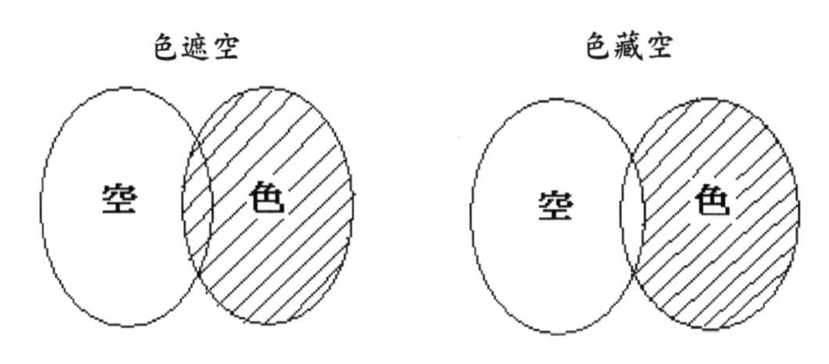

圖一　「色為主」與空的互動(一般詩作)

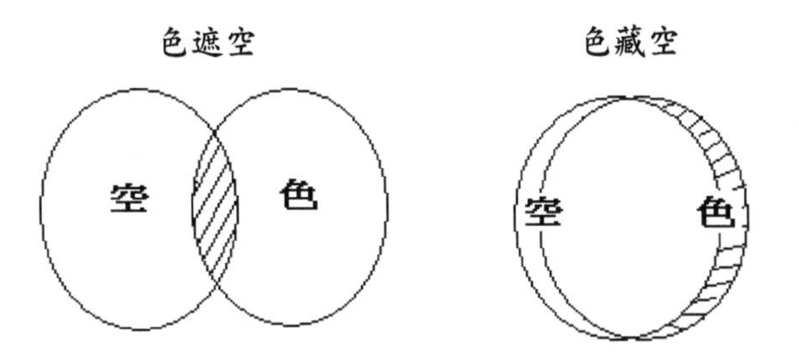

圖二　「空為主」與色的互動(蕭蕭小詩)

---

30 H. 奧特：《不可言說的言說》，林克、趙勇譯，北京：三聯書店，1994年，頁 43。

兩圖斜線面積代表呈現於外的部份（比如字數或表現外呈的比例），圖二顯示的斜線比圖一少了很多，表達的是「色」或「字」的減少，而其與「空」的關係就圖形而言反而較為對稱也較為平衡，色空的互動性反而較圖一的色空不對稱不平衡為佳。其意義是「不說」（空白／即「色」部份斜線區減少）的越多，則可藉「空白」代為「說出」的部份可能就越多。

如要追索近乎不可而知的「無限的空無限的白」，則將與老子所言：「視之不見，名曰『夷』，聽之不聞，名曰『希』，摶之不得，名曰『微』。此三者不可致詰，故混而為一。其上不皦，其下不昧。繩繩兮不可名，復歸於無物。是謂無狀之狀，無物之物，是謂惚恍。迎之不見其首，隨之不見其後。」（第十四章）又庶幾近之。如此幾近不可見不可聽又不可捉摸的「道」實在難以得知，卻幸好「道之為物，惟恍惟惚。其中有象，恍兮惚兮，其中有物，窈兮冥兮，其中有精，其精甚真，其中有信。」（第二十一章），即道之為道、詩之為詩、美之為美仍可在有限之中看出無限，凡作用於人之視聽聞嗅味觸的感官之美，同時又多少可表現出某種超出視聽嗅味觸等感官性質，存在於物理時空的實在和有限，同時又多少露現出無限的心靈微光，「無限的空無限的白」即掀出一角於其中，於是經驗的也有超驗的可能。此後「律詩之妙，全在無字處」（劉熙載）、「墨氣所射，四表無窮，無字處皆其意」（王夫之）、「《西廂記》是一無字」（金聖歎）、「從無討有，從空摭實」（沈際飛）等中國古代的「空白說」，大抵均承繼了老子的「有無說」，「空白」果然孕育著詩與藝術的起源和終極。

在西方，所謂「空白」則是指文本中作者沒有寫出來或是沒有明確寫出來的部份。每一個文本均只是「圖式化」的空框結構，都包含無數個英伽登所謂的「未定點」或「不確定性的點」（spots of indeterminacy）——空白，需要讀者自行去填充這些不確定的點，也因此才能獲得一種無限而不可窮盡的呈現，[31]卻無論如何又消彌不了其中的未定點，亦即不確定的空白不可能被確知。而伊瑟爾在英加登現象學研究的基礎上提出文本的召喚性，強調「空白」是文本召喚讀者閱讀的結構機制，具有多種表現形式。如情節線索的突然中斷形成的「空白」，或者各圖景片段間的不連貫形成的「空缺」，這些都是文本對讀者發出的具體化的召喚和邀請。根據伽達默爾「視野融合」學說的啟示，伊瑟爾認為文本的「否定性」也是一種召喚讀者閱讀的結構性機制，它喚起讀者熟悉的主題和形式並對之加以否定（喚起它是為了打破它）。於是喚起讀者「填補空白」、「連接空缺」和「否定以更新視域」共同組成了文本的召喚結構。[32]一部作品的不確定點或空白處越多，讀者便會越深入地參與作品審美潛能的實現和作品藝術的再創造。這些不確定點和空白處就構成了文學文本的召喚結構。「所言部分只是作為未言部分的參考而有意義；是意指而非陳述才使意義成形。由於未言部分在讀者想像中成活，所言部分也就『擴大』，比原先

31 王嶽川：《現象學與解釋學文論》，山東教育出版社，1999 年，頁 58。

32 朱立元主編：《當代西方文藝理論》，華東師範大學出版社，2003 年，頁 295。

具有較多的含義；甚至瑣碎小事也深刻的驚人。」[33]「未言」（空）反而使「所言」（色）擴大，於是「空白」反而成了文本的重心，這些話也印證了蕭蕭所說藉著我「有限」（色）的文字你發現了「無」（空），此「無」即「無限的空無限的白——你發現了詩」的「空白詩觀」。綜上所述，或可以下表說明當強調以「空白」為主的美學時，其與一般創作美學的不同：

以色為主（有）	m（質）	火/水/雲（感官為主）	煙火/水舞	彩色	短中長型詩/以長為尚	一般詩人創作美學
以空為主（無）	E（能）	熱/冷/天空（領會為主）	光/流	白/黑	崇尚小詩/越短越妙	蕭蕭的空白美學

三、經驗與超驗的空與白

蕭蕭的詩作常「在放歌與沉思間擺盪」[34]，較長的詩屬於放歌型，「空白」較少，比如〈草戒指〉，是暖色調的，「語言充滿灼熱的光芒」、「飽含讓人難以招架的生命原力」[35]。他的小詩占 80%以上，留下大量的空白，自然偏向沉思型。但一個人的詩作不可能沒來由的那麼重視「小詩形式」和認定「無限的空無限的白」乃詩之所在，固然中國古

33 蔣孔陽主編：《二十世紀西方美學名著選（下）》，上海：復旦大學出版社，1988，頁 511。

34 瘂弦：〈美思力——蕭蕭編著「感人的詩」序〉，見《創世紀詩雜誌》第 66 期，1985 年 4 月，頁 94。

35 白靈：〈詩的第五元素〉，見蕭蕭：《雲邊書》序，頁 29。

典文學（尤其王維）、老莊思想、佛學、禪宗公案等對蕭蕭都有影響，「氣質」只適合寫小詩也是一種說法，然而蕭蕭的成長過程顯然佔有極大的因素。他的詩集書名會叫「舉目」、「悲涼」、「毫末天地」、「緣無緣」、「雲邊書」、「皈依風皈依松」、「凝神」、「後更年期的白色憂傷」、「草葉隨意書」等充滿要與「天地風雲」對話又如「毫末」、「草葉」隨意可被吹去的微不足道感，不會是偶然，這些書名的前幾本與「天」關係較大（「舉」目、悲「涼」、「雲」邊書），然後逐漸走向「人」（「緣」無緣、「凝神」、「後更年期」的白色「憂傷」）與「地」（皈依「風」皈依「松」、「草葉」隨意書）的糾葛。我們或許可在他的處女詩集《舉目》中找到一點蛛絲馬跡：

> 從天到人的關心，從人到地的熱愛，我有著很深很深的冥合為一的觀念。寫〈田間路〉，因為自小就從阡陌之間站起來，走過來，難以忘懷的或許是現代詩裡的陶淵明，而我不是，不農不耕不淵明，只能把〈田間路〉當作自述詩處理，以線去串連祖母的苦心、父親的血汗、我的淚水，我珍愛自已走過的這條田間路，也喜歡吳晟的〈吾鄉印象〉。這是我最新的作品，均是最老最舊，一直流盪在心中的感情。[36]

此段說他有「很深很深的」要與「天地人」冥合為一的

36 蕭蕭：〈「舉目」後記〉，見蕭蕭：《舉目》，頁 110。

感受，而且最新的作品寫的也是最老最舊的情感。此處的「天」與宗教、禪、上帝、信仰可能都無關，應是指他生長的鄉村田野環境，「自小就從阡陌之間站起來」，「舉目」一望就是連綿不絕的天與白雲，因此當蕭蕭說「無限的空無限的白」這句話時，首先應是「經驗」的「無限的天『空』」與「無限的『白』雲」，然後才是超驗的「無限的空」與「無限的白」。而「無限的天『空』」與「無限的『白』雲」即是大自然的一部份，應該說最大的部份，等到他北上求學時，舉目所見的「天空」與「白雲」自然易與自己的「家鄉」和人產生連結，這也是他寫詩的前二十年包括《舉目》、《悲涼》與《毫末天地》三本詩集中會有那麼多的「天『空』」與「『白』雲」的緣由，雖然他在第一本詩集後記中說「我收回舉目望天、詩思翔舞在無垠天際的觀境，而從最使我動心的人的身邊寫起，寫寂寞，寫沉潛，寫激奮，寫悲苦，以最短的篇章含蘊真摯的情意」，但最初令他動心與深思的「天」之「空與白」卻是他一生最初經驗與超驗之思的源泉：

1. 東南去一隻西北來的雁，在／漸漸不是雲的／／天／／空／叫著／直到亮起了另一隻／東南去的憂鬱／・／・／・／・／・／直到天空漸漸是／雲的[37]
2. 天空一直就在那兒／空／著／・／・／・／・／

37 蕭蕭：〈渴〉，蕭蕭：《舉目》，頁16。

起初真的有些樹聲／一／絲／絲／雲／・／而後是斜斜的鳥鳴翳入空中／雲斜斜翳入空中／而後／開著一支——孤單的水仙[38]

3. 沈默的夜空欲滴未滴，一滴鮫人椎心的淚[39]
4. 溪流，可以枕臥／可以叫青山來枕臥／可以叫白雲來，來臥枕／偶而的閒散寫在白鷺鷥收起的右腳／老牛不管這些兀自反芻「聲聲慢」[40]
5. 山要坐就會坐得像一個老人／雲突然洶湧起來／／鳥要飛就會飛得無影無蹤／連山林一起帶走／帶不走天空和土地，留下哀傷[41]
6. 所有的塵灰都下沉／唯天空純白，留下興奮的臉[42]
7. 寂寂三行／不知道，天空中最後一片晚雲／模擬著那次淚痕／我則專心分類一萬種寂寞[43]
8. 窗口應該有雲飄過，從古遠／滑向右手邊／看不見的天空停在那兒／／看不見一大片天空／我在窗後黝黑的谷地急速／緊縮／一塊多稜的山石，撲入溪流[44]
9. 你終究要來的／／來把天空帶過去／把白雲帶過去／把遙遠帶過去／把稻浪帶過去／把 37℃也帶

---

38 蕭蕭：〈深〉，蕭蕭：《舉目》，頁 22。

39 蕭蕭：〈珠淚〉，蕭蕭：《舉目》，頁 74。

40 蕭蕭：〈未時・奔馳〉，蕭蕭：《舉目》，頁99。

41 蕭蕭：〈讓水繼續流之二〉，蕭蕭：《悲涼》，頁 68。

42 蕭蕭：〈讓水繼續流之三〉，蕭蕭：《悲涼》，頁 69。

43 蕭蕭：〈忘情三十六行〉，蕭蕭：《悲涼》，頁 122。

44 蕭蕭：〈窗〉，蕭蕭：《悲涼》，頁 129。

過去／你終究要求的／／來把我放在左胸口帶過去[45]

10. 啁啾著，一隻麻雀／倏忽著，一朵蒼狗／清風無事／／天空／還在[46]

11. 我們的島鐵灰著臉／不知道自己的天空該屬於什麼顏色[47]

12. 我隔著鋁窗望白雲 注視著／白 幻想著／雲／／白雲忘了自己就是白雲／可以來，可以去／可以不來不去[48]

上舉例中的「天」宛如「母親」或「上蒼」、「老天爺」的化身，永遠「空」在那裡，永遠允許白雲或蒼狗或鳥或憂思或想像或就是自己在上頭撒野、飛翔、變幻身姿，因此「天／／空／叫著／直到亮起了另一隻／東南去的憂鬱」、「唯天空純白，留下興奮的臉」、「不知道，天空中最後一片晚雲／模擬著那次淚痕」、「清風無事／／天空／還在」。而在心理學上「一個人要重建他的身份認同以及自尊，第一步，通常便是退回自然的孤獨懷抱」[49]，「自然」正是被視為「倒退式」的母親的象徵，而倒退也可能產生「絕對正面

45 蕭蕭：〈等〉，蕭蕭：《毫末天地》，頁 56。

46 蕭蕭：〈我無所思故我在〉，蕭蕭：《毫末天地》，頁 81。

47 蕭蕭：〈失去顏色的鳥〉，蕭蕭：《毫末天地》，頁111。

48 蕭蕭：〈白雲〉，蕭蕭：《毫末天地》，頁 17。

49 Joanne Wieland-Btston：《孤獨世紀末》（*Contemporary Solitude*, 宋偉航譯，臺北：立緒文化事業有限公司，1999），頁 126。Joanne Wieland-Btston：《孤獨世紀末》，頁。

的效果」，「在這裡，到處都可以找到和自然合而為一的想像」，[50]正呼應了他可以在出版《舉目》之前「從急流中勇退」五年，「過著寧靜的田莊生活，不再發表詩作，不與任何人往來，似乎真的消失了」[51]的做法，以及蕭蕭上述「我有著很深很深的冥合為一的觀念」之說法。此時他已開始由「經驗」的「天『空』」與「『白』雲」，進入了超驗的、精神、思維層次的「無限的空與無限的白」之中，他說「一般人寫葡萄會著墨在其酸甜滋味，是現實主義；而我，則是要傳達吃了葡萄之後，那種微醺的感覺，一樣從現實入手，但最終卻進入抽象的、精神的層面」，而這樣的追索不會無緣無故而得，必然與其成長經驗有密切關聯。

他自小在鄉間成長，貧窮不斷鞭策他，小學就欠老師三年的補習費、「為什麼翻遍家裡所有的抽屜，就是找不到兩毛錢？」、「卑怯、畏縮，從此埋首在書本中不再抬頭」、「直到有一天，被選為旗手，走上升旗臺，我不自覺昂著首，挺直了脊樑」。[52]讀大學時必須由老父四出借貸，走訪員林街上的醫生、市郊的工廠募款，然後才「帶著員林鄉親的善心義行，北上註冊」。大一打掃教室、大二拿鋤頭，卻連參加「戰鬥文藝營」的三百元報名費都付不起，是三十元、五十元由同學和學長募捐來的，[53]蕭蕭自小的匱乏和一生背負師

---

50 Joanne Wieland-Btston：《孤獨世紀末》，頁 173。

51 水雲：〈風聲再度盈耳〉，見蕭蕭：《舉目》代序，頁 4。

52 蕭蕭：〈穿內褲的旗手〉，見蕭蕭：《父王．扁擔．來時路》，臺北：爾雅出版社，2002 年，頁 29。

53 參考林毓鈞：《蕭蕭新詩研究》，彰化師大碩士論文，2006年，頁15-16。及蕭蕭：《在尊貴的窗口讀信》，臺北：九歌出版社，1993年，頁96。

友親人的恩情，自年幼至青年時期的不斷累積，是他一輩子想還也還不完的。這也合理地解釋了他一生何以孜孜不倦「為詩人造像，為詩作演義，為詩壇植林，為讀者點燈」[54]以及「非常積極地扮演『佈道者』及『解人』的角色」[55]，那其中不知存進了多少感恩和回饋的心，要感謝的人太多，無法一一謝過，只好謝天謝地謝天下人謝天下所有的愛詩人，是近乎一種要「將缺憾還諸天地」的心境。既然日後的「有」是要拿來歸還用的，因「無」而「有」的，若「有」也將歸於「無」。這也合理地解釋了他為什麼一起初寫詩經常「一字一行」，因為「詩人的寂寞大約如此：不使自己在眾裡叫出一聲／冷」[56]，命運的道上什麼都匱乏的，既然不曾「有」，也就什麼都可以還諸於「無」。這一切也使他「能捨」「能空」，而朝這條路徑前行的結果，也就容易達至宗白華所說：「由能空、能捨，而後能深、能實，然後宇宙生命中一切理一切事無不把它的最深意義燦然呈露於前」，而這正是「藝術心靈所能達到的最高境界！」[57]

對蕭蕭而言，「養空」到「能空」其實即「牧心」的工作，他說：

---

54 見第一節已提及的張默：〈垂今釣古話蕭蕭：序《緣無緣》詩集及其他〉一文，頁21。

55 見第一節已提及的陳巍仁：〈羚羊如何睡覺？〉，見蕭蕭：《皈依風皈依松》導言，頁 12。

56 蕭蕭：〈「舉目」後記〉，見蕭蕭：《舉目》，頁 108。

57 宗白華：〈論文藝的空靈與充實〉，見其《宗白華美學與藝術文選》，頁183。

本來心就是從未牧開始，馴服之後就是隨心所欲，空無一物，想做什麼就做什麼，不是只有一條路，有無限的可能。我認為佛跟禪講到最後就是無限的可能、無所不可，「明心見性」應該也可以。

從「未牧」到「馴服」的過程並非一段時間而已，常常是反反覆覆、可能是費盡一輩子都在努力「空白自己」的工作，這是蕭蕭小詩有那麼多「空」、「白」、及「空白」的成因。一如冰、雪、霜、露、水、雨、霧、氣、雲的水的三態永遠在地球上往復循環一樣，只是修持到後來，由「喜怒哀樂生於色」到「不住於心」的時程會越來越短、越來越輕易、自如罷了。但是不是已經「空白了自己」別人是看不出的，那種努力很像自己的「心態」或「境界」變了提昇了，別人看不出一樣。

物質的三態變化中有所謂顯熱與潛熱之別，或可說明「養空」到「能空」的過程。物體在加熱或冷卻過程中，溫度升高或降低而不改變其原有相態所需吸收或放出的熱量，稱為「顯熱」。比如將水從 25℃的升高到 90℃所吸收的熱量，即為顯熱，它能使人們有明顯的冷熱變化感覺，通常可識用溫度計測量。但在物體吸收或放出熱量過程中，其相態發生了變化，比如 0℃冰加熱成 0℃水，或 100℃水加熱成 100℃水蒸氣。此時雖加入大量的熱能但只見冰成水、水成蒸氣，溫度並未發生變化，這種吸收或放出的熱量即稱「潛熱」。[58]「潛熱」的變化用溫度計測量不出來，人體也無法感覺到，但只能通過實驗計算出來。「潛熱」的填補或釋放很像「養空」的過程，能量不斷改變，而外界無法感知，宛如一段長時間的空白，只要「兩態共存」（固液或液氣），不論兩態的比例相距多大（1 比 100 或 100 比 1），此宛似「空白」（溫度始終不會變化宛如內在時空或心境沒有變化）的狀態就無法被感測到。此物質三態變化[59]以潛熱模擬「養空」圖可以圖三表示之：

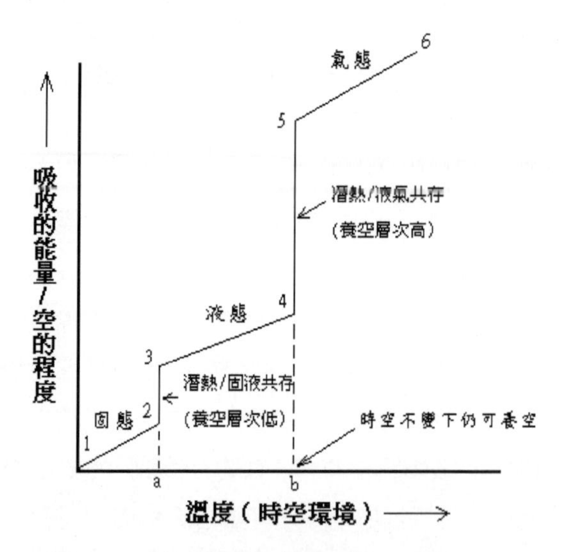

圖三　物質三態潛熱曲線模擬「養空」圖

---

58 Keith J. Laidler, John H. Meisev: *Physical Chemistry*, (Benjamin: Cummings Co, 1984), pp109-110.

59 參考 B. M. Goodwin: *Thermodynamics,* (American Institute Engineers, 1981), p20.

「顯熱」可由溫度計測量的部份，很像「色」的變化，此即圖中由 1 至 2 的固態加熱、由 3 至 4 的液態加熱、由 5 至 6 的氣態過程。「潛熱」不能由溫度計直接測量的部份，很像「空」的變化，此即圖中 2 至 3 由固態變化到液態的能量提昇、及 4 至 5 由液態變化到氣態的能量提昇過程。此「養空」的潛熱過程，其實是兩態共存的，即如 a 點中固液並存及互動、b 點的液氣並存及互動，很像冬春交替之際冰溶成水或湖泊蒸騰為雲氣的時段，其能量湧動的精彩層次，當然以後者最為壯觀，其體積由液態成為氣態如果以水 18ml 為例，一下子可增至至少 22400ml 的蒸氣體積，自由運動的能力即是此後雲霧了，此時溫度卻沒有改變，這是物質由「養空」（開始汽化）到「能空」（完全汽化）的歷程。

蕭蕭從早年的小詩中「不使自已在眾裡叫出一聲／冷」[60]的自我堅定，是他「養空」過程的早期階段，是對自身生命的一種回顧和自省，是了然命運的本然和必然，是了然「無限的空無限的白」的不可抵禦和無須抵禦，但「不叫出」是企圖使自已「喜怒哀樂不生於色」，因「冷」而不欲出聲，是無法「不住於心」。那時有「一萬種寂寞」 想「專心分類」，到後來在他的小詩中並未增加多餘的文字，其「空」與「白」的能量卻越來越自如，即使「「喜怒哀樂生於色」也要令之「不住於心」，到達「能空」的境地，此時已由經驗的進入超驗的體悟：

---

60 蕭蕭：《舉目》，頁 43。

> 日落不驚，花開不喜，內心深處那一塊陽光照不到的地方依然沒有陽光臨蒞，唯顏色濃淡逐漸調和，如僧人吐納，慢而長那樣的聲息。[61]

> 青少、中壯、更年期或者更年期後，時間容或相異；總是有那麼一小塊，陽光無論如何也不可能臨蒞，癬一樣灰白，癬一樣地佔據。……
> 所以，詩中有時我化身為草葉，……；有時又以草葉為對話的你，……；有時我跳脫出草葉的葉脈之外，靜靜凝視、靜靜諦聽，那是步入晚境的賢哲常見的身影，水花盪波，火花映空，似乎碰撞到形象思維的某一處敏感神經，卻又翻入另一個新境，無影無形又無蹤。[62]

我們當然無法確知「內心深處那一塊陽光照不到的地方依然沒有陽光臨蒞」、「癬一樣灰白，癬一樣地佔據」（難以被填補或確知的空白？）的意涵，但由他在草葉之內、之間、之外的「隨意變化身姿」，「似乎碰撞到形象思維的某一處敏感神經，卻又翻入另一個新境，無影無形又無蹤」的敘述，與上述物質三態變化以潛熱模擬「養空」圖的兩態並存、互動，能此也能彼，而溫度計感測不到、外界陽光又照射不到的狀態變化可以類比。「水花盪波」（水舞）、「火花映

---

61 蕭蕭：《後更年期的白色憂傷》序文，頁 7。
62 蕭蕭：《草葉隨意書》序，頁 1。

空」（煙火）之「色」，轉瞬又幻化成無蹤之「空」，說的正是蕭蕭透過「空」與「白」的美學，在小詩中意圖呈現的生命境界。

四、蕭蕭空白的設計與意涵

蕭蕭數十年始終如一、不改其志地寫出超過五百首的小詩創作，恐是兩岸三代詩人群中所僅見，且其經營小詩所經營出的「空白詩觀」，和經由語言、結構、截斷、跳脫等的設計，已為兩岸小詩的未來，規劃出一可觀的前景，其影響恐會與日俱增。而其「空」與「白」由經驗到超驗的體認，也為未來小詩鋪出一條大道來，正可結合中西空白美學進一步加以探究。底下先就其空白的設計與意涵分幾點予以說明：

(一) 以中斷的空白模擬生命史的懸疑性

第二節討論到西方的空白理論時，提及一部作品的不確定點或空白處越多，讀者便會越深入地參與作品審美潛能的實現和作品藝術的再創造，即「召喚」讀者參與填補或連結空缺。比如詩在描寫人物的某一段情節，當人物性格特徵出現時，為表現人物之間的矛盾衝突，因佈局謀篇之需要，常省略一大堆情節，使文本前後跨度增大、造成事件或大或小的空白。因此詩中的「小說企圖」是蕭蕭「空白」手法重要的一部份，比如：

(a)淚從睫毛下漫漶了白色的臉龐／／臉龐以哀戚撲向土黃的手掌／／雙手緊緊／／握緊，愛順著指縫流進眼睛的深黑裡（〈疏離的人〉）[63]

(b)不要拍攝我臉上的淚痕／／婦人壓低帽簷／一口米酒正沖洗她先生發出的酒嗝（〈淚與酒〉）[64]

(c)鞋底帶不回春泥／燕子的叫聲留在二十世紀／／枯枝一樣的手滑過乳房（〈枯枝與乳房〉）[65]

(a)詩每句一段，四句四段，「撲向」是關鍵詞，用特寫鏡頭描述兩人的互動，空白卻極大，背後情節幾乎省去，需讀者自行填補。(b)詩三行是婦人的悲劇性敘述，末行是詩意和小說性衝高的關鍵句，未說盡空白造成高度的懸疑。(c)詩三行像離鄉老大回的遊子的晚境與老妻的互動，簡單勾勒，空白巨大，卻小說趣味十足。這是蕭蕭精緻的微型小說詩、小老百姓生命史的極短篇。

(二) 以意味的空白超越言說的侷限性

第二節提到中國的「空白觀」時曾論及中國的詩書畫講究言外之意或弦外之音均與老莊思想的「有無觀」或佛家的「色空觀」有關，其深層內涵都指向宇宙萬物之終極本體「無」或「空」。如此即當企圖經文本意義上的空白時，即常以「不言」或以「意味上的空白」來超越言說的侷限性。

---

63 蕭蕭：《毫末天地》，頁 44。

64 蕭蕭：《後更年期的白色憂傷》，頁 14。

65 蕭蕭：《後更年期的白色憂傷》，頁 54。

比如下舉詩例：

(a)天　寫了一個好大的　空／然後為自己也為大家放了長假／／海不停地以咄咄　怪聲／證明空是一種實存／／我坐在夕陽下／不對這些提供任何諮詢（〈海的徒然〉）[66]

(b)在生與死的猶豫間下了決心／刷一道白。卻非空無／／也不確然是　非空無（〈瀑布的生命〉）[67]

(c)我知曉／你／任自己／飄浮於／空與白／深處／不言不語／且／無聲／／無息／任空與白／飄在／空與空／之中／白與白的／內裡／而我／不一定／知曉（〈雲中書——大屯山上所見所思〉之一）[68]

(a)詩對於「天」之「空」與海之「咄咄」和「証明」，「我」無意回應，因「言說」有其不足和侷限，也意味著對海的不認同，但不說比說更有力道。(b)詩的決心「刷一道白」不說是「非空無」或「非『非空無』」，「非空無」是肯定了「白」（也有空的意味），「非『非空無』」又予以否定，但又「不確然是」，如此乃意味深長。(c)詩雖超過十行，但不滿百字，因此也列入討論。詩說對「空與空」及「白與白」之間的飄浮行為，首句先說「我知曉」末句又說「我不

66 蕭蕭：《草葉隨意書》，頁 57。

67 蕭蕭：《後更年期的白色憂傷》，頁 80。

68 蕭蕭：《雲邊書》，188。

一定知曉」,「你」到底是山或是自己或是情思也未說明,實因有所知但又有限,如此僅能以意味不確定或肯定再否定來突破言說的侷限。此也與第二節提及西方空白說中「否定以更新視域」以組成文本的召喚結構暗相呼應。

(三)以跳脫的空白追索心靈的超驗性

對禪與詩於創作與體悟上的相類之處,蕭蕭認為一是「截斷」,二是「無用之用」,「禪在給人某一個情境時,常會忽然截斷,在這個截斷的空間裡,反而讓人觸發新想,悟出新機,詩也一樣。」[69]因此常藉轉換句勢,令其接得突兀,卻又斷而後連,以「空白」造成想像的的空間,有如小小的偈語可以震撼無名的心。[70]但其「禪」,又與宗教信仰無關,乃於思辨中展露現其靈朽機鋒,「是一種時時與萬物保持對話的情趣」。[71]而此與超驗主義(Transcendentalism)主張人能超越感覺和理性而直接認識真理,認為人類世界的一切都是宇宙的一個縮影的說法相當接近。[72]比如下列小詩:

(a)惹人發慌的/就是那些迎風的白楊/一排/比一

---

69 潘煊:〈訪蕭蕭〉,《普門》第 234 期,臺北:普門雜誌社出版,1999 年 3 月,頁 51。

70 張默:〈垂古釣今話蕭蕭〉,蕭蕭:《緣無緣》,頁2。

71 陳巍仁:〈羚羊如何睡覺?〉,蕭蕭:《皈依風皈依松》,頁19。

72 見維基百科全書「超驗主義」條目下之「核心觀點」,2010 年 10 月 4 日查詢,參見 http://zh.wikipedia.org/zh-hk/%E8%B6%85%E9%AA%8C%E4%B8%BB%E4%B9%89。

排／／悠／閒（〈白楊〉）[73]

(b)我們垂著長眉對坐，松林裡／只有清泉細細／裊裊，灰白的髮絲迎風披散／一本輞川集尚未翻開／三兩片花瓣先已順著衣襟／飄落／我，正待開口／／想起上次論辯的內容，細細／裊裊，不外乎眼前焚出的一縷清香／還煩勞明月佇足／相候／我，如何開口？（〈與王維論禪〉）[74]

(c)落葉鏗的一聲墜落／我循聲探問：誰家的嬰孩誕生？／遠天的浮雲動也未動（〈嬰孩〉）[75]

(a)詩的「白楊」當然不可能「惹人發慌」，是人見景致之「悠閒」形狀而領悟自我之匱乏。(b)詩因不足百字因此也列入討論，詩以兩人對坐於林、泉、風、花、香、月之組合的情境中，實即處於禪境，「真」即在眼前，說與不說已無區別。(c)詩的落葉是死亡，嬰兒出世是生之開始，看似無關，但生死循環乃是必然，因此無人可答，也無須回答，說的是事實，其實即宇宙本然，故以不相關的植物、動物、無生命物等相互依存的三物連結，並無不可。此也與第二節提及西方空白說中「連結的空白」以組成文本的召喚結構暗相呼應。

---

73 蕭蕭：《悲涼》，頁 36。

74 蕭蕭：《悲涼》，頁 85。

75 蕭蕭：《後更年期的白色憂傷》，頁 77。

（四）以痙攣的空白展現性力的能動性

蕭蕭關於「放歌型」的詩作大都多於十行，此乃情感奔放不能不爾。而在小詩中某些則涉及性力的能動性，相當大膽，屬於痙攣性的小放歌類的，比如：

(a)可以不要花的色與香，畫的美與力／山珍海錯四書五經／可以不要天長地久人團圓／可以不要亞太經濟以我們為中心／世界小異不必大同／可以不要雨不要風不必春夏秋冬／／一根一根佛洛伊德／支撐我們的天空（〈空的天空〉）[76]

(b)「舔著小小的霜淇淋……想起你……／我驚訝的舌頭／吐出一臉粉紅……」／你的信上這樣說／／里萬九上直搖扶翅振乃我（〈扶搖〉）[77]

(c)夜，封閉各路通道／你琢我磨我為一柄出鞘劍／劍，屏氣／凝神／慢慢推向最不能忍受的懸崖／只等一道白，橫腰而來（〈飛白〉）[78]

(a)詩強調色根原力高於於一切、可以支撐一切的空，但又留下一堆空白未予說明，讓人思維痙攣又不予制止，令人會心又難平靜，觸及了人性的根本。(b)詩的末句倒寫，令人有振翅而飛之感，與前段的性暗示形成了曖昧不明的空

---

76 蕭蕭：《雲邊書》，頁99。

77 蕭蕭：《悲涼》，頁37。

78 蕭蕭：《悲涼》，頁 53。

白。(c)詩的劍、懸崖、一道白、橫腰均與性事有關，卻以「飛白」提昇之，令人痙攣難抑，果然其「空」與「白」可以是一切。

(五) 以天地的空白收納亙古的孤寂性

第三節提及蕭蕭在第一本詩集即說其有著「很深很深的冥合為一的觀念」。他的「空白詩觀」是與其由「經驗」的「天『空』」與「『白』雲」，進入超驗的、精神、思維層次的「無限的空與無限的白」習習相關的。這是他一切詩作的起源和歸處。比如：

(a)猛然／抬頭，黃昏的蒼茫／一下子就將多孔的心房輾成一片／空白／／空白無限，似乎正好噬盡天下／蒼生／回首，哪有萬物身影？／蒼茫暮色逐漸填滿我心中的空白（〈秋天的心情〉第六首）[79]

(b)花色隨暮色，漫天漫天／而暗／／翻轉化泥成土，沒全身而入／入泥入土／堅持，不循根／不入莖／／不從粗枝大葉中旋飛／／不使自己在眾裡叫出一聲／冷（〈冷〉）[80]

(c)水從高處縱落／自己歡呼／／月光則山南山北鋪了一地　白（〈瀑布留白〉）[81]。

---

79 蕭蕭：〈秋天的心情〉，見蕭蕭：《悲涼》，臺北：爾雅出版社，1982 年，頁 110。

80 蕭蕭：《悲涼》，頁 29。

81 蕭蕭：《後更年期的白色憂傷》，頁 37。

(a)詩天空無限可以填滿心中的空白，這是回歸自然的極端孤獨心態，但填滿即永遠填滿，乃亙古的人性使然。(b)詩是不由來處回歸，意欲有自身滅絕形式、面對絕境也不低頭的決絕之心，孤寂至極之詩。(c)詩寫小大之比，一道白與無限白的對映，也是自身與宇宙天地的互嗆，是自覺的孤寂之感，像「自動過濾了雜質，純淨了自己」[82]。如此所有的「有」之有限，也與無限無異。

五、結語

空白是沒有被填過的「空」，也是走過留下的「白」，是現實與夢的距離、真與假的間隙，乃至即宇宙本身。空與白乍看一是無一是有，然則有即無、無即有、空即色、色即空，這並非形而上的哲學，也是可以驗証的有限即無限、無限即有限的科學真理。因此宇宙任何事物、任何物質、任何色（比如一粒沙或千億星系）或空（比如暗能量暗物質）之研究或深入，均無有可窮盡之時，何況人與人之間無盡抵死糾纏的互動，牽扯的事端更是千頭萬緒。蕭蕭透過他的小詩和空白詩觀為新詩開啟了一道魔幻的、或即玄牝所在的眾妙之門。

82 蕭蕭：〈詩、小詩、小說詩〉，《雲邊書》，頁208。

蕭蕭詩歌的「白色」想像*

沈　玲（徐州師範大學副教授）
方環海（廈門大學海外教育學院教授）

摘要

色彩之於不同的人會產生不盡相同的色彩意象，不同色彩之間的組合所產生的奇妙詩境及給人所帶來的心靈體驗是無窮多樣的，蕭蕭選擇自身所需的、富於色彩表現力的詞藻調配色彩，巧妙結構詩的意境，從而營造出生動的畫面。本文試圖打破色彩學與文學的界限，擬以蕭蕭詩歌中的「白色」語詞為研究文本，對蕭蕭的色彩語義進行研究，將其分為「無色之白」與「有色之白」兩類，分析影響其色彩應用搭配的原因，探索其體現的詩學色彩觀。

關鍵詞

白色、想像、蕭蕭、詩歌、意境、語義

* 本課題的研究得到江蘇省哲學社會科學基金和江蘇省高等學校人文社會科學基金專案的資助，同時得到與會的臺灣嘉義大學陳政彥和元智大學陳巍仁等先生的評議指點，獲益良多，謹此一併致謝。

一、引言

人類賴以生存的世界是一個光與色、形與聲相組合的世界，其間的色彩為人類認識和表現生活提供了重要的審美途徑[1]。在人類的認知系統中，色彩往往要比事物的本身更能引起人們認知的注意，比如在漢語中，習慣於說「紅花」「綠葉」，英文的語序也是如此，「red flower」、「green leaf」。我們不會對這樣的語序產生疑問，覺得很正常，但站在線性的時間一維性角度看，「紅」、「綠」在前，「花」、「葉」在後，語言的先後次序反映了認知的先後過程，說明我們先注意到了色彩的「紅」、「綠」，然後才注意到事物的實體「花」、「葉」，色彩比事物自身先引起注意，人們先認知事物的表象，後才認知事物的實體[2]。

同時，我們還注意到，色彩也是詩歌語言的最有力媒介之一，是詩歌風格、思想和創造精神的有力載體，正如法國的狄德羅（Denis Diderot, 1713-1784）所言，素描賦予本質

---

1 古代先民認為世界是被金、木、水、火、土五種元素支配著，分別代表了白、青、黑、紅、黃等五種色：這五種色實際上只包括了兩組無彩色和三個原色。色彩引起的情緒反應，一般的象徵意義及其在詩歌中的特殊的象徵意義，涉及藝術社會學、文化史和心理學等諸多問題，課題宏大，本文的研究僅僅是詩歌與色彩研究的嘗試。

2 根據考察，泰語中語詞的中心語居前，而修飾語居後，漢語的「紅花、綠葉」的語序在泰語裏則是「花紅、葉綠」，這一點與漢語和英語很是不同，值得思索，應該說語言與認知關聯甚大，語序的差異與人類對世界的認知大致相關。

以形體，色彩賦予本質以生命[3]。言下之意，在藝術作品中，色彩是重要造型因素，有著比線條更為重要的意義。或許正是因為「色彩的感覺是一般美感中最大眾化的形式」[4]，是詩歌造境的一個重要手段，所以為了使詩歌意境更加純美、和諧、鮮亮、富於層次感，同時也增強詩歌作品的視覺美，詩人往往在創作詩歌、營造意境時偏愛挑選、錘煉「色彩辭彙」入詩，在創作中鍾情於用具有色彩的辭彙去營造詩歌的意境。不過，詩歌色彩的視覺美不同於繪畫的視覺美，繪畫的色彩具有直觀性，呈現於畫布等物質材料之上，而詩歌中的色彩是經過意象符號的仲介作用加以轉換的，需要通過讀者的經驗與聯想加以顯現，重構一個色彩空間，因此詩中的色彩是間接的。

「白色」語彙是蕭蕭詩歌中非常獨特的一類意象，無論是「有色之白」還是「無色之白」，都在蕭蕭的詩作中通過表達、變形，展示了豐富的意象含義[5]。文章擬以此為考察

3 色彩作為詩的形式因素與詩的內容的關係，涉及色彩學與語言學以及文藝學本身的問題。讓人遺憾的是，迄今學界尚未建立起「色彩詩學」（Color Poetics 或 Poetics of Color）的概念。在我們看來，所謂色彩詩學，就是一個關於詩歌中色彩現象理論研究的範疇。研究物件是所有詩歌文本中的色彩現象，美國學者查理斯·瑞雷（Charles A. Riley）教授的《色彩法：現代哲學、繪畫、建築、文學、音樂和心理學中的色彩學》對此有所涉及，主要是通過研究與詩歌中色彩有關的各個方面以及從中探索色彩使用的一般規律，希望本文的研究能夠為中國「色彩詩學」的建立提供一份研究個案。

4 馬克思、恩格斯，《馬克思恩格斯全集》第十三卷（北京：人民出版社，1956），頁145。

5 我們考察蕭蕭的詩集共有9本：《舉目》（臺北：詩人季刊社,1978）；《悲涼：蕭蕭小詩選》（臺北：爾雅出版社，1982）；《毫末天地》（臺北：漢光

物件，對蕭蕭詩歌色彩詞的創作想像進行研究，分析影響蕭蕭詩歌中色彩詞應用的認知原因，探索蕭蕭的詩歌色彩表達，力圖展現以蕭蕭的詩歌修辭技巧、敏感的詩歌感悟。

二、詩歌文本的色彩表達及其藝術淵源

論及詩歌文本的色彩表達，我們往往會馬上浮現出桃紅柳綠、奼紫嫣紅的詞語，同時腦海中也會及時呈現出一派草長鶯飛滿園春色的美好圖景。色彩本就是自然萬物的一部分，雖然直到牛頓通過三稜鏡過濾出了陽光中的七色，發明了色彩輪，才使人們一睹廬山真面目，看到了色彩的具體模樣，但色彩如同自然中的山山水水一樣而客觀存在。不過赤橙黃綠青藍紫，固然不以你我意志為轉移而存在，但絕非單純，它一旦進入藝術或生活的天地便被賦予了遠遠超越其原本存在的意義。因為當我們的眼光觸及色彩的時候，不僅僅是視覺的接觸，也同時是大腦的感受活動、情感的活動、精神的活動，因此，不同的色彩就具有了超越其本身意義的特定含義，即文化上的認同意義。正如色彩理論家們認為的那樣：「色彩本身就有自己特定的『語意』，這些『語意』可以傳達資訊。色彩本身也是重要『線索』，引導人們聯想到特

文化公司，1989年）；《緣無緣》（臺北：爾雅出版社，1996年）；《雲邊書》（臺北：九歌出版社，1998年）；《皈依風皈依松》（臺北：文史哲出版社，2000年）；《凝神》（臺北：文史哲出版社，2000年）；《後更年期的白色憂傷》（臺北：唐山出版社，2007）；《草葉隨意書》（臺北：萬卷樓出版公司，2008）。

定的含義，無論是積極的還是消極的」。

(一) 色彩意象與語義隱含

色彩代表了一種理念，可以喚起人們的某種反應，刺激人的行為，就像研究者發現的那樣，如果把餐廳廚房多以橘黃色裝飾則容易刺激人的胃口，而如果以藍色裝飾的話則抑制人們的食慾；但如果用藍色裝點臥室，則會營造出一種理想中的氛圍，利用藍色給人以安寧的感覺，促進睡眠；色彩還能夠表達某種情緒，就像紅色代表著激動和憤怒。隨著人們對色彩認識的深入，人們越發意識到色彩在生活中的重要性，積極挖掘色彩的價值，甚至把它應用到心理疾病的治療上，色彩的世界因而變得更為豐富與神秘。德國的馬科斯·露西雅說：「如果說人的生命始於自然，終於自然的話，那麼，人的一生也是始於顏色，終於顏色的。」[6]在詩人的眼裏，每一種顏色都有特定的意義。根據移情作用，覺得顏色本身具有某種特定認知性能，認為「紅色大半是活躍，豪爽的，富於同情心的。藍色大半是冷靜的、深沉的，不輕易讓別人知道自己。黃色是暢快的，輕浮的。青色是古板的，閒逸的」等等。鑒於色彩本身所具有的表情性能，詩人在表達感情時必然要進行選擇，歷來優秀的詩人都是描繪色彩的大師，羅馬詩人兼批評家賀拉斯（Quintus Horatius Flaccus, B.C.65- 8）從視覺出發，對比詩和畫中的形象，然後斷言：

6 馬科斯・露西雅，〈前言〉，《色彩與性格》（上海：學林出版社，1989），頁1。

「詩歌就像圖畫」。[7]

在為營造詩歌意境而遣詞用字時，所有詩人對色彩的感覺和追求絕不亞於畫家，因此，詩人艾青在《詩論》裏說：「一首詩裏面，沒有新鮮，沒有色調，沒有光彩……藝術的生命在哪裡呢？」並且認為，好的詩歌裏「是有顯然的顏色的」，同時要求詩人在創作時「更應該有如畫家一樣的摻合自己感情的構圖。」[8]所以，詩歌中的色彩，本質上是詩人的情緒色彩，色彩的創造性塗抹、對比、張力與和諧的形成，無不反映了詩人的內心世界，而且是一個往往具有「只可意會，不可言傳」的感覺世界，這種感受、直覺和幻覺充滿了神秘性和不確定性，正如康定斯基（Wassily Wasilyevich Kandinsky, 1866-1944）強調的那樣，色彩是直接觸及靈魂的力量。

無疑的，在藝術天地裏，最能夠體現出色彩使用的淋漓盡致並通過色彩、線條傳遞作者思想的資訊進而以刺激欣賞者視覺的手段來達到主客體情感共鳴的當推繪畫，但藝術的色彩不為畫家所獨有。在中國的詩歌傳統中，色彩入詩並不是一個新鮮或者個別的現象。唐代的杜甫（712-770）、宋人黃庭堅（1045-1105）都喜於詩中著色[9]，而王維（701-761）的詩畫相通的效果更為世人稱道[10]，說明了詩和畫這兩種藝

7 賀拉斯，《詩藝》（北京：人民文學出版社，1982），頁156。

8 艾青，《詩論》（北京：人民文學出版社，1983年），頁192-195。

9 相關研究表明，黑，青，碧，綠，白，紫，紅，朱等顏色字在杜甫詩作中出現有1400次之多。白色和青色作為他使用得最多的色彩多次出現在詩歌中。

10 蘇東坡（1037-1101），《東坡志林》（青島：青島出版社，2002）。

術在境界上的相通性，二者之間相互影響的關係的密切性。

而對意象的色彩表現需要下面三個條件的交互作用來完成：第一要有觀察者的一雙眼睛，第二要有被看的物件即客觀實體，第三即是連接這二者的媒介物——光。同時，如同俄國的康定斯基指出的那樣，「由於顏色和形式的數量是無窮無盡的，因此它們的組合和效果也難以數計。這是一個無限廣闊的天地。」[11]客觀事物的色彩豐富多樣，光源對物體的作用也千變萬化，這一切造成了自然色澤的無限豐富性。而人的情感又常處於變動不居的狀態，因此人對色彩的反應也是變化萬千，難以盡言的。

現把色彩理論家們對一些顏色的意象聯想、正面語義和負面語義的研究與闡釋歸納如表1[12]：

表 1　顏色的聯想與相關語義

色彩類屬	意象聯想	正面語義	負面語義
紅	火焰 鮮血 性	激情　愛情　鮮血　能量 熱心　激動　熱量　力量 興隆　文化　婚姻　快樂 繁榮　吉利	侵略性　憤怒　戰爭 革命　殘忍　不道德 事故　緊張
黃	陽光	聰明　才智　樂觀　光輝 喜悅　理想主義　光明	嫉妒　怯懦　欺騙 驕傲　下流　膽怯

11 康定斯基，《論藝術的精神》（北京：中國社會科學出版社，1987)，頁37。

12 參見（美）肖恩·亞當斯（Sean Adams）、諾琳・盛岡（Noreen Morioka）、特麗・斯通（Terry Stone），《色彩應用——平面設計配色經典創意》（北京：中國青年出版社，2007），頁26-31.

		興奮　明確　權利　活潑 豐收　愉快　輕快	
藍	海洋 天空	學識　涼爽　和平　雄性 平靜　沉思　忠誠　正義 智慧　久遠　安寧　透明 純潔	消沉　寒冷　分裂 冷漠
黑	夜晚 死亡	權利　威信　重量　詭異 高雅　儀式　嚴肅　高貴 孤獨　神秘　時髦	恐懼　消極　邪惡 秘密　屈服　服喪 重量　懊悔　無知
灰	中性	才智　平衡　安全　可信 謙遜　古典主義　成熟 智慧	缺少承諾　未確定 陰天　喜怒無常 老齡　厭倦　悲傷 優柔寡斷
白	光芒 純潔	完美　婚姻掙扎　潔淨美 德　純潔　柔軟　莊嚴 簡潔　真實	虛弱　孤立
綠	植物 環境 大自然	豐產　金錢　種植　成功 自然　和諧　誠實　青春 康復　希望　安全　平穩	貪婪　嫉妒　噁心 毒藥　侵蝕　缺乏 經驗
紫	皇家精神	神秘主義　高貴　財富 高貴　靈感　想像　智慧 詭辯　奢侈	誇大的　過多的 瘋狂　殘忍　憂鬱 痛苦

社會在發展，歷史在變革，但色彩沒變，色彩入詩的傳統沒有變。可以說，色彩與詩的語義聯繫是綿延的。正因為對色彩的感受、理解、解釋會受到個人的經歷、性別、年齡、歷史傳統等等因素的影響，所以色彩在不同詩人的筆端表現、象徵的意義會存在著不同，但有一點是一致的，對色

彩的重視不僅是詩人意境營構的重要側面，而且是詩人對瞬間感覺的抓取並獲得情緒表達的一種方式。

（二）蕭蕭詩歌的色彩表現

在中國現代新詩創作中，提倡、追求、實踐詩歌色彩感的也不乏其人。20 世紀 20 年代，聞一多（1899-1946）為扭轉新詩創作中出現的毫無韻味的弊端，提出了著名的「三美主張」[13]，其中「繪畫的美」強調的就是富有色彩感的詞藻的應用，力圖通過具有這一特徵的詞藻的應用給讀者創造出一種視覺上的美感。例如：「也許銅的要綠成翡翠／鐵罐上鏽出幾瓣桃花。／再讓油膩織一層羅綺，黴菌給他蒸出些雲霞」，[14]以「翡翠」形容綠鏽，「桃花」描繪鐵銹，「雲霞」「羅綺」描摹油膩，一溝讓人生厭的不知羞、醜的死水形象呼之欲出。同為新月詩派的前期重鎮人物徐志摩（1897-1931）也力鼎「三美」主張，「那河畔的金柳／是夕陽中的新娘」，「軟泥上的青荇，／油油的在水底招搖」，[15]鮮亮的色彩為這首輕盈空靈的詩作增輝不少。20 世紀 80 年代朦朧詩派的代表人物顧城（1956-1993）也喜用色彩詞入詩，通過色彩的特定含義表現對世界的探索與認知。如「黑色給了

---

13 聞一多，〈詩的格律〉，《聞一多全集》（武漢：湖北人民出版社，1994），頁 145。

14 聞一多，〈死水〉，《中國現代文學作品精選》（北京：北京大學出版社，2006），頁17。

15 徐志摩，〈再別康橋〉，《中國現代文學經典1917-2000》（二）（北京：北京大學出版社，2008），頁41。

我黑色的眼睛，／我卻用它來尋找光明」[16]，以沉重的黑色表達了詩人在文化浩劫後的感受。

在當代臺灣詩壇上，蕭蕭也是一位善以色彩入詩的詩人。原名蕭水順的蕭蕭是臺灣文壇的一位異數，追溯自己與詩的結緣，蕭蕭說是始於 1963 年。「大約就在這一年的十月，我認識了第一位詩人——桓夫先生……十一月下旬，桓夫商洽《民聲日報》編刊『詩展望』，曾經邀約我的詩稿，我寫了一首記敘麗珠三姐妹的小詩，好像這是對外發表的第一首吧!」[17]詩心一經撩撥便無法再復平靜，第二年春天加入了古貝與陳奇合在彰化出版的《新象》詩刊，以「一股忘記聯考的狂熱」「很努力的寫，討論，出詩刊」[18]，一直到高三畢業。1965 年在輔仁大學讀書的蕭蕭和陳芳明在暑假期間一起參加由瘂弦（1932-）、鄭愁予（1933-）擔任指導老師的「戰鬥文藝營」，此時「對詩的著迷，以至於不能自拔」[19]。對詩創作熱情的轉淡，對文學評論熱情的興趣始於 1969 年寫作的研究論文《文學無我論》，不過從 1970 年開始，蕭蕭又「下決心多事創作，甚至於注明〈舉目〉這首詩為『第一首詩』，那是勇於否定過去，以建樹新面貌之意。」[20]其後蕭蕭和蘇紹連致力於「一字一行」的詩歌新形式的探索與實踐，「一年半的時間，我和紹連在《龍族詩

---

16 顧城，〈一代人〉，《顧城詩選》，《文學界》（專輯版）04（2008）27。

17 蕭蕭，《舉目》105-6。

18 蕭蕭，《舉目》106。

19 蕭蕭，《舉目》107。

20 蕭蕭，《舉目》108。

刊》發表了不少頗占篇幅卻排版省力的詩」[21]，但因為形式上的反傳統招來了不少非議，於是蕭蕭一怒之下，決定「封筆歸鄉，嘯傲山林，與自己約定：五年內不問江湖詩事」[22]。五年後蕭蕭帶著他的現代詩評重返詩壇，並在一些同仁的激勵下再次拿起詩筆創作《舉目》中的那些以「最短的篇章含蘊真摯的情意」[23]的詩作，相繼出版了《悲涼》、《毫末天地》、《緣無緣》、《雲邊書》、《皈依風皈依松》、《凝神》、《後更年期的白色憂傷》、《草葉隨意書》等詩集。

多年的不懈努力使蕭蕭集詩評家、散文家、教育工作者、詩人的身份於一身，獲獎無數[24]，尤其在散文和詩評方面的光芒遠遠超越了詩歌創作方面的聲名。之所以說超越是因為蕭蕭與詩的關係是長期的親密而疏離。親密，因為他從未離開過詩，「日日與現代詩相處」[25]；疏離，因為拿「詩人還是以創作詩為第一要務」[26]的原則來衡量的話，詩歌創作曾經長期擱淺。恰如詩人白靈（1958-）所言：「他對散文創作和文學評論的專注和投入，使得他的『文名』掩蓋了『詩名』」。[27]

閱讀蕭蕭的詩作，很容易發現在形式上多為短章，這是

---

21 蕭蕭，《舉目》108。

22 蕭蕭，《舉目》109。

23 蕭蕭，《舉目》110。

24 其中既有編輯獎項「五四獎」，也有著作獎項「新聞局金鼎獎」，「第一屆青年文學獎」，當然更有詩意鮮明的「《創世紀》創刊二十周年詩評論獎」，「新詩協會詩教獎」等。

25 蕭蕭，《舉目》105。

26 蕭蕭，〈編輯弁言〉，《舉目》2。

27 蕭蕭，《雲邊書》10。

他受中國古典詩詞影響追求「簡潔」的體現[28]，尤其是「禪意」特徵更是引人注目。「簡潔」和「禪意」也是他詩歌中最為鮮明的特色[29]。此外，我們還發現蕭蕭的詩歌總是以奇特的構思，新穎的意象，美妙的畫圖給人以鮮明強烈的視覺效果，從而使讀者能夠迅速喚起自己的聯想和想像，在感悟和回味中得到美的享受。顯然，除了多年致力於詩歌「簡潔」的品格追求外，蕭蕭對詩歌中的色彩應用也頗為關注，1979 年還出版過賞析教學類書籍《青紅皂白──中國古典詩歌中的色彩》，可做註腳。在創作實踐中他也自覺注重色彩詞的應用，因此，「色彩」也就成為蕭蕭詩歌「簡潔」、「禪意」特色之外的又一書寫特徵。

不過，在爬梳相關古典詩詞的時候，我們發現無論是李清照（1084-1155）的「紅了櫻桃，綠了芭蕉」的低吟，還是杜甫的「兩個黃鸝鳴翠柳，一行白鷺上青天」的淺唱；也無論是白居易（772-846）的「綠蟻新醅酒，紅泥小火爐」的愜意，還是李商隱（813-858）的「曾是寂寥金燼暗，斷無消息石榴紅」的悲苦，都在向我們透露這樣的資訊：古詩在色彩的應用上比較單純，往往利用事物本來的顏色去描摹，色彩的意義也是較為單純的原本意義。那麼，熟稔中國古典詩詞的蕭蕭在色彩的運用上又有何樣的特點呢？梳理其

---

28 丁旭輝，〈論蕭蕭短詩的簡約美學〉，《國文學誌》10（2005）57-79。

29 蕭蕭對此論述說，「這是東方文化的自然期求與特徵，日本、印度、古中國，無不如是。我的詩就是這種小詩。寫詩的過程，有時苦心經營，有時妙手偶得，往往因為體製小而更能琢細磨光，積極掌握詩的特質。是小詩就該是好詩，因為他自動過濾了雜質，純淨了自己」，見〈雲邊書〉208。

詩作，發現色彩詞運用的豐富，出現頻率較高已成為蕭蕭詩歌創作中的一個不爭事實。具體統計見下表 2：

表 2　蕭蕭詩作中的色彩出現頻次

顏色詞類／頻數／詩集與篇數	紅	黃	綠	黑	白	藍	灰	青	紫	合計
悲涼（含《舉目》）[30]（1971-1982）：83	7	4	7	2	13	1	3	6	0	43
毫末天地（1987-89）：92	12	4	7	8	10	6	4	1	0	52
緣無緣 1996：98	17	7	11	15	33	11	2	10	5	119
雲邊書 1998：64	7	6	1	11	29	3	2	1	0	60
皈依風皈依松（1996-1999）：101	22	7	6	23	100	8	4	9	10	189
凝神（1998-2000）：70	7	6	5	3	8	1	0	2	1	33
後更年期的白色憂傷 2007：80	6	2	1	4	14	0	1	0	1	29
草葉隨意書 2008：60	2	3	6	2	11	7	1	6	1	39
合計	80	47	44	68	218	37	17	35	18	564

由表 2 可見，蕭蕭是一位善於使用色彩的詩人，他在詩歌中運用了大量的色彩詞，形成了一個包含紅、黃、藍、

30 蕭蕭1982年出版的《悲涼》，收錄了1978年出版的《舉目》集中43首詩中的31首，所以一併列入《悲涼》集中計算，除去重複的31首，共計83首詩作。

綠、白、黑、青、灰、紫等色彩意象的色彩譜系，其中出現較多的是白色、紅色、藍色、黑色、黃色和綠色[31]。同時，通過對色彩意象的奇妙搭配，特別是通過色彩意象的對比，營造出一種獨特的飄渺、悠遠、空靈的詩歌世界，在簡潔、乾淨的詩行間，用這些色彩意象表達著他對生活的感悟與思索[32]，深化作品的主題，尤其是白色語彙的大量使用，更是成為蕭蕭詩歌中獨特的景觀。

三、蕭蕭詩歌的「白色想像」

根據甲骨文中的字形，白從入合二，乃日光上下射之形，白色是蕭蕭詩歌中的經典色，出現的最多，在所有詩篇中所占比例近 38%。中文科班出身的蕭蕭善於通過詞性轉換技法的應用，使色彩世界變得更加搖曳多姿。其詩中的「白」有的作形容詞，如「菅芒花的白穗」、「淡白的天」、「白色的浪花」、「白白的雪」、「飄著白雪」、「銀白絲線」、「白鵝」、「白鷺鷥」、「白鵲」、「白牛」等；有的活用如動詞，如「開始白」、「已白」、「未白」等；有的又呈名詞性，如「堅定的白」、「無止無盡的白」 「旋花式的浪白」、「五

31 自然界的色彩、物象會給人各種感受，比如有暖色、冷色，樂景、哀景等……一般說來，白、黃、紅色屬於暖色，給人感覺較輕，也容易引起人的動感(興奮)，而青、綠、紫、黑色屬於冷色，給人感覺較重，較沉靜。現代色彩心理學指出：冷色系中的色彩諸如藍色、綠色、翠色等更加能夠使人產生空靈、冷靜的感覺，而暖色更能使人產生溫暖火熱的感覺。

32 洪靜芳，〈《現代新詩美學》評介〉，《東海大學文學院學報》49（2008）557-562。

種白」、「一大白」等等。

同時我們還發現，除了「白」字外，蕭蕭詩中還出現了一些容易讓讀者與「白」發生聯想的自然事物或者辭彙。「白雲」在幾部詩集中的身影隨時可以捕捉，可以說這種以物代色的現象比比皆是，如朝陽、太陽光、明月、月、雪、清亮、光、透明、空等等。色彩的偏好往往流露出人們潛意識的不同，蕭蕭的「白」自有他個人的理解與感悟，日月雲霜雖為我們所共有，但蕭蕭眼中筆下的日月雲霜未必是你我眼中的日月雲霜。加之蕭蕭追求詩歌「簡潔」的美學效果，更有一字一行以及《更年期的白色憂傷》中三行詩的寫作實踐，所以蕭蕭詩作的詩意與一覽無遺無關。這也是蕭蕭詩歌創作的追求。「詩之從無到有，因有而有，從有到無，正是『應無所住而生其心』，也就是，我給你有——有限的文字，借著我有限的文字你發現了無——無限的空無限的白——你發現了詩。」[33]那麼，他詩中的「白」到底有何象徵意蘊？

(一)富有禪意的「無色之白」

從無到有，因有而有，從有到無，蕭蕭的詩觀表述很有意思，由此可見蕭蕭詩意的旨歸處，其用心處與禪學相同，都是為了讓接受者重新發現自己，發現世界。白色的書寫，在蕭蕭詩歌中更多地給人以潔淨、純潔、莊嚴、聖潔、飄渺的感覺，這與他的詩多帶禪意有關。

---

33 鄭懿瀛，〈在空白處悟詩——午後蕭蕭〉，《書香遠傳》44（2007）46。

最早是因為喜歡唐朝王維的作品，嚮往古典詩那映襯在山林自然中的空靈意境，蕭蕭因此從吟詩、品嘗、進而思維、創發，遂也將現代人的詩心、詩眼、詩觀，開始以詩文字去尋訪現代生活的禪境。[34]潘煊這篇訪談中的相關敘述向人們說明蕭蕭詩歌「禪意」的緣起。關於類似問題的探討和對「禪意」專門研究的論文不乏其文，在此不再贅述。但蕭蕭「『以禪喻詩』和『禪詩相融』的風格，在臺灣現代詩壇上，具有舉足輕重的地位」[35]，已成為不二的事實。蕭蕭以「禪」入詩，把自己所理解、體認的「禪」融於詩行之中，既不像一些現代詩那樣詰屈聱牙，晦澀難懂，但也絕不是一覽無餘，毫無韻味，它是在「不可說」之間讓讀者去細細把玩、靜靜品位，而後收穫會心一笑或者心底的一聲細聲訝然的詩作。

在以「禪」入詩的詩作中，蕭蕭非常喜好用雲這一意象來增強詩歌的生命力、表現力。[36]對此，蕭蕭自己曾在 2010

34 潘煊，〈訪蕭蕭〉，《普門》234（1999）51。

35 黃如瑩，《臺灣現代詩與佛——以周夢蝶、敻虹、蕭蕭為線索之考察》（臺南：臺南大學語文教育學系碩士論文，2006年6月），頁146。

36 蕭蕭不僅有題為《雲邊書》的詩集，而且詩行中屢屢出現帶有「雲」字的詩句，從《悲涼》中的「閑雲」、「黑／雲」「雲霧霜雪」、「一／絲／絲／雲」、「一朵無心的雲」、「一篇晚雲」、「雲／轟然而現，／雲／寂然／而逝」，蕭蕭的那片「雲」一直以不同雲形雲狀飄著飄著，單《雲邊書》一集中出現的就有「雲也慵懶」、「微雲」、「風吹送著雲，雲在天外」、「雲霧」、「雲彩」、「隨雲逐飛」、「雲在心中」、「白雲藍天」、「雲來不及細描」、「煙嵐雲氣」、「煙雲」、「化身為雲」、「樹讓雲徘徊」、「雲讓風妒忌」、「疑雲」、「雲在其上，人在其側」、「人與雲，匆匆的過客」、「薄雲」、「絮雲」、「雲飛風起」、「雲不飛」、「一朵不定型的雲」、「把眼睛交給年復旦會議上解釋說這是從兒童時候承接而來的記憶，小時候經常在草地上望天，所見皆雲，雲之天，雲之白，成為自小而來的想像，天越大，變化也越大，究其實，詩人自身已經與雲合一，化入雲中，並且從雲的外相深入到了雲的本質，所以雲似乎已成為其詩歌禪意表達的一個背景。「如果我是天邊那雲的翅翼／誰給我白的舒展與歡欣？」[37]雲居無定所，身無定型，其飄飄渺渺，嫋嫋婷婷，舒卷自如，常與「潔白」相連的特點令人遐想無邊。「雲」的這一特點與「禪」的淨化澄明、曠遠深邃特徵相通，這或許是蕭蕭在靜觀、感受生活時的一種感悟，並將自己的「禪意」實踐於這大千世界習見的雲上，以利於讀者的聯想、思考。因為，蕭蕭寫「禪」，「並不是在傳授禪學，而像是打開一扇窗，另給一個觀照尋常的角度與視野，讓讀者從『起疑』回歸自身，如此，除了引發讀者對現代詩的興趣，更求讀後產生自省，最終能自得解脫。」[38]如〈白雲〉：

> 「我隔著鋁窗望白雲　注視著／白　幻想著／雲／／白雲忘了自己就是白雲／可以來，可以去／可以不來不去／」

雲／把雲交給剛過去那陣風」、「觔斗雲」、「雲山」等等，真是人生萬象皆如浮雲。

37 蕭蕭，《皈依風皈依松》10。

38 楊雯琳，〈月光下的現代詩—論蕭蕭《後更年期的白色憂傷〉中的禪意特色與其發揮之用〉238。

在這首〈白雲〉中，「我」、「白雲」構成了主客體，「我」在室內靜靜觀望窗外的白雲，注視著白雲，是實寫，「白雲忘了自己就是白雲」是幻想，是虛寫，「可以來，可以去／可以不來不去／／」，是進一步的帶有禪意的遐思。那麼如果主客體倒置，自覺不自覺間，「我」也被窗外的白雲注視著，並且白雲也會說「你忘了自己就是你」？這種由白雲而及自身的物我兩忘，物我一致的思想體現出了佛家的心無所住、一切隨意而無限自在的思想[39]。

無獨有偶，《白雲在心》「或東／或西／或來／或去／讓風決定絲巾的方向／讓夕陽決定／腮紅的深淺遊戲／／你決定我的明天／我決定我不再決定／如白雲在心／或去／或留／或飄／或逸／[40]」，〈大邊書——墾丁國家公園所見所思之二〉「我回頭，雲飛風起／我不回頭，雲飛風起／／雲不飛／風不起／這時，我的頭擺向哪裡？／」[41]這兩首詩也都體現出作者對無限自在思想的同樣思考。白雲在心，心在白雲，心似白雲，「或去／或留／或飄／或逸／／」，任爾西東，同時詩行的錯落有致也在視覺上暗示著特殊的表達效果——強化隨它縱橫的隨意。「我決定我不再決定」。雖然有「雲不飛／風不起／這時，我的頭擺向哪裡？／／」的疑問，但相信作者已由自己的所見「我回頭，雲飛風起／我不回頭，雲飛風起」的充滿動感的風起雲湧中有了所思的結

39 蕭蕭很多詩確實頗見禪趣，參見瘂弦、陳義芝，《八十六年詩選》（主編，臺北：爾雅出版社，1998），頁121。
40 蕭蕭，《雲邊書》81-82。
41 蕭蕭，《雲邊書》201。

果，一切隨緣而起，隨緣而歇。此外還有〈雲中書——大屯山上所見所思〉[42]、〈相忘第八〉[43]等等莫不如是。

白色是很特殊的一種顏色，言其有而實無，故有「空白」之意；言其無而實有，無即「大有」。同樣的，「白」在蕭蕭詩中所帶來的禪意不僅僅表現在無限的自在觀念上，還表現在有與空的思索中，有即是無、無即是有的佛家關於有無的辯證思想。他曾以〈空與有三款〉記錄自己對人生的思索與感悟。其中的第二款更在近似於文字遊戲中凸顯了佛家的「空」「有」觀，共有兩章構成，第一章只有一個字，在「空」的詩題下是「有」，空心體；第二章則在「有」的詩題下是「空」，實心體[44]。如下：

子、空

丑、有

其實，梵語「空」音譯過來為舜若，意譯過來有空無、

42 蕭蕭，《雲邊書》188-189。

43 蕭蕭，《緣無緣》135。

44 蕭蕭，《凝神》104-105。

空虛、空寂、空淨、非有之稱[45]。與「有」相對，意思是一切存在之物中，皆無自體、實體、我等，事物是虛幻不實，變化無常的，事物本身是指一種狀態，而不是單純的存在。任何事物既是它又不是它，因為世界一直處於運動變化中，這一刻和上一刻，這一秒和上一秒都不再完全相同。就連人的思想、情緒也莫不如此。一種情緒、一個想法一旦形成就馬上進入發展狀態，因此沒有一成不變的思想，沒有始終如一的主體，一切都在變動中，一切都無常性，一切都是相對的「有」絕對的「空」。

這首詩由一對相對立的詞構成，一白一黑，一空一實，「有」中實空，「空」中則實，形式的本身就充滿了辯證的色彩。對此蕭蕭本人認為，與「黑」的只吸收不反射不同，「白」來自「空」與「有」，是所有顏色之本色，這裡確實有形而上的含義。「有」的空心是白，「空」表面的「無」意也是白，怪異、詭秘、突出的兩個大字首先給讀者帶來了直觀的視覺衝擊，加上兩字周圍留下的大片空白，營造出促使、引發讀者思考的廣大空間，體現了蕭蕭「惟有詩能讓讀者在文字的延伸中再生，惟有小詩所留的想像空間足夠讓讀者坐臥奔逐起死回生。」[46]的理念。

第三款也是由題為空、有的兩章構成，兩首詩在詩行排列上為互文體。即由 A-B-C-D 到 D-C-B-A：

---

45 黃如瑩，133。

46 蕭蕭，《雲邊書》209。

A、空[47]

我呼出一口氣
一朵雲在山尖逐風而飛
我吸進一口氣
體內舞踴奔躍多少只無名的火
我呼出一口氣
一朵雲在山間不逐風不飛
我吸進一口氣

B、有[48]

我吸進一口氣
一朵雲在山尖不逐風不飛
我呼出一口氣
體內舞踴奔躍多少只無名的火
我吸進一口氣
一朵雲在山間逐風而飛
我呼出一口氣

主體的「我」、客體的「一朵雲」（白雲）似乎沒變，但又一直處於運動變化中，空即是有，有即是空，空中含有，有中含無，有有無無，全憑作者的一絲動念，全憑讀者的心神領會、一悸心動。

---

47 蕭蕭，《凝神》106。

48 蕭蕭，《凝神》106。

(二) 有色之「白」的想像

「禪」的可意會不可言傳的神性暗合了白色的飄渺、莊嚴與聖潔，白色的應用對「禪意」表現來說，可謂錦上添花。但並不是蕭蕭詩中「白」的全部意義，就像在〈葉底的太陽〉一詩中蕭蕭所說：「害羞的月亮要塗上五種白」，不論白在蕭蕭詩作中呈現的是五種還是幾種，但絕不僅僅只有一種白。用詩關注現實是中國知識份子的一個優良傳統，也是蕭蕭一直思考的問題，所以，除了以大量的「白」表達人生感悟外，蕭蕭還創作了一些面向臺灣社會反應現實生活的詩篇[49]。其間既有對生活扣問的「白」，也有對生命無奈感哀傷的「白」。如果說，富於禪意的白是居於形而上的層次，那麼直面現實的「白」就是居於形而下的層次。

1.自然生態的感歎

「我的朋友劉楷南在公共電視臺製作維護臺灣生態的節目《我們的島》，希望每一集後面有一首詩讓大家在圖像之後延伸思考的空間，所以我寫《皈依臺灣》」[50]。當收回仰望長空的悠遠飄渺的視線，面向生養自己的臺島時，蕭蕭為七股黑面琵鷺、臺灣黑熊歌唱、為因為污染而變色的海洋、為魚群的減少而揪心，為人類取海中的沙填海造陸的行為而懷疑。在這輯由 19 首生態詩構成的組詩中，融進了蕭蕭對

49 蔡欣倫，《1970年代前期臺灣新世代詩人群研究》（中央大學碩士學位論文，2006），頁126。

50 蕭蕭：《皈依風皈依松》15。

生命的熱情、生活的憤慨，展現了人性的良善與美好，「白」在此也從空靈之境回落現實。如〈海面上跳動的音符——賞鯨豚〉：

> 「在遠天近海的奧藍之間／一片無聲在出聲／是誰蕩起了旋浪之花／天地線上一波波的白？／不驚／是鯨／烏溜的身姿一躍，如中音悠揚／深潛的黑影則是低沉之音優雅／旋花式的浪白，蕾絲般的裝飾音／向遙天遠海／鼓浪而行／彷佛一無反顧　善泳的臺灣／不許任何炮火煮沸我的海洋／」[51]

詩人似乎在以第一人稱的敘述角度講述一個簡短、生動而又有蘊含的故事。主人公：鯨豚；地點：海面；時間：日（沒明示但可推斷）；事件：表演。在靜謐的碧海藍天之間，鯨豚以其激起的那一波波浪白閃亮出場，那烏溜身姿的騰空一躍讓人們歡欣無比，深潛海底的身影又讓人屏息納氣，在跳起潛水的動作完成後，鯨豚華麗退場，一無反顧遊向來處。故事以一句狠狠的警告結束：「不許任何炮火煮沸我的海洋」。是鯨豚為保護自己生存家園對人類的威脅？還是講述故事的「我」的吶喊？顯然作為《皈依臺灣》組詩中的一首，〈海面上跳動的音符——賞鯨豚〉以鮮明的形象表現了詩人關注臺灣現實生活，關注鯨豚生存環境的生態意識。詩中的「白」除了有「真實」的含義之外——浪花的白，應該還具有「完美」之意——鯨豚表演，與紅塵俗世對

51 蕭蕭：《皈依風皈依松》146-147。

應的自由、潔淨樂園。

又如〈白化的海底花圈——哀珊瑚〉[52]：

金紫珊瑚，華貴品質　白
充滿生命活力，粉紅珊瑚　白
或五顏或六色或七彩　白
腔腸　白
動物　白
白白　白
白白　白
白白白白白白白白白白　白
白白白白白白，白白白白　白
白白白白，白白　白
海底熱帶雨林無色無聲　白
三萬五千種生物不能孕育幼苗　白
春天靜寂　白
枯骨　白
森森　白
白白　白
白白　白
白白白白　白
白白白白白白白白白白白白白　白
白白白白白白白白白白　白

52 蕭蕭：《皈依風皈依松》148-149. 此處引用的詩專門分行寫，以保持原貌，以免破壞詩歌視覺上的的建築美感（此詩原為直書排列，象海底珊瑚隨水飄動），也由此可以窺見蕭蕭的文字遊戲之意。

這也是《皈依臺灣》組詩中的一首，看上去詩人好像在故意玩弄一種極致的文字遊戲，20 個長短不一的詩行由 146 個文字組成，而「白」字卻用了 81 個，而且每一詩行都以「白」字收尾。如果它是一首樂曲，這「白」顯然就是它的抒情基調；如果它是一幅畫，這「白」顯然就是它的主要色調。「白」早已超出了色彩斑斕的珊瑚自身的色彩意義，變成了死亡的象徵，葬禮的色彩，那一行行的純白，是層層堆積的珊瑚蟲的森森白骨，是詩人哀悼的朵朵白花。在幾近逼人失明的耀眼白光中，詩人獻出了祭悼的花圈，唱出了哀傷的挽歌，每一行最後一個字「白」與前一個字中間空一格的形式上處理，既是詩人的論斷，也是詩人哭祭時的抽噎。同時，20 行中有十行純有「白字」構成，或三字一行，或五字一行，或七字、十一字、十四字一行，錯落的排列，似乎凸顯了珊瑚礁逐漸增大的形狀。同時金紫、粉紅、五顏、六色、七彩等色彩詞與濃重白色的對比，也強化了對美麗生命失去的哀傷之感。

2.人生衰弱的感傷

大自然的每一事物都處在色彩的變化之中，詩人注重把握變幻不定的條件色，能看到物體在光與影裏隱現出沒與變化。也正是意識到了這一點，因而蕭蕭沒有去現成地照抄物件，而是尋找、發現與自己心靈相通的東西，進行色彩的個性化表現。讀到蕭蕭「濃濃的冰冷中，／我們緊緊緊緊／揪著／母親的雪白」[53]、「就像明月的手伸入　我／灰白的發絲」[54]、「只有清泉細細／嫋嫋，灰白的髮絲迎風披散」[55]等等詩句，切身可以感到「白」有時還代表著虛弱、衰老和孤立。蕭蕭在表達衰老、虛弱之情的時候，不以濃墨重彩去渲染，而常以簡潔語言一筆帶過，把餘韻、遐想的空間留給讀者。「灰白的髮絲」是蕭蕭喜用的語詞搭配，頭髮由黑而灰白，是歲月的打磨，衰老的印跡。而由灰白至雪白的完成，則是歲月的進一步沉澱。再如《秋天的心情第六首》：

> 猛然／抬頭，黃昏的蒼茫／一下子就將多孔的心房輾成一片／空白／／空白無限，似乎正好噬盡天下／蒼生／回首，哪有萬物身影？／蒼茫暮色逐漸填滿我心中的空白／[56]

在萬木凋零的季節，當蒼茫暮色鋪天蓋地包裹著詩人的時候，多感的詩人會生發怎樣的感觸？一覽無遺的蒼茫的空白消弭了萬物的身影，唯有悲秋傷秋的哀傷充塞詩人的心中。

又如〈白色的嘆息〉：飽蘸墨汁的毛筆／一揮／／留下滿紙白色的嘆息／」[57]，歎息有聲而無色，色彩有聯想意義

---

53 蕭蕭，《皈依風皈依松》179-180。

54 蕭蕭，《草葉隨意書》18。

55 蕭蕭，《悲涼》85。

56 蕭蕭，《悲涼》110。

57 蕭蕭，《後更年期的白色憂傷》52。

而無聲，這裏把聲與色結合起來，使色彩有了聲響，於無聲中寫出了有聲；賦予歎息以白色的色彩，強化了歎息的背景後更年期的無奈。這種聲與色的組合，有背景襯托的緣故，但離不開詩人的直覺作用，是詩人自我觀察和內心感受的忠實反映，營造出了比單純的視覺表現更為深入的審美效果。

四、結語

白色象徵純潔，黑色象徵悲哀，黃色象徵權威，這些象徵意義，是事物、詞語所固有的特性，為人所熟知。然而在更多的情況下，其象徵性往往不是事物、詞語所固有的屬性，而是人為的主觀賦予的特性，在詩歌中色彩更是意象營構的聚焦點和意境創造的關鍵。詩人的色彩表現正是以細緻的觀察和獨到的感受為根據的。如果說在大自然中幻變的色彩，還是光波作用的物理現象，是「物理物件作用於視網膜的結果」，那麼，容納到文學作品中的色彩，是精神沉於物質的折射，充滿了精神的意蘊[58]。隨著人類的感知能力的發展，特別是詩人審美追求的變異，審美意識的深化，表現能力的發展，詩歌的色彩表現手法也在發展、嬗變。反之，詩歌中色彩表現的變化，又能體現詩人審美意識的變化。

從我們對蕭蕭詩歌中「無色之白」和「有色之白」的分析，可以看到蕭蕭的色彩意蘊豐富，色彩的含義絕非簡單或

---

58 泰瑞・伊果頓（Terry Eagleton）（著），《文學理論導讀》（Literary theory: an introduction，吳新發譯，臺北：書林出版社，2002），頁80。

者單純，而是複雜、多義的，這體現了作者對色彩高超的感悟能力、詩思敏捷的捕捉能力。在對色彩詞的使用上，呈現出由最初創作時的少到 90 年代的多，2000 年之後又開始減少的趨向。對古典詩的熟稔，對王維等詩作的熱愛，使蕭蕭 2000 年前的詩作在色彩詞的使用上呈上升趨勢，體現少年詩人對色彩的熱情，但隨著鬢白漸增，年齡的增長，看「世事逐漸褪除任何色彩」的氣度的形成以及對三行小詩的寫作追求，使蕭蕭 2000 年後的詩作在色彩的使用上明顯減少，這或許是蕭蕭對色彩入詩實驗、實踐的路徑。

「他的詩並不完全是睜開雙眼看被照亮的四周景物，而是一種回味、反思，也就是事後加以回想」[59]，白色的應用賦予了蕭蕭詩作更多的聯想意義和想像的空間，白色成為貫穿其詩作的一個背景色，雖然時濃時淡，但它一直晾懸在那裏、鋪展在那裏，展示著蕭蕭對生命的思考、對生活的認知。

59 落蒂，〈水已自在開花〉，參見《後更年期的白色憂傷》附錄。

白色的美學

論蕭蕭《後更年期的白色憂傷》之
空白、平衡與形式

李翠瑛（臺灣元智大學副教授）

摘要

蕭蕭以最新三行成詩的形式創新，將小詩的想像空白發揮極至，本論文以蕭蕭最新出版的詩集《後更年期的白色憂傷》為例，論述其禪意發展的詩中空白／空隙，並論三行成詩形式創新的秘密與價值。本文第一部份為前言，第二部份透過詩中空白／空隙的跳躍性，討論詩的意象跳躍，第三部份討論在三行成詩的架構下，形式創新的可能性與如何在矛盾中找到平衡，以蕭蕭追求平衡與禪意的境界似有若無地符合其內在心理，借此說明此詩集之所以稱為「白色憂傷」的「白」之可能因素。第四部份為結論。本文透過文本與理論交互運用，探索出蕭蕭詩集中的許多看似和諧而實為各種糾葛的問題，試圖找到一個合理的解釋與說明。

關鍵詞

後更年期的白色憂傷、形式、空白、平衡、三行成詩

一、引言

蕭蕭本名蕭水順，1947 年生，彰化人，輔大中文系畢業，臺灣師大國文研究所碩士，現任明道大學中文系副教授。蕭蕭著作上百冊，以詩作、散文、評論融冷靜與感性的隱與秀於一爐[1]，至今努力耕耘，毫不懈怠，其精神令人佩服。蕭蕭著作分為三個部份，其一是詩人身份，著有《緣無緣》、《雲邊書》、《皈依風皈依松》、《後更年期的白色憂傷》……等，其二為新詩教學類，如《現代詩遊戲》、《現代詩創作演練》《青少年詩話》、《中學生現代詩手冊》等書，其三為詩的評論，試圖建構詩的理論，如《現代詩學》[2]、《臺灣新詩美學》、《現代新詩美學》等書，並為詩的理念而堅持[3]。

蕭蕭在碩士時期大量閱讀古典文學理論，同時融合古典詩與現代詩，他不僅認為古典詩與現代詩有共通的地方，還認為現代詩有超越古典詩創作之可能，[4]同時，蕭蕭以兼有詩評家的身份，能清楚認知詩人創作上結合理論的必要性[5]。

---

1 向陽，〈在天藍與草青之間──蕭蕭的悲涼和激動〉，《文訊》15（1984.12.）：284-85。

2 許悔之，〈讓詩停止流浪──蕭蕭「現代詩學」讀後〉，《文訊》31（1987.08.）：301。

3 謝輝煌，〈熾烈的火花過後──寫在蕭蕭、古遠清、古繼堂的對陣後〉，《台灣詩學季刊》21（1997.12.）：162。

4 陳政彥，〈蕭蕭批評方法及其實踐〉,林明德編《蕭蕭新詩乾坤──蕭蕭新詩研究》（台中：晨星出版社，2009）182。

5 李怡〈論中國現代詩論的現代性問題〉，《新亞論叢》6（2004.06.）：209。

蕭蕭在詩意的經營上，以現代語言與意象處理現代人的情感，卻總是帶著古典的禪意與傳統的思維情感，這與他是國文老師的背景並長期接受中國傳統文學陶冶有關[6]。

蕭蕭在《後更年期的白色憂傷》一書序中說：「這部詩集以三行寫就，不是氣短氣長的問題，只因為我偏愛小詩，小詩是東方詩歌最大的特徵。」[7]而蕭蕭的小詩也確實在藝術技巧與表現上處理細膩而生動，具有個人特色與美感[8]，對他而言，小詩的寫作：「寫作的過程，有時苦心經營，有時妙手偶得，往往因為體製小而更能琢細磨光，積極掌握詩的特質。」[9]小詩在創作上具有精雕細琢的特性並能在簡短數行中便能暢所欲言。在《後更年期的白色憂傷》一書中，蕭蕭以「三行為詩」，找到意象安放的空間，在形式上非常大膽，此「三行成詩」促使詩人在詩語義上精心設計模式或規律，透過此「翹翹板式」的創作形式，詩人在語言的空隙與意象的留白中寄存含蓄的詩意，同時暗示著禪意的發生與生命的感懷。

本文試圖解析出詩人在意象創造中因跳躍與空白而產生的美感，以蕭蕭《後更年期的白色憂傷》為研究對象，見於

6 何芸記錄，〈堪得回首來時路——蕭蕭作品討論〉，《文訊月刊》15（1984.12.）：263。

7 蕭蕭，〈好在總有一片月光鋪展背景〉，《後更年期的白色憂傷》自序（台北：唐山出版社，2007.）7。

8 張默，〈垂今釣古話蕭蕭——試論《緣無緣》詩集及其它〉，《台灣詩學季刊》15（1996.06.）：124。

9 蕭蕭，〈詩、小詩、小說詩〉，《雲邊書》（台北：九歌出版社，1998）208。

楊雯琳〈月光下的現代詩——論蕭蕭《後更年期的白色憂傷》中的禪意特色與其發揮之用〉一文，以禪意特色為主要論述內容，並略為蕭蕭此書中「白」字的運用與效果，本論文則是針對小詩的意象跳躍產生空隙的填補與追求，並討論詩人特殊的創作形式，及其詩集中「白」的意涵。

二、跳躍與空白 ——意象與意義的存留空間與展開

(一) 從禪意到語意的空白

禪意，在詩中，是一種說不破講不清的詩意。蕭蕭詩中「禪意」若隱若現，因為禪意，使人猜想推測，讓語意含糊，禪意的創作思維使詩具有隱藏的特色與某些因陌生化而產生的意味[10]。蕭蕭很喜歡王維絕句中空靈幽靜的詩韻，[11]蕭蕭的小詩讀起來有唐人絕句的味道，將瞬間的意象融於簡短的數句中，詩中隱隱藏著古典情韻，令人有些微撼動，些許感動，以及說不上來的「味道」。蘇珊・郎格《情感與形式》中說：「有意味的形式，即一種情感的描繪性表現，它

10 【德】漢斯-格奧爾格・加達默爾（Hans-Georg Gadamer）著，洪漢鼎譯，《真理與方法》（*Waherheit und Methode*）（上海：譯文出版社，2005.05.）395。

11 陳子帆記錄，〈蕭蕭 talks with 曹又方〉，《金色蓮花・佛學月刊》15（1997.03）：13。按：蕭蕭喜歡王維的作品，特別是絕句，表現出空靈幽靜的境界。

反映著難於言表從而無法確認的感覺形式。」[12]蘇珊・郎格從貝爾的概念中[13]，強調藝術的「有意味的形式」，即在於藝術形式之中含有情感或者是創作者借以表現的某些意義，他說：「意象的真正功用是：它可作為抽象之物，可作為象徵，即思想的荷載物。[14]」所以藝術品之所以為藝術品而不是僅僅為技術之展現，是因為藝術品的「意味」，是書中說：

> 藝術基本統一性，並非在於各類藝術形成要素的相同和技術的相似，而主要在於它們特有含義的唯一性，即在於全部藝術「意味」的意義。「有意味的形式」（其確實有意味）是各類藝術的本質，也是我們所以把某些東西稱為「藝術品」的原因所在。[15]

單調的音符組合成的樂音，聽者卻在接受音樂時，感受到另一股說不出來的「味道」或是韻味，此非音符之樂音令聽者感動，而是音符所承載的內涵具有「意味」。在蕭蕭的詩中，此種「有意味的形式」讓小詩無論是古典意象或是現代語言，都在形式的暗示下深藏其「意味」，令讀者有更興奮更高昂的想像空間與追尋的理由。

蕭蕭小詩以短小的形式，融合古典詩歌中的絕句，形成

---

12 蘇珊・郎格（Susanne. K. Langer）著，劉大基等譯，《情感與形式》（*Feeling and Form*）（台北：商鼎文化出版社，1991）50。

13 【英】克萊夫・貝爾（Clive Bell）著，周金環譯，《藝術》（*Art*）（台北：商鼎文化出版，1991）8。

14 蘇珊・郎格，57。

15 蘇珊・郎格，33。

他小詩中潛藏的淡然古典詩味，因而意象簡潔凝練，予人以靜謐與禪悟的喜悅[16]，白靈稱其為「現代詩絕句」的先行者[17]，他自稱他的詩是「現代絕句」[18]，不但具有「小型詩」（小詩）短小而精練的模式，而且被拿來討論時，往往以「小」與「禪」稱其特色[19]，所謂「小」乃是指其形製短小，以張默的論點，小詩約在十行之內為基本體式[20]，「禪者」則是詩中的生命態度，研究者多認為其具有的「禪意特色」是蕭蕭小詩中「不可說」的意旨，讓讀者在詩中心領神會「禪」意的存在[21]。張默曾提到蕭蕭的「禪」是：

> 禪，對詩人而言，不是修行，不是信仰，而是實實在在的生活，借它來表達個人的詩境自有其妙契之處，介乎「言」與「不宣」之間，或「不言」與「渲」之間，倒不一定將這些詩作落實於佛理的探索上，那就可執而泥，反而離詩去禪更遠了。[22]

---

16 林毓均，〈蕭蕭詩作的主題意涵〉，林明德編 131。

17 白靈，〈詩的第五元素——蕭蕭詩集《雲邊書》評介〉，林明德編 47。

18 蕭蕭，《舉目》（彰化：大昇出版社，1978.）109。

19 楊雯琳，〈論蕭蕭的組詩《河邊那棵樹》的結構特色與寓意〉，淡江大學中國文學研究所編《問學集》（台北：淡江大學研究所，2008.04.）15：227。此特色參見楊雯琳歸納前述幾人相關論文之結果，見於陳巍仁、張默、游喚、李癸雲、向明等人觀點。

20 張默，〈晶瑩剔透話小詩〉，《小詩選讀》（台北：爾雅出版社，1987.）1、35。

21 楊雯琳，〈月光下的現代詩——論蕭蕭《後更年期的白色憂傷》中的禪意特色與其發揮之用〉，《問學集》（台北：淡江大學研究所）16（2009.02）：231。

22 張默，〈垂釣古今話蕭蕭〉，蕭蕭，《緣無緣》（台北：爾雅出版社，蕭蕭的「禪意」並非宗教的宣示或是信仰的實踐，乃在於萬物之情，具有禪意靜謐的趣味，陳巍仁解說中認為其詩中的禪意不是宗教意義上的「禪」，而是「對現實生活作不同角度的觀照，在靈巧的思辨中展露機鋒，是一種時時與萬物保持對話的情趣。」[23]因此，蕭蕭的詩將詩意詩旨終結於「禪」意的蘊藏，在暗示、隱喻乃至於將意象指向某種似有若無、似花非花的語意系統時，隱約表達作者對生命及萬事萬物的某些「超脫」與「分離」，這引人入勝的契機即在於詩中暗示性的語言，將詩意導引入隱隱約約的體悟。胡賽爾的現象學認為「意思」是一種先於語言存在的東西[24]，在每個體驗中有一個特有的，可直觀把握的本質，一個「內容」，以其自身的特質被考察與認知[25]。《後更年期的白色憂傷》中詩〈閒〉：

無人來問路

池邊的柳樹指揮水底的雲
找尋津渡
（《後更年期的白色憂傷》pp28）

1996.03.）10-11。

23 陳巍仁，〈羚羊如何睡覺？〉，林明德編 92。

24 【英】特里・伊格爾頓（Terry Eagleton）著，王逢振譯，《現象學，闡釋學，接受理論——當代西方文藝理論》（*Phenomenology, Hermeneutics, and Reception Theory: Contemporary Literary Theory*）（南京：江蘇教育出版社，2006.05.）59。

25 【德】埃德蒙德・胡塞爾（Edmund Husserl, 1859-1938）著，倪梁康譯，《現象學的方法》（上海：上海譯文出版社，2005.07.）135。

雖然詩只有三行，蕭蕭把傳統的「渡」轉化為現代之情，隱藏意象的活動空間，暗示人在「茫茫時空中不定感與流變性」[26]。《六祖壇經》中記載五祖弘忍傳衣缽給六祖惠能之後，悄悄帶著惠能離開，走到渡口，五祖拿起搖櫓為惠能划船，惠能說：「弟子迷時，和尚須度，今既已悟，過江搖櫓，合弟子度，……今已得悟，即合性自度」[27]，迷時師度，悟時自度，於是惠能自己划船度過津口。津渡是坐船的碼頭，以船「渡」人過河，在禪宗的典故裏指自性的渡化及靈性的救渡。而蕭蕭反其道而行，詩一出口就是無人問路，暗示著舟楫雖在，行道亦存，卻無人要走此路，下一段則是重拾信心，還有大自然中的池邊柳與水底雲在找尋津渡，然而細思之，池邊的柳樹既不能動，而水底的雲卻是變化莫測，兩者放在一起尋找津渡，似乎意味著津渡不易尋找。此見蕭蕭從雲與水中體悟真空妙有與空無一物，從寧靜洞察悟境[28]。

簡短的三句以暗示隱藏其意，皆隱隱透出某些曙光，告訴你黑暗將逝，黎明將至，然而卻不給你燦爛的大太陽，它不說清不講明，只在淡淡的一抹意象中，暗示你某些情趣，某些想法，或是作者偷偷潛藏在內的一點淡淡的情感，這種暗示性的寫法讓讀者充滿想像的空間，同時不得不在詩意象

---

26 羅門，〈扛著「現代」與「後現代」走向二十一世紀的詩人〉，林明德編 105。

27 楊曾文校寫，《敦煌新本六祖壇經》（上海：上海古籍出版社，1993）84。

28 向明，〈真空妙有──賞析蕭蕭的《空與有》〉，《台灣詩學季刊》27（1999.06.）：34-5。

中自我填補很多空間與想像。因此，生活禪意隱藏在短詩的三行之中，則必然在意象的擇取上有其針對性或是代表性，必須提出意象本身具有多種含意以及可能的解釋／歧義性，而意象卻又被局限在三行成詩的格式中，語言能暗示的彈性變得更大，語義的解釋空間就跟著擴大。

（二）小詩的表現形式與空隙

在《後更年期的白色憂傷》中，最大的特色是詩的特殊形式。蕭蕭的小詩雖然短，但以對比而相容的寫作，透過兩者之間相對的語言蘊藏某些「意味」，在第一段與第二段之間存在一大段的跳躍與相對性，把第一段當成是甲，則第二段的乙可能與甲有一大段距離，或是甲與乙是對立或是對比的意象，兩者之間因分段而遙遙相對並產生對話，甲的某些訊息指向於乙，而乙的意象似乎與甲相對，本質卻呼應甲提出的概念，彼此對立，使詩意隱藏，而讀者之所以感受到那若有似無的感情也因為跳躍的意象所產生的空隙而有存在的可能。例如其詩〈後更年期〉：

> 髮從鬢邊開始白
> 耳，不為什麼，右耳先住進蟋蟀
>
> 夜深九點，不與天論流年
> （《後更年期的白色憂傷》pp35）

此詩寫出年歲增大之後的身體變化，出現許多「徵兆」，諸如髮鬢開始白，耳鳴，九點鐘即上床睡覺，不能像年輕人般熬夜。每一個畫面都在提醒詩人年歲的老去，因此，詩人最後決定不與天論流年，人都是會老的，「不論」自己當下的年歲，以阿 Q 精神找到下臺階。第二段相對於第一段，其力道不因文字只有一行而變少，反而回應以相當的能量才能相抗衡。又如〈心相連〉：

> 秋夜月未圓／仍然拋下千萬條銀白絲線
> 相思每秒 0.06 元
> （《後更年期的白色憂傷》pp39）

第一段到第二段有如斷崖，從秋夜月未圓，仍拋下銀白絲線，以純粹的美感醞釀出優美的氛圍，月光如千條萬條銀白絲線，讓人彷如沐浴在一片銀光中。第二段以一句話突然打破沉默，拉回現實，以金錢計算相思每秒的價錢，讓前述所有美感消散無餘，打破所有浪漫的想像，兩段之間存在落差，以三行成詩，第一段與第二段之間必須具有相等的份量，第二段必然要呈現與第一段的意象相當的語意，才能讓詩具有完整詩意。

第一段到第二段意象跳躍，使詩中語意出現斷層，因此產生空白的詩意空間，禪意的寫法透過此種空白／空隙，讓模糊與暗示出現，讓詩意具有更大的解釋範疇與讀者參與的機會。換言之，透過跳躍與空隙，詩人找到一個寄存禪意的空間，蕭蕭說：

> 禪在給人某一個情境時，常會忽然截斷，在這個截斷的空間裡反而讓人觸發新想，悟出新機，詩也一樣。詩貴含蓄，截斷是它的手法之一，文詞敘述到某一段落，忽然句勢一轉，轉至別處，讀詩的人在此當然會訝然一驚，接著便去思索，然後才發現它斷而後連的脈絡。這一出一入之間，就可以迴環出許多豐富深遠的想像空間。[29]

詩意的「截斷」是一種畫面跳躍，在畫面中間頓時失去聯結，讓思緒在前一畫面與後一個畫面之間有如斷崖，失去語言的橋樑溝通，詩的節奏暫停，意象中止，找到下一個意象之前，中斷部份的空白交給讀者填充，此為創作者故意設下的斷點，讓讀者在停頓中暫時抽離作者的心緒，自動填充想像與情感。禪意的書寫，此一斷點非常重要，因為詩只暗示到某一個程度，深層詩意由讀者自行填寫。

距離的美感產生詩的「意味」，透過如禪意的體悟模式書寫生活細節或生命感悟，詩人便在其中隱藏自己，又書寫自己，若有訴求又若隱若現，意象的思維如禪思可追可尋卻摸不到見不著，但又存在說不出來卻又引發讀者的某些情愫，曖昧而令人著迷，此即蕭蕭的「禪意」特色，用在創作手法的展現上，蕭蕭稱其詩觀為：

> 詩之從無到有，因有而有，從有到無，正是「應無所

29 黃如瑩，《臺灣現代詩與佛——以周夢蝶、敻虹、蕭蕭為線索之考察》，國文教學碩士論文，國立臺南大學語文教育學系，（2006.06）182。

> 住而生其心」。所以，我的詩觀是：
> 空
> 白
> 空　白　處，正是詩之所在。我給你有——有限的文字，藉著我有限的文字你發現了無——無限的空無限的白——你發現了詩。[30]

蕭蕭以《金剛經》之空觀，以應無所住而生其心，五蘊皆空，以「空」對應「不空」、以「無」對應「有」、以「白」對應「黑」，以「無限的文字」對應「有限的文字」，所以，詩本身具有「空白」，空白才是詩的所在，在有限的文字中無法書寫說明清楚的部份，反而才是詩的無限存在之處。

小詩在意象與禪意之間存在意義上的空白，一句一畫面代表的意象所創造出來的意義的隔斷與意義的空隙，跳躍的意象在符號本身的意義而言，是使符號產生內在定義及規律的斷點，神話、藝術、語言與科學以符號（symbols）存在，目的在透過符號創造一個自給自足的世界，符號的形成之後便有了符號自己的生命與內在的意義[31]，卡西勒（或譯為卡西爾）說：

> 語言似乎完全可以定義為一個語言符號系統——藝術和神話的世界似乎全部是由這些符號設立在我們面前

30 蕭蕭，〈蕭蕭詩觀〉，《蕭蕭世紀詩選》（台北：爾雅出版社，2000）6。
31 恩斯特・卡西勒（Ernst Cassirer）著，于曉等譯，《語言與神話》（*Sprache und Mythas*）（台北：桂冠出版社，1990）9。

的可感知的具體形式所構成。[32]

符號被約定之後產生一個自我影射的意義系統，此意義有相對應的世界或人們的感知，因此符號與知覺會相互約定成約束的整體。然而，當意象被切斷或是跳躍時，語言的意義產生不連接的狀態，此時，語言的符號與符號之間就發生空隙／空白，而此空隙／空白，就會被讀者的想像填補，產生讀者想像的空間。

文學作品的發展讀者和文學家都應負起責任[33]，讀者理論的基本精神在於認為作品（works）最後由閱讀者完成，閱讀包括文本與解釋者，閱讀者與文本間相互作用，分析者（analyst）對分析對象（analysand）的解讀轉變為對分析者的解讀。[34]讀者在節與節或是意象與意象的間隔／之中，填補意義的空白，接受理論的先驅者伊瑟主張「賦予讀者權力任意填補文本中的空白，或把文本視為讀者實現過程中的最終仲裁」[35]，視文學來自讀者與消費者的觀點，姚斯的「接受美學」（aesthetics of reception）將文學視為產品與接受的

32 恩斯特・卡西勒（Ernst Cassirer）著，于曉等譯，195。

33 陳群方專訪〈詩人談當前文學的前途與方向〉,《今日生活》188（1982.05.）：35。

34 伊莉莎白・弗洛恩德（Elizabeth Freund）著，陳燕谷譯，《讀者反應理論批評》（*The Return of the Reader*）（台北：駱駝出版社，1994.06.）15。

35 雷蒙・賽爾登、彼得・維德生、彼得・布魯克合（Raman Selden, Peter Widdowson, Peter Brooker）著，林志忠譯，《當代文學理論導讀》（*A Reader's Guide to Contemporary Literary Theory*）（台北：巨流圖書公司，2005.08.）第三章讀者導向理論，74。

辯證過程[36]。詩中的「暗示」產生空白，提供不確定性與猜想的空間。蕭蕭早期在研究所時代曾經因為佛學徵文而接觸禪宗，禪宗的公案因此給他很大的影響與觸發，「因緣禪宗此番悟思，詩人也尋繹出自己的詩觀，謂空，謂白。字越少，留給讀者的想像空間就越大。」[37]

小詩的意象空白／空隙越大越多，詩之技巧表達透過意象的中斷找到曖昧的空間就越大，小詩在暗示中讓讀者窺見作者微細的深情，並從意象的空隙猜測作者的真正意圖，換言之，畫面會說話，空白會發言，讓意象的模糊空間成為多重解釋的起點，詩之歧義性因此出現，而詩的耐人尋味處亦在此。

三、對立與平衡
——三行成詩的形式祕密與白色憂傷

(一) 三行成詩的形式祕密與創新

蕭蕭擅長短詩書寫，根據丁旭輝統計，其七本詩集共 549 首詩中，短詩的比例相當高，其中一至五行的詩佔全詩作的 27.5%，六至十行佔 50.1%，兩者加起來，十行以內的短詩佔其詩作中的 77.6%，「在現代詩壇中，恐怕難得第

36 羅勃 C・赫魯伯（Robert C.Holub）著，董之林譯，《接受美學理論》（*Reception Theory*）（台北：駱駝出版社，1994.06.）61-2。

37 鄭懿瀛，〈在空白處　悟詩——午後・蕭蕭〉，《書香遠傳》44（2007.01.）：45。

二。」[38]丁旭輝以「簡約」稱蕭蕭短詩，但此論文發表時，蕭蕭尚未出版《後更年期的白色憂傷》一書，之後，蕭蕭更加簡約，創造此「三行成詩」形式。蕭蕭常常試圖完成形式的創意與突破[39]，此詩集大膽採用整本詩集都是三行的寫作方式，三行詩要如何安排？以〈海棠〉為例：

颱風海棠
還在花蓮東南海面 380 公里

新竹的蟬，噤聲不語
（《後更年期的白色憂傷》p.13）

以三行為詩，包含一至二個意象，此詩第一段以二行寫颱風在花蓮外海，第一個意象顯然沒有特殊的情感，僅是敘述發生的情況，第二段從臺灣東部的花蓮跳到西部的新竹，新竹與花蓮剛好在臺灣中間，一東一西，各自分立，詩人從花蓮外海的颱風聯想新竹，新竹是西部的風城，一向以風聞名，當東方的颱風來時，西部的風城的風再大，也只是小巫見大巫，因此連大聲嚷嚷的蟬聲也噤聲不語。

此詩從比較的概念發展詩意，全詩二個意象，讓二者在比較之中透出耐人尋味的詩意，場景如同一個大聲叫嚷的蟬，知道遙遠它方有一個比自己更大更高的「物」逼近而來

38 丁旭輝，〈論蕭蕭短詩的簡約美學〉，林明德編 13。
39 丁旭輝，〈賞析蕭蕭的三首絕妙好詩〉，《笠詩刊》220（2000.12.）：138-39。

時，也只好乖乖安靜。《莊子・逍遙遊》中麻雀與大鵬鳥的故事，後人以燕雀豈知鴻鵠之志說明小麻雀沒有能力飛高，同時也沒有大鵬鳥的眼界，終其一生只能在一棵樹的高度中跳上跳下過生活。[40]而蕭蕭此詩寫的也是「對比」之下產生的「反應」[41]，詩人以側面書寫，寫風卻不直言風，以花蓮颱風與新竹的風相對，讓周圍的事物說話，把真正的詩旨含藏在內，讀者必須通過曲折的思維過程才能見到詩的本來面目。

詩的形式對詩人而言是一種限制，就像在一個箱子中舞蹈，必須舞出美感與技巧，卻受限於箱子的大小一樣，不過，這就是創作的詩人故意自我設限，在有限的空間中創造無限的可能，此自我挑戰的心態，也許勝過於單純的書寫，蕭蕭在《後更年期的白色憂傷》即是在此箱子中跳舞的呈現。

三行是音樂的基本節拍，而三又可分為２＋１或是１＋２，至於１＋１＋１相對而言比較不成為具有節奏感的拍子，在古典詩的節奏中，前述二者最常為人所採用的節奏法。諸如「白日依山盡，黃河入海流」，朗讀上「依山盡」與「入海流」斷句的節拍可以為１＋２或是２＋１，就會形成聲音上的節奏感。

蕭蕭在《後更年期的白色憂傷》一書中「三行成詩」，不免涉及語句與節奏的問題，三行成詩究竟要如何安排呢？

---

40 清・郭慶藩編，王孝魚整理，《莊子集釋》（台北：群玉堂出版公司，1991）1。

41 許致中記錄，〈三象為經、萬象為緯──蕭蕭談現代詩的奧秘演講側記〉，《明道文藝》391（2008.10）：12 按：意象與其它共構產生對比。

2＋1，1＋2，或是1＋1＋1呢？以上形式若再加上意象與語言的組合時，其詩句假設可能是意象或以敘述句或是疑問句等帶過之非意象，舉例而言，所謂意象／非意象的表達方式，如〈真理〉：「深冬裡／寒鴉縮頸縮腳　老樹一枯枝／／朝陽仍會從東邊昇起（PP.44）」以行數來看，此為2＋1的形式，以意象言，第一段是一個意象，第二段也是一個意象，此為二個意象。又如〈火紅〉：「鳳凰樹燃燒自己／一簇火一簇紅／南台灣才有那麼一點清涼意（pp.46）」以行數來看，是2＋1形式，意象來看，第一段一個意象，第二段敘述現象，非意象。

假設三行詩以一個三角形來分，如果每一行設定為三角形的一個邊，一個邊假設代表一句詩：一個意象／非意象，而詩三行也有不同的組合，即1＋2、2＋1、1＋1＋1（分三行）、或3（一段）四種形式。在書寫上有幾個假設，第一種形式：第一段一行、第二段二行，即1＋2，那麼可能如下：

1. 第一段（1）：一個意象
   第二段（2）：一個意象
2. 第一段（1）：一個意象
   第二段（2）：非意象
3. 第一段（1）：一個意象
   第二段（1＋1）：二個意象（一行一個，第一行為意象）
4. 第一段（1）：一個意象
   第二段（1＋1）：二個意象（一行一個，第二行為

意象）

5. 第一段（１）：非意象
   第二段（２）：一個意象
6. 第一段（１）：非意象
   第二段（１＋１）：二個意象（一行一個，第一行為意象）
7. 第一段（１）：非意象
   第二段（１＋１）：二個意象（一行一個，第二行為意象）
8. 第一段（１）：非意象
   第二段（２）：非意象

以第一種形式而言，是１＋２，於是１有兩種可能：意象／非意象，而第二段的２則有三種可能，即一個意象／兩個意象×２（第一行為意象或第二行為意象）／非意象，２×４共有８種可能的表現方式。以此類推，第二種行數形式：２＋１（第一段二行，第二段一行，則與前述第一種形式一樣有８種），第三種形式：１＋１＋１，即一行為一段，假設每一行都有兩種可能：意象／非意象，２×２×２＝８種可能，此八種可能中，如果第１行與第２行為一組意象（分為二行），或者第２行與３行為一組意象，即［１＋１］＋１、［１＋１］＋０以及１＋［１＋１］、０＋［１＋１］，就會再各衍生出４組可能，因此第三種形式本身就有８＋４＝１２種形式。第四種形式就是不分段，３行一段即一首詩，此情狀與第三種形式一樣，將有１２種可能。由此組合而來，此三行成詩的意象表現方式在假設上就會有8＋8＋１２＋１２＝４０種可能的組合方式。

然而，從形式上雖有４０種表達方式，但是詩人創作時會有慣用的手法與美感表現，在書寫上不可能如數學機率般機械，例如前述的第三種與第四種，就是１＋１＋１或是3的寫法，即以三個意象並列成一首詩的寫法與三行一段成詩二種形式，在理論上是行得通的，但是考慮到詩的美學要求或是節奏感時，就不可能全部使用，蕭蕭在《後更年期的白色憂傷》中沒有採用後二種形式寫法，他所使用的是１＋2或是2＋１的寫法，《後更年期的白色憂傷》中說：

> 這部詩集都以三行寫就，不是氣短氣長的問題，只因為我偏愛小詩，我的三行詩則在2＋１或１＋2中找尋平衡，一如翹翹板，這是寫作白色憂傷的另一種樂趣，另一種平衡的尋覓。[42]

蕭蕭自己說他用的是2＋１，或是１＋2的形式，就是前述三種可能中的前二種，共有１６種可能的表達方式。但詩人要尋找的是此中的「平衡」，此種平衡先從形式論之，當蹺蹺板透過中間的支柱試圖找到平衡時，其行數不同，平衡如何產生？蕭蕭在詩的形式上尋找平衡，詩分二段，中間分段的任務就是「詩的蹺蹺板」，於是詩意的重量必須前後平衡。

---

42 蕭蕭《後更年期的白色憂傷》7。

於是詩中的第一段與第二段，彼此尋找平衡的詩意空間，衡量彼此間的份量，同時，兩者可能在尋找平衡的過程中不知不覺有著對話或相對／對比的可能性，出現段與段對話的空間，筆者認為，蕭蕭其實是在《後更年期的白色憂傷》中使用「對比或對抗」的寫作方法，而非短詩一體成形或是一氣呵成的寫作方式。例如〈月台上〉：

可是我愛你
她的眼淚這樣說

捷運班車準時開離月台
（《後更年期的白色憂傷》pp.17）

第一段是一個意象，她與她的眼淚直接表現「我愛你」的深情，但第二段則是跳離「她」，轉移到捷運班車離開月台，第二段點出「離」字，因「愛」才使得「離」令人掉淚，所以第一段用二行寫一個愛與淚，第二段只點出「離」，可是「離的分量」與「愛與淚」足以平衡，並使兩者的對應產生因果關係，相對而相互呼應。

所謂分量的平衡在於其語言暗示或引發的意象中，兩者對讀者而言，具有相當程度的震撼、共鳴、激發情感，所以，第一段的語言雖有二行，加起來也不過與第二段的一行所帶給讀者的情感強度差不多，這才構成如作者自己說的「平衡」的可能。以２＋１的形式而言，第一段與第二段之間是極大的跳躍，意象的跳開使得詩意也順勢跳開，在跳開之後，詩意達到平衡。所以第一段雖是二行，詩意上卻必須是一個整體，足以與第二段的文字達到平衡，換言之，第一段的二行文字意涵的「重量」必須相當於第二段一行的重量，於是文學形式有了「使人入迷、困惑、陶醉，它有了一種重量。」文學被視為一種實在而又隱含深度的語言，像夢幻一般存在[43]。

除此之外，詩意的「對立」與尋找「平衡」之間，也是蕭蕭在此詩集中創造的詩意表現空間，例如〈大波斯菊花田〉一詩：「大波斯菊花田呈供一片忙亂與幽雅／／田鼠竄過去／窸窸窣窣留下一線思索的空間（pp.25）。」此為１＋２形式，無論字數或是句子，顯然第二段比較重，但是，詩人為求詩意的平衡，他在第一段寫大場面，以大波斯菊的花田呈現的忙亂與幽雅，以詩句內部自己的緊張產生張力，讓詩句原有的大小膨脹，誇大以對應於第二段的「重量」，但其中，第一句中的亂與整本是對立的概念，第二段，田鼠竄過花田，是破壞花田的整齊，同時，當田鼠竄過去，卻留下「一線思索的空間」相對應於花田的忙亂與幽雅，卻又隱含秩序，一個是花田外部自己的紛亂，一個是對比於內在冷靜思索的空間，在忙與亂，外與內，亂與整之中，創作的詩意空間變得相互拉扯而許多概念或是意圖的對立，構成詩中的張力，又如〈風霜無聲〉：「我寫下的每一個字／都有風霜的聲音／／只要聆聽，風霜也珍惜沈默是金（pp.85）」。既然詩

43 羅蘭・巴特（Roland Barthes）著，李幼蒸譯，《寫作的零度》（台北：桂冠出版社，1991.）78。

中每一個字都有風霜的聲音，風霜卻又珍惜沉默是金，那麼令人懷疑的是風霜到底要不要或有沒有詩人所謂的「聲音」，此又是何種聲音？《老子》:「大音希聲，大象無形」[44]，《莊子》中說:「無用之用是謂大用」[45]以老子大智若愚、正言若反、反樸歸真的思想基礎，詩人寫下「風霜無聲」，又在第一段故意安排每個字都有風霜的「聲音」，第二段卻又反過來說風霜不言乃因風霜珍惜沉默是金，看似矛盾的詩中思維方式正是襲用老莊思想中相對的概念，此種概念產生語意上的模糊地帶。

或者詩人直接以相對的概念書寫，將之分立二段，縱然詩只有三行，詩人也以矛盾對立產生詩意的想像空間，如〈不動之動〉:「在石頭爆裂開來的臟肺深處／有一隻蟲蠕蠕而動／／另一隻動也不曾動（pp.91）」第一段是動的蟲，第二段則是不曾動，動與不動之對立相互對立並拉扯，變成詩中主要的張力來源，但是在石頭裂開的深處，一是動的一是不動的，動與不動同時俱存，此種無用之用的思維方式，並存一組矛盾對立的概念／想法，但在詩中，透過二段的詩句分量不一而讓語意平衡，換言之，形式上雖無法平衡，卻以詩意的分量與對立的概念讓其平衡。又如空與非空的對立，前後相互矛盾並對立的詩意，如〈瀑布的生命〉:「在生與死

---

44 馮達甫譯注，《老子譯注》（台北：書林出版有限公司，1995）第四十一章,98。

45 清・郭慶藩編，王孝魚整理，《莊子集釋》172。《莊子・人間世》:「且予求無所可用久矣，幾死，乃今得之，為予大用，使予也有用，且得有此大也邪？」按：匠石夢見大櫟樹對他說的話，櫟樹因為無用，因此得享天年，故言無用之用是謂大用。

的猶豫間下了決心／刷一道白。卻非空無／／也不確然是非空無（pp.80）」此詩嚴格說起來意象應只是第二行的「刷一道白」，然而詩中的氛圍讓人在含藏的氛圍中尋找似有若無、若即若離、色即是空、空即是色的意義。此詩以禪意的似有若無，以及看似相互矛盾卻又若有所思若有所悟的語義，在有／無，非空無／不盡然是非空無，是與否／對與錯的相對概念中，詩人在找尋某些生命／心境的平衡，但詩人的意圖僅能透過暗示或隱喻的方式，提示可能之詩意，禪意本就是見人見智，禪意可說也就非禪了，道可道而非常道也。

消減意象的具體化，並非真正的無意象，「無意象」的詩作寫法傾向哲學的思考或者禪意的暗示，丁旭輝將蕭蕭此類無意象的寫法，稱其有意消解外在形體樣貌甚至隱匿具體意象[46]，而歸之為蕭蕭簡約美學的寫作方法之一。李癸雲則討論蕭蕭與山水的位置轉移，主客交融而自我消融，物我兩忘[47]。然而，消減的意象卻必須是更有能量的語句，有足夠的份量彼此平衡。

從此種創作思維與創作技巧，去看蕭蕭本人的內心世界，或許可以從詩中略窺一二，假設蕭蕭本身的思維即如詩中隱藏的不平衡，則其對比與對抗或者矛盾的思維，其實內心渴求平衡。這種思維在此詩集之前的詩中已經見出，其詩〈白楊〉中說：「惹人發慌的／就是那些，那些迎風的白楊

---

46 丁旭輝，〈論蕭蕭短詩的簡約美學〉，林明德編 20。

47 李癸雲，〈風景與自我──蕭蕭《世紀詩選》導讀〉，林明德編 70。

／一排／比一排／／悠閒[48]」此詩中存在一個對比的思維，一排又一排迎風的白楊是「悠閒」的，而且還有層次感，是「一排比一排」越來越悠閒，但這些悠閒的白楊若是與人的內心相呼應，那詩人的內心應該是「悠閒」的，但是，此詩卻相反，白楊越悠閒，人的心中就「發慌」。又如〈河邊那棵樹〉:「河邊那棵樹／對微風說／你來／我才能彎腰把自己看清／可是／水的心鏡也皺了！[49]」河邊的樹對微風說話，本符合敘述的邏輯，前提是你來，我可以彎腰看清自己，可是結果是:「水的心鏡皺了」。詩人沒有在前述的第一個意象中繼續糾纏，而是跳開，以水的角度書寫水的心鏡皺了，我彎腰在水的倒影中看自己，但一看之後，水波的皺紋讓我看不清自己，也或者因為水的心鏡在我一看之後就皺了，至於為何而皺？可能是我自己太醜陋／骯髒／難看，以暗示的手法說是水的問題，無論如何，河不能保證自己可以看清自己。

這首詩的內在邏輯是二元對立而矛盾的[50]，蕭蕭的詩作或理論常見到此種二元的思考模式[51]。從詩意的轉折看到詩人或可或不可的思維，頗能瞭解詩人如何掌握禪意並抒情，例如蕭蕭詩集《緣無緣》、以及詩作〈不飛之飛〉、〈飛天〉、〈有時相干有時不甘？〉、〈心即心〉等詩作，以靜觀動，暗

48 蕭蕭，《蕭蕭世紀詩選》（台北：爾雅出版社，2000.）21。

49 蕭蕭，《蕭蕭世紀詩選》59-60。

50 洪靜儀記錄，〈從《現代詩學》看現代詩學〉，《台北評論》5（1985.05.）：254。

51 羅婉真，〈麥比烏斯環式的新詩美學建構——蕭蕭《台灣新詩美學》、《現代新詩美學》讀後〉，《當代詩學》3（2007.12.）：177-8。

潮洶湧[52]，存在著似花非花的思維方式，而此種思考在蕭蕭早期的詩中即以兩個矛盾對立的概念同時存在一個空間的詩意邏輯。林于弘在研究蕭蕭《凝神》詩集時也看到類似的點，他說：

> 蕭蕭所表現的是「形先存，意後立」的外在形式規律，和『意為主，形為輔』的內在組織結構，而表現手法則常以「正反相生，前後對應」為原則，因此整組詩所表現的意涵常常是一種「相似的矛盾、相反的和諧」。[53]

林于弘是從外在的表現形式發現蕭蕭詩中的矛盾與和諧的寫作原則，而本文則是從內在詩意的思維角度看到蕭蕭在詩中營造出的前後矛盾對立的意涵，透過對立或模糊立場使之找到和諧，突顯出生命或萬物的矛盾與和諧，以點出詩的禪意。

矛盾、相對、對比的思考模式透顯出蕭蕭內心矛盾卻又渴望和諧的心情，詩意在對立的形式中旋轉，在短短三行中暗示作者的內心，此境界無疑是耐人尋味的，不會在三言兩語間就被看穿識破，總在銷融、對立、拉扯、矛盾中看到某些調和的力量，並從中找到體悟的生命重心，如此，三行的詩，也能發揮數行甚至到十幾行的效果。形式上的平衡成為

52 焦桐，〈聽聽那牧歌──小評蕭蕭詩集《緣無緣》〉，《聯合文學》139（1996.05.）40。

53 林于弘，〈回音的諦聽──談蕭蕭的《凝神》〉，林明德編 38。

內心的平衡，蕭蕭透過詩作找到生命平衡的中心點與創意的起點。

（二）白色憂傷的白色平衡

平衡是一種規律的再現，當世界對立而失去平衡時，必然尋求另一個平衡，使規律再現，達到新的平衡。從另一個角度來看，蕭蕭《後更年期的白色憂傷》中最引人注意的應該是「白色」的意涵為何？「白色」憂傷反應詩人那一種心境呢？作者對於「白」的感受為何？何以要使用「白」色？

第一，此詩集直說「後更年期」可見是詩人五、六十歲之後的作品，第二，蕭蕭曾以「白」為圖象書寫珊瑚[54]，白色與死亡相關，聯想憂傷。然而，詩人不是以黑色或灰色等陰暗的色彩形容憂傷，卻以「白」形容之，此「白」字在詩中出現的方式及可能的功用有討論的必要，在楊雯琳的文章有所提及[55]。

以修辭學解釋，白色是顏色，憂傷是情感，顏色與情感在語言的邏輯上本不可放在一起，但在詩中，以白色的意味暗示憂傷，反而產生朦朧的詩意，讓憂傷突顯其屬於「白色」的特色，但特性為何？就必須瞭解詩人心中的「白」所可能代表的意涵，然而從中找到一個對於憂傷的解釋。

---

54 丁旭輝，〈蕭蕭圖象詩研究〉，《中國現代文學理論季刊》19（2000.09.）：474。

55 楊雯琳，〈月光下的現代詩——論蕭蕭《後更年期的白色憂傷》中的禪意特色與其發揮之用〉：238—244。按：此文中將「白」字的詞性使用、白的相關聯想、相對聯想、抽象思考四個角度進行「白」的解析。

若從色彩上解釋，白與黑同屬於無色調的色系，可是，白與黑卻極為不同，黑色讓所有色彩消失，只剩被塗黑的黑色，若將七種顏色以轉盤快速旋轉時，七種顏色會變成白色，白色是七彩的顏色融合而一的結果。同時，白色也提供各種色彩塗抹的開始，因此，白既是開始，也是結束。再者，在傳統陰陽五行色彩學中，白色屬西方，為金，秋天，卦象為兌卦，兌者，悅也，西方不但是極樂世界的方位，也是四季的秋季，秋天是收穫的季節，因而有喜悅之象，而白色屬金，具有金屬銳利之質，因此歐陽修〈秋聲賦〉中提到：「夫秋，刑官也，於時為陰，又兵象也，於行為金，是謂天地之義氣，常以肅殺而為心。」[56]秋天是萬物進入蕭條冬季的開始，具有肅殺之氣，卻同時是最豐收的時節，此白色同時存在喜悅的收成與肅殺的哀傷。

白色是矛盾的組合，矛盾要找到平衡，個人認為白色的憂傷是作者內心尋找的平衡的開始，「白」字在詩人心中並非單一的意義，白色象徵的意義是生命的超脫與看淡，同時也代表生命豐收的時節，蕭蕭在既豐收又想淡然的矛盾感中產生對生命的「憂傷」之感，白色憂傷本身存在矛盾又平衡的情結，此一方面暗合詩人常在詩中使用的語言模式，一方面也暗合其後更年期心中潛在的意識。

後更年期是作者的年紀已經過了更年期（perimenopause）之後[57]，更年期對男性而言一般來說在 50-60 歲，比女性遲，

---

56 邱燮友等譯注，《古文觀止》（台北：三民書局，1997.03.革新版）793。

57 所謂更年期根據國際停經學會定義，「更年期（perimenopause）」指的是女性從有生育能力轉變到無法生育階段的過渡時期。所謂「停經」

作者所謂後更年期大約是在 60 歲過後，更年期本是身體能量／氣血衰弱，身體由少到老，由盛轉衰的變化過程，因此，後更年期是作者暗示生理與心理的轉變與體悟，作者出版此詩集，時年 60 歲，蕭蕭在〈序〉中說：

> 但算算年歲，更年期其實在日日夜夜專注於「書」時悄悄溜逝，既未垂頭喪氣，也未憤世嫉俗，沒有更年期的病狀，只是漸增鬢白，看世事逐漸褪除任何色彩，恢復本然吧！日落不驚，花開不喜，內心深處那一塊陽光照不到的地方依然沒有陽光臨蒞，唯顏色濃淡逐漸調和，如僧人吐納，慢而長那樣的聲息。
> （《後更年期的白色憂傷》PP.7）

「白」是鬢髮漸白，「白」更是看世事回歸無色彩的本然面目，白色憂傷也可能是鬢髮漸白的憂傷，然而，經歷人生的多樣色彩，詩人蕭蕭在六十歲過後，內心的寧靜與對世事的平靜轉變，可以轉化成悲不悲、喜不喜的心境，平和寬容需要年歲的調和，進入緩和的無喜無悲之境。因而，「白」是一種心境，契合於道家的「樸素」、佛家的禪境，意在於經歷生命的起落，進而超脫生命的歸於平淡之境界，也是繁華落盡見真淳的境界。

（menopause）則是最後一次經期，男性的更年期也會因荷爾蒙改變產生身體上的變化，但時間較女性遲，約 50-60 歲。

四、結論

畫面與內容是矛盾的組合，黑色與白色是色彩學中的無色彩，既然沒有色，應是對於一切的歸零，可是，情緒卻是憂傷的，前面好像歸零，後面卻引起憂傷，詩集題目的美感來自於矛盾，對立又對比的情懷，讓詩人透過對立的三行詩中，以白色憂傷試圖尋找平衡點。三行成詩是此詩集重要的形式創新，為有更多詩意空間，在創作上以跳躍的意象或是具有相當份量的語句達到平衡，平衡成為詩與人同時俱存的結果。

《後更年期的白色憂傷》的「白」不僅是意象跳躍的空白，更是心境上看淡世事的內心表露，意象的跳躍讓讀者有介入補充填滿意義的空間與可能性，但白色的憂傷以白色做為意義上的解讀，是融合各種色彩之後的境界，或者說是髮色漸白也好，總之，詩人對歲月年華的消逝，是在繁華過後心境趨於平淡的白色境界。

參考文獻

白靈，〈詩的第五元素——蕭蕭詩集《雲邊書》評介〉，林明德編，《蕭蕭新詩乾坤——蕭蕭新詩研究》，台中：晨星出版社，2009.10.

清・郭慶藩編，王孝魚整理，《莊子集釋》，台北：群玉堂出版公司，1991。

邱燮友等譯注，《古文觀止》，台北：三民書局，1997.03.革新版

蕭蕭，《緣無緣》，台北：爾雅出版社，1996

蕭蕭，《雲邊書》，台北：九歌出版社，1998

蕭蕭，《皈依風皈依松》，台北：文史哲出版社，2000

蕭蕭，《蕭蕭世紀詩選》，台北：爾雅出版社，2000

蕭蕭，《後更年期的白色憂傷》，台北：唐山出版社，2007.12.

蕭蕭，《舉目》，彰化：大昇出版社，1978.06.

蕭蕭，〈好在總有一片月光鋪展背景〉，《後更年期的白色憂傷》自序，台北：唐山出版社，2007.12.

蕭蕭，〈詩、小詩、小說詩〉，蕭蕭，《雲邊書》，台北：九歌出版社，1998.07.

蕭蕭，〈蕭蕭詩觀〉，《蕭蕭世紀詩選》，台北：爾雅出版社，2000.05

向明，〈真空妙有——賞析蕭蕭的《空與有》〉，《台灣詩學季刊》27：1999.06

向陽，〈在天藍與草青之間——蕭蕭的悲涼和激動〉，《文訊》15：1984.12.

張默，《小詩選讀》，台北：爾雅出版社，1987.05.

張默，〈垂今釣古話蕭蕭——試論《緣無緣》詩集及其它〉，《台灣詩學季刊》15：1996.06

張默，〈晶瑩剔透話小詩〉，《小詩選讀》，台北：爾雅出版社，1987.05.

張默，〈垂釣古今話蕭蕭〉，蕭蕭，《緣無緣》，台北：爾雅出版社，1996.03.

陳巍仁，〈羚羊如何睡覺？〉，林明德編《蕭蕭新詩乾坤——蕭蕭新詩研究》，台中：晨星出版社，2009.10.

陳政彥，〈蕭蕭批評方法及其實踐〉，林明德編，《蕭蕭新詩乾坤——蕭蕭新詩研究》，台中：晨星出版社，2009.10.

陳子帆記錄，〈蕭蕭 talks with 曹又方〉，《金色蓮花・佛學月刊》15：1997.03.

【英】克萊夫・貝爾（Clive Bell）著，周金環譯，《藝術》（*Art*），台北：商鼎文化出版，1991

許悔之，〈讓詩停止流浪——蕭蕭「現代詩學」讀後〉，《文訊》31：1987.08.

許致中記錄，〈三象為經、萬象為緯——蕭蕭談現代詩的奧秘演講側記〉，《明道文藝》391：2008.10

謝輝煌，〈熾烈的火花過後——寫在蕭蕭、古遠清、古繼堂的對陣後〉，《台灣詩學季刊》21：1997.12.

丁旭輝，〈論蕭蕭短詩的簡約美學〉，林明德編，《蕭蕭新詩乾坤——蕭蕭新詩研究台中：晨星出版社，2009.10.

丁旭輝，〈蕭蕭圖象詩研究〉，《中國現代文學理論季刊》19：2000.09.

丁旭輝，〈賞析蕭蕭的三首絕妙好詩〉，《笠詩刊》220：2000.12.

伊莉莎白・弗洛恩德（Elizabeth Freund）著，陳燕谷譯，《讀者反應理論批評》（*The Return of the Reader*），台北：駱駝出版社，1994.06

恩斯特・卡西勒（Ernst Cassirer）著、于曉等譯，《語言與神話》（*Sprache und Mythas*），台北：桂冠出版社，1990.08.

【德】埃德蒙德・胡塞爾（Edmund Husserl，1859-1938）著，倪梁康譯，《現象學的方法》，上海：上海譯文出版社，2005.07.

馮達甫譯注，《老子譯注》，台北：書林出版有限公司，1995

焦桐，〈聽聽那牧歌——小評蕭蕭詩集《緣無緣》〉，《聯合文學》139：1996.05

【德】漢斯-格奧爾格・加達默爾（Hans-Georg Gadamer）著，洪漢鼎譯，《真理與方法》（*Waherheit und Methode*），上海：譯文出版社，2005.05

黃如瑩，《臺灣現代詩與佛——以周夢蝶、敻虹、蕭蕭為線索之考察》，碩士論文，國立臺南大學語文教育學系，2006.06

洪靜儀記錄，〈從《現代詩學》看現代詩學〉，《台北評論》5：1985.05

何芸記錄，〈堪得回首來時路——蕭蕭作品討論〉，《文訊月刊》15：1984.12.

李癸雲，〈風景與自我——蕭蕭《世紀詩選》導讀〉，林明德編，《蕭蕭新詩乾坤——蕭蕭新詩研究》，台中：晨星出版社，2009.10.

林于弘，〈回音的締聽——談蕭蕭的《凝神》〉，林明德編，《蕭蕭新詩乾坤——蕭蕭新詩研究》，台中：晨星出版社，2009.10.

林毓均，〈蕭蕭詩作的主題意涵〉，林明德編，蕭蕭新詩乾坤——蕭蕭新詩研究》，台中：晨星出版社，2009.10.

羅門，〈扛著「現代」與「後現代」走向二十一世紀的詩人〉，林明德編，《蕭蕭新詩乾坤——蕭蕭新詩研究》，台中：晨星出版社，2009.10.

羅婉真，〈麥比烏斯環式的新詩美學建構——蕭蕭《台灣新詩美學》、《現代新詩美學》讀後〉，《當代詩學》3：2007.12.

羅勃 C．赫魯伯（Robert C.Holub）著，董之林譯，《接受美學理論》（*Reception Theory*），台北：駱駝出版社，1994

雷蒙．賽爾登、彼得．維德生、彼得．布魯克合（Raman Selden，Peter Widdowson，Peter Brooker）著，林志忠譯，《當代文學理論導讀》（*A Reader's Guide to Contemporary Literary Theory*），台北：巨流圖書公司，2005.08.

羅蘭．巴特（Roland Barthes）著，李幼蒸譯，《寫作的零度》，台北：桂冠出版社，1991.

蘇珊．郎格（Susanne. K. Langer）著，劉大基等譯，《情感與形式》（*Feeling and Form*），台北：商鼎文化出版社，1991.10.

【英】特里・伊格爾頓（Terry Eagleton）著，王逢振譯，《現象學，闡釋學，接受理論——當代西方文藝理論》（*Phenomenology，Hermeneutics，and Reception Theory: Contemporary Literary Theory*），南京：江蘇教育出版社，2006

楊曾文校寫，《敦煌新本六祖壇經》，上海：上海古籍出版社，1993

楊雯琳，〈論蕭蕭的組詩《河邊那棵樹》的結構特色與寓意〉，淡江大學中國文學研究所編，《問學集》15，台北：淡江大學研究所，2008.04.

楊雯琳，〈月光下的現代詩——論蕭蕭《後更年期的白色憂傷》中的禪意特色與其發揮之用〉，《問學集》16，台北：淡江大學研究所，2009.02.

鄭懿瀛，〈在空白處悟詩——午後・蕭蕭〉，《書香遠傳》44：2007.01.

蕭蕭詩作的古典氛圍

丁旭輝（高雄應用科技大學文化事業發展系教授）

摘要

古典影響是現代詩無可迴避的議題，中文系科班出身的蕭蕭更是淵源深厚，對古典的態度也是主動而積極的。蕭蕭詩作所表現出來的古典，主要是一種氛圍，因為相較於余光中、洛夫、楊牧等詩人大量而正面的處理古典題材，蕭蕭更傾向於以側面烘托、間接隱約、神入融入的方式，運用古典的題材與想像，釀造古典氛圍。這種古典氛圍主要來自於禪意佛理的蘊釀、短詩的簡約美學、老莊古典哲思的滋養轉化、古典文學意象的承襲暗示，以及詩學典故的聯想與典型的追摩；其中禪意佛理論者已多，簡約美學本人已有專文論述，故本文從另外三個面向專論蕭蕭詩作的古典氛圍。蕭蕭藉此營造出現代生活的古典意趣，也開創現代詩的表現新徑。

關鍵詞

蕭蕭，現代詩、老莊，意象、古典氛圍

一、前言

正如胡適（1891-1962）在新文學初起的革命情緒中要揚棄古典文學、古典詩，[1]紀弦（路逾，1913-）在主導臺灣現代派詩潮的激情中，也曾經在六大信條的第二條中宣告：「新詩是橫的移植、而非縱的繼承」[2]，要斬斷一切古典的牽絆，以為如此便斬斷了一切妨害新生的枷鎖；但後來除了他自己做到之外，就像渡也（陳啟佑，1953-）說的，五〇年代臺灣現代派詩人中其實多的仍是古典不已的。[3]六〇年代，即使現代主義當道，臺灣現代詩壇仍有一股不可忽視的古典影響與表現之伏流。[4]七〇年代，現代詩與古典的對話交融已然成形，余光中（1928-）、洛夫（莫洛夫，1928-）等人已經寫出諸多古典與現代融合的佳作。八〇年代以後，則如曾琮琇（1981-）說的，古典文學已經成了臺灣現代詩變造仿擬的素材，「它不再是舊時的古玩，而是新時代既復古又時髦的現代詩遊戲」。[5]所以，我們可以肯定一件事實，不管時代如何變化，風潮如何迭起，古典頂多是面貌多變、

1 參見胡適，〈文學改良芻議〉、〈建設的文學革命論〉，《胡適作品集 3：文學改良芻議》（臺北：遠流出版社，1986）5-18、55-73。

2 紀弦，〈現代派信條釋義〉，《現代詩》詩刊 13（1956）：4。

3 渡也，〈五十年代現代派中的古典〉，《臺灣現代詩史論》（臺北：文訊雜誌社，1996）123-147。

4 解昆樺（1977-），〈現代主義風潮下的伏流：六〇年代臺灣詩壇對中國古典傳統的重估與表現〉，《國文學報》7（2007）：119-147。

5 曾琮琇，《臺灣當代遊戲詩論》（臺北：爾雅出版社，2009）164。

或隱或顯，但從來不曾遠離。而回過頭來看，儘管紀弦真的做到橫的移植，詩中幾乎找不到古典的典故、語詞，但借用「互文性」（intertextuality）[6]的理論：「一個詞（或一篇文本）是另一些詞（或文本）的再現，我們從中至少可以讀到另一個詞（或一篇文本）」、「每一篇文本都是在重新組織和引用已有的言辭」，[7]以及羅蘭・巴特（Roland Barthes，1915-1980）〈文論〉中所說的：「所有文都處於文際關係裡」、「一切文都是過去的引文的新織品」[8]的說法來看，古典影響仍是無可迴避的。再從接受美學（aesthetics of reception）的觀點來看：「一部文學作品，並不是一個自身獨立、向每一時代的每一讀者均提供同樣的觀點的客體。……它更多地像一部管弦樂譜，在其演奏中不斷獲得讀者新的回響，使本文從詞的物質形態中解放出來，成為一種當代的存在。」[9]正是這樣的本質，使得後世詩人在接受古

---

6 「intertextuality」一詞一般譯為「互文」、「互文性」，如廖炳惠（1954-），《關鍵詞 200》（臺北：麥田出版公司，2003）143。李奭學另譯為「文際互典」或「互典」。見 MichaelPayne，《閱讀理論：拉康、德希達與克麗絲蒂娃導讀》（*Reading Theory: An Introduction to Lacan, Derrida, and Kristeva*），李奭學譯（臺北：書林出版公司，1997）30、253。

7 蒂費納・薩莫瓦約（Tiphaine Samovault），《互文性研究》，邵煒譯（天津：天津人民出版社，2003）4、12。這兩個引文分別是克麗斯蒂娃（Julia Kristeva，1941-）、羅蘭・巴特（Roland Barthes，1915-1980）的說法。

8 羅蘭・巴特（Roland Barthes），《文之悅》（*Le Piaisir Du texte*），屠友祥譯（上海：上海人民出版社，2004）94。「織品」意象來自於篇首所說的：「或許因為文字的線條本身之故，雖是處於線狀，卻引人聯想到言說，將其交錯編織為一件織品（照詞源說來，『文』意謂『織品』）」，見頁 86。

9 H・R・姚斯（Hans Robert Jauss，1921-），《走向接受美學》（Toward an

典影響的同時也正展開屬於當代的新的創造，蕭蕭正是這樣的一個當代詩人。

蕭蕭（蕭水順，1947-）於七〇年代開始嶄露頭角時，現代主義已經過了它的狂飆時期，古典的重新咀嚼成為可以被接受的事情，加上他本身又是中文系科班出身，古典淵源本來就較為深厚，所以雖然他也是後現代圖象詩相當重要的作者，[10]但相較於其他詩人，他與古典的關係一直都是主動而自覺的。例如他認為「詩的本質古今相同」、「新詩人仍從研讀舊詩而成長，舊詩的滋養是直接促長新詩的一股力量」；[11]他也承認自己在現實上，關注的是臺灣的現實，但「在文化上，我接納整個中國文化的系統」。[12]在創作上如此，作為一個詩評家的蕭蕭也是如此，[13]例如他說自己的詩觀以「詩緣情」、「詩言志」、「詩無邪」作為詩的三部曲，便是最佳驗證。[14]

Aesthetics of Reception)，收入周寧、金元浦譯，《接受美學與接受理論》（沈陽：遼寧人民出版社，1987）26。

10 參見丁旭輝（1967-），〈蕭蕭圖象詩研究〉，《中國現代文學理論季刊》19（2000）：470-480；丁旭輝，《臺灣現代詩圖象技巧研究》（高雄：春暉出版社，2000）。

11 蕭蕭，〈現代詩裡的傳統詩情〉，《現代詩學》（臺北：東大圖書公司，1987）63。

12 陳政彥，〈蕭蕭訪談記錄〉，《蕭蕭詩學研究》，碩士論文，中央大學，2002，186。

13 例如蕭蕭的研究者陳政彥在碩士論文中把蕭蕭歸入三種現代詩詮釋社群／策略中的「華夏傳統詮釋策略」，在博士論文中又把他歸入「古典抒情詮釋社群」。陳政彥，《蕭蕭詩學研究》25；陳政彥，《戰後臺灣現代詩論戰史研究》，博士論文，中央大學，2007，18。

14 蕭蕭，〈蕭蕭詩觀〉，《蕭蕭世紀詩選》（臺北：爾雅出版社，2000）5。

蕭蕭詩作所表現出來的古典，主要是一種氛圍；說「氛圍」，是因為蕭蕭不像余光中、洛夫、楊牧（王靖獻，1940-）、楊佳嫻（1978-）等年長或年輕的詩人一樣，大量而正面的處理古典題材，[15]而多以側面烘托、間接隱約、神入融入的方式，運用古典題材與想像，釀造古典氛圍。「氛圍」是一種隱隱約約的渲染，往往在有無之間、在可說與不可說之際——雖說如此，本文仍然想從一些相對之下較為清晰可指的地方，談談這個古典氛圍的形塑之道。

筆者曾在〈論蕭蕭短詩的簡約美學〉[16]一文中指出蕭蕭詩作透過外景（外在視覺形式）、內景（意象）的不斷簡潔化、單純化，造成一種表面上寧靜疏淡，但實際上卻義蘊飽滿，因簡約而更見豐富深刻的美學手法與風格，其中高比例的短詩形式，以及簡約深刻的美學手法，與蕭蕭詩作古典氛圍的形塑也有相當密切的關係，在此，本文便不再重複論述了；此外，禪意佛理的醞釀渲染，也是蕭蕭詩作形塑古典氛圍的重要手法，但論者已多，本文也不再重複論述。以下本文將從「老莊哲思的滋養與轉化」、「古典意象的承襲與暗示」與「典故的聯想與典型的追摩」三個面向，呈顯蕭蕭詩作的古典氛圍。

---

15 四人的古典影響筆者已有專文論述，見〈楊佳嫻詩作的古典新象〉，《高應科大人文社會科學學報》第 8 卷第 2 期，2011 年 12 月，頁 167-196；〈楊牧詩中的樂府書寫〉，《樂府學》第七輯，2012 年 4 月，頁 219-234；〈現代詩人的古典傳承與開創一：洛夫〉，《文苑天地》第 59 期，2012 年 4 月，頁 36-46。此外，〈余光中詩作的古典傳承與開創〉亦將於 2012 年底於《高師國文學報》刊載。

16 丁旭輝，〈論蕭蕭短詩的簡約美學〉，《國文學誌》10（2005）：57-79。

二、老莊哲思的滋養與轉化

蕭蕭自己喜歡老莊，也讓他的讀者時時接近老莊，但不是義理的教導訓示、哲學的高深莫測，而是透過老莊古典哲思的滋養與詩人現代性的轉化，成為一種現代生活的古典趣味。例如〈不繫之舟〉：

醒來，在蘆花白與水聲淙淙之間，秋日午後陽光慵懶，
雲也慵懶。沒有人出聲。
我一直在夢想著這樣的夢想
　　不知道什麼時候我們在水邊
　　不知道什麼情況我們在舟上
　　不知道什麼目的我們漂行
　　不知道什麼原因我們順流而下
　　不知道什麼緣故我們擱淺
　　不知道什麼煩愁我們躺下來看天
　　不知道什麼愛意我們低語輕輕
　　不知道什麼天氣我們微汗
　　不知道什麼心情我們靜靜闔上眼睛
　　不知道什麼夢境我們隨風而去
　　不知道什麼什麼
醒來，在蘆花白與水聲淙淙之間，秋日午後陽光慵懶，

雲也慵懶。沒有人出聲。[17]

「不繫之舟」一詞出自《莊子・列禦寇》:「列禦寇之齊，中道而返，遇伯昏瞀人。……曰:『巧者勞而智者憂，無能者無所求，飽食而敖遊，汎若不繫之舟，虛而敖遊者也。』」[18]在《莊子》的原意中，這是伯昏瞀人奉勸列子不要為虛名俗利所縛，而應成為自由自在的人;「不繫之舟」的意象在此是作為「自由自在」的比喻之用。蕭蕭之作，取「不繫之舟」四字為題，化虛為實，充滿想像力的營造出一艘乘載人生夢想與期望的小船，設想了一個慵懶、安靜、不知道時間、緣由、目的、情緒，甚至不知道「知道」與「不知道」的人生場景，除了秋日午後慵懶的陽光與雲朵，只有一艘自由自在、無拘無束、不知所由、不知所之的小舟，而讀者讀著詩作，也彷彿跟著詩人一起經歷了這段人生旅程。如此徹底遺忘時間與空間，甚至遺忘存在，自是莊子人生意境的最佳詮釋。蕭蕭在此展現了中年的靜定與成熟的從容，以及現代生活中的古典意趣，頗有幾分蕭散的莊子神韻。[19]

又如〈溪中石〉:

水與水激起了白色浪花

---

17 蕭蕭，《緣無緣》(臺北:爾雅出版社，1996) 23-24。

18 〔清〕郭慶藩 (1844-1896) 輯，王孝魚 (1900-1981) 整理，《莊子集釋》(臺北:華正書局，2004) 1036-1040。

19 本詩部分詮釋已先見於丁旭輝，《臺灣現代詩中的老莊身影與道家美學實踐》(高雄:春暉出版社，2010) 144-145。

風和雲交待著昨日歷史
釣魚老翁吐出白色煙圈

而我，在跟莊子交談[20]

詩的第一行暗示了變動的空間，第二行暗示了變動的時間，而在瞬息萬變的時空之間，釣魚老翁成了一個相對靜定的存在之象徵；然而更寂然不動的是溪中石，它見證了無數變動時空、以及時空之中的內容物的消亡，一切終將復歸於平靜，復歸於萬物之初、復歸於存在的本質，就像莊子說的：「其分也，成也；其成也，毀也。凡物無成與毀，復通為一。」[21]詩中的石頭一方面用以自喻（蕭蕭常常在他的詩作中以石頭自喻，顯然有言外之意，詳後文論述），暗示自我心性的寧靜恆定；一方面詩人又讓這顆石頭與莊子交談，透過莊子哲思的滋養與轉化，帶出了古典的想像與氛圍，彰顯了現代詩人趨近古典道家風貌的生命美學內涵。

《莊子》書中最有名的「莊周夢蝶」[22]故事也隱隱約約出現在〈愛情二式〉的第一首〈愛情(A)〉裡：「紅袖一揮／襟褶處／兩隻蛺蝶翩翩　飛　起／／飛　舞／／　　飛

---

20 《緣無緣》39。

21 〈齊物論〉,《莊子集釋》70。

22 出自《莊子・齊物論》，原文如下：「昔者莊周夢為蝴蝶，栩栩然蝴蝶也，自喻適志與！不知周也。俄然覺，則蘧蘧然周也。不知周之夢為蝴蝶與，蝴蝶之夢為周與？周與蝴蝶，則必有分矣。此之謂物化。」《莊子集釋》112。

／入／徘徊夢境的他的夢境裡」[23]，蕭蕭在詩中以莊子的故事為底本，把深刻的哲學思考改寫為纏綿的愛情魔法劇，新設了癡情的女主角與不知情的男主角，而夢中化蝶也改為蝶入夢中，單一的夢境也變成了夢中之夢。相對於以男子為主角的同一組詩〈愛情（B）〉[24]之愛情悲劇，這是以女子為主角的愛情喜劇，也是現代詩人蕭蕭對古典愛情的趣味想像。

在〈裸身奔馳〉中，莊子再度出現：

——不取廚中精美食
只知放浪林泉間
莊子是這樣教松鼠和松鼠的兄弟
我也偷偷學會了
餐風飲露，裸身在心靈的曠野奔馳[25]

置身在物質文明高度發展的後現代消費社會裡，我們每個人都受制於「廚中精美食」——物質的過度需求與消費，而往往忘了自問「我是誰」的基本問題，或是雖問而不可得、不可解，於是蕭蕭想起了莊子的自然哲學，唯有回到自然的曠野，特別是物質的完全棄絕、心靈的完全回歸，我們才能擺脫喧囂文明的羈絆與無邊無際的現代壓力。蕭蕭就是這樣，總在他的詩裡，帶著讀者一起接受莊子哲思的滋養，品味莊

23 蕭蕭，《凝神》（臺北：文史哲出版社，2000）62-63。
24 《凝神》63。
25 蕭蕭，《皈依風皈依松》（臺北：文史哲出版社，2000）84。

子哲思的趣味與意境，尋找現代生活的古典意趣。

莊子哲思更深刻、也更有趣的滋養與轉化表現在〈甲骨文〉一詩：

在龜裂有聲的田野
如何丈量秧苗與饑餓的距離？
一尾總統魚在潭邊
讀著
昏迷的莊子[26]

《莊子・外物》中說：「莊周家貧，故往貸粟於監河侯。監河侯曰：『諾，我將得邑金，將貸子三百金，可乎？』莊周忿然作色曰：『周昨來，有中道而呼者。周顧視車轍中，有鮒魚焉。周問之曰：『鮒魚來！子何為者邪？』對曰：『我，東海之波臣也。君豈有斗升之水而活我哉？』周曰：『諾。我且南遊吳越之王，激西江之水而迎子，可乎？』鮒魚忿然作色曰：『吾失我常與，我無所處。吾得斗升之水然活耳，君乃此言，曾不如早索我於枯魚之肆！』」（頁 924）蕭蕭此詩將莊子貸糧、遇涸轍之魚的故事，幽默的翻轉過來，篇幅雖短而層次豐富：第一層由魚缺水將亡、渴求人「豈有斗升之水而活我」，翻轉為魚無憂無慮的安據潭旁冷眼看著乾旱的大地與饑餓的人間，而且魚的身分也由微不足道的鮒魚，變成了身分特殊的「總統魚」，唯一不變的是依舊貧困無糧

26 《緣無緣》49。

的莊子，此時他甚至已經餓昏過去了，這是蕭蕭詩中常見的智性幽默。進入第二層，《莊子》中的鮒魚缺水而亡，蕭蕭詩中的「總統魚」則因特殊政治人物的加持而名聲遠播、身價暴漲，但是結果則是引來饕客的追逐，加速死亡；前者因自然因素而亡，後者因人為因素而亡，其結果都是死亡，所以看似無憂的鮒魚其實也危在旦夕，蕭蕭繼續展現智性的幽默。第三層，從《莊子》原典到蕭蕭的再創作，真正不變、無憂的其實是高高在上的監河侯與賦予魚名的「總統」，如此一來，智性的幽默便一轉而為隱隱的批判了。最後，第四層，當人死魚亡、遺骨於「龜」裂的大地時，便真的呼應了題目的「甲」（龜甲）「骨」（人骨、魚骨）「文」（紋路如文字）了！只是「甲」的來源不再只是小小的烏龜而是整片的大地，則屠龜取甲、受苦受難的對象便由烏龜而擴大為人間，而且兩個文本中苦的總是文人，其實是相當無「文」的！到了這一層，智性的幽默與隱隱的批判，再加上諷刺與悲憫，詩行絕短而別有深意，迴盪其中者正是簡政珍所強調的現代性之「苦澀的笑聲」[27]！這首詩可以說是現代詩人透過古典滋養與轉化而成的詩作中的巔峰之作。[28]

---

27 簡政珍（1950-）在《臺灣現代詩美學》中說：「苦澀的笑聲可能是哭笑不得，也可能是在笑聲之後留下苦澀的尾音。它是語言嬉戲的縫隙，假如嬉戲傾向瓦解既有的現存，從這個縫隙我們卻窺伺展望到另一個存在。語調似乎戲耍，但那卻是令人正色凜然的嬉戲。映照當下的現實人生，哭笑不得是一種精準的『寫實』。」見簡政珍，《臺灣現代詩美學》（臺北：揚智文化事業公司，2004）238。

28 本詩部分詮釋已先見於《臺灣現代詩中的老莊身影與道家美學實踐》105-106。

懂得棄絕物質文明病徵的除了莊子，還有老子，蕭蕭在〈棄絕〉一詩如此引介老子給他的讀者：

棄絕五音
只聽一聲高弦

你以素白之素來
　淡薄如荷
　薄荷的淡涼

我以遠去的水紋去
　輕柔如風
　柔風的輕噫

為聽一聲高弦
棄絕五色[29]

《老子》第十二章說：「五色令人目盲；五音令人耳聾；五味令人口爽；馳騁畋獵，令人心發狂；難得之貨，令人行妨。是以聖人為腹不為目，故去彼取此。」[30]從文字的使用、說故事的慾望、行事的風格、生活的形態而言，老子都是更為素樸清簡的，他幾乎棄絕了一切文明的表徵，只追求

29 蕭蕭，《雲邊書》（臺北：九歌出版社，1998）97-98。
30 陳鼓應（1935-），《老子今註今譯及評介》（臺北：臺灣商務印書館，2006）93。

原始的存在。蕭蕭以一聲天籟的高弦暗示老子的出現，而棄絕了的人為的五音則成了庸俗文明的象徵；又以白中之白棄絕人為的五色，以夏荷、以薄荷之淡淡清涼棄絕人為的五味。這些棄絕都是老子哲理、智慧的最高表現。而詩的第三段，「我」之離去，只為聽一聲高弦，追隨古之智者，而為此，我不但棄絕五音，更棄絕五色，棄絕一切文明的枷鎖。短短十行，蕭蕭以稀少的文字，引領讀者歷經豐富的心靈、古典的意趣。

到了〈花香四首〉第一首，蕭蕭以更為精簡的文字讓老子登場：

花散發香氣的時候
我剛剛離開老子這本書

所以你不必向枝枒探問鳥聲
鳥聲從不追逐白雲[31]

老子的登場，是為了離去，理由在於《老子》一書的閱讀畢竟仍是文明的行為，但花香的飄散，則是自然的昭示，離文明而嚮自然，正是《老子》旨意。我的登場，也是為了離去，不過我的離去，未必是人身的離去，也可能只是闔上書本或視線從書本移開，心靈隨花香飄散而悠遊不在，此時

31 陳義芝（1953-）主編，《二〇〇四臺灣詩選》（臺北：二魚文化事業公司，2005）245。

身在猶如不在，藏我而接近無我。現代生活之中，何幸而能得此古典趣味與氛圍！

三、古典意象的承襲與暗示

「意象」出現在單一作品中的時候，除了提供視聽等效果外，往往都潛藏了一些意義功能，承擔了象徵的角色，甚至成為大大小小的母題（motif）。[32]而既然帶有母題的色彩，「在文學史上都有個興衰遞變的存在過程，……每個此類意象一經前人使用過，成為那些佳篇名句的閃光點，也就具有了濃縮化的文化能量，……看似孤立懸擱在個別文本情境中的意象，實則在其背後是一個蘊涵豐富的文化實體。」[33]所以現代詩作中如果出現古典文學的常用意象，的確可以在現代生活的描述中，增添不少古典氛圍，即使許多看似實體的意象在現代詩人的巧思創意之下只是一個李翠瑛所說的「存在於詩人的想像中，而不存在於現實世界中」的「虛擬意象」[34]，但仍無損於其古典氛圍的傳遞。

32 陳鵬翔（1942-），〈主題學研究與中國文學〉，《主題學研究論文集》（臺北：東大圖書公司，1983）21。加拿大學者弗萊在《批評的解剖》中使用到母題（motif）時的定義也是「指象徵在一部文學作品中作為一個單元的側面」。弗萊（Northrop Frye，1912-1991），《批評的解剖》（Anatomy of Criticism：Four Essays），陳慧等譯（天津：百花文藝出版社，2006）104。

33 王立，《心靈的圖景：文學意象的主題史研究》（上海：學林出版社 1999）6-7。

34 李翠瑛，〈飛翔的語言——論臺灣新詩語言之虛擬意象〉，《創世紀詩雜誌季刊》164（2010）：29。

蕭蕭詩中透過古典文學常用意象的承襲暗示來營造古典氛圍的例子相當的多，比較集中而有特色的是「松」的意象。中國古典詩中使用「松」意象應是相當的早，但自從賈島〈尋隱者不遇〉(「松下問童子，言師採藥去。只在此山中，雲深不知處。」) 與韋應物〈秋夜寄邱員外〉(「懷君屬秋夜，散步詠涼天。空山松子落，幽人應未眠。」) 二詩一出，「松」意象便罩上出世幽隱之趣、高雅閒靜之意，許多現代詩人詩中都不乏此一意象。蕭蕭詩中也多處可見松意象，其中除了早年的〈松影〉:「冰寒是我唯一可披的外衣／極目岡陵，隱隱約約／拂不去的松影／／啊！拂不去松影」[35]顯得悲涼而黏滯之外，其他的松意象都暗合出世幽隱、高雅閒靜的古典意趣。例如〈悟非悟〉[36]一詩，開頭第一行「目送落花成泥而春雨入溪」與第三段第二行「在八荒九垓三心兩意間梭送」的語言與所引起的「化作春泥更護花」的聯想已經夠古典了，倒數第二段更有強化的作用：

天要開未開

山似空未空

松子欲落而未落

我的髮將白而未白

你的弦已幽幽而未悠悠

35 蕭蕭，《悲涼》(臺北：爾雅出版社，1982) 44。

36 《緣無緣》74-76。

松意象一出，整首詩遂瞬間罩入一片古典意趣之中，而散佈其間、恍如靜止的時間與空間，更使得現代古典之間、悟與非悟之際，混融難分，只有詩意瀰滿、意趣盈紙，令讀者陶然醉之。

蕭蕭詩中的松意象更有名的是〈風入松〉：

風來四兩多
松葉隨風款擺、吟誦
風去三四秒
五六秒
松，還在詩韻中
　　動[37]

風來，松動於無形之風；風去，松仍動，動於無形之詩韻。至此，形體已非生命之枷鎖鐐銬，而是與無形的風之韻、松之韻、詩之韻互動的美學載體了。至於「四兩多」、「三四秒、五六秒」，就像白靈所說的：「『四兩多』使得風的無形存在轉換為觸覺的可捉摸感，同時也表現了它的輕盈和輕巧；『三四秒』讓無限的風的身姿成為有限範圍的可觀察的角色，『五六秒』則加強確認它的有限、以及對松運作其魅惑力的時間（風都走了，松還感動不已）。」[38] 所以四兩多、三四秒、五六秒的存在，正是「無形」存在的證明與體

37 《雲邊書》33。
38 白靈，〈詩的第五元素〉，《雲邊書》14。

悟，也是美感的具體彰顯；同時，四兩多、三四秒、五六秒的數字計量與「秒」的度量單位，也充滿了現代感。在簡約手法的處理下，整首詩聚焦於「松」的意象，而後從形體中見其神韻，有情之感隱匿於無情之物中，而後物我合一，皆得其情，在簡約美學的表現之中，發揮蘊涵在松意象之中的現代生活之古典氛圍。[39]

此外，〈雲邊書──陽明山國家公園所見所思〉的第四首〈清冷之神〉的開頭四行：「天地之間唯留下清冷之神出神／／我是一棵古松／清冷／出神」[40]，松意象加上「古」字的強烈渲染，再加上李癸雲以海德格的「出神忘我」與莊子〈人間世〉的「心齋」加以詮釋，[41]莊子哲思的滋養轉化之功與古典文學意象的承襲暗示之力並生，自然呈現現代詩作的古典氛圍。又如〈皈依風皈依松〉[42]，詩的第三段說：「雁在空中寫的人字／已被漠然擦拭／竹在地上畫的短橫長豎／早被傖俗掩埋／水在煙嵐裡飄飛的姿容／豈能不被惶急拋擲／我在塵與灰之間烙下的身影／又怎能在你蠕動的心中築成堡壘高臺」，「雁」與「竹」本身便是古典意味相當濃厚的意象，再加上一行獨立成段的第二段：「松皈依風風皈依松，我皈依松與風」與第四段：「風皈依松松皈依風，我皈依風與松」，松、風相掩，使得滿紙松風松影、流蕩搖

39 本詩部分詮釋已先見於〈論蕭蕭短詩的簡約美學〉70。

40 《雲邊書》186。

41 李癸雲，〈風景與自我──《蕭蕭：世紀詩選》導言〉，《蕭蕭世紀詩選》20-21。

42 《皈依風皈依松》10-11。

曳，幽隱閒靜之古典氛圍遂充盈於文字之間。

「松」意象之外，又如搭配著其他意象一起出現的「月」意象。月意象可以說是古典文學中最「資深」典雅的意象，嫦娥奔月之後，每一絲銀光、每一片月影，都可以渲染出滿紙古典光華與愛情想像，這使得月亮意象甚至具備容格（Carl Gustav Jung，1875-1961）所說的「原始意象」（primordial images），也就是「原型」（archetypes）的象徵意義，所以只要月意象一出現在詩中「總伴隨有特別的情感強度，就好像我們心中以前從未發過聲響的琴弦被撥動，或者有如我們從未察覺到的力量頓然勃發」，而之所以如此，正是因為「它發出了比我們自己的聲音強烈得多的聲音」、「誰講到了原始意象誰就道出了一千個人的聲音，可以使人心醉神迷，為之傾倒。」[43]

月亮就在我們的生活當中，所以月意象本來就很容易、並且是大量的出現在任何詩人的詩作中，蕭蕭詩中自然也是如此，例如〈共嬋娟〉[44]等詩。蕭蕭詩中的月意象比較特別的是他經常搭配著其他較易引起古典想像的意象一起出現，以強化古典氛圍。例如〈飄起霞雲的眼神〉：「在月與荷之間／皎潔與精緻之際／我回頭望你／你是可望而不可即的眼神／飄起了霞雲」[45]，這是相當精美雅緻的一首短詩，因為

43 容格（Carl Gustav Jung），〈論分析心理學與詩的關係〉，《神話－原型批評》，葉舒憲譯（陝西：陝西師範大學出版社，1987）100、101。容格此文又見卡爾・古斯塔夫・榮格（即「容格」，譯名略不同），《心理學與文學》，馮川、蘇克譯（臺北：久大文化公司，1990）79-94。

44 蕭蕭，《毫末天地》（臺北：漢光文化公司，1989）32。

45 《皈依風皈依松》42。

與「月」、「荷」與「霞雲」（而非「雲」或「雲霞」）的意象並置共生，詩中那「可望而不可即的眼神」與背後隱藏的人影，遂充滿古典而美麗的想像。類似的例子像〈雕夢〉46，詩中以連續並置的「雪霽」、「風停」、「月落」、「花靜」四個詞彙與意象，從節奏與意象的聯想，強力渲染古典的氛圍與感受。更精采的例子應該是〈水月〉：

我潛入你的鏡中
探取那朵不一定存在的花

你從水裡撈走
我琢磨不知多少世的明月
卻只用泛起一圈的酒窩[47]

「鏡」、「花」、「水」、「月」都是實有的物象，但在詩裡卻都是虛無的心象，全詩唯一的實體意象只有「酒窩」，但這一個小小酒窩，卻一舉虜獲對愛情的幾世琢磨。蕭蕭在詩中以舉重若輕的手法巧妙的化用李白水中撈月的典故以及月亮在古典文學中所蘊涵的愛情象徵，本身就很容易引起古典的聯想，加上「鏡」、「花」、「水」、「月」四個意象也都是古典文學的常用意象，加強了古典聯想的效果，而其中的「鏡子」意象，在古典文學中密集的出現，本身也具有原型意象的功

46 《皈依風皈依松》88。
47 《皈依風皈依松》90。

能，[48]對古典的聯想更有正面的助益。

再如「石頭」意象。在王立的主題學研究中，石頭除了有豐富的神話學、民俗學寓意之外，古典文學中的石頭意象也往往與文人關係密切，因為中國古代文人藉以隱喻「耿介堅貞的人格之美」，或藉以凝聚寄託「孤高自許、不同流俗的獨特審美情趣」。[49]蕭蕭詩中的石頭意象出現的次數為數不少，含意也相當豐富，不過本文論述主旨為古典氛圍，因此只挑出符合論述主旨者加以討論；在這樣的前提下，蕭蕭詩中的石頭意象表現出兩種主要的內涵。一種是前文論及的〈溪中石〉之石頭意象，詩中以「石頭」為第一人稱，隱約有自喻之意，這顆石頭一則暗示自我心性的寧靜恆定，一則在與莊子交談中表現了道家的生命美學內涵，與王立歸納的石頭意象內涵相當接近。另一種則以「頑石」的形象出現，先看〈頑石〉：

依然

流著欲碧猶紅的血
依然任風任雨任水襲擊
依然走進火中，穿過火

依然不向誰，只向你

---

48 李瑞騰（1952），〈說鏡——現代詩中一個原型意象的試探〉，《新詩學》（臺北：駱駝出版社，1997）78-112。

49 《心靈的圖景：文學意象的主題史研究》172-182、183、185。

點頭[50]

「欲碧猶紅的血」是生命的流動，風雨水的襲擊是生命的考驗，「火」是生命的終極試煉，「穿過火」則是衝破試煉，而能衝破生命的終極試煉，背後必然有巨大勇氣與值得的事物，此即真愛。真愛如石，可以接受一切試煉，而在石頭的堅硬加上「頑」字，更傳達了一往無悔、至死不渝的勇氣與堅定。

「頑石」的意象不會憑空出現，在〈歸彼大荒〉中我們赫然發現它的來歷：

一顆柔軟溫潤勃勃而跳的心
又回到青埂峰下

回到青埂峰下
一顆堅硬冷漠寂寂無所視的頑石[51]

原來是《紅樓夢》中那顆通靈寶玉、為愛遊歷人間、接受歷練的頑石被蕭蕭帶到了五光十色的後現代。由原先青埂峰下的一顆頑石，變成「一顆柔軟溫潤勃勃而跳的心」，第二行

50 《悲涼》49。
51 《毫末天地》76。

的「又」字暗示頑石遊歷人間、接受歷練後，重新回到它自己所來自的世界。《紅樓夢》中這顆頑石賺盡了天下癡情人的眼淚，其間之曲折繾綣，自是最佳的寫詩題材，然而蕭蕭此詩，卻由這顆頑石「又回到青埂峰下」開始寫起，而且寥寥四行，寫盡頑石悟道的過程。其中最精采的地方在於蕭蕭將二個段落之間的空行拉大為五行，形成二個段落之間極大的空白地帶，而這空白空間就像宇宙混沌無窮的巨大時空一樣，在無數個日升月落、物換星移中，冷卻一切情慾，讓這顆頑石由「一顆柔軟溫潤勃勃而跳的心」到再度成為「一顆堅硬冷漠寂寂無所視的頑石」，重新回到寂滅靜定、無情無感、無始無終的自然狀態。漫長的時間流動、愛恨的情慾掙扎都隱藏在這巨大的空白中，這詩行中間刻意拉大的留白，成為既抽象又具體可見的綿渺的時空圖象。兩段之間的大面積空行表現了十足的「空行留白」的圖象技巧。[52]這個空白（blanks）如果以伊瑟爾（Wolfgang Iser，1926－）的接受美學理論來看，正是「未定性」（indeterminacy）產生的所在，它是文本的「潛在聯繫」，同時對「觸發讀者方面的想像活動」有重要的貢獻。[53]

「頑石」意象第三次出現是在〈鎖心〉一詩：

---

52 「留白」的圖象技巧與「空行留白」的圖象技巧參見《臺灣現代詩圖象技巧研究》293-360（第五章）。此詩的「空行留白」圖象技巧參見頁 337-338，本文節取其部分詮釋。

53 沃爾夫岡・伊瑟爾（Wolfgang Iser），《閱讀活動》，金元浦、周寧譯（北京：中國社會科學出版社，1991）220。

多少不同的花樣容顏
顯示人間多少不同的心情
紅的興奮，黃的澹泊
紫色期望大富大貴
惟灰黑頑石，鎖心已久[54]

看來蕭蕭在不同詩集不同篇章之中替這顆頑石編了一個小說連載的故事：從〈頑石〉的火紅深情、無懼無悔，到〈歸彼大荒〉的曾經愛過、寂滅入道、無情無憾，到〈鎖心〉一詩，火紅褪去，時間的塵埃層層積累，已經是既灰且黑了，即便紅塵俗世之人掌心把玩、隨意評斷，也無損無礙其鎖心入道。這三首詩除了實現蕭蕭自己提倡的「擴大詩的小說企圖」[55]、「小說詩」[56]的主張，還將頑石的古典氛圍與真愛堅持帶到了缺乏永恆、隨意翻轉的後現代。此外，「石」意象本身豐富的神話學、民俗學寓意，加上蕭蕭刻意使它與《紅樓夢》中的頑石意象以及頑石意象背後同樣豐富的神話聯想連結，也使得「石」意象具備了弗萊（Northrop Frye，1912-1991）「原型批評」（archetypal criticism）觀點中的「把一首詩同其他詩聯繫起來並因此有助於整合統一我們的文學經驗的象徵」的原型意義。[57]

54 《皈依風皈依松》74。

55 蕭蕭，〈擴大詩的小說企圖〉，《現代詩縱橫觀》（臺北：文史哲出版社，1991）25-30。

56 蕭蕭，〈詩、小詩、小說詩〉，《雲邊書》207-210。

57 弗萊：〈作為原型的象徵〉，《神話──原型批評》151。

除了以上所說的較具系統性的意象使用之外，有時候靈光偶現，也可以帶入古典的想像，如〈三訪白雲山莊無雲〉中的「蟬」意象：

啊！
完全灰而白的一隻蟬

從唐朝那一葉冷香
飛出[58]

「蟬」也是古典詩中常見的意象，例如駱賓王的〈在獄詠蟬〉[59]；在現代詩中也經常可以看到牠的身影，例如洛夫的〈金龍禪寺〉[60]，不過一聲驚訝後，蕭蕭的蟬不是在山中點燃人間光明、心中佛性的「禪」，而是穿越時空，從唐朝飛來的一種古典詩境。這蟬，像是白雲幻化而成，更像是蟬、雲一體相融，是蟬亦是雲；而當這似真似幻的蟬「從唐朝那一葉冷香／飛出」時，其形體已瞬間消解，直接涵融為一種古典的意境，迎面而來，籠罩詩人，也籠罩了讀者。從〈訪白雲山莊未遇白雲〉[61]，到〈再訪白雲山莊遇雲〉[62]，到〈三訪白雲山莊無雲〉，詩人演繹了從有心到無心的過程，

58 《緣無緣》46。
59 （清）孫洙（蘅塘退士，1711-1778）編選，邱燮友注釋，《唐詩三百首》（臺北：三民書局，2009 五版）245-248。
60 洛夫，《洛夫詩歌全集1》（臺北：普音文化事業公司，2009）253-254。
61 《緣無緣》44。
62 《緣無緣》45。

消解了有心的追尋，涵融為無心的境界，去掉形體的堅持，得到了神態的演示，那隱匿在詩中的古典詩情，不著痕跡的在短短的四個詩行中展現無遺。

四、典故的聯想與典型的追摩

除了老、莊與古典意象之外，蕭蕭詩中經常不自覺的提到古人、古語、古詩、古事，對古典氛圍的形塑有相當好的效果；其中部分用作詩學典故，以引起古典氛圍的聯想，部分則藉以表達追摩詩學典型之意，而詩學典故之用往往也關涉到詩學典型之追摩。

用作詩學典故者，許多時候只是隨意提及或用以比喻，並無深意，例如〈天淨沙變奏〉[63]中的「天淨沙」、〈絕句典律詩〉64中的絕句律詩之名、〈鑑淚〉[65]中的宋朝「西江月」與李商隱、〈春蠶兩仙〉[66]中的李商隱詩句、〈陽關三疊〉四首67中的「陽關三疊」與所引唐詩、〈圖形〉[68]中的孔子東坡卓文君李白、〈坐忘〉[69]中的胸中丘壑與十三經等。但有些則是藏得較深，利用典故的醞釀，慢慢散發其古典氛圍的，例如〈唯一與永遠〉:「在繁花盛開與／繁花落盡

---

63 《悲涼》25-28。

64 《毫末天地》98。

65 《雲邊書》66-68。

66 《凝神》67。

67 《凝神》92-95。

68 《雲邊書》103-104。

69 蕭蕭，《草葉隨意書》（臺北：萬卷樓出版社，2008）62。

之間／在春與夜／朝與暮／巧笑與嗔怒／輕羅薄衫，香息微漾／解或不解之際／／你一直是我唯一的繁花／即使落盡／你仍然是我永遠的真淳」[70]，詩中隱藏了元遺山（元好問）〈論詩絕句〉第四首：「一語天然萬古新，豪華落盡見真淳，南窗白日羲皇上，未害淵明是晉人」[71]的第二句。蕭蕭詩中借用元遺山對陶淵明洗去浮華、呈現詩的本質之美的贊語，表現中年夫妻的深情，充滿古典的氛圍與美感。又如〈浮動暗香〉：「只是一陣暗香　浮動／讓愛有了寄託／讓情有了追索的線索／那遠遠的月，昏昏黃黃／彷彿也在訴說遠古的傳說，暗香浮動」，以及〈橫斜疏影〉：「疏影橫斜，我們相約／延續前世那濃濃蜜蜜的情果／如今，雲可淡，風能輕／可是，哪裡有疏影橫斜的窗口／讓我橫斜疏影？」[72]兩詩間隱藏了林逋（林和靖，967-1028）〈山園小梅〉中的名句「疏影橫斜水清淺，暗香浮動月黃昏」，用以訴說隱藏的情意，古典而婉約。

蕭蕭利用典故的聯想製造古典氛圍另外一個成功的例子為〈四十七歲〉：

隨著蘆葦追太陽
向西直直奔馳過去

---

70 《雲邊書》95-96。

71 周益忠，《論詩絕句》（臺北：金楓出版社，1999）248。

72 兩詩分見《皈依風皈依松》59、80。

我，一聲呵欠[73]

短短三行，意蘊豐富。第一段兩行淩空而來，令人自然聯想到夸父追日的神話故事，乍看之下充滿氣勢與勇氣，但細看卻是「隨著蘆葦追太陽」；蘆葦之追太陽，頂多轉動身體方向行「注目禮」，因為它其實是動彈不得的植物，如此一來，則詩中人隨著蘆葦追太陽，可知也是空有雄心而其實半步也移動不得的！因此，第一段其實是一個反諷，尤其第二行更是如此。反諷之餘，回到現實，光是隨著蘆葦行個注目禮，第二段的詩中人已是呵欠連連，甚至全詩就在此匆匆、草草的結束，說也不說就直接擲筆不寫，留下一臉錯愕、不解的讀者。直至重新注意到詩題「四十七歲」，所有的無解便瞬間可解了，原來這是中年男子疲憊的心情寫照，年輕時候的追日豪情到了中年只能剩下空想了，生命中隨時填滿無數的疲勞與呵欠，甚至連想想都是累人的！利用典故的聯想製造古典氛圍，同時又能深刻的表白現代生活的壓力與無奈，蕭蕭此詩，可謂經典之作。

蕭蕭詩中利用典故的聯想製造古典氛圍更多的例子見於以《詩品》[74]入詩的相關作品。在陳政彥的訪談中蕭蕭曾說：「我讀碩士的時候是研究司空圖的《詩品》，司空圖的《詩品》他的前後可以形成一個系統，這個系統就是我們說

73 《緣無緣》51。

74 （唐）司空圖（837-908），《二十四詩品》（臺北：金楓出版公司，1987）。《詩品》或稱《二十四詩品》，以下正文中依蕭蕭慣稱，稱為《詩品》，註釋中則稱《二十四詩品》。

的神韻，就是文字背後的韻味，那才是詩最講究、最重要的，……文字是一個過河的工具，過河之後就要忘了文字。」[75]我們可以從這個線索出發，找到蕭蕭詩作中諸多以《詩品》為背景的作品。在他早年的詩作中，便有〈夜讀詩品〉之作：「翻開的詩品／偶而透露林間微微天光／想起十二年前／山上的夜晚／小小的雨落在窗口／／我開始吟誦四言詩／一片落葉隨風飄進書裡／靜靜依著：／人淡如菊／那情景就像小小的雨／落在窗口」[76]。蕭蕭在詩後並未加註寫作日期，但從《悲涼》詩集出版於 1982 年，之前的《舉目》[77]出版於 1978 年，則「十二年前」約為 1966－1970 年之間，以蕭蕭生於 1947 年推算，大約是蕭蕭就讀大學或初升碩士班之際，由此可知蕭蕭對《詩品》的喜好是素來有之了；後來，在近著《草葉隨意書》中，又有〈司空圖詩品〉一詩，說《詩品》是他「沒說的葉脈裡的亢奮」[78]，由此則可知蕭蕭對《詩品》的喜好更是不曾中斷，以迄於今。所以在許多詩集中，我們都可以看到以《詩品》詩句發想的詩作，例如在《悲涼》中，我們可以看到從〈飲之太和第一首〉到〈飲之太和第四首〉的四首組詩之作。[79]「飲之太和」[80]為《詩品》第二首〈沖淡〉中的第三個句子，蕭蕭以連續的四首詩作詮釋「飲之太和」的意境，其中的第二首尤

75 《蕭蕭詩學研究》183-184。

76 《悲涼》83-84。

77 蕭蕭，《舉目》（臺北：大昇出版社，1978）。

78 《草葉隨意書》78。

79 《悲涼》93-98。

80 《二十四詩品》48。

為佳作：

林葉微微一動
可以聽得見息息
息息的聲音
可以聽得見，偶然
遠處，三兩聲吆喝

沒有鳥飛出

王維在〈鹿柴〉中以「空山不見人，但聞人語響」、在〈鳥鳴澗〉中以「月出驚山鳥，時鳴春澗中」來形容「鳥鳴山更幽」式的空山幽靜。蕭蕭在此同時隱約微涉王維這兩首詩與司空圖〈沖淡〉的詩境，但他利用分段時的中斷空隙，在第二段以突如其來的「沒有鳥飛出」製造了小小的懸宕與驚喜，並藉此推古人之陳，出今人之新。他製造出一個只有聲音、不見形體的空靈詩境，而當末句出現，原先的聲響也終歸消失、化入太和，詩意涵融於一片徹底的靜寂之中。蕭蕭此詩頗得絕句的簡約意趣，入古典而能出古典，充分運用古典詩的簡潔優點，得其精髓而不為累，可以說是另一首利用典故的聯想製造古典氛圍的經典之作。[81]

在《詩品》的二十四首詩中，除了第二首〈沖淡〉中的「飲之太和」一句之外，蕭蕭最喜歡提及的還有第六首〈典

81 本詩部分詮釋已先見於〈論蕭蕭短詩的簡約美學〉75-76。

雅〉中的「人淡如菊」[82]，這句詩第一次出現在前舉〈夜讀詩品〉中，後來在〈淡淡秋色〉中再次出現：「風輕四兩，人淡如菊／甚至於不需要一隻小蜻蜓／捎來夢的觸鬚　搔著／無所謂無聊或不無聊的午後／菊瓣淡淡一如秋色」[83]。蕭蕭以此鋪陳秋色的淡雅寧謐，盡得古典氣味與風雅。

作為一個浸潤在古典文學光華中的現代詩人，蕭蕭心中必然常常興起追摩古人典型的心情，這種心情也必然不經意甚至刻意的表現在他的筆下，所以我們在他的詩作中，便可以追索到相當多的跡象。這種跡象最鮮明的表現是對古典詩學典型的追摩——一方面表達景仰，追求風華的再現；一方面則以舊為新，傳承古典，再創新機。這種典型的追摩，最深刻的或許便是前舉《詩品》的作者司空圖，蕭蕭在典故的聯想藏用中，一則對古典詩學典型表達他的景仰，同時也化古為新，再創新的詩生命與詩典型。司空圖之外，往前推尋，王維（701-761）也是。蕭蕭有〈與王維論禪〉之作：

我們垂著長眉對坐，松林裡
只有清泉細細
裊裊，灰白的髮絲迎風披散
一本輞川集尚未翻開
三兩片花瓣先已順著衣襟
飄落

82 《二十四詩品》59。
83 《皈依風皈依松》76。

我，正待開口

想起上次論辯的內容，細細
裊裊，不外乎眼前焚出的一縷清香
還煩勞明月佇足
相候
我，如何開口？[84]

整首詩的語言風格與鋪陳方式，正是王維式的風格，結合了「沖淡」之風、「典雅」之味，一切化入自然、渾然無心，既充滿佛意禪理，又盈溢著莊子式坐忘無言的風情。現代詩之發展，至此可謂融古為今，既追摩古典詩學之典型、再現現代詩的古典氛圍，又因此而發展出一種典雅沖淡而自然無心的詩風，營造一種前所未有之詩境，可謂現代詩的絕美豐收。

追摩古典詩學典型之餘，蕭蕭許多作品都以老莊的自然哲思、《詩品》的沖淡典雅、王維的寧靜幽微為典型，取法追摩而融古為今，發展出一種自然淡雅、寧靜無為的詩風，如〈水流花放〉:「水流　花放／一切都那樣自然／水一直一直想跟花說一些什麼／花一直一直想跟天說一些什麼／一直一直，都那樣自然」，或是像〈澹泊天外〉:「水潺潺是水與石相對談／風蕭蕭是風與松的聲籟在對焦／一切都澹了泊了／雲也淡了薄了／把世界推向很遠很遠，天之外，心之

84　《悲涼》85-86。

外」[85]等，全詩無一古典的直接元素，而古典氣味自然怡人，這是蕭蕭追摩古典詩學典型而融古為今的收穫，也是臺灣現代詩的收穫。

在蕭蕭詩中，司空圖、王維是較為明顯的詩學典型，因為他們對蕭蕭詩風的影響鮮明而深刻，值得專文探討論述（本文立論重點並不在此，所以僅舉兩首為例）。此外，蕭蕭詩中還提及李白、蘇軾，雖然蕭蕭詩作並未受到他們的直接影響，但蕭蕭在提及他們的詩中重點卻都是「寂寞」，在〈與李白論劍〉的最後兩行他說：「你用一千兩百年的鐵銹和落寞說：／劍，不提也罷！」[86]在只有三行的〈寂寞〉中他說：「揀盡寒枝不肯棲／／東坡詞／依然在捲軸裡，冷」[87]，甚至在〈陽關三疊〉四首[88]的最後三行他也說：「那一滴　淚／／——人類亙古的寂寞／尋不著回聲」。蕭蕭之所以如此關注「寂寞」（「落寞」之意接近「寂寞」），是因為「寂寞」是一種更大的、詩人集體的典型，他在近著《現代新詩美學》第三章裡曾以鄭愁予（鄭文韜，1933-）的詩作為範式，標舉「孤獨美學」，以此作為「現代主義裡的古典文學情愫」，除了說「孤獨感是文學生發的源頭」，並拈出古典詩人的四種孤獨情境，包括「自然派的空間孤獨」（以柳宗元（773-819）〈江雪〉為例）、「社會派的時間孤獨」（以陳子昂（661-702）〈登幽州臺歌〉為例）、「抒情派的人情孤

85 兩首分見《皈依風皈依松》52、69。
86 《悲涼》88。
87 《後更年期的白色憂傷》15。
88 《凝神》92-95。

獨」(以李白(701-762)的〈忘天門山〉、〈早發白帝城〉為例)、「哲理派的意境孤獨」(以王維的〈竹里館〉為例),最後又特別指出「鄭愁予詩中所鋪陳的『美學』,源自亙古以來文學藝術所獨具的『孤獨』心靈」。[89]「孤獨」與「寂寞」近乎相同,由此開展而出,「孤獨/寂寞」的詩人典型其實是蕭蕭心中的更大典型,也是蕭蕭詩中古典氛圍的重要來源。

五、結論

蕭蕭的詩作,在現代生活的描述中,總是流佈著一種古典的氛圍,令人陶醉。這種古典氛圍除了來自於禪意佛理的醞釀、短詩的簡約美學之外,他有時透過老莊古典哲思的滋養與詩人現代性的轉化,讓他的讀者跟著他一起接近老莊,體會蕭散的莊子神韻、淡泊的老子心靈,在心性的寧靜恆定與對人為庸俗文明的棄絕中趨近古典道家的生命美學內涵,營造現代生活的古典趣味。有時候他則透過充滿濃縮文化能量、豐富文化實體的古典文學意象的承襲暗示,例如松意象的出世幽隱、高雅閒靜,月意象的銀光月影、古典光華,石意象不同流俗的審美情趣與至死不渝的堅定勇氣、寂滅入道的修行過程,以及雁、竹、鏡、花、雪、荷、雲、蟬等相關意象等,傳達古典的氛圍與意趣。有時候他也利用詩學典故的聯想與典型的追摩,例如借用元遺山對陶淵明的贊語,表

89 蕭蕭,《現代新詩美學》(臺北:爾雅出版社,2007)91、140-142、366。

現中年夫妻的深情，反用夸父追日的神話，深刻的表白現代生活的壓力與無奈，或以《詩品》〈沖淡〉與〈典雅〉為背景，表現相應的詩境，以及以司空圖、王維與古來詩人共有的「孤獨／寂寞」之詩人典型為典型，追摩之、新創之，既讓古典的氛圍自然灌注到他的現代詩作，營造出現代生活的古典意趣，也開創現代詩的表現新徑。

參考文獻

丁旭輝，〈蕭蕭圖象詩研究〉，《中國現代文學理論季刊》第19期，2000。

丁旭輝，《臺灣現代詩圖象技巧研究》，高雄：春暉出版社，2000。

丁旭輝，〈論蕭蕭短詩的簡約美學〉，《國文學誌》第10期，2005。

丁旭輝，《臺灣現代詩中的老莊身影與道家美學實踐》，高雄：春暉出版社，2010。

丁旭輝，〈楊佳嫻詩作的古典新象〉，《高應科大人文社會科學學報》第8卷第2期，2011。

丁旭輝，〈楊牧詩中的樂府書寫〉，《樂府學》第七輯，2012。

丁旭輝，〈現代詩人的古典傳承與開創一：洛夫〉，《文苑天地》第59期，2012。

王立，《心靈的圖景：文學意象的主題史研究》，上海：學林出版社，1999。

司空圖，《二十四詩品》，臺北：金楓出版公司，1987。

白靈，〈詩的第五元素〉，蕭蕭，《雲邊書》。

李癸雲，〈風景與自我──《蕭蕭：世紀詩選》導言〉，蕭蕭，《蕭蕭世紀詩選》。

李翠瑛，〈飛翔的語言──論臺灣新詩語言之虛擬意象〉，《創世紀詩雜誌季刊》第164期，2010。

李瑞騰，《新詩學》，臺北：駱駝出版社，1997。

周益忠，《論詩絕句》，臺北：金楓出版社，1999。

胡適，《胡適作品集 3：文學改良芻議》，臺北：遠流出版社，1986。

洛夫，《洛夫詩歌全集 1 》，臺北：普音文化事業公司，2009。

紀弦，〈現代派信條釋義〉，《現代詩詩刊》第 13 期，1956。

（清）孫洙（蘅塘退士）編選，邱燮友注釋，《唐詩三百首》，臺北：三民書局，2009 五版。

陳政彥，《蕭蕭詩學研究》，碩士論文，中央大學，2002。

陳政彥，《戰後臺灣現代詩論戰史研究》，博士論文，中央大學，2007。

陳鼓應，《老子今註今譯及評介》，臺北：臺灣商務印書館，2006。

陳義芝主編，《2004 臺灣詩選》，臺北：二魚文化事業公司，2005。

陳鵬翔，〈主題學研究與中國文學〉，《主題學研究論文集》，臺北：東大圖書公司，1983。

〔清〕郭慶藩輯，王孝魚整理，《莊子集釋》，臺北：華正書局，2004。

渡也，〈五十年代現代派中的古典〉，《臺灣現代詩史論》，臺北：文訊雜誌社，1996。

曾琮琇，《臺灣當代遊戲詩論》，臺北：爾雅出版社，2009。

解昆樺，〈現代主義風潮下的伏流：六〇年代臺灣詩壇對中國古典傳統的重估與表現〉，《國文學報》第 7 期，2007。

廖炳惠，《關鍵詞 200》，臺北：麥田出版公司，2003。
蕭蕭，《現代詩學》，臺北：東大圖書公司，1987。
蕭蕭，《舉目》，臺北：大昇出版社，1978。
蕭蕭，《悲涼》，臺北：爾雅出版社，1982。
蕭蕭，《毫末天地》，臺北：漢光文化公司，1989。
蕭蕭，《現代詩縱橫觀》，臺北：文史哲出版社，1991。
蕭蕭，《緣無緣》，臺北：爾雅出版社，1996。
蕭蕭，《雲邊書》，臺北：九歌出版社，1998。
蕭蕭，《凝神》，臺北：文史哲出版社，2000。
蕭蕭，《皈依風皈依松》，臺北：文史哲出版社，2000。
蕭蕭，《蕭蕭世紀詩選》，臺北：爾雅出版社，2000。
蕭蕭，《現代新詩美學》，臺北：爾雅出版社，2007。
蕭蕭，《草葉隨意書》，臺北：萬卷樓出版社，2008。
簡政珍，《臺灣現代詩美學》，臺北：揚智文化事業公司，2004。
容格（Carl Gustav Jung），〈論分析心理學與詩的關係〉，《神話——原型批評》，葉舒憲譯，陝西：陝西師範大學出版社，1987。
卡爾・古斯塔夫・榮格，《心理學與文學》，馮川、蘇克譯，臺北：久大文化公司，1990。
H・R・姚斯（Hans Robert Jauss），《走向接受美學》（Toward an Aesthetics of Reception），收入周寧、金元浦譯，《接受美學與接受理論》，沈陽：遼寧人民出版社，1987。
MichaelPayne，《閱讀理論：拉康、德希達與克麗絲蒂娃導讀》（Reading Theory：An Introduction to Lacan, Derrida,

and Kristeva），李奭學譯，臺北：書林出版公司，1997。
弗萊（Northrop Frye），〈作為原型的象徵〉，《神話－原型批評》，葉舒憲譯，陝西：陝西師範大學出版社，1987。
弗萊（Northrop Frye），《批評的解剖》（*Anatomy of Criticism: Four Essays*），陳慧等譯，天津：百花文藝出版社，2006。
羅蘭・巴特（Roland Barthes），《文之悅》（*Le Piaisir Du texte*），屠友祥譯，上海：上海人民出版社，2004。
蒂費納・薩莫瓦約，《互文性研究》，邵煒譯，天津：天津人民出版社，2003。
沃爾夫岡・伊瑟爾（Wolfgang Iser），《閱讀活動》，金元浦、周寧譯，北京：中國社會科學出版社，1991。

同一性的形構

論蕭蕭《草葉隨意書》的物我與詩道

張之維（元智大學中國語文學系碩士生）

摘要

蕭蕭在《草葉隨意書》詩集中將自己「化身為草葉」，與物同一。本文即從此觀點著手，首先探討「草葉」如何在「我」的意識裡被同一，繼之開展分析蕭蕭在詩集所形構的「我與自然同一」及「詩與道同一」。

關鍵詞

蕭蕭、同一性、現象、物自身、草葉隨意書

一、引言

在中國的書寫傳統中，以自然為對象的書寫，大致都有文人的自我投射，在遊賞山水景物中，以景抒情。與其同時，並常表現與物同遊、感造物神奇之讚歎。如柳宗元（773-819）〈始得西山宴遊記〉:「其高下之勢，岈然洼然，若垤若穴，尺寸千里，攢蹙累積，莫得遯隱；縈青繚白，外與天際，四望如一。然後知是山之特立，不與培塿為類。悠悠乎與灝氣俱，而莫得其涯；洋洋乎與造物者遊，而不知其所窮。[1]」柳宗元在文句裡不僅是讚歎西山的高聳，一部分反映了自身胸懷的寬大，一部分也是抒發對造物者「莫得其涯」、「不知其所窮」的嚮往。從上例得知，中國文人在書寫自然時，往往微言大義，富含對萬物的深刻哲思。

《草葉隨意書》是蕭蕭（1947-）於 2008 年出版的詩集，也是蕭蕭的第十二本詩集。此詩集亦持續保有蕭蕭詩作一貫的美學特徵，「小」與「禪」[2]，最長的一首詩〈咬嚙〉也不過十行，詩中亦處處見禪機。而正如書名，草葉是書中被描寫最多的物象，所以全書亦可說是一本「書寫自然」的詩集。但蕭蕭亦並非只是描寫草葉之美，他在字裡行間處處顯露出來的，是他的生活哲學、生命哲學，以及對一草一木當中所隱含的運行之道的直覺感悟。蕭蕭在本書自序中說

---

1 柳宗元，《柳河東集》（下）（上海：上海古籍出版社，2008）471。

2 陳巍仁，〈羚羊如何睡覺？〉，收入林明德編《蕭蕭新詩乾坤：蕭蕭新詩研究》（台中：晨星出版集團，2009）91。

明：「詩中有時我化身為草葉，與草葉同聲息，共呼吸，模擬著生命的相知相惜。」[3]由此更可得知，此詩集呈顯的即是蕭蕭對生命主題的思維結晶。

「化身為草葉」，是一種打破物我界限的思考邏輯，當人與物之間消解了歧異性，就能同感於在這蒼穹之下最純粹、最原初的生命況味，而不再困在我與他者之別的思維迷障中。這樣的「同化」，即莊子（約 B.C.369-286）〈齊物論〉的宗旨，當消除了個人的偏見執迷，便能與物相齊、與物同遊。而「同化」是從「同一性」（identity）的形構而來。「同一性」問題一直是西方哲學一個極為重要的命題，許多思辯都是延此展開。如黑格爾（Georg Wilhelm Friedrich Hegel, 1770-1831）的哲學體系，即是在同構性同一的框架中拆解重裝的超越同一性哲學[4]。同一性的公式是為「等號」，也就是使兩者等同。《草葉隨意書》中即可見這種「同一性」的形構。洪靜芳評介蕭蕭《現代新詩美學》時表示「共構」與「交疊」是蕭蕭新詩美學的核心[5]。在《草葉隨意書》詩集，其內涵亦處處呈現出「共構」與「交疊」，本文即擬從此觀點著手分析。首先是探討「草葉」如何在「我」的意識裡被同一，其二是開展分析蕭蕭在此詩集所形構的「人與自然同一」，以及「詩與道同一」，繼而從中解讀

---

3 蕭蕭，《草葉隨意書》（台北：萬卷樓，2008）2。

4 周劍銘，〈中國思想與精神哲學〉，香港人文哲學會網頁，網址：http://www.hkshp.org/humanities/ph132-04.htm，上網時間：2010/08/16。

5 洪靜芳，〈《現代新詩美學》評介〉，《東海大學文學院學報》49（2008）：558。

蕭蕭在詩集中所欲呈現的美學與哲學理路。

二、「隨意」的「草葉」

葉維廉在山水詩研究的課題上，曾提出：「山水景物能否以其原始的本樣，不牽涉概念世界而直接的佔有我們？[6]」他想要探討的核心，是在山水詩中常常被突顯的「物我關係」。蕭蕭《草葉隨意書》一書描述的主要對象雖看似為「草葉」，但投入的內涵也是「物我關係」間的辯證。而在蕭蕭《草葉隨意書》的書名當中，正恰可作一對照闡釋，以下即試析之。

首先，關於「草葉」，乃至關於這個世界的萬物，自人類有語言，就開始為萬物命名，「命名」讓人們得以區分某物與某物之別，卻也促使人們用一種簡易的方法去認識這些被命名、被符號化的事物表象。當人們用一種被概念化、符號化的方式去認識「物」，即落入片面化的可能，因為這是在一個有限的範圍內去認識到「物」的某一面向。葉維廉說：「『指義前』的一瞬，是屬於原來的真實的世界。[7]」他說明了語言與真實的「物」之間是有差距的。羅蘭・巴特（Roland Barthes, 1915-1980）則說：「每個人在建立自己的分析時，卻仍傾向於僅以符號的某一面向為根據：單一視點

6 葉維廉，〈中國古典詩和英美詩中山水美感意識的演變〉，《比較詩學》（台北：東大圖書，2007）118。

7 葉維廉，〈語言與真實世界：中西美感基礎的生成〉，《比較詩學》（台北：東大圖書，2007）71。

侵越整體意指現象。[8]」再參照康德（Immanuel Kant, 1724-1804）的講法，「現象」（Erscheinung）是依照法則性的概念（範疇）所決定了的現象[9]。換句話說，我們對眼前所認識的「物」，有著人為概念性的建構。康德並認為一個純粹客觀的「物」，因為人的有限性，則人類無法得知，這個不能知的「物的本身」，康德稱之為「物自身」（Ding an sich），「物自身」不與我們的感官知覺有關，卻也由於無法被人感知而被證明，故在康德理論中的「物自身」其實是一種矛盾[10]。但無論如何，以上種種說法都是在說「名」與「實」之間的差異。

新儒家牟宗三（1909-1995）則認為在中國哲學裡可為康德所言的「物白身」找到出路，即「物白身」是可以在無限心的「智的直覺」中顯現[11]。而這也就是蕭蕭在他精鍊的詩句裡所呈現的視界，是從「智的直覺」去體悟「草葉」的內涵。方群曾指出蕭蕭的詩：「表現的是『形先存，意後立』的外在形式規律，和『意為主，形為輔』的內在組織結構。[12]」在此詩集，亦可以看到此形式結構。蕭蕭描述的「草葉」是用來輔助的形，他寫草葉，但讓這些草葉並不只是傳達它名稱上那樣的表象，他亟欲展示出來的是其中超越

---

8 巴特（Roland Barthes），〈符號的想像〉，《符號的想像：羅蘭巴特評論集（二）》（*Essais critiques*）陳志敏譯（苗栗：桂冠圖書，2008）260。

9 牟宗三，《現象與物自身》（長春：吉林出版集團，2010）39。

10 牟宗三，《現象與物自身》40-41。

11 牟宗三，《現象與物自身》42。

12 方群，〈回音的諦聽：談蕭蕭的《凝神》〉，收入林明德編《蕭蕭新詩乾坤》38。

性、形而上的內涵，意即其「物自身」，即哲學家們一直努力探索、試圖掌握的「物」的真實且純粹的原初性。

但蕭蕭究竟是通過何種方式來觀看「草葉」才得其真實呢？又何謂「智的直覺」呢？

再看《草葉隨意書》中的「隨意」二字。「隨意」可解釋為「任意」，或傳達一種豁達開放的態度。但若將「隨意」二字拆開解釋，則可見另一番新意。「隨」，許慎（約58-147）《說文解字》云：「從也，从辵隋省聲。[13]」也就是跟隨、跟從之意。「意」一般可解為意識、意志、意念，《說文解字》則云：「意，志也，从心音，察言而知意也。[14]」所以「意」即是發自內心的聲音，而無論是意識、意志、意念，都是從心而生。王陽明亦說：「身之主宰便是心。心之所發便是意。意之本體便是知。意之所在便是物。[15]」，故「心」是「身之主宰」，「意」是「心之所發」。何謂「心」？王陽明（1472-1529）則說：「凡知覺處便是心。[16]」在西洋哲學中，從「知覺」去探討「現象」的梅洛-龐蒂（Maurice Merleau-Ponty, 1908-1961）是從「感覺的材料」來闡明「知覺」：「一個絕對均勻的平面不能提供任何可感知的東西，不能呈現給任何一種知覺。[17]」也就是說「知覺」需有可被感

13 段玉裁注，《說文解字注》（台北：藝文印書館，1992）71。

14 段玉裁注，《說文解字注》506。

15 王陽明著，李生龍注譯，《新譯傳習錄》（卷上）（台北：三明書局，2004）22。

16 王陽明著，李生龍注譯，《新譯傳習錄》（卷下）542。

17 梅洛-龐蒂（Maurice Merleau-Ponty），《知覺現象學》（*Phénoménologie de la perception*）姜志輝譯（北京：商務印書館，2001）24。

知的對象，且是我們用身體所能接觸到、感覺到的經驗現象，若我們沒有感官，就不會感知現象。但王陽明所言的「知覺」，則並非是依照感官獲得的訊息來進行對外物的理解，其所言的「知覺」，即是源於「心」的「智的直覺」，這「智的直覺」同時也就是發動「意」之動力。換言之，「意」即是對所涉著之物而發的「智的直覺」。

牟宗三在為康德所說的「物自身」作闡釋說明時，亦採用陽明哲學的思維理路：「『存在』是對知體明覺而為存在，是萬物底自在相之存在，因此即是『事物之在其自己』之存在，不是對感性、知性、即識心而為存在，即不是當作「現象」看的存在。[18]」上述的「存在」指的即是「物自身」本然的存在。王陽明所說的「知體明覺」是：「心之虛靈明覺，即所謂本然之良知也。其虛靈明覺之良知感應而動者謂之意。[19]」也就是說當澄明的覺性在虛靈的心中，發出而為「意」，即可識萬物自在相的存在。故「知體明覺」也就是一種「智的直覺」。牟宗三並進一步說明「智的直覺」所覺的物「無物相」，心即是物，心外無物，心物一起呈現，故：「物處即知體流行處，知體流行處即物處，故冥冥而為一也。[20]」

綜合上述，順此邏輯衍之，「意」發自智性直覺，「草葉隨意」也就是草葉在智性直覺的觀照下，與吾心為一，繼以呈現草葉之「物自身」的本然存在。

---

18 牟宗三，《現象與物自身》80。

19 王陽明著，李生龍注譯，《新譯傳習錄》（卷中）218。

20 牟宗三，《現象與物自身》85。

這樣的思維脈絡，柏格森（Henri Bergson, 1859-1941）也曾提出，他認為認識一個事物，若停留在事物的外面，結論就取決於我們的觀點，並只能用符號來表示這種結論；若移情於事物的內部，與事物交融一致，便能領悟到事物的生命[21]。他並進一步分析，前者無法使我們接觸「實在本身」，後者才能使我們到達實在，這種意義是絕對的，這種直覺方法是一種共鳴，借助共鳴便能把自己輸送進事物內部，與事物的獨一無二性交融一致。[22]此外，「現象學」（Phenomenology）大師胡塞爾（Edmund Husserl, 1859-1938）的理論中也可看到類似的論述，胡塞爾將「現象學」定義為對意識本質結構的研究，它認為意識即是一種「意向」，這意識所朝向的並不是事物，它是朝向「對象」，他解說：「如果這個對象之物是一個內部地被體驗之物，並且是在反思性感知中如它自身所是地被把握之物」也就完成了直觀的「最終充實的理想」[23]。而在蕭蕭的詩作中均可一再查驗到與上述類似的思想理路。蕭蕭曾自言：「萬法萬物不離吾人之心，為吾人之心所包所貫，因之，只要守在方寸之間，則不難以一心觀萬法，以一心識萬法。[24]」這實已說明「草葉隨意」的思想核心。

---

21 科拉柯夫斯基（Leszek Kolakowski），《柏格森》（*Bergson*），牟斌譯（北京：中國社會科學出版社，1989）35。

22 科拉柯夫斯基，《柏格森》36。

23 胡塞爾（Edmund Husserl），《邏輯研究》（*Logical Investigations*）（第二卷第一部分），倪梁康譯（上海：上海譯文出版社，1998）389。

24 蕭蕭，《燈下燈》（台北：東大圖書公司，1980）5。

三、人與自然同一

在《草葉隨意書》中，誠如蕭蕭所自言，他時時「化身為草葉」在詩句中穿梭，這即是將人與自然同一的呈現。而「人與物遊」的概念在中國哲學裡，可以莊子〈齊物論〉為代表，莊子從子綦的「隱机而坐」展開他的論述：「顏成子游立侍乎前，曰：『何居乎？形固可使如槁木，而心固可使如死灰乎！今之隱机者，非昔之隱机者也。』子綦曰：『偃，不亦善乎，而問之也！今者吾喪我，汝知之乎？女聞人籟而未聞地籟，女聞地籟而未聞天籟夫！』[25]」莊子表達出對主觀感官世界的質疑，他以子綦「吾喪我」說明，唯有放棄「我」對我自身外在形象的執迷，才有可能聽到另一種聲音，才能進一步感受到這宇宙間的冥冥之道。「人籟」、「地籟」皆是這世間的嘈雜之音，要聽到「天籟」，便要先掏空自己。杜保瑞曾深入分析〈齊物論〉的立論主旨是對於社會議論的否定，因為社會議論是來自知識份子自己的價值立場中的成見構作，構作之後輾轉助益，卻又彼此衝擊，各執己是，因此眾人共成一大虛妄的世俗世界。要回到智慧的認識態度，即應「和之以天倪，因之以曼衍」，從而追求「道通為一」、「天地與我並生，萬物與我為一」的境界[26]。換之以牟宗三的語言解釋，也就是要去除了「識心之執」才

25 郭慶藩編，王孝魚整理，《莊子集釋》（台北：萬卷樓，2007）49-51。

26 杜保瑞，〈莊子《齊物論》的命題解析與理論架構〉，《哲學與文化月刊》33,7（2006）：69。

能進入萬物「物自身」的「無執存有」[27]。蕭蕭的「化身為草葉」，也必定須先將「我執」破除，同時須以「智的直覺」來觀看草葉的「物自身」，繼而才能聽到「天籟」之音。而當物我界限不再壁壘分明，物我也就可達至「同一」。

如在〈孵夢的雨水〉一詩，蕭蕭將草葉的心與自己的夢相連：

淋過我身上的雨水
在青青草葉心中
多增添了什麼樣的回憶？

流經草葉心中
那些雨水
又會在我夢裡孵出什麼生意？[28]

在這首詩，雨水淋在我的身上，也淋在草葉上，草葉的心中有回憶，我的夢裡則孵出生意。我與草葉同樣在這天地間呼吸，同樣受雨水的潤澤，蕭蕭因此揣測著草葉心中所掛念的，與我的夢會不會亦是同樣的？但草葉何嘗有「心」？若我們僅以現有的植物學知識來看待草葉，草葉是無心的，然

---

27 牟宗三將現象界的存有論以佛家所言的「執」定名為「執的存有論」；而相對的物自身的存有論即定名為「無執的存有論」。見牟宗三，《現象與物自身》35。

28 蕭蕭，《草葉隨意書》47。

而當蕭蕭將「草葉」與「我」的生命位置放在同等高度，「草葉」與「我」又有何異呢？

在〈兩極相應〉一詩，蕭蕭則寫北極熊與企鵝與我的相應：

有人看到北極熊只生活在北極
南極活躍著企鵝

我卻在相應的冰寒裡
感受著那一點暖暖的潤澤[29]

在北極的北極熊，在南極的企鵝，是分屬地球的兩極，人們看到的是兩者的差異，但蕭蕭卻在兩極相應的冰寒，感受到暖暖的潤澤，這個潤澤是上天給予的，上天並未帶著差別心，祂將各種生物放置在不同生存環境的同時，也賦予所有生命各有其生存之道，人亦如是，在同樣的天空下，同樣能感受上天的潤澤，而它是帶著暖意的，它即是生命力的泉源，是所有生命的基調，是一種「同一性」。

葉維廉（1937-）認為要與自然團結合一：「我們必須了解最初最原始的在實踐上發揮作用的渾一的意識；不只是一種冷峻的哲學上的認識，而且還要把神奇與聖儀祭祀的情操帶回到我們感應事物的視境與程序上。[30]」「神奇與聖儀祭

29 蕭蕭，《草葉隨意書》50。

30 葉維廉，〈飲之太和：詩與自然環境劄記〉，《從現象到表現：葉維廉早期文集》（台北：東大圖書，1994）245。

祀的情操」即是一種對造物者的神性的感佩，通過這樣的感佩，再重新去觀看草葉、乃至於萬物，就能有一個更高層次的視野，能達到「同一性」的理解。這也是蕭蕭所要呈現的概念。又如在〈不無可能六月雪〉：

你能相信
鑽木可以取火
為什麼不能相信
枯枝裡可以走出孔子的身影？

水的究竟是氧和氫
我高亢的聲調裡，究竟
藏著愛或者春風，六月或者雪
木質的莖幹適時回應，而你總是不相信[31]

蕭蕭於此詩陳述的是人們慣性思維的蒙蔽性。羅蘭・巴特曾指出：「物體之用祇會加助抹滅其首要的形式，並反而抬高其所具之諸多屬性的價值。」他更直指：「其實體則遭其成千上萬的性質埋沒。[32]」如在此詩第一段「枯枝裡可以走出孔子的身影」說的是在枯枝中也蘊藏著道理，可是人們因為一向僅習於看見「枯枝」在現實世界的作用是可以「鑽木取火」，遂總是盲目於它內在所具有的超越性面向，也就無可

31 蕭蕭，《草葉隨意書》，85。
32 巴特（Roland Barthes），〈物體世界〉，《物體世界：羅蘭巴特評論集》（*Essais critiques*）（苗栗：桂冠圖書，2008）4。

能去看見隱藏在其生命姿態裡的「道」。再進入第二段，蕭蕭則以「水」、「愛」、「春風」、「六月」、「雪」等來說明，以上這些我「高亢的聲調裡」蘊含的，也就是使「我」生命成長、或「我」生命的歷經過程，正也都同樣作用在「木」，所以「木質的莖幹」會與「我」相應。故蕭蕭也就不由得發出詰問，為何人們還執著於膚淺表象，不去思索萬物自然給予的生命啟示？

葉維廉認為中國文學和藝術最高的美學理想是道家的美學形式：「以自然現象未受理念歪曲地湧發呈現的方式去接受、感應、呈現自然」，也就是「求自然得天趣」[33]。他並進一步指出：「道家美學裡所說的自然是『重獲的自然』，『再得的原性』[34]」當蕭蕭將「我」與「自然」同一時，即打開了一雙本來被既有知識體系蒙蔽的眼，而憑著這樣的「眼」，才能繼之發現在自然中隱含的「天趣」。

人對物相感而應，在詩學裡，本一向是一個常被探討的主題。在劉勰（約 465-？）《文心雕龍・明詩》即說：「人秉七情，應物斯感，感物吟志，莫非自然。[35]」王國維（1877-1927）則再深入說到觀物的方式：「有我之境，以我觀物，故物皆著我之色彩；無我之境，以物觀物，故不知何

---

33 葉維廉，〈無言獨化：道家美學論要〉，《從現象到表現：葉維廉早期文集》203。

34 葉維廉，〈從凝與散到空無的冥思：蕭勤畫風的追跡〉，《從現象到表現：葉維廉早期文集》448。

35 劉勰著，王更生注釋，《文心雕龍讀本》（上）（台北：文史哲出版社，2004）83。

者為我，何者為物。[36]」他將觀物分為「有我之境」、「無我之境」，指出在詩詞中人與物的位置是變動的。而詩語言的幻化特性，往往尤貼近後者的「無我之境」，它造成讀詩者的眩惑效果，我與物的難分難捨，又通向一種原初的混沌，這是詩的美學、亦是哲學。

在西方詩學談到「物」與「人」的聯繫，則可以象徵主義的前驅者波德萊爾（Baudelaire,Charles, 1821-1867）在《惡之華》（*Les Fleurs du mal*）中這首題為〈通感〉（*Correspondances*）的詩為代表，擷取其中一段如下：

> 自然是一座神殿，那兒活柱，
> 不時地發出一些曖昧朦朧的語言；
> 人經過那兒，穿過象徵的林間，
> 森林望著他，以熟識的凝視。
> 像那悠遠的迴聲在遠方混合，
> 於幽暗深奧的一種冥合之中，
> 廣漠如光明且如黑夜之無窮，
> 芳香、色彩、和聲音互相感應著[37]。

上述「人經過那兒，穿過象徵的林間」，以「幽遠的迴聲在遠方混合」，正是指「人」與「物」的相感而混一。「遠方」是一個形而上世界的隱喻，「人」與「物」最初都是自

36 王國維，《人間詞話》（台北：台灣開明書店，1989）1。
37 波德萊爾（Charles Baudelaire），《惡之華》（*Les fleurs du mal*），杜國清譯（台北：純文學出版社，1985）12。

那「遠方」而來，在那遠方本是「同一」。梁宗岱（1903-1983）並在〈象徵主義〉一文中曾詮釋波德萊爾的「通感」：「站在我們面前的已經不是一粒細砂、一朵野花或一片碎瓦，而是一顆自由活潑的靈魂與我們底靈魂偶然的相遇，兩個相同的命運，在那一剎那間，互相點頭、默契和微笑。[38]」這亦是蕭蕭在此詩集中一再呈現的——人與自然的相應而同一。

在〈松濤〉一詩，蕭蕭便發掘了一種共同來自生命內在的聲音：

> 蒼松離開大海很久很遠，卻一直以濤聲
> 呼應自己的童年
>
> 喂——
>
> 我放輕自己的腳步
> 等待你的思念[39]

離開大海的蒼松，仍然以濤聲呼應自己的童年，這是極為特殊的聯想，蕭蕭從風吹過松林所發出雷同於海濤潮湧的聲音發想，設定這是蒼松對其源頭「海」的呼應，蕭蕭一方面表述的是一種外在形象與真實的物自身的不同，而這物自身才

38 梁宗岱，〈詩與真〉，《梁宗岱文集II評論卷》（北京：中央編譯出版社，2003）68。

39 蕭蕭，《草葉隨意書》52。

應是此「物」自性的歸依。一方面蕭蕭聯想到「我」,「我」亦在回歸自性的路途上，但也許有些猶疑，因而需放輕腳步，等待原初的召喚。在這裡蕭蕭形構了「我」與「蒼松」的同一性。

關於同一性形構，黑格爾曾說明「同一」的規則：「同一的設定，是一種本身具體的事物向這種簡單性的形式的轉化，無論這種轉化方式是捨棄具體事物所具有的多種多樣的東西的一個部分，而只舉出其中的一種東西，還是捨棄多種多樣的東西的差異性，而把多種多樣的規定性揉合為一種規定性。[40]」他說明的是「同一性中的包含性」，在同一性中是含納著差異性。而蕭蕭所採取機制亦如是，草葉與人、乃至於萬物與人，在現象界是有多種多樣的差異性，但先將其差異性捨棄，那麼也就能將物我界限消弭，使人與物揉合為一。

王陽明說：「萬象森然時，亦沖漠無朕。沖漠無朕，即萬象森然。[41]」這是對良知之體的形容，當以良知之體觀物，就使萬象與知體相即而一，「萬象」雖具有多種多樣的各式形象，但「我」以虛靜處之，也就能融萬為一。而這樣的「渾而為一」，放在中國詩學領域裡，更常是以「禪思」來解釋這樣的運作，楊雯琳即認為蕭蕭的詩作因為有其「用心」與「功用」，而此「用心」與「功用」正是禪學的重要

---

40 黑格爾（Georg Wilhelm Friedrich Hegel），《邏輯學》（*Science of Logic*），梁志學譯，（北京：人民出版社，2002）221。

41 王陽明引程頤之語：「沖漠無朕而萬象森然已具。」再引申之說。見王陽明著，李生龍注譯，《新譯傳習錄》（卷上）119。

元素及特色[42]。而陳仲義則曾說明禪思的緣由：「這種歸依自性本心的宇宙觀和『境由心設』，勢必導致方法論上的相對的、模糊的、非邏輯、非分析的直覺思維。按禪宗的術語講就是『不二法門』。由於禪宗認為佛本體是不能發生主客區分的真如自性。而一切對它的知性思維只能改變其自性的內核，從而失去本來面目。所以它的方法肯定要消解一切『差別』。[43]」於此，可以看到禪宗與陽明思想、乃至前述的莊子「齊物論」的理路，都有著微妙的相似。牟宗三亦將三者連繫，他認為道家所說的玄理玄智、儒家所述的性理性智、佛家所言的空理空智，都是「自由無限心」之作用[44]。這自由無限心亦是一種「智的直覺」，即是能看見「物自身」的「眼」。

在〈舒卷〉一詩，蕭蕭亦以此「眼」，觀看茶葉、觀看雲：

> 茶葉逐漸失去茶樹的翠綠
> 卻堅持保留山的呼吸
> 在舌尖面彈跳
> 毛細孔裡學雲舒學雲卷

42 楊雯琳，〈月光下的現代詩：論蕭蕭《後更年期的白色憂傷》中的禪意特色與其發揮之用〉，《問學集》16（2009）：237。

43 陳仲義，〈禪思：「模糊邏輯」的運作〉，《現代詩技藝透析》（台北：文史哲出版社，2003）131。

44 牟宗三，《現象與物自身・序》11。

我放棄獅子座的潑墨譜系
像雲一般舒卷[45]

在此詩，蕭蕭傳達了對生命節奏的看法。「茶葉」與「我」都欲像雲一般舒卷，這是蕭蕭的嚮往。生命不該總是緊繃的，皺縮乾癟的茶葉僅能散發微弱的香氣，唯有當其在水杯中展開它的葉片，才能使香氣真正揮發出來。而人亦如是。同時，用「雲」作為一個欲如其是的對象，尚有另一層隱義，雲是在天上飛的，想如雲一樣，也就是想拋掉一切世俗成見，繼之才能獲得如雲般的自由。蕭蕭於此詩將「茶葉」與「我」都向著「雲」同一。

此外，在〈背景〉一詩，也看到蕭蕭對生命節奏的省思：

激流不能為倒影造像
那山的倒影
　樹的岔枝
　我逝去的夢境
　——那像
又如何聚攏藍天、白雲
偶爾的鳥鳴，再成為今年秋天的背景[46]

45 蕭蕭，《草葉隨意書》54。
46 蕭蕭，《草葉隨意書》57。

湍急的水流無法映照山、樹，以同理相證，「我」匆匆逝去的夢境，也無法留住藍天、白雲、鳥鳴這些風景。「逝去的夢境」說的是人在現實社會中的成長。人們通常隨著年齡的增長就愈來愈喪失作夢的能力，這是人們面對現實生活時的必然結果。但若有一天，可以略停下腳步，澄靜自己的心靈，那麼也就可以如靜止的水一般，能真正看清這個世界的風景。此詩呈現出「激流」與「我」的同一。

蕭蕭嘗用朱熹（1130-1200）《詩經集傳》序的「感於物而動」來說明「詩文學」：「是心與物驟然相觸而起，無法分其先後，當其搖蕩之時，正是詩意萌生之處，如果有言、有歎、有節，則是詩文學。[47]」「無法分其先後」則「詩意萌生」，這是從詩美學的角度來解釋物我渾合的美感。而李癸雲（1971-）說：「蕭蕭的書寫意圖是在重整它們，給事物一個新鮮的觀看角度，詮釋過程中，客體並未被主觀消融，而是形成彼此難分難解、互相詮釋的狀態。[48]」蕭蕭在面對自然時所採取的無限定性視角，擴大了物我間彼此詮釋的包容性，也正因為這樣的視角，使其所觀看的草葉，突破了「物」的表象，繼而展現了生命的內涵，並且是我亦與之同一的內涵。

47 蕭蕭，《現代詩縱橫觀》（台北：文史哲出版社，2000）12。

48 李癸雲，〈風景與自我：蕭蕭《世紀詩選》導讀〉，收入林明德編《蕭蕭新詩乾坤》61。

四、詩與道同一

同時身為詩評家的蕭蕭，內心世界所投射出來的是一種真正對詩藝的關心[49]。但詩藝最終仍要融攝於詩道中。在蕭蕭的詩觀裡，詩與道是相連繫的，他說：「詩獨與宇宙精神相往來，中國詩尤為如此。今日我們審視六合之內與六合之外，益感詩因宇宙萬事萬物之日趨多面而交集，增其光芒。[50]」由上述得知，蕭蕭認為詩可以「顯道」，因詩能傳達宇宙精神，這亦是詩的存在價值。而張默在評介蕭蕭的詩時說：「語言典雅流麗，意象深沉豪邁，節奏緩急有序，視野開闊明澄，充滿對生命、文化、歷史遠景的關注，擁抱與透視。[51]」顯見蕭蕭的詩藝與詩觀無疑地已巧妙融合在其詩作中。

自然萬物之道是「為文之道」的觀念，在劉勰《文心雕龍・原道》即曾開宗明義：「文之為德也大矣，與天地并生者何哉？夫玄黃色雜，方圓體分，日月疊璧，以垂麗天之象；山川煥綺，以鋪理地之形：此蓋道之文也。[52]」再至唐朝司空圖（837-908）《詩品》中云：「俱道適往，著手成

49 李瑞騰，〈《鏡中鏡》：話蕭蕭的第一本現代詩評論〉，《創世紀詩刊》46（1977）：62。

50 蕭蕭，《鏡中鏡》（台北：幼獅文化公司，1977）169-70。

51 張默，〈垂釣古今話蕭蕭：序《緣無緣》〉，收入林明德編《蕭蕭新詩乾坤》75。

52 劉勰著，王更生注釋，《文心雕龍讀本》（上）2。

春[53]」、「俱似大道，妙契同塵[54]」，司空圖認為詩與道合一，就是詩的最高境界。而葉維廉則說：「意象本身不含有外指的作用，但由於文字的轉折和自然的轉折重疊，讀者就越過文字而進入未沾知性的自然本身。[55]」他說明了文字與自然重疊合一的機制。

而西方詩學裡也出現過類似的論述。波德萊爾在其詩論中說明詩即是現實感性世界與超驗世界的應和，他說：「我們把人間及其眾生相，看作是上天的一覽，看作是上天的應和。[56]」而這樣的概念在西方詩學尚有其根源，吳曉東（1965-）追溯在象徵主義時期更早之前「象徵」在西方詩學的作用，早在中世紀初，基督教神秘主義就開始用「象徵」闡釋超感性的上帝的存在，如用「羔羊」象徵替世人代罪的耶穌，因而「象徵」導向對神性事物的認識，詩的功能便衍化為用感性的、可見的具體事物來指喻超驗的神性的存在[57]。是故在西方傳統的詩觀裡，詩本就內蘊著對形而上世界認識的媒介作用。當波德萊爾在評論法國詩人雨果（Victor-Marie Hugo, 1802-1885）時，更言明「詩」是：「那些負有天命的變化無常的系統和新群體，它們具有意料不到

53 司空圖著，郭紹虞集解，《詩品集解》（北京：人民文學出版社，2001）19。

54 司空圖著，郭紹虞集解，《詩品集解》36。

55 葉維廉，〈維廉詩話〉，《從現象到表現：葉維廉早期文集》623。

56 波德萊爾（Charles Baudelaire），〈一首詩的緣起〉，《1846年的沙龍：波德萊爾美學論文選》（*Le salon de 1846*），郭宏安譯（桂林：廣西師範大學出版社，2002）182。

57 吳曉東，《象徵主義與中國現代文學》（合肥：安徽教育出版社，2000）10-12。

的形式，接受不曾預想的組合，服從未經記載的律令，仿效一種人類圓規不能解的過於廣闊和複雜的幾何，讓它們能夠從未來的混沌之境迸射出來。[58]」波德萊爾認為詩境表現自然界變化的「不曾預想的組合」，與司空圖的「俱道適往」，可說是異曲同工。

而蕭蕭的詩觀正涵蓋著以上所述的概念，並且其詩觀必然也會具體實踐在其詩作中，在以往的作品裡，蕭蕭早已展現了這樣的企圖，羅門為蕭蕭《凝神》詩集寫序時即說蕭蕭的詩：「潛藏著比『傳情』更高層次的『傳神』境界。[59]」此詩集亦充分演繹了蕭蕭詩觀的核心精神。首先，要使詩道同一，詩人必要能知「道」之妙，蕭蕭如何覺悟「道」呢？看〈坐忘〉一詩：

你胸中的丘壑
委婉曲折有如十三經
我穩穩坐在經書最深奧的那一處
任人沉思，不昏睡也不清醒[60]

「坐忘」源自《莊子・大宗師》顏回答孔子之問：「墮肢體，黜聰明，離形去智，同於大通，此謂坐忘。」[61]墮肢體

---

58 波德萊爾，〈對幾個同代人的思考：維克多・雨果〉，《1846年的沙龍：波德萊爾美學論文選》91。

59 羅門，〈扛著「現代」與「後現代」走向二十一世紀的詩人：序《凝神》詩集〉，收入林明德編《蕭蕭新詩乾坤》102。

60 蕭蕭，《草葉隨意書》62。

61 郭慶藩編，王孝魚整理，《莊子集釋》313。

即是離形，黜聰明即是去智，而離形是要脫離對外在形象的拘執，去智則是將所有被建構的知識經驗去除，當掏空了自我，也就能達到「無己」的境界，憑著無執的心去感悟這宇宙萬物運行之道。蕭蕭轉化莊子之說而為詩，他雖「沉思」，但「不昏睡也不清醒」，亦即是強調一種以「心的直覺」去感悟，不是經由分析的、計量的去下任何一種定論。游喚指出蕭蕭的道家哲學觀在早期詩作即處處可見[62]。向明在分析蕭蕭的詩作時亦說：「詩人藉詩讓我們了解宇宙的空性。[63]」這樣的思維理路，亦延續於此詩集。

在〈鏡外〉一詩，蕭蕭將對物自身的探索，延伸到對我自身內容的反思：

我從鏡中無法找到你那件青衫
草葉卻一逕兒綠著春天
即使腳印來了也不留下腳印
陽光來了也不留下陽光
悲哀來了也不留下一丁點淚痕

我丟棄所有可以反光的河海溪潭[64]

這首詩也傳遞一種「虛空」觀，「空」除了哲學意義，

62 游喚，〈經典詩的確立〉，《台灣詩學季刊》25(1998)：164。

63 向明，〈真空妙有：賞析蕭蕭的《空與有》〉，《台灣詩學季刊》27(1999)：35。

64 蕭蕭，《草葉隨意書》60。

也一直是蕭蕭崇尚的美學，他曾自言心上的節奏是傾向於空山鳥飛絕的王維的節奏[65]。詩句「草葉卻一逕兒綠著春天」，表述自然總是有著自己恆常不變的步伐節奏，這是它生命的自性，而其餘那些在生命中來來去去的，都會消失，但它自身的真實，會一直存在。這首詩強調的亦是「拋去執著表象」的概念，但與前述的〈坐忘〉是相反的向度，這裡是先拋開外界對「我」的映照，「我」才得其實質。腳印不曾留下，陽光不曾留下，即連悲哀也終會消逝於無，所以何必去希冀找尋鏡中的某個「形象」，鏡子只能映射出物的表象，但物本身的真實性卻並不拘縛於這表象中。「我丟棄所有可以反光的河海溪潭」，即是蕭蕭要拋棄所有對自己表象的映照，沒有了鏡子所呈現的表象，「我」的真實內在並不會改變，「我」仍是「我」，「我」不被觀看為一種「現象」，「我」依然是「我」自身的真實存在。羅蘭・巴特將此稱為「非場域」（I'atopie），他說：「我被作成檔案，定位到某個地方（知性的），或是有種姓階級之分的住所（或是社會階級）。有個獨一無二的內在教條與此相抗衡：非場域（不定的住所）。[66]」在〈鏡外〉一詩，蕭蕭將「我」放到「非場域」，這才呈現了「我自身」，同時也就是「物自身」的意義。

黑格爾說：「物就它的在他物中映現這個環節而言，在

65 鄭懿瀛，〈在空白處悟詩：午後・蕭蕭〉，《書香遠傳》44（2007）：45。

66 巴特（Roland Barthes），《羅蘭巴特論羅蘭巴特》（*Roland Barthes Par Roland Barthes*），劉森堯譯（台北：桂冠圖書股份有限公司，2002）57。

自身具有差別。[67]」黑格爾之意即是康德所指出的「現象」與「物自身」的差別性。但是黑格爾的哲學，焦點並不單純在於「物自身」意義的探索。他更著重的是對「物」的「本質」內容分析。故而他認為「現象」是「物」的規定性、是一種「屬性」，因之一個「物」即表現出一種「具體的同一性」，亦是前述曾提及的「包含差異性的同一性」。

佛教《般若心經》所言的「色即空，空即色」，也可作為黑格爾本質論內容的互相詮釋。「色」是物象，「空」則可解釋為物自身的形而上的內涵。也就是指一「物」所具有的兩個面向，一面是「現象」；一面是「物自身」。當中的「即」字有「是」或「等於」的意思在裡面，換言之，也就是使「色」與「空」二者的「自相同一」。據陳榮灼研究，在華嚴宗所定義的「即」的內在結構就包含了對立與統一的兩面，「即」所表現之「同一性」，就非常類似黑格爾所說的「具體的同一性」，也就是一種包含差異的「對立的統一」型態[68]。這個「對立的統一」才構成「物」之整體。

這「對立的統一」形式，蕭蕭亦並未遺漏對它的探求，在〈忘與不忘間〉一詩即展現了生命本質的錯綜性：

> 到底草葉會留下多少昨日、
> 今天以至於明年關於露珠的悠閒

---

67 黑格爾，《邏輯學》240。

68 陳榮灼，〈「即」之分析：簡別佛教「同一性」哲學諸形態〉，《國際佛學研究中心創刊號》（1991）：6-7。

忘與不忘、零之後、無限之前[69]？

此詩是蕭蕭對生命有限與無限的思索。昨日、今天、明年都是有限時間的計算，草葉的生命有限，可聯想及人的生命亦有限。人因而總是惶惶惑惑地計算時間、計算著「在零之後」與「無限之前」的「有限」，並總是要為自己的有限慨歎。草葉與人相同，都有著短暫的生命，可是在有限生命裡，是否有無限的可能性？草葉上的「露珠」是晶瑩剔透的，可視為是一種「精神的靈光」的摹寫，即露珠是草葉的精神靈光。「精神的靈光」可以不必惶惑，因為它能自處於「忘與不忘」、「在零之前」與「在有限之後」的「無限」。這「精神的靈光」也就是牟宗三所稱的「智的直覺」、「自由的無限心」，他並由此展開「人雖有限而可無限」的論述，他指出人若能展露出智的直覺、自由的無限心，則人可以在「人能知道什麼？」、「人應當做什麼？」、「人可希望什麼？」等三方面展露超越的本心，如此無入而不自得，有限不碍無限[70]，繼之即可達至「人雖有限而可無限」的境地。

人仔細度量生命的有限時，卻也促使人學習要把握當下，這是人來到這個現實世上的一項重要課題。而當人思及如何使自己更向上、向前的超越時，實已轉換了生命的某部分形式，開展了一種無限的可能性，也就不必再拘執於有限生命的苦惱。人處在這「忘與不忘間」的灰色維度，即是

69 蕭蕭，《草葉隨意書》64。
70 牟宗三，《現象與物自身》25-27。

「對立的統一」的同一形構。

黑格爾認為因為事物之所以為其自身，即是由於它有其界限，它就是在它的界限之內的東西，「真正的無限」則是這個不斷釐清界限的過程，也就是對事物關係所作出的「反思」力量[71]。所以有限的現實身體，與朝向無限的思維能力，遂可建立起「對立的統一」的「同一」。

白靈表示詩的語言位置在「說」與「不說」之間[72]。瘂弦則說：「詩在美感的疊現、思想的深度與動人的力量上掌握的深淺輕重，每每決定了詩的品質。[73]」蕭蕭的詩句清清簡簡，他用字遣詞毫不繁華，詩裡面用此物與那物、或與我的聯繫串接，使每首詩都自成一個小小的體系，體系裡的各物互相運作生成，不需明說，就從中「顯道」。丁旭輝嘗以「仙人的茶壺」來喻蕭蕭的詩：「外表袖珍，似不足觀，但縱身躍入，卻發現天地廣袤。[74]」這即是蕭蕭詩與道的同一性形構，詩已自成天地，並運行如儀。而蕭蕭說:「詩由於跟心相通聲息，可以包乎天地之外，貫乎萬物之中，同時能夠自清淨，不生滅，自具足，不動搖，生萬法，而為最上乘的詩，展佈如神的境界。[75]」所以詩除了闡述「道」，詩的

---

71 劉創馥，〈黑格爾思辯哲學與分析哲學之發展〉，《國立政治大學哲學學報》15（2006）：87-92。

72 白靈，〈詩的第五元素：蕭蕭詩集《雲邊書》評介〉，收入林明德編《蕭蕭新詩乾坤》47。

73 瘂弦，〈美思力：蕭蕭編著《感人的詩》序〉，《創世紀詩雜誌》66（1985）：93。

74 丁旭輝，〈論蕭蕭短詩的簡約美學〉，《國文學誌》10（彰化師範大學國文學系，2005）：59。

75 蕭蕭，《燈下燈》（台北：東大圖書公司，1980）5。

本身就可以是自具足了「道」的形式。一如蕭蕭在〈通過〉一詩所表述的：

> 通過草葉
> 枯萎發現了我
> 而詩，成為另一顆星球[76]

蕭蕭通過草葉之後，不是他發現枯萎，卻是「枯萎發現了我」，這樣的倒置，並不是純粹的文字遊戲，蕭蕭是因體認到自己在完成詩的同時，即如草葉般會瞬間枯萎。這也就是羅蘭・巴特所提出的「作者已死」概念，他說：「文（Texte）意思是織物（Tissu）；不過，迄今為止我們總是將此織物視作產品，視作已然織就的面紗，在其背後，忽隱忽現地閃現著意義（真理）。如今我們以這織物來強調生成的觀念，也就是說，在不停地編織之中，文被制作，被加工出來；主體隱沒於這織物——這紋理內，自我消融了，一如蜘蛛疊化於蛛網這極富創造性的分泌物內。」[77]當蕭蕭將草葉的素材轉化為詩，他已成就草葉在其詩作中的精神性，詩也就自成一個體系，「我」於是在這首詩裡須退場、枯萎。而詩中有了草葉，也就有了生命的訊息，可以是一個全面俱足的星球，星球上的所有物都有它的軌轍，這軌轍即是「道」，「詩」與「道」遂得而同一。

---

76 蕭蕭，《草葉隨意書》80。

77 巴特（Roland Barthes），《文之悅》（*Le piaisir du texte*）屠友祥譯（上海：上海人民出版社，2009）79。

陳政彥表示在蕭蕭詩論中，有著建構一套融合形上理論與表達理論的企圖[78]。他並歸納蕭蕭形上詩觀的思想：「第一、詩得以表達宇宙一切生物、非生物的存在並且加以精鍊；第二、當詩所完成的世界能自給自足而能獨立存在乃至永恆。[79]」而從以上的詩作分析，已清晰的看到了蕭蕭詩道同一的具體實踐。

五、結論

《草葉隨意書》是一本書寫自然的詩集，但蕭蕭並不著重在描述自然之美，他所要呈現的是草葉的生命內涵。蕭蕭「草葉隨意」中的「意」一如王陽明哲學裡所說的是由虛靈明覺所發，也就是一種「智的直覺」，當使用了「智的直覺」去觀看草葉，方得以看見草葉的「物自身」。而蕭蕭「與物同一」的方式，須先從除去對表象的偏執開始，繼之進一步才與物相齊，並獲得物我生命相應而同一的自性歸依。「詩」可闡述「道」，且「詩」自身的獨立完整體系，亦即是「道」的展演，這即是詩與道的同一。

蕭蕭在本書〈司空圖詩品〉一詩寫下：「你在我敲打的文字障中／發現我沒說的葉脈裡的亢奮[80]」。司空圖的詩觀是「俱道適往」，曾深研司空圖的蕭蕭，也有著這樣的詩

78 陳政彥，〈蕭蕭批評方法及其實踐〉，收入林明德編《蕭蕭新詩乾坤》163。

79 陳政彥，〈蕭蕭批評方法及其實踐〉160。

80 蕭蕭，《草葉隨意書》78。

觀。「道」不可言說，已使自己與草葉同一的蕭蕭，葉脈裡的亢奮亦是他的亢奮，蕭蕭了悟隱於葉脈中的「物之道」，而蕭蕭的「詩之道」隱於他所描寫的葉脈中。

參考書目（篇目）

白靈，〈詩的第五元素：蕭蕭詩集《雲邊書》評介〉，收入林明德編《蕭蕭新詩乾坤》，台中：晨星出版集團，2009，頁 47-59。

巴特（Roland Barthes），《文之悅》（Le piaisir du texte）屠友祥譯，上海：上海人民出版社，2009。

巴特（Roland Barthes），《羅蘭巴特論羅蘭巴特》（Roland Barthes Par Roland Barthes），劉森堯譯，台北：桂冠圖書股份有限公司，2002。

巴特（Roland Barthes），〈物體世界〉，《物體世界：羅蘭巴特評論集》（Essais critiques），陳志敏譯，苗栗：桂冠圖書，2008。

巴特（Roland Barthes），〈符號的想像〉，《符號的想像：羅蘭巴特評論集》（Essais critiques）陳志敏譯，苗栗：桂冠圖書，2008。

波德萊爾（Charles Baudelaire），《惡之華》（Les fleurs du mal），杜國清譯，台北：純文學出版社，1985。

波德萊爾（Charles Baudelaire），〈一首詩的緣起〉，《1846 年的沙龍：波德萊爾美學論文選》（Le salon de 1846），郭宏安譯，桂林：廣西師範大學出版社，2002。

波德萊爾（Charles Baudelaire），〈對幾個同代人的思考：維克多・雨果〉，《1846 年的沙龍：波德萊爾美學論文選》，（Le salon de 1846），郭宏安譯，桂林：廣西師範大學出版社，2002。

陳榮灼，〈「即」之分析：簡別佛教「同一性」哲學諸形態〉，《國際佛學研究中心創刊號》，1991 年 12 月：1-22。

陳巍仁，〈羚羊如何睡覺？〉，收入林明德編《蕭蕭新詩乾坤：蕭蕭新詩研究》，台中：晨星出版集團，2009，頁 87-101。

陳政彥，〈蕭蕭批評方法及其實踐〉，收入林明德編《蕭蕭新詩乾坤》，台中：晨星出版集團，2009，頁 155-205。

陳仲義，〈禪思：「模糊邏輯」的運作〉，《現代詩技藝透析》，台北：文史哲出版社，2003，頁 125-132。

丁旭輝，〈論蕭蕭短詩的簡約美學〉，《國文學誌》10，彰化師範大學國文學系，2005 年 6 月：57-79。

段玉裁注，《說文解字注》，台北：藝文印書館，1992。

杜保瑞，〈莊子《齊物論》的命題解析與理論架構〉，《哲學與文化月刊》33,7，2006 年 7 月：65-79。

方群，〈回音的諦聽：談蕭蕭的《凝神》〉，收入林明德編《蕭蕭新詩乾坤》，台中：晨星出版集團，2009，頁 36-46。

郭慶藩編，王孝魚整理，《莊子集釋》，台北：萬卷樓，2007。

黑格爾（Georg Wilhelm Friedrich Hegel），《邏輯學》（Science of Logic），梁志學譯，北京：人民出版社，2002。

洪靜芳，〈《現代新詩美學》評介〉，《東海大學文學院學報》49，2008 年 7 月：557-562。

胡塞爾（Edmund Husserl），《邏輯研究》（Logical Investigations）（第二卷第一部分），倪梁康譯，上海：上海譯文出版社，1998。

科拉柯夫斯基（Leszek Kolakowski），《柏格森》（Bergson），牟斌譯，北京：中國社會科學出版社，1989。

李瑞騰，〈《鏡中鏡》：話蕭蕭的第一本現代詩評論〉，《創世紀詩刊》46，1977 年 12 月：61-62。

李癸雲，〈風景與自我：蕭蕭《世紀詩選》導讀〉，收入林明德編《蕭蕭新詩乾坤》，台中：晨星出版集團，2009，頁 60-74。

梁宗岱，〈詩與真〉，《梁宗岱文集 II 評論卷》，北京：中央編譯出版社，2003。

劉創馥，〈黑格爾思辯哲學與分析哲學之發展〉，《國立政治大學哲學學報》15，2006 年 1 月：81-134。

劉勰著，王更生注釋，《文心雕龍讀本》（上）（下），台北：文史哲出版社，2004。

柳宗元，《柳河東集》（下），上海：上海古籍出版社，2008。

羅門，〈扛著「現代」與「後現代」走向二十一世紀的詩人：序《凝神》詩集〉，收入林明德編《蕭蕭新詩乾坤》，台中：晨星出版集團，2009，頁 102-112。

梅洛・龐蒂（Maurice Merleau-Ponty），《知覺現象學》（Phénoménologie de la perception）姜志輝譯，北京：商務印書館，2001。

牟宗三，《現象與物自身》，長春：吉林出版集團，2010。

司空圖著，郭紹虞集解，《詩品集解》，北京：人民文學出版社，2001。

王國維，《人間詞話》，台北：台灣開明書店，1989。

王陽明著，李生龍注譯，《新譯傳習錄》，台北：三明書局，2004。

吳曉東，《象徵主義與中國現代文學》，合肥：安徽教育出版社，2000。

向明，〈真空妙有：賞析蕭蕭的《空與有》〉，《台灣詩學季刊》27，1999 年 6 月：34-35。

蕭蕭，《鏡中鏡》，台北：幼獅文化公司，1977。

蕭蕭，《燈下燈》，台北：東大圖書公司，1980。

蕭蕭，《現代詩縱橫觀》，台北：文史哲出版社，2000。

蕭蕭，《草葉隨意書》，台北：萬卷樓，2008。

瘂弦，〈美思力：蕭蕭編著《感人的詩》序〉，《創世紀詩雜誌》66，1985 年 4 月：93-94。

楊雯琳，〈月光下的現代詩：論蕭蕭《後更年期的白色憂傷》中的禪意特色與其發揮之用〉，《問學集》16，2009 年 2 月：228-244。

葉維廉，〈從凝與散到空無的冥思：蕭勤畫風的追跡〉，《從現象到表現：葉維廉早期文集》，台北：東大圖書，1994，頁 429-452。

葉維廉，〈無言獨化：道家美學論要〉，《從現象到表現：葉維廉早期文集》，台北：東大圖書，1994，頁 203-228。

葉維廉，〈飲之太和：詩與自然環境劄記〉，《從現象到表現：葉維廉早期文集》，台北：東大圖書，1994，頁 229-

264。

葉維廉，〈維廉詩話〉，《從現象到表現：葉維廉早期文集》，台北：東大圖書，1994，頁 617-630。

葉維廉，〈中國古典詩和英美詩中山水美感意識的演變〉，《比較詩學》，台北：東大圖書，2007，頁 111-158。

葉維廉，〈語言與真實世界：中西美感基礎的生成〉，《比較詩學》，台北：東大圖書，2007，頁 71-110。

游喚,〈經典詩的確立〉，《台灣詩學季刊》25，1998 年 12 月：159-167。

張默,〈垂釣古今話蕭蕭：序《緣無緣》〉，收入林明德編《蕭蕭新詩乾坤》，台中：晨星出版集團，2009，頁 75-86。

鄭懿瀛，〈在空白處悟詩：午後・蕭蕭〉，《書香遠傳》44，2007 年 1 月：44-47。

周劍銘,〈中國思想與精神哲學〉，香港人文哲學會網頁，網址：http://www.hkshp.org/humanities/ph132-04.htm，上網時間：2010/08/16。

論蕭蕭新詩中「意念」與「意象」的糾結

段文菡（天津南開大學漢語言文化學院副教授）

摘要

「意念」與「意象」在中國傳統的文學批評中具有非常豐富的美學內涵，本文選取蕭蕭新詩中所表現的「意念」與「意象」的「糾結」作為評析的切入點，凸顯蕭蕭詩中「意念」與「意象」的關係，一方面「物我合一」，難以分清「誰才是誰的靈魂？」另一方面「我化於物」中，但「我」依存。其「糾結」所呈現的的畫面感既分明又不確定，雖「合二」但不「為一」，其「意念」與「意象」所呈現的貌似混亂、貌似不情願之聯繫的「糾結」狀，卻是詩人最任意放鬆的書寫，是生命氣息的呼應與互動，是一種具有更高層次美學價值的創造。

關鍵詞

意念、意象、糾結、審美、美感

一、引言

「詩，是生命氣息的呼應與互動，你的與我的生命，植物、動物、甚至於器物與人類的生命，息息相關、相呼、相應。因而，我必須及早透露這樣的訊息，讓萬有之友一起感知內在的怦然，一起看見外在欣欣向榮。」[1] 這段話可謂蕭蕭對「意念」和「意象」的詮釋。 詩人「內在的怦然」即「意念」。「意念」即念頭、想法，即詩人潛入生活，潛入生命，潛入精神繼而潛入靈魂的思考，其思考可哲學、可審美、可性靈、可宏觀鯤鵬、也可微觀蜉蝣；「外在欣欣向榮」即「意象」。雖然《易傳》所論之「見乃謂之意，形乃謂之象」是目前關於「意象」的源頭之說，是將「意」與「象」分而解釋之，這裏我們亦可簡言之「意象」是心之「意」與物之「象」的融合，即內心情感與外界物象的統一，是合而解釋之。所以「意象」就是文學作品中熔鑄了作者思想情感的事物，就是指客觀物象經過創作主體獨特的情感活動而創造出來的一種藝術形象。「意念」與「意象」是一對矛盾統一體，其「象」因「念」而生，其「念」托「象」而興，兩者可相輔相成，也可相悖相成，形如「糾結」。

「糾結」一詞，可指難於解開或理清的纏結，猶如樹木的枝幹互相纏繞；還有其貶之義，即混亂的，矛盾的，表現

1 蕭蕭，〈為草葉芃芃而書〉，《草葉隨意書》序，1-2。

不知其左右的心理活動。

這裏可以順其意而用之，「糾結」──表現了蕭蕭新詩中「意念」與「意象」的關係，一方面「物我合一」，難以分清「誰才是誰的靈魂？」[2]；另一方面「我化於物」中，但「我」依存，可以分清「我」之靈魂托於物而呈現。還可以用其貶義的引申，指那些「意念」與「意象」貌似混亂、貌似自相矛盾、貌似相悖常理、貌似不情願之聯繫，卻是詩人最任意放鬆的書寫，而一幅幅富有質感的人生畫卷就在這自動加自由的書寫中、在不經意地潑墨揮灑中誕生。無論是順其意還是用其貶義引申，都可說明「意念」與「意象」的糾結是一種具有更高層次美學價值情境的創造。

蕭蕭在他的《現代新詩美學》一書曾多次使用了「交疊」一詞，並用「交疊美學」評價一些詩人的浪漫主義詩風，如：「心靈善真與自然聖潔的交疊美學」、「浪漫主義與宗教情懷的交疊美學」、「散文氣息與新詩意境的交疊美學」。[3]「交疊」必有疊二為一之部分，或有水乳交融之表現，兩者為一是「減」；而「糾結」是合二不為一，則為「加」，「糾結」所呈現的的畫面感既分明又不確定，所以蕭蕭新詩中的「意念」與「意象」不是「交疊」而是「糾結」，而「意念」與「意象」纏繞糾結的軌跡正是詩歌審美過程的完整描繪。

---

2 蕭蕭，〈誰是誰的靈魂〉，《草葉隨意書》，101。

3 蕭蕭，《現代新詩美學》，臺灣：爾雅出版社有限公司，36-44。

二、誰是誰的靈魂？

「意念」與「意象」的糾結，是審美活動中「物」與「我」的雙向感應，這種感應可能會在瞬間獲得身與物化的感受，會達到一種萬化冥合的奇妙境界，此時「詩中有時我化身為草葉，與草葉同聲息，共呼吸，模擬著生命相知相惜；有時又以草葉為對話的你，說著說不完的旖旎，彷彿多少次輪迴下的生命伴侶；有時我跳脫出草葉的葉脈之外，靜靜凝視、靜靜諦聽，那是步入晚境的賢哲常見的身影，水花蕩波，火花映空，似乎碰撞到形象思維的某一處敏感神經，卻又翻入另一個新境，無影無形又無蹤。」[4]

茶葉逐漸失去茶樹的翠綠
卻堅持保留山的呼吸
在舌尖面彈跳
毛細孔裏學雲舒學雲卷

我放棄獅子座的潑墨譜系
像雲一般舒卷[5]

「茶葉」「保留山的呼吸」，「我放棄獅子座的潑墨譜

4 蕭蕭，〈為草葉芃芃而書〉，《草葉隨意書》序，2。
5 蕭蕭，〈舒卷〉，《草葉隨意書》54。

系」，一個「保留」，一個「放棄」，其目的都是要皈依同一「象雲一般舒卷」，在「保留」和「放棄」中尋求到「茶葉」與「我」的共時性，「物本身已被主體取代，『物我同一』其實質是我與我同一」[6]。此時無法釐清是因為「茶葉」「保留」導致「我」「放棄」？還是因為「我」「放棄」才發現了「茶葉」的「保留」？誰主宰了誰的靈魂此時更無法釐清，其實也無需釐清，因為這種無法釐清也無需釐清的「糾結」之狀是「以宇宙人生的具體為物件，賞玩它的色相、秩序、節奏、和諧，藉以窺見自我的最深心靈的反映；化實景而為虛境，創形象以為象徵，使人類最高的心靈具體化、肉身化，」[7] 反映了「個體的生命節奏與對象的感性生命的貫通。」[8]

此外，這種難以釐清的「糾結」也會呈現難以準確「托物」狀，因為心靈的某一處敏感神經被碰撞到，為了梳理情緒與深層的心理活動，外在的存現狀態極可能被忽略，其「物」則是「超以象外」，這同樣也是「糾結」之表現：

既不是基督的血又是基督的血
我說的是：
既是葡萄酒又不是

6 張屹，〈「物化」與「移情」之比較〉，溫州：《溫州大學學報》第 19 卷第 4 期，2006 年 8 月，24。

7 宗白華，《美學散步》（M），上海：上海人民出版社，1981, 59。

8 朱志榮，〈論審美意象的創構過程〉，蘇州：《蘇州大學學報》5，2005，77。

說時遲那時快
你在我敲打的文字障中
發現我沒說的葉脈裏的亢奮[9]

「基督的血」、「葡萄酒」是具象而並非抽象，「葉脈裏的亢奮」非具象非抽象，是「超象」。「所謂超象，並不是否定象，或不要象，而是不拘泥於象。」[10] 詩人「立象」是為了「盡意」，「立象」是「意象與主體的意向性活動」[11]。詩人在客觀事物「葉脈」的紋路中發現其中的「亢奮」之情，撞擊了詩人的敏感神經，表現了主體的意向性，更體現了作者的經典想像。「基督的血」、「葡萄酒」與「在敲打的文字障中」發現的「葉脈裏的亢奮」同樣也是作者經典的想像。此經典想像有聯想的層面，如：「基督的血」和「葡萄酒」；有創造的層面，如：「基督的血」、「葡萄酒」與「在敲打的文字障中」發現的「葉脈裏的亢奮」的聯繫；有幻想的層面，如「葉脈裏的亢奮」。[12] 在這三個層次中，「聯想中

9 蕭蕭，〈司空圖詩品〉，《草葉隨意書》，78。

10 於荓，〈論意象與超象〉，北京：《求是學刊》第37卷第5期，2010年9月，122。

11 張文平，〈論中國傳統意象論的美學內涵〉，甘肅：《甘肅聯合大學學報》（社會科學版）第26卷第1期，2010年1月，39。「意向性一詞出現於現象學，意思是人對客觀世界的反映並非被動地，而是能動的，是有主體意識參與的反映。」

12 史言在〈巴什拉想像哲學本體論探究〉一文中談到「不難發現，從古典時期到現象學派，想像的地位不斷得以提升，內容也日漸亘集富和多元化。發展至巴什拉所處的時代，為人們廣泛接受的最經典的『想像』定義無疑是『使本身不出場的東西出場』的『能力』或『經驗』，總括來說則包括

有認識上的聯想和審美上的聯想，但不論前者還是後者，都是沒有或缺少創造性的，所以無法通向高層次的詩意境界。」[13] 所以蕭蕭用「既不是……又是」和「既是……又不是」把不能通向詩意境界的「基督的血」和「葡萄酒」聯想作為他「立象」的階梯，向第二和第三層次衝刺。在創造層次中「把此刻接觸到的一個方面與下一刻或上一刻無窮之多的方面（在場的東西與無窮多不在場的東西）綜合為共時的一個整體」，[14] 雖然「基督的血」、「葡萄酒」與「在敲打的文字障中」發現的「葉脈裏的亢奮」似乎沒有什麼聯繫，但卻是一個共時整體的審美經驗，是詩人通過「意念」與「意象」的「糾結」使時間上的過去、現在、未來三個環節達到合而為一的更高層次的審美境界。第三個層次是一種「知覺的變形」，即一種重新組合和變異，[15]「葉脈裏的亢奮」是「物」之形與「人」之態組合後的「變異」，是具象存在狀態的意念化，更能體現審美的享受。

而審美的享受同樣也體現為「糾結」，蕭蕭自己其實已經意識到了這種「糾結」之情，他在「自動書寫的魔力空間」中談到：「一動念間，無法判定這一部分屬於天之所賦，或者人之所思；無法釐清美感的喜悅到底來自於情緒之

了三個較為重要的遞進層面：（1）記憶或聯想層面（2）創造層面（3）幻想層面」。巴什拉（Gaston Bachelard, 1884-1962），法國20世紀著名科學哲學家。〈巴什拉想像哲學本體論探究〉一文為「多元視域下的對話與比較：兩岸三地文學現象國際高峰會議」（上海，2010.16-17）的發言。

13 同12。

14 同12。

15 同12。

所動，或者思理之所得。」[16] 其「無法判定」與「無法釐清」是正是審美心境中的辯證糾結。[17]

「醒來，已是另一個世紀／夢的色彩總是轉換著現實的空間／時間的推移卻又轉換著夢的旖旎」[18]

「夢」與「現實」在「轉換」，「時間的推移」和「夢的旖旎」在「轉換」，轉換的過程就是一個「糾結」的過程，然而詩人心裏很清楚，「完全摒棄積極性的、自主性的心靈活動，消極地任意識去流動，用以保持被動的、接受的精神狀態，事實上是不可能的」。[19] 請看這首詩：

忍受非人的鋒的鋸刻，鋩的雕鑽
石頭紅著臉說：

---

16 蕭蕭，《臺灣新詩美學》，臺灣：爾雅出版社有限公司，384。

17 黃小偉，〈辯證糾結的審美過程〉，廣西：《廣西社會科學》4，2007，138。「由於主體的心理承受量是有限的，其中的審美質與非審美質常常處在動態的損益變化之中，你增我減，你減我增，常常處在「虛」與「實」、「出」與「入」的糾纏之中。當主體全部退出非審美質時，即「空」出其心理空間達到一定極限時，主體就最大限度地接「納」了客體的客觀美質；同時，客體也最大限度地接「納」了主體的主觀美質。這是一個人化自然和自然人化的雙向交流過程。在這一過程中，主、客體雙方交換各自的主、客觀美質，即主體的審美質流向客體，客體的審美質流向主體。當主體的主、客觀美質與客體的主、客觀美質四者擁有量均等時，就出現了你我不分的情況，達到一種高峰體驗的狀態。」

18 蕭蕭，〈夢的世紀〉，《後更年期的白色憂傷》，93。

19 蕭蕭，《臺灣新詩美學》，臺灣：爾雅出版社有限公司 ，384。

我終於是人了 [20]

這是「醒來」的「現實」，而非「夢的旖旎」。詩人擬人化地描寫了「印章」質變的過程，是真實的，是客觀的，是合乎邏輯的，是智性的，「人化自然」與「自然人化」沒有合二為一「疊加」，而是合二不為一「糾結」，不是徹底放棄意義、意念、意指、意涵、意圖肆意地「自動書寫」[21]，因為「我終於是人了」的吶喊，是詩人的意向性活動，其內在的隱含深意，不得不讓人震撼和深思。

---

20 蕭蕭，〈印章〉，《後更年期的白色憂傷》，82。

21 蕭蕭說：「詩是一種靈魂的冒險，是詩人心靈活動的真實記錄，超現實主義服膺這種說法，所以布洛東在《超現實主義第一次宣言》中強調『下意識寫作』是超現實主義魔幻藝術的秘密。詩人藝術家應該將自己置放在最輕鬆自在的環境中，思想可以任意奔馳，情意可以任意流瀉，讓詩自己寫我，不是我在寫詩，因此不必顧慮是否合情合理、是否合乎邏輯、是否正對讀者的脾胃、是否博得讀者的喜歡。只要寫、寫、寫，不由自主的寫、寫、寫。不接觸、只接受；不主動，只被動；不認真，只任真；不動口，只動手。此之謂『自動書寫』。自動書寫，完全排除規律、準則、慣例、理則，徹底放棄意義、意念、意指、意涵、意圖。約定俗成，深思熟慮，都是讓人深惡痛絕的。這就是超現實主義者所追求的絕對自由，全然的解放。當然，完全摒棄積極性的、自主性的心靈活動，消極地任由意識去流動，用以保持被動的、接受的精神狀態，事實上是不可能的，一動念間，無法判定這一部分屬於天之所賦，或者人之所思；無法釐清美感的喜悅到底來自於情緒之所動，或者思理之所得。……臺灣的超現實主義的行動者卻不願襲用『下意識書寫』，改稱『自動書寫』，是因為意識到自己的意識免不了發揮一些干預作用，這種作用干預作用越多，『自動書寫』的比例越少，少到甚至於應該改稱為『半自動書寫』。」（蕭蕭，〈自動書寫的魔力空間〉，《臺灣新詩美學》，383-384。）

再如：

山中發現一塊斑駁的殘碑，證明
有人來過！
證明：他是怕寂寞怕語言的人[22]

再如：

我聽到樹葉凋零的巨響
我也聽到落葉逐漸腐敗的聲音[23]

「這種詩情觀念，是情感，又不單是情感；是理解，又不單是理解，」[24] 正可謂「意念」。「意念」「為情感所浸泡，為情感所激蕩，具有極大的流動性和衝擊力。要說是動情，在詩情觀念產生，即所謂有了意的時候，詩人是真正的動情了。在這以前，為詩人所熱愛和關注的，還只是生活中某些具體事物，雖然他也多少傾注了自己的情感，但還沒有形成為強烈的衝動；而這個時候，為詩人所熱愛和關注的，已經不單是生活中某一個具體的事物，而是由該事物激發的某一種思想，」[25] 即象有限意無窮。「印章」，「殘碑」，「樹葉的凋零」，「落葉的腐敗」這些生活中的具象所激發的思想感觸，詩人必然投入不可遏制的創作衝動中，也就會「通過

---

22 蕭蕭，〈悲無語〉，《後更年期的白色憂傷》，90。
23 蕭蕭，〈歷史裏的獨白〉，《後更年期的白色憂傷》，92。
24 王小俠，〈淺譯詩歌意象的運動規律〉，西安：《西安文理學院學報》8（2010），5。
25 王小俠，〈淺譯詩歌意象的運動規律〉，西安：《西安文理學院學報》8（2010），5。

書的心臟／我發現天空／而雲悠遊在其中。通過草葉／枯萎發現了我／而詩，成為另一顆星球」[26]。

所以無論是蕭蕭所說的「自動書寫」，或者是「半自動書寫」與「下意識書寫」，無論是蕭蕭所說的「我在寫詩」還是「讓詩自己寫我」，無論是蕭蕭詩中的具象存在狀態的意念化，還是化實景而為虛境，創形象以為象徵，都呈現「糾結」之美狀態。

此狀態可使「意念」與「意象」彼此烘托和對比，可增強詩篇的厚度和密度、韌性和彈性，可烘托出詩境的氣場和氛圍，「這種氛圍是透過外景（外在視覺形式）、內景（意象）的不斷簡潔化、單純化，造成一種表面上寧靜疏淡，但實際上卻意蘊飽滿，因簡約而更見豐富深刻的美學手法與風格。[27]

三、我化於物中，但「我」依存

一大塊藍布，只要加上一朵雲
她就是天
一大塊天只要加上兩片胭紅
她就是越境西遁的黃昏
一大塊黃昏加上幾個小黑點
她就是家的思念

---

26 蕭蕭，〈通過〉，《草葉隨意書》，80。

27 丁旭輝，〈論蕭蕭詩作的簡約美學〉，臺灣：《國文學誌》10，2005，57-79。

一大塊思念加上三兩行清淚
她就是你還不完的愛[28]

鄉愁是詩歌不絕的母題，在蕭蕭的筆下絕妙地用「幾個小黑點」模糊呈現對家鄉的思念，究竟它代表什麼？是人？亦或是物？誰也說不清，誰也說得清。這種模糊朦朧的形象使知覺延深，含蓄雋永，啟迪想像。「點」代表著個人獨特的意念，但它的深層情結則是超時空的，因為儘管「點」是跳躍的，似乎是不連貫的，但在時空中可與人的思緒連成線，這「思緒之線」就可在時空中完成整體意象的勾勒。在這整體意象中，「點」也是詩人「自我」的存在。這首詩猶如中國畫，給人極強的平面感，沒有線，卻利用虛無和空白構造靈動的空間，其整體意象「強調的是心理、意理、情理、是精神之體、真知之體、心性之體。」[29]

再看〈繳械〉：

誰也不知道天在你心中
可以多藍

我卻看見身上的刺在你的視野裏
自動繳械[30]

---

28 蕭蕭，〈草葉上的露珠〉，《草葉隨意書》，90。
29 李烜峰，〈意象造型論〉，北京：《雕塑》6，2009，63。
30 蕭蕭，〈繳械〉，《草葉隨意書》8。

心中的「藍天」和視野裏的「刺」之間有什麼必然的聯繫？完全棄之中間的鋪陳，「意念」與「意象」都是濃縮和跳躍的。蕭蕭是用全視角觀察生活，又用全身心來體驗情感，體現在詩中的「意念」是要「特別講究冶煉、蒸餾、濃縮、昇華，將渾涵汪茫、千匯萬狀的生活以及自己豐富複雜、立體交叉的感受體驗凝聚在某一點或某一瞬間，並以內心某一透視點把它們表現出來。而這某一點或某一瞬間又不是固定不變的，它們的變化顯得急速猛進，詩人要捕捉把握這種變化並把它們呈現出來。「於是在點與點、瞬間與瞬之間就呈現跳躍性。表面看來，點與點、瞬間與瞬之間似乎缺乏任何情感的邏輯聯繫，但實際上它們共同組成了一個充滿神秘魅力的整體」。[31]

如果太陽躲在草葉底下
露珠會永遠晶瑩而飽滿嗎？
草葉下真的藏一顆太陽
花生要滾落到碟子的那個角落
還能保持香氣？
害羞的月亮要塗上哪五種白？
還能是你心底的磊落？[32]

「躲在草葉下的太陽」、「不飽滿的露珠」、「滾落在碟子

31 陳文俊 高彩雲，〈論朦朧詩的美學特徵〉，湖北：《襄樊職業技術學院學報》7，2007，68。

32 蕭蕭，〈葉底下的太陽〉，《草葉隨意書》，102。

角落的花生」、「塗上五種白顏色的月亮」，這幅圖畫中的每一景物都籠罩著朦朧的色彩。這種「必有不可言之理，不可述之事，遇之於默會意象之表，不可施見之事，不可徑達之情，則幽渺以為裏，想像以為事，惝恍以為情，方為理至事至情至之語。」[33]「詩總是介於可言不可言及可喻不可喻之間，無目的而又趨向於某種目的，無概念而又趨向於某種普遍必然性，於不確定中又有某種確定性，多義性中又保持某種意義。」[34]

讀其詩，可感覺，可感動，可感受，可體驗，可玩賞，可意會，卻很難用準確的語言去描繪和講出來，這種漸悟和頓悟的美感是朦朧的、是禪意的但卻是「非空無」，說其「非空無」，就是其美感的「糾結」狀，就是「意念」與「意象」糾結的另一層含義：我化於物中，但「我」依存。

正如詩人在〈舉目〉中所說：

> 如果我是那一片天的無極／誰給我飛翔的翅翼？／如果我是天邊那雲的翅翼／
> 誰給我白的舒展與歡欣？／如果我是那舒展的巨大荒山／誰給我探出岩石的驚喜？／如果——我就是那種子／你會是我那蠕動的心嗎？

33 郭紹虞，《中國歷代文論選》（第 3 卷下冊）（M），上海：上海古籍出版社，1980，325-394。

34 陳文俊 高彩雲，〈論朦朧詩的美學特徵〉，湖北：《襄樊職業技術學院學報》7，2007，70。

詩中的「我」呈立體多角度的存在，具有超現實主義的美學含義，可借助蕭蕭自己在《臺灣新詩美學》第五章、第七節中對楊熾昌、商禽、洛夫、蘇紹連四位詩人的評價：精靈化的美學世界、人間化的美學世界、魔力化的美學世界、物種化的美學世界[35] 來評價蕭蕭的「我」的依存，他將四種美學世界集「我」於一身：「我是那一片天的無極」——「我」精靈化；「我是天邊那雲的翅翼」——「我」魔力化；「給我探出岩石的驚喜」——「我」人間化；「我就是那種子」——「我」物種化。其中「人間化的美學世界」是「四種美學樞紐之處」，因為：「他最近接常民生活，」「對於自我生命的省察，對於人性底層的挖掘，永遠抱著哀矜勿喜的人道關懷，」[36] 蕭蕭認為這種「人間化的美學世界」也是「穿透性美學」。「穿透性美學應用也是保留『人』原有的素質最多的一種，無論穿透空間或時間，人依然是原來的那個人。」[37] 蕭蕭說過：我的詩很少寫現象，我是把自己化在物中，但我仍存在，我不是從現象看本質，而是化在物中去思考。[38] 這似乎與立普斯的理論異曲同工。立普斯說：「審美欣賞的『對象』是一個問題，審美欣賞的原因是另一個問題。美的事物的感性形狀當然是審美欣賞的對象，但當然不是審美欣賞的原因。勿寧說，審美欣賞的原因就在

35 蕭蕭，《臺灣新詩美學》，臺灣：爾雅出版社有限公司，452。

36 蕭蕭，《臺灣新詩美學》，臺灣：爾雅出版社有限公司，453。

37 蕭蕭，《臺灣新詩美學》，臺灣：爾雅出版社有限公司，453。

38 蕭蕭在「多元視域下的對話與比較：兩岸三地文學現象國際高峰會議」（上海，2010.16-17）的發言。

我自己，或自我，也就是『看到』、『對立的』對象而感到歡樂或愉快的自我。」[39]

蕭蕭是「至樂活身」[40] 的，他用「我化於物中，但我依存」的審美活動去滋潤和發展生命，「通過昇華人的感性生命而推動人的靈性變革，以愉其心美其性而達至大愛與大德」。[41]

四、錯位與悖論的「詩性思維」[42]

維柯在談及想像和與推理的關係時說：「推理能力越弱，想像力也就成反比地越強，」[43] 尤其是藝術的想像力具有非科學性，把現實中不可思議的方面，同生活經驗聯繫起來，「藝術想像仿佛是來無影去無蹤、沒有什麼線索可循」[44]，有時是極無理的，有時是悖論的，然而卻是被情感

39 （德）立普斯（Theodor Lipps, 1851-1914），〈移情作用，內模仿和器官感覺〉[A]. 見：伍蠡甫，胡經之《西方文藝理論名著選編》[C]. 北京大學出版社，1986，468。

40 洪辛木，〈為心靈提供詩意的棲居之地——簡評《中國傳統美學的當代闡釋》〉，北京：《哲學動態》5（1998）：20。

41 高長江，〈宗教相遇：一種美學實踐〉，吉林：《社會科學戰線・美學研究》6（2010）：29。

42 柳征，〈後現代主義視野下的東方象徵性思維〉，武漢：《武漢理工大學學報（社會科學版）》，第 23 卷第 4 期，2010 年 8 月：566。「東方的象徵性思維正是在詩的語言中得到高度體現的，所以象徵性思維又被稱做『詩性思維』」。

43 （意）維科，（Giambattista Vico，1668-1744）《新科學》[J]. 費超譯，北京：中國社會出版社，1999，91。

44 唐波，〈論藝術想像的基本特徵〉，重慶：《重慶城市管理職業學院學報》，

所牽動、所調節、所支配。

例如：

生命的花不一定開在懸崖
懸崖只適合遠眺

我是習慣高空走索的人
不敢看飄蕩的雲[45]

「習慣」與「不敢」似乎是一種悖論，既然習慣了，那就是走鋼索也如行走平地，怎麼還有「不敢」之心理呢？這種相悖之描寫，呈現出詩人意念與意象的糾結，從語言表現上呈現出不確定性，後一句與前一句相悖，後一個行動推翻前一個行動，「運用碎片式、斷裂式、多層結構、意識流、內心獨白、自由聯想、蒙太奇等形式主義表現手法，在後現代主義作家的作品中不但大量使用，而且還得到新的發展。」[46] 蕭蕭用這種相悖糾結的藝術手法去表現豐富多樣的內心世界，這似乎是與後現代主義的小說創作特點有異曲同工之妙。

此外，無論是動賓搭配，如：「孵」夢、「聞」欣喜、「獵取」甜香、「溫柔」聲帶，還是如「透明的憂鬱」、「紫

第 6 卷第 4 期（總第 23 期）2006 年 12 月，62。

45 蕭蕭，〈定〉，《草葉隨意書》16。

46 張常輝，〈語言不確定性的狂歡——評威廉・加斯小說《在中部地區的深處》〉，吉林：《作家雜誌》9（2009）：66-7。

色的慵懶」、「宇宙裏的冷岸」、「棉麻顏彩表情」、「沉思的速度」「霧的腳步」亦或是「霧的速度」「沉思的腳步」[47] 等這種定語結構，都是「意念」與「意象」悖論式的糾結，而都極具抽象畫感效果，「就如同超現實畫家把隱藏在心靈深處的無意識狀態或者無意識的思想呈現在畫布上，使人若真若幻。」[48] 這種圖形語言的審美功效是以靈魂的昇華作為對讀者的一種感官刺激，「挖掘的是人類靈魂的某種意識」[49]，其創意圖形能夠生動準確的傳遞既定資訊，看似不可思議的畫面，看似是語言不恰當的搭配，但讀者可以從中獲得解碼，因為心靈的感悟使其似曾相識，因為與每個有感悟的人的生活經驗有密切的聯繫，所以這種「糾結」之形是「人的自然本質力量（姑且稱為自動力）」[50] 的審美體現，它「消解了原初物件的真實與客觀，帶有極強的情感色彩和

47 蕭蕭，〈一株草的獨白〉，《草葉隨意書》120，「夜裏　對映星空孵一節小夢」。蕭蕭，〈愛的欣喜〉，《草葉隨意書》113，「他們聞到了昨夜的欣喜」。蕭蕭，〈柔〉，《草葉隨意書》108，「那，輪到誰去溫柔那嘶喊的聲帶，或者割耳的音波？」。蕭蕭，〈風的憂鬱〉，《後更年期的白色憂傷》81，「風看見自己透明的憂鬱夜裏」。蕭蕭，〈就這樣慵懶〉，《草葉隨意書》4，「宇宙裏的冷岸」。蕭蕭，〈就這樣慵懶〉，《草葉隨意書》4，「紫色的慵懶」。蕭蕭，《雲邊書》181，「我褪除所有的棉麻顏彩表情」。蕭蕭，《雲邊書》185，「以沉思的速度霧的腳步輕渺向你你以霧的速度沉思的腳步輕渺」。

48 王小俠，〈淺譯詩歌意象的運動規律〉，西安：《西安文理學院學報》8（2010）：5。

49 潘慧玲，〈畫布上的跳躍與律動——用詩歌來解讀超現實主義繪畫〉，河北：《大舞臺》，7（2010）：94。

50 耿建義，〈審美遐想〉，北京：《美術之友》，5（2007）：78。

主觀審美情思，實質上，在具象中介入了抽象的語言，」[51] 我們很難用語言去描摹「透明的憂鬱」、「紫色的慵懶」、「宇宙裏的冷岸」、「棉麻顏彩表情」、「沉思的速度」「霧的腳步」，但是我們卻從這些意象中獲得了「語言之外的終極意義」。「『意象』可以直接借助感性形象，也可以由記憶、想像、語言等喚起視聽對感性形象的模糊不清的再現，又可以在靜思默想中直接悟到超於物象、語言之外的終極意義，這就賦予『象』以新的色彩，亦即『意境』中之『境』的可品性。」[52]

這種語言的錯位搭配所呈現的悖論還表現了多視角、多向度、多層次的「四維空間」感，即在人們生存的三位的空間裏，增加一個時間的「維度」，讓物象不受束縛，瞬間移動，其速度或者放慢或者加快。

如：〈瀑布〉

在生與死的猶豫間下了決心

刷一道白。卻非空無

也不確然是　非空無 [53]

如：〈苦行僧〉

他走過去時不一定有風

---

51 張劍，〈具象油畫中的「似與不似」〉，天津《中國油畫》，4（2007）：43。

52 江雲岷，〈「意象」「空靈」與「線的律動」〉，雲南《雲南民族大學學報（哲學社會科學版）》，第26卷第5期2009年9月：5。

53 蕭蕭，〈瀑布的生命〉《後更年期的白色憂傷》80。

不一定有月。淡黑的影子裏
可以聽到細碎的咬齧聲[54]

四維空間的時空觀是愛因斯坦依據相對論的原理提出的[55]，「作品本身是立體的存在形態，作品內容各部分之間，從頭到尾都包含著一個準時間的『延伸』。且作品的純意向性構成，它的存在根源又與作家意識的創造活動聯繫在一起」，[56]〈瀑布的生命〉中瀑布的「生與死」的瞬間，「刷一道白的」的「空無」與「非空無」，是一個意念上的「準時間的延伸」，具有「四維空間」的效果。在〈苦行僧〉中，視覺角度的「淡黑的影子」，聽覺角度的「細碎的咬齧聲」，以及「風」「月」「他走過去」所展示的時空概念，也是四維空間中共時與歷時美感呈現。

語言的錯位搭配所呈現的悖論，導致「作品成為主體間際的意向客體（an intersubjective intentional object），」[57] 即作家、作品、環境三個維度之外增加一個接受者，成為四維

54 蕭蕭，〈苦行僧〉《後更年期的白色憂傷》79。

55 （美）愛因斯坦（Albert・Einstein，1879-1955），《愛因斯坦文集》第1卷（M）（許良英等譯），北京：商務印書館，1977。「物理世界是由四維聯繫區表示的，(251)」空間（位置）和時間在應用時總是一道出現的。世界上發生的沒一件事情都是由空間座標X、Y、Z和時間座標T來確定的。因此，物理的描述一開頭就一直是四維的。但是這個四維連續區似乎分解為空間的三維連續區和時間的一維連續區。」(361)

56 李衍柱，〈「四維空間論」與文學現代性研究〉，河南鄭州：《黃河科技大學學報》第5卷第1期，2003.3, 76-81。

57 （波蘭）羅曼・英加登（Roman Ingarden 1893-1970），《對文學藝術作品的認識》（M）（陳燕穀、曉未譯），北京：中國文聯出版社，1988，12。

空間狀。或者更清楚地說是從作家——作品的二維，拓展成一種共時的、橫向的由「作家」——「作品」——「讀者」的三維空間，加之環境或時間維度，就是四維空間。無論是詩歌還是散文的敘事，對人物的描繪都是從屬於人物行動的軌跡，通過空間處理來傳達時間感的。蕭蕭的詩歌大多簡短凝練，要想「透過對立或模糊立場使之找到和諧，凸顯出生命或萬物的矛盾與和諧」[58]，就要創造多角度、多方面、多層次、多向度的意境，就要巧妙地運用詩的語言。好在蕭蕭具有超常的詩性思維，在處理錯位與悖論式的語言如此的得心應手，如神來之筆。

關於「意念」與「意象」之關係，不得不說及美國意象派詩歌的主要開拓者威廉・卡洛特・威廉斯（William Carlos Williams,1883-1963），他是 20 世紀美國最卓越的詩人之一。但在 1928 年以後，他更多地從「意象」轉向了「客體」，並在 30 年代投身於客體主義（Objectivism）運動，致力於客體派理論和詩歌創作的探討和實驗。[59] 威廉斯詩歌的美學思想「思在物中」主張詩歌要擺脫「思」的束縛，走向生活本身。蕭蕭的「意念」與「意象」和威廉斯的「思在物中」都是談智性和感性的關係，但差異也顯而易見，蕭蕭是兩者「糾結」；威廉斯是「物外無思」，既不「糾」也不「結」，

58 李翠英〈白色的美學——論蕭蕭《後更年期的白色憂傷》之空白、平衡與形式〉，為「多元視域下的對話與比較：兩岸三地文學現象國際高峰會議」（上海，2010.16-17）的發言。

59 武新玉，〈「思在物中」——從現象學角度看威廉斯客體派詩歌〉，北京：《外國文學評論》，2（2010）：45-56。

主張詩人不應該將事物當成意念的象徵，而應當準確傳神的描摹事物，使之如其本然地展示在讀者面前，「從本體論高層次理解，威廉斯不承認意念的超驗存在」[60]。兩者的差異就在於一「增」，而另一「減」，蕭蕭的「糾結」是「增」，是「『形先存，意後立』的外在形式規律，和『意為主，形為輔』的內在組織結構」，[61] 的圖形創意式美感獲得，從視覺上，也從心理上。

五、「意念」與「意象」的「糾結」——生命氣息的呼應與互動

詩歌自有其區別其他文藝形式的特徵與獨特之處，「詩人用他特有的審美方式還原、守護、頌揚本然的生活和生命」[62]，「當生活或生命的本然遮蔽或扼殺，詩歌便成為了生命欠然的自我救護和撫慰，」[63] 蕭蕭抓住了詩歌這一使命，在詩歌創作中對「意念」與「意象」這一詩的靈魂作「糾結」處理，猶如一「超鏈結藝術」[64] 手段，多維度地

---

60 閆豔，〈威廉斯：「沒有意念，除非在物中」——有關後現代主義詩歌的闡釋〉，山西：《人文雜誌》，1（2006）：157。

61 林於弘，〈回音的諦聽——談蕭蕭的《凝神》〉，林明德 38。
轉引自李翠瑛：〈白色的美學——論蕭蕭《後更年期的白色憂傷》之空白、平衡與形式〉，此文為「多元視域下的對話與比較：兩岸三地文學現象國際高峰會議」（上海，2010.16-17）的發言。

62 蔣德均，《詩與思》，北京：大眾文藝出版社，2006，139。

63 蔣德均，《詩與思》，北京：大眾文藝出版社，2006，139。

64 王妍，〈超鏈結藝術：「意象」的「e」象化與生命的無限綿延〉，北京：《文藝評論》6（2008）：10。

使人類生存實踐活動無限綿延，顯現出獨特的詩歌美學意義和人與物之生命氣息的呼應與互動，而由此筆者不由自主地生發出一些思考。

「自王國維開始經朱光潛一直到現在，對審美現代性的追求一直構成了現代美學努力的一個方向，」[65] 然而瞬息萬變的高度資訊化的 21 世紀，所有的人都置身於市場與媒體雙重運作的時代氛圍中，「文學不可能不受到衝擊，而且在審美領域中，受到最大衝擊的恐怕也就是文學了。以至於人們產生疑問：文學還能否繼續存在下去呢？還有無存在的必要和價值意義？」[66] 侯文宜在談到「電訊圖像泛審美時代的文學境遇」時，非常精闢地總結了「四化」:「1、文學的市場化、時尚化；2、文學的圖像化；3、文學的『去深度』化；4、文學的生活化遊戲化。」[67] 法國思想家讓・鮑德里亞在他的著作《消費社會》裏寫道:「電視傳媒通過其技術組織所承載的，是一個可以任意顯像、任意剪輯並可用畫面解讀的世界的思想（意識形態）」[68]，但是「它們畢竟是浮在水面上的一些浮萍，而不是全部的水深，」[69] 人類

---

65 餘開亮，〈泛審美時代與美學的使命〉，河南鄭州：《美與時代》5（2004）：6。

66 侯文宜，《當代文學觀念與批評論》，北京：中國社會科學出版社，2007，5。

67 侯文宜，《當代文學觀念與批評論》，北京：中國社會科學出版社，2007，6-7。

68 （法）讓・鮑德里亞（Jean Baudrillard，1929-2007），《消費社會》（劉成富等譯），南京：南京大學出版社，2004, 96。

69 侯文宜，《當代文學觀念與批評論》，北京：中國社會科學出版社，2007，7。

離開了語言的想像是無法生存的，因為，「言」是心聲，「書」是心畫，訴諸於語言文字的文學是心靈的圖像，所以欲救贖失落的人文精神，欲維持審美的人文內涵，欲尋求和重建人類生存所需要的情感、價值和信仰，欲實現內在心靈世界對外在物質的超越，那就一定要把人帶入澄明和詩話的生存體驗之境。[70] 所以，電訊圖像泛美時代仍然需要詩，或者更需要詩！

從蕭蕭的詩中的意念與意象的糾結之美可以證明詩歌的魅力是任何文學形式無法替代的。黑格爾說過：「日常的（散文的）意識完全不能深入事物的內在聯繫和本質以及它們的理由、原因、目的等等，它只滿足於把一切存在和發生的事物當做純然零星孤立的現象，也就是按照事物的毫無意義的偶然狀態去認識事物，詩的關照把事物的內在理性和它的實際外在顯現結合成『活的統一體』，」[71] 這個「活的統一體」就是詩的文化。「意念」與「意象」是詩的靈魂，是詩人的詩感，是人的生命氣息的呼應與互動，「它的觸角既可以上升到理性層次，也可以潛沉到潛意識層次，」[72] 所以，詩是為人生的藝術，也是人的文化，因為「詩歌精確地

70 張汝山，〈泛審美時代人文精神的失落與救贖〉，山東：《山東省青年管理幹部學院學報》2005.7第4期（總第116期），137。「這種超越已不再是西方傳統美學所強調的超越，也有別於現代有人片面張揚的主體性的外在超越，而應更加重視內在自我的超越，即內在心靈世界對外在物質世界的超越，自由之境對物化之境的超越。把人帶入澄明和詩化的生存體驗之境，以尋求和重建人類生存所需要的情感、價值和信仰的新的實現與生長點。」

71 （德）黑格爾（Georg Wilhelm Friedrich Hegel，1770-1831）《美學》第三卷下，朱光潛譯，商務印書館1981年版，第三章A、B 部分，23。

72 蔣德均，《詩與思》，北京：大眾文藝出版社，2006，23。

處理個別，而不是含混地處理一般」。[73] 詩歌作為敏感之物，它必然會以自己民族的思維傳統和文化積澱，在深切的感悟和深邃的詩思探尋中，構建詩歌心物相應的宏大的思維方式。」[74] 有著浪漫情愫的詩人蕭蕭，他的天才之處就在於他把具有審美穿透力的詩感變作水源、養分，去灌溉詩歌這棵大樹，刻苦地、不辭辛勞地、孜孜不倦地讓詩歌之樹結出豐碩的果實，讓其成為人的生命的寄託與榮耀。因其「藝術視角已經切入了人的存在的層面」[75]，可表現生命的張力，是「一種捕捉、一種理解、一種感悟而不是對主題意義的捕捉。這種狀態是可遇而不可求的，是只可意會不可言傳的，它是藝術家用全部生命去滋潤和孕育的一種底蘊。」[76] 必然體現了其本質即是溫潤深厚的文化精神，也即是中國傳統詩法精神之根要。

詩人白靈先生為蕭蕭《雲邊書》作序，一語中的。「詩是弔詭的，它的語言位置在『說』與『不說』之間，它的意圖在『表現出慾望』與『穩藏住慾望』的兩極中擺盪。也因此，詩人在使用他的文字時，很像在圍剿他時時想滿溢而出的情思。文字恰若擺佈陣勢用的石頭、樹林、陷阱、或兵馬，在與奔騰來去、行蹤詭異的情思對陣時，若能達到『旗

73 （美）洛威爾（Amy Lowell，1874-1925 年），《意象派詩選》（裘小龍譯），廣西：灕江出版社 1986, 155。

74 蔣德均，《詩與思》，北京：大眾文藝出版社，2006，22。

75 梁中傑，〈詩意蘊含的文化精神〉，安徽：《安徽文學（下半月）》7（2008）：329。

76 王海華，夏旭光，〈生命的張力：中國傳統的藝術魅力〉，重慶：《重慶科技學院學報（社會科學版）》3（2009）：175。

鼓相當』、一副『臨陣待發』的姿態，他也就心滿意足了，並無意要將它們真的剿殺而亡.，而且總會留個缺口，讓蒞陣參觀的讀者們可以借此目睹詩人的能耐。此種『既放又收』『對陣而不厮殺』的行文手法，可說是詩藝術的極高境界。」[77] 在所有的文學形式中只有詩才能把情感作為自己表達的物件，視作靈魂，「當作家抒情地、從社會意識方面來表達他對生活的思想旨趣和感情態度時，他可以首先從認識自己的內心世界的特點、自己的思想、感情和意象出發，」[78]「中文系出身的蕭蕭，在古典文學的領域裏浸淫既久，自然深知詩歌幾千年的傳統中此種「以小博大」、「以短暫截取永恆」的驚人成效。事實上，蕭蕭是先知先覺，他是極少數在新詩創作中不斷地實踐「現代詩絕句」的先行者。」[79] 馬雅可夫斯基在談到詩歌寫作的目的時有一句名言：「供內服用」[80]，形象地說明詩歌是寫在紙上的一劑慰藉靈魂的良藥，人離不開詩。

所以「人易老，詩不老」[81]，「詩是人類心靈尋找到的與外界和他人互相感應理解的靈性或理性產物，」[82]「每個

---

77 白靈，〈詩的第五元素（序）〉，見蕭蕭《雲邊書》9。

78 （前蘇聯）格尼・波斯彼洛夫（Г.Н.Пос пеппов，1899-），《文學原理》（王忠琪等譯），北京：三聯書店，1985, 134。

79 白靈，〈詩的第五元素（序）〉，蕭蕭《雲邊書》9。

80 （前蘇聯）伊利亞・愛倫堡（Эрен бург, Илвя Григоревич, 1891-1967），《人・歲月・生活》（M）（馮南江等譯），廣州：花城出版社，1998：104。

81 周良沛，《詩就是詩》，北京：人民文學出版社，1990, 329。

82 鐘文華，〈論物感說的成因與內涵〉，甘肅：《蘭州學刊》5（2005）總第146期：76。

時代，總有它的詩在說明時代，也只有在這個時代才可能產生的詩；每個詩人，總是用作品在說明自己，自己也總是通過作品在說明它感覺、認識的那個時代。」[83] 讓我們通過蕭蕭詩歌中的「意念」與「意象」的「糾結」去認識、感覺、體味我們生存的這個時代吧！

六、結論

「《詩》也者，有象之言，依象以成言；舍象忘言，是無詩矣，變象易言，是別為一詩甚切非詩矣。」[84] 如是說詩歌是人的精神與靈魂的歌，「詩歌是私人之歌，詩歌是神靈之歌，性靈之歌」。[85] 卡爾西在《人論》中說：「藝術確實是表現的，但是如果沒有構型，它就不可能表現。而這種構型過程是在某種感性媒介物中進行的」。[86] 蕭蕭將傳統的詩歌美學的理念與現代西方詩歌及繪畫理論有機結合，為著詩美的目標自由自在的行走和呈現，其「意念」與「意象」的「糾結」之美不但體現了詩的文化和靈魂，還體現了人的生命的流動與活力。

而蕭蕭又是一個獨具生命魅力且有持續藝術創造力的詩人，在他的詩中沒有「遊戲」、「發洩」、「名利」、「矯揉造

83 周良沛，《詩就是詩》，北京：人民文學出版社，1990，329。

84 錢鍾書，《管錐篇》第一冊，中華書局，1986，12。

85 蔣德均，《詩與思》，北京：大眾文藝出版社，2006，2-3。

86 （德）恩斯特・卡爾西，（Cassirer, E，1874-1945）《人論》（甘陽譯），上海：上海譯文出版社，1985。

作」及「逍遙夢遊」，更沒有與「時尚」「世俗」共舞，「甚至也不是為了提示現存的美。它是一種自我完善的抽象」[87]，在他的詩中有的只是一種精神，一種人文精神，一種可以對自我平庸的反抗精神，對世俗墮落的反抗精神和不斷自我提升的精神。

呼喚新時期有更多象蕭蕭這樣的「玩」得起詩的詩人和文學家！

87 周保平，〈視像與心像——徐建文作品釋讀〉，福建：《藝術生活》6（2008）：79。

參考文獻

一、西文文獻

（德）立普斯（Theodor Lipps, 1851-1914），《移情作用，內模仿和器官感覺》，見：伍蠡甫、胡經之《西方文藝理論名著選編》，北京：北京大學出版社，1986。

（意）維科，（Giambattista Vico，1668-1744）《新科學》[J]. 費超譯，北京：中國社會出版社，1999。

（美）愛因斯坦（Albert Einstein，1879-1955），《愛因斯坦文集》第 1 卷，許良英等譯，北京：商務印書館，1977。

（波蘭）羅曼・英加登（Roman Ingarden 1893-1970），《對文學藝術作品的認識》，陳燕穀、曉未譯，北京：中國文聯出版社，1988。

（法）讓・鮑德里亞（Jean Baudrillard，1929-2007），《消費社會》劉成富等譯，南京：南京大學出版社，2004。

（德）黑格爾（Georg Wilhelm Friedrich Hegel，1770-1831）《美學》第三卷下，朱光潛譯，北京：商務印書館，1981。

（前蘇聯）格尼・波斯彼洛夫（Г.Н.Пос пеппов，1899-），《文學原理》，王忠琪等譯。北京：三聯書店，1985, 134。

（德）恩斯特・卡爾西（Cassirer, E，1874-1945），《人論》（甘陽譯），上海：上海譯文出版社，1985。

（前蘇聯）伊利亞・愛倫堡（Эренбург, ИлвяГригоревич，1891-1967），《人・歲月・生活》（M）（馮南江等譯），廣州：花城出版社，1998：104。

（美）洛威爾（Amy Lowell，1874-1925 年），《意象派詩選》，裘小龍譯，廣西：灕江出版社，1986。

二、中文文獻

JING

敬文東：《中國當代詩歌的精神分析》，北京：社會科學出版社，2019。

LEI

雷達：《當前文學症候分析》，北京：作家出版社，2009。

CHEN

陳曉明：《審美的激變》，北京：作家出版社，2009。

ZHAO

趙奎英：《中西詩學—基本問題比較研究》，北京：中國社會科學出版社，2009。

LI

黎志敏：《詩學構建：形式與意象》，北京：人民出版社，2008。

HOU

侯文宜：《當代文學觀念與批評論》，北京：中國社會科學出版社，2007。

LIU

劉好運：《文學鑒賞與批評論》，合肥：安徽大學出版社，

2007。
JIANG
蔣德均：《詩與思》，北京：大眾文藝出版社，2006。
XIAO
蕭蕭：《現代新詩美學》，臺北：爾雅出版社有限公司，2007。
XIAO
蕭蕭：《臺灣新詩美學》，臺北：爾雅出版社有限公司，2004。
ZHANG
張世英：《哲學導論》，北京：北京大學出版社，2002.
ZHOU
周良沛：《詩就是詩》，北京：人民文學出版社，1979。
FAN
樊美筠：《中國傳統美學的當代闡釋》，北京：中國社會科學出版社，1997。
QIAN
錢鍾書：《管錐編》，北京：中華書局，1986。
ZHU
朱光潛：《詩論》，北京：生活・讀書・新知三聯書店，1984。
ZONG
宗白華：《美學散步》，上海：上海人民出版社，1981。
ZHU
朱光潛：《西方美學史》，北京：人民文學出版社，1979。

司・空・圖：蕭蕭現代詩之美學研究

「接收延緩」詩學系列之一

余境熹（香港專業進修學校講師）

摘要

本文通過分析蕭蕭現代詩的空白設置和形象美建構，旨在更深入地掌握蕭氏創作的美學特質，以助深度的欣賞與研習，並意圖據此兩點分析，聯繫上「接收延緩」的詩學體系建構，為尚在發展階段的後者提供更多的參照與印證，進而對補正俄國形式主義者維克托・什克洛夫斯基的「延緩」論說產生積極作用。

關鍵詞

蕭蕭、司空圖、延緩

一、司：引言

在展開論述以前，首先需解釋「接收延緩」的理論背景：二十世紀初，俄羅斯形式主義代表人物維克托・什克洛夫斯基（Vitkor Shklovsky，1893-1984）藉〈作為手法的藝術〉（「Art as Device」，1917）[1]、〈情節編構手法與一般風格手法的聯繫〉（「The Relationship between Devices of Plot Construction and General Devices of Style」，1919）[2]、〈故事和小說的結構〉（「The Structure of Fiction」，1920）[3]等文的發表，成功建構出他的早期詩學體系。在這一體系中，一以貫之的，乃是對「奇異化」（ostranenie）的追求，提倡文學文本應刻意製造奇異感，以之既在同時代的作品中別具藝術魅力，又超越前代文本的書寫框架。以「奇異化」為基調，什克洛夫斯基乃提出以下四種重要言說——（1）陌生視角：在敘事中借用第一次知見者或受限制者的角度來對事物

---

1 Viktor Shklovsky (1893-1984), "Art as Device," *Theory of Prose*, trans. Benjamin Sher (Elmwood Park, IL：Dalkey Archive Press, 1990) 1-14；中譯見維克托・什克洛夫斯基，〈作為手法的藝術〉，《散文理論》，劉宗次譯（南昌：百花洲文藝出版社，1994）4-23。

2 Shklovsky, "The Relationship between Devices of Plot Construction and General Devices of Style," *Theory of Prose* 15-51；中譯見什克洛夫斯基，〈情節編構手法與一般風格手法的聯繫〉，《散文理論》24-64。

3 Shklovsky, "The Structure of Fiction," *Theory of Prose* 52-71；中譯見什克洛夫斯基，〈故事和小說的結構〉，方珊譯，董友校，《俄國形式主義文論選》，什克洛夫斯基等著（北京：生活・讀書・新知三聯書店，1989）11-31。

進行觀察，因感知的情況有異於一般讀者，能使之在閱讀中產生新鮮感[4]；（2）陌生語言：因詩歌語言從詞彙到排列模式等都扭曲了日常語言的說法，富於藝術含量，在敘事中多加使用，能令讀者在奇異中獲得驚喜[5]；（3）延緩：過簡的敘述等同於短暫的感知，不利審美，因此必須從語言和細節兩方面延長文本，增加篇幅[6]；（4）文學史：文學史的進展是受「奇異化」所左右的，一定的文學作法在歷經輝煌後，會被已對它相當熟悉的讀者所嫌棄，因此帶領新時代的藝術，對照於前代文本，必然是奇異而新穎的[7]。

在什克洛夫斯基的四點言說中，第四點較為宏觀，類似於其後哈羅德・布魯姆（Harold Bloom，1930- ）「影響的焦慮」（anxiety of influence）的核心觀點[8]，而另外三點則較

4 胡亞敏（1954- ）曾舉出如下數例以輔助說明，甚具參考意義：（1）列夫・托爾斯泰（Leo Tolstoy, 1828-1910）在《戰爭與和平》（*War and Peace*）中以非軍人的感覺表述波羅金諾戰役；（2）魯迅（周樟壽，1881-1936）〈離婚〉從孩子的視角表述成人吸食鼻煙的過程；（3）《紅樓夢》透過農民劉姥姥的視點寫掛鐘的形狀和值得好奇之處。見胡亞敏，《敘事學》（武漢：華中師範大學出版社，2004）192-94。

5 黎皓智（1937- ），〈論俄國形式主義學派的文體觀和語言觀〉，《20 世紀俄羅斯文學思潮》（北京：北京大學出版社，2006）514。

6 黎師活仁（1950- ），〈敘事與重複：《老殘遊記》的研究〉，《清末小說》30（2007）：88-103。

7 張冰（1957- ），《白銀時代俄國文學思潮與流派》（北京：人民文學出版社，2006）295-96。

8 哈羅德・布魯姆（Harold Bloom, 1930- ），《影響的焦慮——一種詩歌理論》（*Anxiety of Influence：A Theory of Poetry*），徐文博譯（南京：江蘇教育出版社，2006）5、8；並參考王寧（1955- ），〈反俄狄浦斯：弒父與修正〉，《文學與精神分析學》（北京：人民文學出版社，2002）282；陳永國，〈互文性〉，《外國文學》1（2003）：76-77。

微觀，具體述說了每個單一文本所宜應用的寫法、技巧。然而，不得不加以指出的是，什克洛夫斯基第三點即「延緩」的討論雖然深富寫作實踐性，對延長敘述的謀篇考量極具參考價值[9]，但置入什氏追求「奇異化」的美學目標中，則恐怕是存著漏洞的，原因是：（1）敘述的增多並不必然意味著奇異感的擴張或藝術性的倍大，反而可能是陳套用語和慣性書寫的不停累積，教人生厭；（2）由什克洛夫斯基提出的、一系列能達致「延緩」的細節類型，包括「姍姍來遲的救援」、「走彎路」和「不順遂的愛情」等，如果確實按照什氏所說，作為「類型」般相沿使用，則它們必終變得代數化、自動化，喪失「奇異化」的功效，與什氏的追求徹底背道而馳。因此，什克洛夫斯基的「延緩」說，並未能有效地針對文本在接收時難度、深度的增加，在添益什氏早期詩學體系時，實顯得較為無力。

事實上，什克洛夫斯基的「延緩」說可藉其他俄國形式主義者，甚至稍後如「讀者反應」（Reader-reponse）、「空間形式」（Spatial Form）或「解構主義」（Deconstructionosm）等方面的理論加以補充，以之建構出更因感知深度增加，而

---

9 詳細分析可見拙稿，〈《連城訣》「延緩」現象的整理：以什克洛夫斯基早期文論為中心〉，「兩岸三地華文教學研討會」，廈門大學、香港大學、天主教輔仁大學、復旦大學、明道大學、修平技術學院主辦，廈門大學，2010 年 4 月 3 日；〈《雪山飛狐》、《鴛鴦刀》、《白馬嘯西風》「延緩」現象整理〉，「第十二屆韓中文化論壇兼全南大學校中文系 Bk21 事業團 2010 國際學術研討會」，首爾孔子學院、國際金庸研究會、社團法人韓國現代中國研究會、韓中文學比較研究會、中國社會科學院《當代文學》雜誌社主辦, 全南大學校，2010 年 8 月 28 日。

能延宕讀者審美時間的「接收延緩」說[10]。相較於什克洛夫斯基可稱為「敘事延緩」說的內容，兩者有如下的分別：

	文本篇幅	感知深度
敘事延緩	增加	不一定增加
接收延緩	可以沒有增加	增加

（列表一）

如上表所示，「接收延緩」的設置因能令感知深度加增，可有效地引動讀者介入，延緩其接收的進程，它實是一種更符合什克洛夫斯基早期文論所追求目標的「延緩」言說。

10 筆者在研閱約翰・班維爾（John Banville, 1945- ）《牛頓書信》（*The Newton Letter*）一作時，首先提出了「接收延緩」的說法，但兼用了令敘述增長的論說進行分析；其後，又混同「接收延緩」與使敘事得以延長的部分理論，討論了池莉（1957- ）一部短篇小說延宕感知的效果，詳見拙稿，〈接收的延緩：《牛頓書信》的敘事用心〉，「金庸暨中外文學國際研討會」，揚州大學文學院、國際金庸研究會、香港大學中文學會、韓國臺港海外華文研究會、韓中文學比較研究會主辦，揚州大學，2008 年 12 月 24 日；〈從巴特詮釋代碼到俄國形式主義的延緩論述：《猜猜菜譜和砒霜是做甚麼用的》的敘事和結尾〉，「第一屆池莉小說研討會」，香港大學中國文化研究會主辦，香港大學，2009 年 3 月 28 日。經過這些階段性的研論後，筆者較明確地賦予「接收延緩」理論一定的獨立性，闡述其與「敘事延緩」的差異，並以典範文本：朱天心（1958- ）的〈主耶穌降生是日〉、黃河浪（黃世連，1941- ）的《遙遠的愛》及《生命的足音》輔助分析，詳見拙稿，〈不在場的救主及其他：《主耶穌降生是日》的空白與接收延緩〉，「朱天文朱天心與比較視域下的世界文學研討會」，復旦大學、香港大學主辦，復旦大學，2010 年 6 月 4 日；〈黃河浪散文的接收延緩美學〉，「國際黃河浪文學創作研討會」，香港專業進修學校語言傳意學部主辦，香港大學，2010 年 10 月 30 日。

尤其值得注意者，是「接收延緩」尚以文本篇幅不必然增加一端，異於「敘事延緩」的設置。基於此，為了有效而深入地析說「敘事延緩」的理論，批評者自必得挑選篇幅較長、情節較為曲折複雜的文學文本來進行演論，但若是探研「接收延緩」，則批評者選用篇幅較短的作品，反可能取得較著的成果。筆者前曾據朱天心（1958- ）「幅度」[11]僅二十頁的短篇小說和黃河浪（黃世連，1941- ）篇幅不大的散文創作[12]為觀照文本，試圖為建構「接收延緩」的詩學體系添磚加瓦，幸而取得了一定的階段性進展；本文乃轉向「詩」的國度，據臺灣現代詩標竿人物蕭蕭（蕭水順，1947- ）的創作為典範文本，從對論說蕭蕭司掌「空」與「圖」的表現之中[13]，進一步完善「接收延緩」的論說之餘，亦向更多文類推展「接收延緩」適用性。

---

11 「幅度」是用以計算文本敘述速度的衡量手段之一，單位為「行」、「頁」。Shlomith Rimmon-Kenan, *Narrative Fiction：Contemporary Poetics*, 2nd ed. (New York：Routledge, 2002) 52；中譯參施洛米絲・裡蒙－凱南，《敘事虛構作品：當代詩學》，姚錦清等譯（北京：生活・讀書・新知三聯書店，1989）94。另外，李明的譯文恰巧漏譯此一術語，見裡蒙—凱南，〈敘事性文學作品中的文本與時間〉，李明譯，《文學前沿》1（2000）：311。另，朱天心，〈主耶穌降生是日〉，《時移事往》（臺北：聯合文學出版社有限公司, 2001）96-117。

12 黃河浪，《遙遠的愛》（北京：中國文聯出版公司，1994）；《生命的足音》（香港：明窗出版社有限公司, 2003）。

13 這裡的「空」指未盡言說的「空白」設置, 「圖」則指詩中營造的意象、圖像。拙稿之篇名及論說框架刻意嵌入「司」、「空」、「圖」三字，除因肯定「空」、「圖」二者為析論蕭蕭（蕭水順，1947- ）詩作的良佳切入點外，亦與蕭蕭精於司空圖（837-908）詩論研究隱作呼應。蕭氏有關卓論，見蕭水順，〈司空圖詩品研究〉，碩士論文，國立臺灣師範大學，1973；蕭蕭，《從鍾嶸詩品到司空詩品》（臺北：文史哲出版社，1993）。

二、空

(一) 空白

不著一字，盡得風流。——《詩品・含蓄》[14]

胡亞敏（1954- ）曾說：「空白是藝術的必然屬性，沒有空白就沒有藝術。」[15]一如中國畫的「疏可走馬」、「計白當黑」、影視的「空鏡頭」和書法的「飛白」，寫作也需留有空白之處，以免內容壅塞，扼殺了讀者想像和尋索的空間[16]。馮黎明（1958- ）即曾表示：文學作品的製作是一種疏密相間、虛實相生的寫作方法，文本中因而應留置一定數量的意義空白或意義未定點，以給予讀者依據自身的回憶或聯想去充實它的機會[17]。故一般來說，「空白」除非過多以至於讓讀者無法進入作品，否則其設置都是能激發讀者對作

---

14 司空圖，《詩品集解》，郭紹虞（郭希汾，1893-1984）集解（北京：人民文學出版社，1998）21。

15 胡亞敏 234。

16 周瑩潔，〈藝術空白美的幾個問題〉，《貴州社會科學》5（1994）：65；黃紅（1979- ），〈文學語言的「空白」生成的張力〉，《銅仁學院學報》2.1（2008）：36-38。

17 馮黎明（1958- ），〈文學接受與閱讀主體〉，《湖北社會科學》3（1988）：36。馮氏之說踵承於德國接受美學的代表人物沃夫爾岡・伊瑟爾（Wolfgang Iser, 1926-2007），按伊瑟爾曾說：敘述者所隱藏的部分若要重新建構成綜合性的完整圖形，必須由讀者調動想像、盡力補充，才能達成，因此，空白實是「讀者想像的催化劑」，其積極設置是藝術不可或缺的成分。見伊瑟爾，《閱讀行為》（*The Act of Reading: A Theory of Aesthetic Response*），金惠敏等譯（長沙：湖南文藝出版社，1991）249-51。

品的參與而應受到鼓勵的。在詩的語境中，白靈（莊祖煌，1951- ）曾說：

> 詩是弔詭的，它的語言位置在「說」與「不說」之間，它的意圖在「表現出慾望」與「隱藏住慾望」的兩極中擺盪[18]。

也是一種對留置「空白」能產生藝術效果的深切認識。由於「空白」並不增加作品的文字，又極有助於誘發讀者的想像，其與「接收延緩」的詩學模式，實是甚相配合的，而蕭蕭詩正好富於各種留白表現，足作為提昇有關論說的典範文本。

舉例來說，蕭蕭的部分詩歌喜以提問方式延展，惟文本之中，作者又不提供明確的答案，以至各種謎底，無法順利解開，留下空白，必待讀者自行思索，才能較傾向完整地獲得相關的訊息，如〈河邊那棵樹〉組詩之三十五篇為：「河邊那棵樹／對腳印說：／你會懷念那雙腳／還是懷恨那重量？／當那雙腳踩下／你驟然成形／也驟然成空／懷念要繫在哪裡？／懷恨又能懷有多久？／幼年總角之交的髮香啊！」[19]連續三次發問，迫使讀者替腳印思想：是懷念抑或懷恨？愛與恨的時空又能延宕多少？而正因蕭蕭未為此數謎

---

18 白靈（莊祖煌，1951- ），〈詩的第五元素——蕭蕭詩集《雲邊書》評介〉，《蕭蕭新詩乾坤——蕭蕭新詩研究》，林明德（1946- ）編（臺中：晨星出版有限公司，2009）47。

19 蕭蕭，〈河邊那棵樹〉，《緣無緣》（臺北：爾雅出版社，1996）119。

作解，讀者的參與是必將一直延續到對字面全然接收以後的時間的，如是則「接收延緩」藉此不著一字的「空白」，得以在文本中成立。〈換我喚誰？換誰喚我？〉[20]的情況也是一樣，題目中已連用問句，但有問無答，詩正文（A）部分謂：「衣服閒閒垂掛在衣架上／／從遠方回來的那人又去另一個遠方／／心卻不知道要跟誰／──跟誰競逐？」提出連競爭者是誰都未知的處境，讀者除可試解「跟誰競逐」這一問題之外，更可思索這種時刻爭競的原因和合理性何在，在蕭蕭未予謎底的基礎上延展想像；其（B）部分謂：「火焰熊熊，恰好可以解一塊小冰／／我從醒中醒來再醒來／／畢畢剝剝的聲音／到底是我哪一個朝代的乳名？」則讓讀者從歷史這一外文本著眼，針對「乳名」與「朝代」的可能聯繫，進行個體性的思考，皆有助延緩接收的過程。蕭蕭詩作中類似的佳構尚有〈致佛陀〉：「有的佛住在宮殿的輝煌裡／有的住在草庵中／／你，落腳哪裡？」[21]〈清水岩〉：「葉子一樣深綠／只是換了不同的樹種／／清水岩的鐘聲什麼時候才會響起？」[22]以及〈等待斷線〉「那風箏究竟是等待風之起，還是等待線斷？」[23]等等，莫不留下疑問，期待讀者進深想像，至於〈夕陽與海〉寫道：

---

20 蕭蕭，〈換我喚誰？換誰喚我？〉，《凝神》（臺北：文史哲出版社，2000）86-87。

21 蕭蕭，〈致佛陀〉，《後更年期的白色憂傷》（臺北：唐山出版社，2007）33。

22 蕭蕭，〈清水岩〉，《後更年期的白色憂傷》32。

23 蕭蕭，〈等待斷線〉，《後更年期的白色憂傷》65。

你喜歡問起／愛與唯一／我指一指太陽落下去的方向／說：／／海[24]

彷彿已對問題提出答案，但實際上乃屬於「似答非答」，並未真正解開「愛與唯一」的謎思，反而帶出敘述主體何以如是回應的新謎，令人百般思量。李癸雲（1971- ）曾說讀蕭蕭詩時，會感到「有一場關於自我探求的邀約在閱讀中迴響」[25]，這與謎底留白的設置，自是關係莫大的，惟除自我探求的邀約以外，蕭蕭詩實更藉各種答案留白的「難題」，把讀者請到幾乎沒有疆界的各式處境中去，其取得「接收延緩」之效，乃是激起無遠弗屆的閱讀迴響的成果[26]。

除卻提問而不作答的「空白」之外，蕭蕭詩也善於在詩歌中寫作出人意料的結尾，製造所謂的「陡轉性空白」[27]，以驅動讀者的思考，延宕其接收的過程。以〈癢爬過的兩條細痕〉[28]為例，「癢之痕一」的開首和後續鋪陳為：「這個夜晚應該有人不安／／屬於初秋／天候微涼而月亮將圓／有些什麼雲／輕輕拂過皮膚表層／蟑螂無事，動了動／觸鬚」，所言說者，不管是天氣轉換、月光變圓還是雲和蟑螂的微

24 蕭蕭，〈夕陽與海〉，《毫末天地》（臺北：漢光文化事業股份有限公司，1989）50。

25 李癸雲（1971- ），〈風景與自我──蕭蕭《世紀詩選》導讀〉，《蕭蕭新詩乾坤──蕭蕭新詩研究》60。

26 張中來（1963- ），〈於無聲處聽天籟──談談文學創作中的留「空白」〉，《山東教育學院學報》3（2002）：18。

27 姚善義、林江，〈空白藝術簡論〉，《錦州師範學院學報（哲學社會科學版）》2（1994）：114-15。

28 蕭蕭，〈癢爬過的兩條細痕〉，《凝神》124-27。

動，皆屬正常不過且平淡之事，詩最後卻分段單行地寫出：「這些，千萬別讓隔壁的老黨員知道」，彷彿這些看來無關痛癢的事，也會引發甚麼牽涉政治的軒然大波，不免令人細思箇中原由，必待重新建立起前後轉折的關係方能自已。同首詩的「癢之痕二」則說：「癢，在皮膚上蠕蠕而動／　那是昨日的憤怒／／癢，在心中蠕蠕而動／　那是昨日的蕭索／／癢，在窗口蠕蠕而動／　那是昨日的旖旎／／癢，在腳底蠕蠕而動／　那是昨日的無奈／／這時，有人排長隊在買凱蒂貓」，以憤怒、蕭索、無奈、旖旎為鋪墊，讀者正期待詩中再併發出哪種或激烈或深沉的情緒來銘刻「昨日」，偏偏「這時」，蕭蕭卻推出人們排隊買貓女玩具的畫面，結尾處與前文形成巨大落差，造成震撼，其中未作交代的「空白」，便令人反思現代社會精神追尋乏人問津的嚴肅問題，扮演著觸發「接收延緩」的重要藥引。

最後稍作補充的是，正如古遠清（1941- ）、孫光萱（1934- ）所指陳的，文學創作因不必講求全然準確，不必規避歧義，甚至可善用語詞的多義性增加作品的藝術性[29]，而這種做法，有時是可以創造出「似與非似」的語義空白效應的[30]。在蕭蕭的詩歌中，〈緣無緣〉[31]的題目可作如下數種解讀：（1）緣於無緣，即「因為沒有緣份」；（2）以為有

29 古遠清（1941- ）、孫光萱（1934- ），《詩歌修辭學》（臺北：五南圖書出版有限公司，1997）29。

30 趙忠山、張桂蘭，〈文學空白類型及其意蘊〉，《齊齊哈爾師範學院學報》4（1998）：43。

31 蕭蕭，〈緣無緣〉，《緣無緣》68-69。

「緣」，實則「無緣」；(3) 首個「緣」字作動詞，即「以無緣為有緣」……讀者從題目中讀出的多重意義，也將使其對詩的正文產生多元理解；〈世紀末臺北人〉[32]全詩只標出可以拼讀作「忙」、「盲」或「茫」的注音符號，究竟蕭蕭想說現代社會的臺北人很忙碌，很沒有方向，還是很迷茫？抑或兼而有之，像林毓鈞所解說的，是在說城市人每天皆「忙」個不停，沉溺聲色、追逐名利，以致心眼漸「盲」，對於真切的人生意義，也只感到「茫」然了[33]？由於作者在詩歌文本中未作任何一元式的定論，留下意義上的空白，詮釋的結果便可以是多種多樣的，讀者的參與也趨於無窮無盡，在此意義上，蕭蕭的詩歌實屬於極具開放性的「可寫文本」[34]。

如是者，通過各式各樣的留白，蕭蕭詩實達到一種不著一字，而風流盡得的境界，文字上的敘述並無增加，讀者感知的時間偏卻無限擴展——這一情況，乃可印證「接收延緩」的實在性，並提供出此一詩學體系的良佳例證。

(二) 互文

坐中佳士，左右修竹。——《詩品・典雅》[35]

---

32 蕭蕭，〈世紀末臺北人〉，《毫末天地》66。

33 林毓鈞，《蕭蕭新詩研究》，碩士論文，國立彰化師範大學，2006, 75；〈蕭蕭詩作的主題意涵〉，《蕭蕭新詩乾坤——蕭蕭新詩研究》124。

34 Roland Barthes (1915-80), *S/Z*, trans. Richard Miller (New York：Noonday Press, 1974) 3-4. Lawrence D. Kritzman, “Barthesian Free Play,” *Yale French Studies* 66 (1984)：200；Joseph Margolis (1924-), “Reinterpreting Interpretation,” *The Journal of Aesthetics and Art Criticism* 47.3 (1989)：243.

35 司空圖 12。

羅蘭・巴特（Roland Barthes，1915-80）曾明確指出，文本乃一容納各種非原始寫作的多維空間，是由各種訊息、回音和文化語言交織而成的，因此在閱讀一部作品時，按篇中的設置，讀者或會記起先前的文本並觸發豐富的聯想[36]——這種流連於外在文本的反應，便使得對現文本的感知過程大為增加，有助於「接收延緩」的成立。與「空白」相吻合的是，文本的作者若不是把外文本的內容寫盡，而只略加提示，則其對外文本仍可說是不著一字或可謂著墨較少的，如此則外文本只以片段、碎片的形式出現在當下文本中，留下了較多的意義未定點，其催發讀者進行聯想、填補，實與留白者並無太大分殊。

蕭蕭詩作常有顯然與古代人事、藝術相互文處，能大大拓展讀者接收時的審美視野，如〈溪中石〉：「水與水激起了白色浪花／風和雲交待著昨日歷史／釣魚老翁吐出白色煙圈／／而我，在跟莊子交談」[37]，直接提及莊子（莊周，約前369-前 286）；〈那個大陸與另一個大陸〉裡說：「那個大陸曾經是爺爺／夢中的陶淵明／可以喝酒，可以撫撫無弦的琴」[38]，則直接提到陶潛（365-427）。更有甚者，〈圖形〉

---

36 Barthes, "From Work to Text," *Image, Music, Text*, ed. and trans. Stephen Heath (London：Fotana, 1977) 157-60. 巴特之說，得益於其學生茱莉雅・克莉絲蒂娃（Julia Kristeva, 1941- ）的「互文性」理論。參考 Julia Kristeva, "Word, Dialogue and Novel," *Desire in Language：A Semiotic Approach to Literature and Art*, ed. Léon S. Roudiez, trans. Thomas Gora, Alice Jardine and Léon S. Roudiez (New York：Columbia UP, 1980) 64-91.

37 蕭蕭，〈溪中石〉，《緣無緣》39。

38 蕭蕭，〈那個大陸與另一個大陸〉，《毫末天地》 38。

連續點出孔子（孔丘，前 551-前 479）、蘇軾（1037-1101）、李白（701-62）和西漢（前 202-9）的卓文君之名，其詩曰：「我藉幾何學的圖形／摩挲你的肌膚／長方形的孔子／橢圓形的東坡居士／梨形的海／三角形的卓文君／紡錘形的李白／都不如你以水果的美學意義／引誘我剝皮去殼榨汁／輕輕咬嚼」[39]，雖然皆未以長篇文字重述古人生平，但藉由提及這些古代名人，已給予了足夠的線索，讓讀者記憶和想像相關的故事或文學作品，以此達致「接收延緩」的目的。

另外，蕭蕭也多在詩中直接套用前人之句，藉此廣收牽動想像之效，如〈不是不是〉中有「過盡千帆皆不是」一語及變體的「過盡千山皆不是」[40]，乃出自溫庭筠（約 812-870）名作〈夢江南〉詞：「梳洗罷，獨倚望江樓。過盡千帆皆不是，斜暉脈脈水悠悠。腸斷白蘋洲。」[41]至於〈寂寞〉一詩：「揀盡寒枝不肯棲／／東坡詞／依然在捲軸裡，冷」[42]，蕭蕭沒有全首錄出蘇軾〈蔔運算元〉詞，亦沒有述及蘇氏生平的一點一滴，卻因點出了「東坡」二字，令哪怕是較為粗心的讀者也會較可能地留意到「揀盡」一句的出處，並從聯想蘇軾遭遇的角度，思考〈寂寞〉詩的主題意蘊——按大衛・洛奇（David Lodge，1935- ）的說法，乃是

39 蕭蕭，〈圖形〉，《雲邊書》（臺北：九歌出版社有限公司，1998）103-04。

40 蕭蕭，〈不是不是〉，《毫末天地》55。

41 溫庭筠（約 812-870），〈夢江南〉，《溫韋馮詞新校》，溫庭筠、韋莊（836-910）、馮延巳（903-60）著，曾昭岷校訂（上海：上海古籍出版社，1988）75。

42 蕭蕭，〈寂寞〉，《後更年期的白色憂傷》15。

通過直接指涉其他作品，讓讀者無法不察覺現下創作與前此文本相互勾連的做法[43]，對於帶動想像，自是較有裨益且可助臻至「接收延緩」的美學追求的。

蕭蕭構思詩題，也多置入帶引讀者向外在文本進行聯想的元素，如〈此身非我有〉出自《莊子・知北遊》「吾身非吾有也」與蘇軾〈臨江仙・夜歸臨皋〉詞：「長恨此身非吾有」[44]，稍微改造古語，留下讀者可以追蹤的印跡[45]，正為後者擴充聯想的領域，提供出無須著字太多的基礎。〈風入松〉[46]的內文確以風掠過松樹為書寫對象，然「風入松」一名卻有深厚的文學史背景，即使蕭蕭未加解說，仍能導引讀者憶及宋詞、元曲的多首作品。至如〈應無所住而生其心〉四首[47]，題名取自《金剛般若波羅蜜經》經文[48]，蘊含破執

---

43 David Lodge (1935-), "Intertextuality (Joseph Conrad)," *The Art of Fiction：Illustrated from Classic and Modern Texts* (London：Penguin Books, 1992) 98.

44 李勉（1921- ），《莊子總論及分篇評注》，修訂一版（臺北：臺灣商務印書館股份有限公司，1990）405。蘇軾（1037-1101），〈臨江仙・夜歸臨皋〉，《蘇軾詞》，劉石評註（北京：人民文學出版社，2005）153。按：蕭蕭〈此身非我有〉詩中還暗引蘇軾〈洗兒戲作〉「無災無難到公卿」之語及提到荀子（荀況，約前 313-前 238）。〈洗兒戲作〉見蘇軾，《蘇軾詩集合注》，馮應榴（1741-1801）輯注，黃任軻、朱懷春校點（上海：上海古籍出版社，2001）1130。

45 Chris Weedon (1952-), Andrew Tolson and Frank Mort (with help from Andrew Lowe), "Theories of Language and Subjectivity," *Culture, Media, Language：Working Papers in Cultural Studies, 1972-79*, eds. Stuart Hall (1932-), Dorothy Hobson, Andrew Lowe and Paul Willis (London：Routledge in association with the Centre for Contemporary Cultural Studies, University of Birmingham, 1992) 199.

46 蕭蕭，〈風入松〉，《雲邊書》33。

47 蕭蕭，〈應無所住而生其心〉，《凝神》134-47。

自在的佛理[49]；組詩〈拈花微笑〉[50]，題目的典故也出自佛家著作（《人天眼目》卷五[51]、《指月錄》卷一[52]），皆予讀者外於文本的思考場域，有利造成閱讀的緩速而不必耗費太多的筆墨。

蕭蕭詩中也有不少隻截用原典小部分來入詩的創作，比較隱密地建構出別樣的互文關係，例如〈棄絕〉:「棄絕五音／只聽一聲高弦」「為聽一聲高弦／棄絕五色」[53]，暗引的乃是《老子》「五音使人耳聾」、「五色使人目盲」的哲理[54]，僅取原文數語，便帶動讀者向外在文本的幽玄世界一路思索。〈飲之太和〉第二首[55]的「林葉微微一動／可以聽得見息息／息息的聲音」，接近於王維（701-61）〈鳥鳴澗〉[56]的

---

48 鳩摩羅什（334-413）譯，《金剛般若波羅蜜經》，《大正新修大藏經》，高楠順次郎（TAKAKUSU Junjiro, 1866-1945）、渡邊海旭（WATANABE Kaikyoku, 1872-1933）編，冊 8（東京：大正一切經刊行會，1924）749。

49 方群（林於弘，1966- ），〈回音的諦聽——談蕭蕭的《凝神》〉，《蕭蕭新詩乾坤——蕭蕭新詩研究》45。

50 蕭蕭，〈拈花微笑〉，《雲邊書》89-94。

51 晦巖智昭編，《人天眼目》，《大正新修大藏經》，冊 48, 325。其內文說：「梵王至靈山。以金色波羅花獻佛。捨身為床座。請佛為眾生說法。世尊登座拈花示眾。人天百萬。悉皆罔措。獨有金色頭陀。破顏微笑。世尊雲。吾有正法眼藏涅槃妙心實相無相。分付摩訶大迦葉。」

52 瞿汝稷（1596 前後在世）輯，《指月錄》，《大正新修大藏經》，冊 83, 410。其內文說：「世尊在靈山會上拈花示眾。是時眾皆默然。唯迦葉尊者破顏微笑。世尊曰：『吾有正法眼藏涅槃妙心。實相無相微妙法門。不立文字教外別傳。付囑摩訶迦葉。」

53 蕭蕭，〈棄絕〉，《雲邊書》97-98。

54 陳鼓應（1935- ）註譯，《老子今註今譯及評介》，三次修訂本（臺北：臺灣商務印書館股份有限公司，2000）93。

55 蕭蕭，〈飲之太和〉，《悲涼》（臺北：爾雅出版社，1982）95。

56 王維（701-61），〈鳥鳴澗〉，《王右丞集》，喻嶽衡點校（長沙：嶽麓書

「人閑桂花落」；「可以聽得見，偶然／遠處，三兩聲吆喝」，則令人想到〈鹿柴〉[57]的「空山不見人，但聞人語響」；結尾的「沒有鳥飛出」，又反寫了前述〈鳥鳴澗〉之「月出驚山鳥，時鳴春澗中」，使得〈飲之太和〉與這兩篇幽靜閒雅的古典佳作構成互文[58]。至乎〈春蠶兩仙〉的「春蠶（B）」節云：「春至，蠶絲／蠶絲，蠶死／蠶死，絲盡／絲盡，春死／春死，蠟灰／蠟灰，淚乾／／淚乾，春至」[59]，由春蠶而聯繫至「死」、「蠟灰」和「淚乾」，這一寫法在語詞和想像上信是參考了李商隱（約 813-約 858）〈無題〉詩中「春蠶到死絲方盡，蠟炬成灰淚始乾」[60]的對句的，〈無去處〉結尾的「雲不深，卻也不知雲的去處」[61]，也頗似反用著賈島（779-843）〈尋隱者不遇〉中「雲深不知處」[62]一語之表現。

而從互文的對象稍作補充，上述諸例雖都與古人、古事、古文學有關，蕭蕭詩卻實亦存有不少與現代人事互文的表現，例如〈老僧〉：「雲來，住在我茅屋裡／她說，她不走了／不走，就留下嘛／她說，她想住進我心房裡／要住，就

社，1990）110。

57 王維，〈鹿柴〉，《王右丞集》112。

58 竹舟，〈王維筆下的幽靜景色——《鹿柴》和《鳥鳴澗》藝術欣賞〉，《寧夏教育》4（1984）：15-16。

59 蕭蕭，〈春蠶兩仙〉，《凝神》67。

60 李商隱（約 813-約 858），〈無題〉，《李商隱詩集今注》，鄭在瀛注（武昌：武漢大學出版社，2001）107。

61 蕭蕭，〈無去處〉，《後更年期的白色憂傷》34。

62 賈島（779-843），〈尋隱者不遇〉，《長江集新校》，李嘉言（1911-67）新校（上海：上海古籍出版社，1983）134。

住進來嘛／她說，她要走了／要走，就請便嘛／我只不過是另一種類型，的雲而已」[63]，其想像固出於蕭蕭之創造，但對雲去雲來的瀟灑輕鬆，則較易令人想起徐志摩（徐章垿，1897-1931）〈再別康橋〉中的名句：「輕輕的我走了，／正如我輕輕的來；／我輕輕的招手，／作別西天的雲彩」，「悄悄的我走了，／正如我悄悄的來；／我揮一揮衣袖，／不帶走一片雲彩」[64]。〈心相連〉的「秋夜月未圓／仍然拋下千萬條銀白絲線／／相思每秒 0.06 元」[65]，更是甚富時代感的、以廣告為互文對象的寫法，對於讀者而言，同樣能引起外於現文本的思想，收到延宕接收時間的果效。

凡此種種，皆使得蕭蕭詩歌一如詹姆斯・里澤（James Risser，1946- ）所形容的「放滿鏡子的大廳」[66]，架設起與各種文學藝術或其他外在文本的聯網，能有效地在讀者腦中喚起記憶、刺激想像，延緩其閱讀的過程，雖然著字不多，卻可滿足「接收延緩」的文藝追求[67]。

---

63 蕭蕭，〈老僧〉，《毫末天地》79。

64 徐志摩（徐章垿，1897-1931），〈再別康橋〉，《徐志摩詩全編》，顧永棣編（杭州：浙江文藝出版社，1987）242-43。

65 蕭蕭，〈心相連〉，《後更年期的白色憂傷》39。

66 James Risser (1946-), "Reading the Text," *Gadamer and Hermeneutics*, ed. Hugh J. Silverman (New York：Routledge, 1991) 93.

67 略可補充的是，蕭蕭有時也在詩歌中刻意提醒讀者注意現文本與外文本的關係，如〈我心中那頭牛啊！〉甲、乙篇全引宋代（960-1279）普明禪師「牧牛圖」十圖的頌詩和廓庵則和尚的《十牛圖頌》，標明出處之餘，還以「附註」形式交代前文本的寫作背景；又例如，〈送馬尼拉友人〉在首句「馬尼拉灣的落日還有故人情」後，即附註腳謂「不要忘記李白『送友人』的詩：浮雲遊子意，落日故人情」。這些表現，都能帶引讀者向外文本繼續探索，多少能有效減緩讀者的接收，惟由於這類型的補充，會使空綜上所言，蕭蕭詩既有不著一字而盡得風流的筆法，也有不盡言說而讀者介入更多的技術示範，在設立「空白」方面，頗可為「接收延緩」詩學體系的重要參照。

三、圖

碧桃滿樹，風日水濱。——《詩品・纖穠》[68]

張默（張德中，1931- ）曾回顧上世紀六〇年代臺灣的現代詩創作情況，說當時詩人無不崇尚於追求意象的繁富，競相堆砌著紛紜錯雜的字句，與蕭蕭所嚮往具純淨之美、素樸之美與空靈之美的詩境大相違離[69]。張默之說，誠為的論，惟值得注意的是，蕭蕭不求意象之富艷繁複，並不抹殺其詩歌深具意象美、圖像美之可能，如鮑里斯・托馬舍夫斯基（Boris Tomashevsky，1890-1957）所盛稱之「藝術語」[70]、戴維・米切爾森（David Mickelsen）所倡議的「空間化書寫」[71]，蕭蕭詩歌實能以其「物象」、「意象」、「圖象」的美

白之處獲得來自作者的填補，不完全對應本節「留置空白」的論說，故不於正文中引述。參蕭蕭，〈我心中那頭牛啊！〉，《緣無緣》123-66；〈送馬尼拉友人〉，《毫末天地》34。

68 司空圖 7。

69 張默（張德中，1931- ），〈垂釣古今話蕭蕭——序《緣無緣》詩集及其他〉，《蕭蕭新詩乾坤——蕭蕭新詩研究》76。

70 鮑里斯・托馬舍夫斯基（Boris Tomashevsky, 1890-1957），〈藝術語與實用語〉，張惠軍、丁濤譯，璽俊鋒校，《俄國形式主義文論選》83-84。並參考方珊，《形式主義文論》（濟南：山東教育出版社，1999）76。

71 David Mickelsen, "Type of Spatial Structure in Narrative," *Spatial Form in*

感，令讀者駐「目」觀賞，不忍前移，能使「接收延緩」的追求在作品中得以成立。

舉例來說，〈水月〉簡單數句：「我潛入你的鏡中／探取那朵不一定存在的花／／你從水裡撈走／我琢磨不知多少世的明月／卻只用泛起一圈的酒窩」[72]，便嵌進「鏡」、「花」、「水」、「月」四字，四者分而可為四種雅致之物，合則成為「鏡花」、「水月」兩組空濛迷幻之意象，兼有具象之美與朦朧之美，頗耐咀嚼，有助延緩接收。另外，如〈洪荒峽〉之四中，寫謂「僅僅是／一隻／無顏彩的蜻蜓飛了／過去／／整個溪谷裡的石頭／都振了振／翅膀」[73]，蜻蜓與石頭明明物有相異，卻藉著振動翅膀而具備了形象上的相合性，而蜻蜓雖被說成欠缺顏彩，卻有效地對比出溪谷中石頭全體振動的奇麗壯彩，詩中蘊含著極富藝術美的完整構圖。至於〈水戲之十五〉云：「風在水面上寫了一個／草書體的愛／　雲來不及細描／　樹來不及贊嘆／　魚來不及拜讀／風返身／草寫的愛又水一樣玲瓏」[74]，〈嬰孩〉云：「落葉鏗的一聲墜落／我循聲探問：誰家的嬰孩誕生？／／遠天的浮雲動也未動」[75]，前者把風擬人而能在變動不定的水上寫

Narrative, eds. Jeffrey R. Smitten and Ann Daghistany (1942-)（Ithaca and London：U of Cornell P, 1981）72；中譯見戴維・米切爾森，〈敘述中的空間結構類型〉，《現代小說中的空間形式》，約瑟夫・弗蘭克（Joseph Frank, 1918- ）等著，周憲（1954- ）主編，秦林芳（1961- ）編譯（北京：北京大學出版社，1991）156-57。

72 蕭蕭，〈水月〉，《皈依風皈依松》（文史哲, 2000）90。

73 蕭蕭，〈洪荒峽〉，《緣無緣》43。

74 蕭蕭，〈水戲之十五〉，《雲邊書》149。

75 蕭蕭，〈嬰孩〉，《後更年期的白色憂傷》77。

字，借雲、樹、魚等點綴畫面，後者把葉落比喻為嬰孩墜地，在結尾復添上一抹浮雲，皆是藉想像在詩中延展畫面，並襯托以相應物象的巧妙處理，令詩中形象豐富，雖然體制短小，卻能吸引讀者花費較多的時間來品讀。〈癡〉的情況與此相似，詩中敘述主體被擬物成海的一角，竟「迤邐出一大片苔蘚和菌類」，可謂已廣納物象，詩後半還寫茫茫大海上天的另一涯有「煙，直直地直」之景，拉長可觀察的境域，使畫圖更形充實[76]；〈造訪三行〉則在短短三行篇幅之中，寫入擬人化的「花」、「樹」、「岩後的小山崙」和奇異地「長滿雜草」、「圍上竹籬」的「左心房右心室」[77]，意象不可謂不繁密，皆使讀者不欲輕易略過，而願徜徉於想像中煙嵐靄然的海洋邊或花樹茂然的天地間，放緩對作品接收的步伐[78]。

除善以各式物象來豐富詩歌的形象美外，蕭蕭也不時寫出文字排列經特別處理的「圖象詩」，使作品既是詩，又是可吸引讀者眼目的圖畫，甚有利於造成接收的延緩。例如〈農夫在快速車道〉[79]一詩以一長句模擬人、車堵在快速車道之上辛苦累勞而又茫然的困境，與分成數行書寫且每行一

---

76 蕭蕭，〈癡〉，《毫末天地》51。按：「煙，直直地直」想是脫胎自王維「大漠孤煙直」一語，故〈癡〉這一詩作，實亦可為本文論「互文」部分增加語料。參見王維，〈使至塞上〉，《王右丞集》74。

77 蕭蕭，〈造訪三行〉，《悲涼》 125。

78 蕭甫春，〈論詩歌的物象和意象〉，《宜春師專學報》1（1998）：61-62；顧永芬，〈詩歌的「物象」和「意境」鑒賞之探〉，《現代語文（文學研究版）》1（2010）：135-36。

79 蕭蕭，〈農夫在快速車道〉，《毫末天地》46。

字的、田裡農夫舒徐悠然地享受著田間生活的形象相比照，因寫農人的「一地綠色的汁液」七字均被刻意壓低，詩歌便同時有了農田對望快速車道，但又遠離車輛往前駛向的城市的特殊構圖，詩的內容與「圖象」形式相結合，有助增大讀者對詩歌意蘊的想像空間[80]；〈孤鷲〉[81]一行一字地橫排「是漸漸淒清的我」，繪出孤鳥獨翔的畫面，緊隨其後的卻是直書的長句「路之最遠的那點，雲天無言無語落下」，彷彿一道牆把鷲擋住，具象地表現出「門關著」——孤鷲不知可寄身何處之苦，有著特殊的空間感[82]；而〈空與有三款〉「第一款」乙篇「有」[83]為表現回聲，刻意以「U」字形的佈置寫下多個「喂」字，構成圖象，讓讀者隨視覺追蹤聲音往復的軌跡，甚至隨「U」形反複兩邊擺盪，想像那回音的幾度反響，給無形無影的事物，也賦上了具象的文字外觀[84]。凡此數例，套用蘇軾〈書摩詰藍田煙雨圖〉所讚王維之語，實可謂是「詩中有畫」[85]，讀者若策動想像，便能藉對文字的

80 李倩（1946- ），〈論臺灣圖像詩——從藝術表現論的實驗性層次談起〉，《社會科學輯刊》6（2004）：165；沈謙，〈試論圖像詩的體式結構作用〉，《四川大學學報（哲學社會科學版）》1（1999）：52。

81 蕭蕭，〈孤鷲〉，《悲涼》5-6。

82 王光明（1955- ），〈音律以外的詩歌形式實驗——論「圖像詩」〉，《天津社會科學》2（2004）：118。

83 蕭蕭，〈空與有三款〉，《凝神》 103。

84 陳巍仁（1974- ），〈羚羊如何睡覺？ 〉，《蕭蕭新詩乾坤——蕭蕭新詩研究》98；羅門（韓仁存，1928- ），〈扛著「現代」與「後現代」走向二十一世紀的詩人——序《凝神》詩集〉，《蕭蕭新詩乾坤——蕭蕭新詩研究》108。

85 蘇軾，〈書摩詰藍田煙雨圖〉，《東坡題跋》，屠友祥（1963- ）校注（上海：上海遠東出版社，1996）261。

觀照，使畫面重新躍然紙上，在延緩的接收過程中享受詩、圖結合的特殊美感[86]。這種效果，正說明蕭蕭善能借助「圖象化」的詩歌表述，引發讀者將閱讀速度放慢。

最後復借〈虎威二式〉「虎威（A）」節，再度論證蕭蕭詩歌的形象之美，詩文曰：

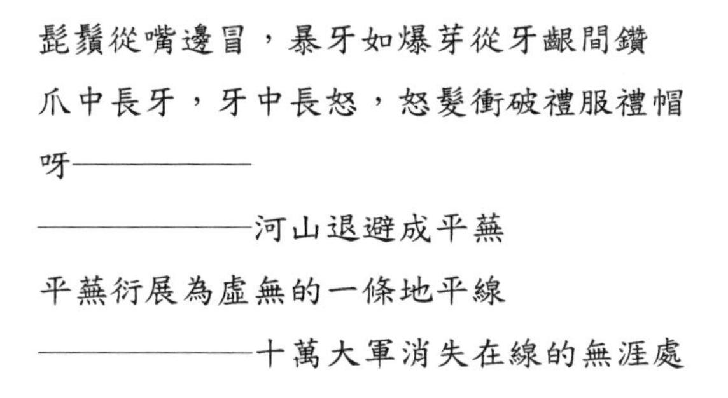

髭鬚從嘴邊冒，暴牙如爆芽從牙齦間鑽

爪中長牙，牙中長怒，怒髮衝破禮服禮帽

呀——————

——————河山退避成平蕪

平蕪衍展為虛無的一條地平線

——————十萬大軍消失在線的無涯處

這時一隻小螞蟻在他的額頭上微笑[87]

以物象論，詩中主寫有暴牙、有利爪、冒著髭鬚、額上爬著擬人化螞蟻的猛虎，被隱喻而消失的本體人卻藉「禮服禮帽」而顯露形跡，「河山」和「平蕪」則構成壯麗開闊的畫面背景。這些物象又都各存深意，如虎之兇猛經誇張表達能嚇退十萬大軍與一切河山，螞蟻卻自顧在其頭上微笑，對比出大小強弱的非絕對性，惟因虎為人喻，螞蟻又將會引動讀者在腦中指涉特定人士或理解為人類自身的弱點，故而此

86 楊曉霓（1979- ），〈圖象詩的形式與意義〉，《科技資訊》6（2008）：130。

87 蕭蕭，〈虎威二式〉，《凝神》68。

數個意象都是需要細加接收和整理的。以詩「圖象化」論，以長破折號推後「河山」、推後「十萬大軍」，正自形象地表出河山之退避與軍隊在地平線盡處消失的畫面。上述數端，皆顯出蕭蕭詩富含物象、意象、圖象，有很高程度的形象美，落蒂（楊顯榮，1944- ）評蕭蕭的詩，曾說其中「除了詩的美外，還具有意象美、圖畫美，往往在他的詩中，浮現層層的形象美」[88]，肯定蕭蕭詩以其藝術含量甚高之「圖」，能使讀者放慢閱讀速度，深入品味、欣賞作品的局部與全部，而接收的延緩，便在此一併達成了。

四、結語

綜上所論，蕭蕭的現代詩創作作為豐富「接收延緩」論說的典範文本，從設置空白——包括不著一字的留白和不盡著墨的互文——和增加形象美兩方面，均能提供出良佳的指引和啟示。這一研究，對於補正什克洛夫斯基言說的「接收延緩」詩學的建構，以及深入掌握蕭蕭詩歌的美學特質，實是存在著雙向的助益的。在本文行將收結之先，應當說明：早於筆者的研論，丁旭輝（1967- ）曾彰明蕭蕭短詩的簡約美學[89]，近於本文涉及空白的言說；黃如瑩曾印證蕭蕭詩歌

---

88 落蒂（楊顯榮，1944- ），〈水已自在開花〉，《後更年期的白色憂傷》98。

89 丁旭輝（1967- ），〈論蕭蕭短詩的簡約美學〉，《蕭蕭新詩乾坤——蕭蕭新詩研究》10-35；另有切合大眾閱讀水準之簡易版本：〈以少為多：蕭蕭短詩的簡約美學〉，《現代詩的風景與路徑》（高雄：春暉出版社，2009）243-68。

與佛家之關係[90]，類同於本文之互文論說；陳政彥亦曾周延地剖析蕭蕭古典詩論受司空圖影響之處[91]，較本文之附會引錄，優勝不可以道里計——這些探研，都先於筆者的嘗試且極富學術深度，令筆者不免有感珠玉在前，自慚形穢。若盛著舊酒的「接收延緩」新瓶能引起一些思考上的刺激，為閱讀蕭蕭詩作提供特殊的角度，那便是筆者莫大的欣幸了[92]。

90 黃如瑩，〈臺灣現代詩與佛——以周夢蝶、敻虹、蕭蕭為線索之考察〉，碩士論文，國立臺南大學，2006, 127-58。

91 陳政彥，〈蕭蕭詩學研究〉，碩士論文，國立中央大學，2002, 9、30、52-55、73-74；〈蕭蕭批評方法及其實踐〉，《蕭蕭新詩乾坤——蕭蕭新詩研究》160-61。

92 是次研究的參考資料，蒙蕭教授水順、黎教授活仁、丁教授旭輝賜贈者甚多，謹誌以萬二分的感謝！

蕭蕭新詩標點符號運用

李桂媚（國北教大臺文所碩士）

摘要

對蕭蕭詩作的論評，一般均以「小詩」、「禪詩」作為切入點，此外也有論者注意到蕭蕭的形式創新，在圖象詩上的成就，但綜觀台灣詩壇尚未有人從標點符號的使用，探究詩的傳達設計，本文嘗試從蕭蕭一字一行的詩作出發，聚焦於蕭蕭詩作的隱形標點與具形標點，揭示蕭蕭新詩的另一道面向。借用康丁斯基（Wassily Kandinsky）「點線面」的繪畫元素理論，以及視覺傳播理論，區分為：音樂性、語義性、圖象性三個面向，探索標點符號於蕭蕭詩作的意義，用以彰顯蕭蕭新詩創作的火候與功力。

關鍵詞

蕭蕭、標點符號、康丁斯基（Wassily Kandinsky）、音樂性、語義性、圖象性

一、前言

綜觀蕭蕭新詩相關研究資料，大致可分作三類：一是詩人的訪談、作者介紹或書的簡介，二是關於蕭蕭詩論的討論，三是詩作的評析。在第一類資料中，可見蕭蕭投入新詩創作、教學、評論、編輯之不遺餘力，張春榮便曾以「現代詩的長青志工」稱之。[1]第二類資料裡，則有人肯定蕭蕭詩論的真知灼見，也有人對蕭蕭詩論提出不同的意見，陳政彥認為由此可見「蕭蕭評論豐富的爭議性」，[2]並撰述《蕭蕭詩學研究》論之。翻閱第三類資料，可以發現，儘管蕭蕭的新詩創作高達八本詩集之多，[3]但較常被提出來討論的詩作集中在某幾首，且不少論述文章都以單本詩集為分析對象，因而對蕭蕭詩作的析論仍有諸多開發空間；其次，探究蕭蕭詩作風格時，「小詩」以及「禪與悟」一直是常見的切入點，

1 張春榮，〈現代詩的長青志工　評《蕭蕭教你寫詩、為你解詩》〉，《文訊》，第 192 期（2001 年 10 月），頁 22-24。

2 陳政彥，《蕭蕭詩學研究》（國立中央大學中國文學研究所碩士論文，2002），頁 4。

3 蕭蕭已出版的詩集有：《舉目》（彰化：大昇，1966）、《悲涼》（臺北：爾雅，1982）、《毫末天地》（臺北：漢光，1989）、《緣無緣》（臺北：爾雅，1996）、《雲邊書》（臺北：爾雅，1998）、《皈依風皈依松》（臺北：文史哲，2000）、《凝神》（臺北：文史哲，2000）、《蕭蕭．世紀詩選》（臺北：爾雅，2000）、《後更年期的白色憂傷》（臺北：唐山，2007）、《草葉隨意書》（臺北：萬卷樓，2008），合計十本。筆者此處之所以言「高達八本詩集之多」，乃是扣除詩作全數再次收錄於《悲涼》的《舉目》，以及精選前幾本詩集而成的《蕭蕭・世紀詩選》。

誠如陳巍仁所言：「綜觀蕭蕭的詩作，有兩個特色最常被提出，一是『小』，二是『禪』。」[4]舉凡：張默的〈垂今釣古話蕭蕭——試論《緣無緣》詩集及其他〉、白靈的〈詩的第五元素——讀蕭蕭詩集《雲邊書》〉、羅門的〈扛著「現代」與「後現代」走向二十一世紀的詩人——序《凝神》詩集〉、方群的〈凝神諦聽回音——談蕭蕭的《凝神》〉、丁旭輝的〈論蕭蕭短詩的簡約美學〉、黃如瑩的《臺灣現代詩與佛——以周夢蝶、敻虹、蕭蕭為線索之考察》、林毓鈞的《蕭蕭新詩研究》等論述文章，[5]都關注到蕭蕭詩作的「小」或「禪」。

再者，對於蕭蕭詩風的評價，除了「小」與「禪」這兩張常見標籤外，在現有研究中，已有論者注意到蕭蕭的形式創新，丁旭輝在《臺灣現代詩圖象技巧研究》一書中評價道：「在現代詩的圖象技巧表現上，蕭蕭是相當突出的一

---

4 陳巍仁，〈羚羊如何睡覺？——如何看《皈依風皈依松》〉，《創世紀》，第123期（2000年6月），頁109。

5 張默，〈垂今釣古話蕭蕭——試論《緣無緣》詩集及其他〉，《臺灣詩學季刊》，第15期（1996年6月），頁123-131；白靈，〈詩的第五元素——讀蕭蕭詩集《雲邊書》〉（上），《中央日報》（1998年7月18日），第22版；白靈，〈詩的第五元素——讀蕭蕭詩集《雲邊書》〉（下），《中央日報》（1998年7月19日），第19版；羅門，〈扛著「現代」與「後現代」走向二十一世紀的詩人——序《凝神》詩集〉，《淡藍為美：藍星詩學》，第7期（2000年9月），頁167-178；方群，〈凝神諦聽回音——談蕭蕭的《凝神》〉，《創世紀》，第123期（2000年6月），頁118-126；丁旭輝，〈論蕭蕭短詩的簡約美學〉，《國文學誌》，第10期（2005年6月），頁57-79；黃如瑩，《臺灣現代詩與佛——以周夢蝶、敻虹、蕭蕭為線索之考察》（國立臺南大學語文教育學系教學碩士班碩士論文，2005）；林毓鈞，《蕭蕭新詩研究》（國立彰化師範大學國文學系碩士論文，2006）。

位，不管是在圖象詩方面或者是『類圖象詩』與『留白』方面，都有優異的展現。」[6]蕭蕭早期有多首一字一行的詩作，而後更有圖象詩與類圖象詩的創作，這些作品可謂屢見佳作。其中，值得注意的是，一字一行的表現手法會增加詩作行數，字數雖小、行數卻不少，或許可視為蕭蕭小詩的變體。此外，若從隱形標點[7]的角度觀之，換行則是刻意多用標點的表現，可惜蕭蕭詩作的標點符號運用尚無專文討論，基此，本文嘗試從蕭蕭一字一行的詩作出發，聚焦於蕭蕭詩作的隱形標點與具形標點，揭示蕭蕭新詩的另一道面向。

丁旭輝在〈現代詩中的標點符號〉一文談到，新詩具有標點符號運用與否的選擇性，而運用上又可細分為非用不可與絕不可用。該文並進一步闡述了標點符號之於新詩的功能性，包含：標示意義的意義功能、標示語氣停頓的節奏功能、表現圖象效果的圖象暗示功能、以及傳達抽象情感的情意暗示功能四大項。[8]趙天儀在《現代美學及其他》一書中

---

6 丁旭輝，《臺灣現代詩圖象技巧研究》（高雄：春暉，2000），頁 123。

7 仇小屏在〈新詩藝術論之五──從分行、圖象與標點符號切入〉一文即談到：「在新詩中，標點符號可以分成兩種：具形標點符號和隱形標點符號；前者是指一般應用性的、有形體可見的標點符號，後者則指利用詩行中的空格留白，取代標點符號，也就是說在應該有標點符號的地方並未使用標點符號，而是空出一格留白作為標示。」此外，丁旭輝也在〈標點符號在現代詩中的意義與節奏功能〉一文中指出，標點符號具有「具形標點」與「隱形標點」兩種形式。仇小屏，〈新詩藝術論之五──從分行、圖象與標點符號切入〉，《國文天地》，第 221 期（2003 年 10 月），頁 95；丁旭輝，〈標點符號在現代詩中的意義與節奏功能〉，《國文天地》，第 197 期（2001 年 10 月），頁 74。

8 丁旭輝，〈現代詩中的標點符號〉，《淺出深入話新詩》（臺北：爾雅，2006），頁 199-122。

則表示：「詩的要素，可以說是包括了情感、意象、節奏與意義。」[9]丁旭輝所歸納的標點符號四大功能與此四要素可謂不謀而合，然而，管見以為，情感、意象、節奏與意義雖為詩的基本元素，但情感的生成有其複雜性，「情意暗示」此一功能其實亦涵括於語義作用、音韻節奏、圖象效果之中，不易單獨切割為一類；且趙天儀在探索現代詩美學時，亦非以情感、意象、節奏與意義此四議題分而論之，而是選用意義性、音樂性、繪畫性三道切入點予以著墨。[10]前行研究者的研究成果，為本文提供了可貴的研究基石，筆者將其調整為「音樂性」、「語義性」、「圖象性」，底下將依序觀察標點符號作為「音素」、「字素」、「圖素」時，於詩作中發揮了何種作用，又如何建構出詩作的情感世界。另一方面，標點符號不僅是文字書寫的輔助工具，同時也是一種視覺符號，可謂兼具「文字」與「圖像」的特質，底下擬借力康丁斯基（Wassily Kandinsky）「點線面」的繪畫元素理論，以及視覺傳播理論，探索標點符號於蕭蕭詩作的隱含意義。

二、音樂性：蕭蕭的線條樂譜

康丁斯基在《點線面》一書中，將藝術的構成元素分為三個類型，即點、線、面，其中，點構成線，線又可分為二

9　趙天儀，《現代美學及其他》（臺北：東大，1990），頁 202。

10　《現代美學及其他》一書裡，收錄有〈現代詩的意義性〉、〈現代詩的音樂性〉、〈現代詩的繪畫性——心象的構成〉三文。可參見趙天儀，《現代美學及其他》（臺北：東大，1990），頁 179-210。

種形態，一是線條，包含直線、弧線等；二是兩條線組成的角，例如銳角、直角、鈍角等。[11]如把文字與標點視為點，則文字與標點排列的形態可看成線，隨著字數多寡、標點有無與排列方法等差異，也就產生了各式形態的線條，試看蕭蕭的〈農夫在快車道〉：

一
地
綠
色
的
汁
液

來往的人車堵在那兒也摸不著胸腔內土地的茫然心的茫然[12]

〈農夫在快車道〉由兩條不同方向的直線構成，前七行以一字一行的姿態登場，句末運用隱形標點，表現出似斷非斷、似連非連的音韻，此外，句首加入大量的空格，營造出緩慢近乎停滯的節奏，展現了綠色田野的寬闊與無限靜謐。到了第八行，作者筆鋒一轉，連寫二十五個字不加標點，詩作節奏頓時顯得又快又急，有趣的是，這句詩行雖然選用了快節

---

11 Wassily Kandinsky 著，吳瑪悧譯，《點線面》（臺北：藝術家，2000），頁47-102。

12 蕭蕭，〈農夫在快車道〉，《毫末天地》（臺北：漢光，1989），頁46。

奏，然而內容並非描寫車子疾駛而過，而是「來往的人車堵在那兒也摸不著胸腔內土地的茫然心的茫然」，此處可謂以快節奏反諷快速車道的堵塞與人的茫然，同時也透過前七行田野的寬敞，對比出快速車道的擁擠。

蕭蕭的〈扶搖〉同樣在句首運用大量空格：

　　　　　　　　　　「舔著小小的霜淇淋……想起你……
　　　　　　　　　　我驚訝的舌頭
　　　　　　　　　　吐出一臉粉紅……」
　　　　　　　　　　你的信上這樣說

里萬九上直搖扶翅振乃我[13]

前三行被引號框起的文字，是來信的內容，由三條長短相間的直線構成。穿梭其中的刪節號，一來製造了停頓、拉緩了節奏，二來延長了文字音節，表現了讀信過程的音韻。再者，首段每一行詩句都在句首佐以同樣數量的空格，成為低於第二段的區塊，第二段的句首則回歸到一般的起始位置，其中，首段第一個字的高度恰與第二段最後一個字的高度相同，細看文字內容，可以發現，第二段採取文字順序倒著寫的方式呈現，「里萬九上直搖扶翅振乃我」應反序讀作「我乃振翅扶搖直上九萬里」。相較於首段多用空格與刪節號的緩慢節奏，第二段完全無標點的快速節奏正好展示了「振翅

13 蕭蕭，〈扶搖〉，《悲涼》（臺北：爾雅，1982），頁 37。

直上」的速度感。

倒寫文字順序的手法還可在〈空與有三款〉的第一款中看到：

我的心遂深成一口無底的井可以任十三經二十五史七十二賢
人一〇八條好漢以及他們的無辜

縱————— 落 落 落 落 落

喊一聲喂
竟有八萬四千個喂喂喂喂喂喂喂喂喂喂喂喂喂喂喂
喂
我應來回喂喂喂喂喂喂喂喂喂喂喂喂喂喂喂喂喂喂[14]

全詩分作三段，第一段由兩行無標點、無空格的直線組成，傳達了連續且快速的節奏。換行與換段的空白舒緩了原先的急促節奏，正因有短暫停頓的鋪陳，隨後上場的「縱—————」更加顯得強而有力，而此處一連運用五次連接號，形成了兩個半的破折號，[15]一方面強調出聲音的穿透力，另一方面也表現了聲音的蔓延，其後空格與「落」的搭配反覆出現，正如羅門所言，展現出落下的視覺形象。[16]如以聽覺形

14 蕭蕭，〈空與有三款〉，《凝神》（臺北：文史哲，2000），頁 103。

15 「—」佔一格為連接號，「——」佔兩格為破折號。

16 羅門，〈扛著「現代」與「後現代」走向二十一世紀的詩人——序《凝神》詩集〉，《淡藍為美：藍星詩學》，第 7 期（2000 年 9 月），頁 173。

象觀之，位於同一道直線裡的「縱—————　　落
　落　　落　　落　　落」，可謂藉由具形記號（文字或標點）與隱形記號（空格）的交替，譜出由強弱交替的旋律。第三段利用重複出現的「喂」，描述「喊一聲喂」後，內心的深井發出許多「喂」來回應，丁旭輝表示：「閱讀時必須從『竟有八萬四千個喂』開始，以順時針方向進行，至『回來應我』為止。」[17]以此閱讀順序讀之，其間的空格則皆可忽略，一長串的文字形成了馬不停蹄的節奏，揭示了不斷湧現、綿延不絕的回音。

此外，《視覺藝術認知》指出：「當我們閱讀文章時，我們不僅是看那些文字，……而是同時用我們的期望來感知這些字體。」[18]「喂」與「喂」的相似，讓我們略過空格，串起文字的關係；ㄩ型的形式設計也讓我們與前文提及的深井產生連結，因而有了順時針讀法的認知。然而，順時針讀法並非此詩唯一的詮釋方式，國畫常言「計白當黑」，空白其實是另一種形態的有，後三行若回歸為依序閱讀，則讀作「竟有八萬四千個喂喂喂喂喂喂喂喂喂喂喂喂喂喂喂喂喂喂喂／
喂／我應來回喂喂喂喂喂喂喂喂喂喂喂喂喂喂喂喂喂喂喂喂喂」，急促的長句後有一段時間的停頓，才由單字「喂」繼續發出音響，急、靜、緩的音響變化表現了回音的淡去；

17 丁旭輝，〈蕭蕭圖象詩研究〉，《中國現代文學理論》，第 19 期（2000 年 9 月），頁 475。

18 Robert L. Solso 著，梁耘瑭譯，《視覺藝術認知》（臺北：全華，2006），頁 119。

最末的「我應來回喂喂喂喂喂喂喂喂喂喂喂喂喂喂喂喂喂喂喂喂喂喂喂喂」，全詩又回到長句急促的節奏，其中，文字點出「我應來回」，彷彿詩中「我」再次喊道「喂」，心井也再次以一連串的「喂」回響。

〈緣無緣〉裡的「喂」，則譜出另一番旋律：

> 一隻螞蟻一直
> 輕輕叩著糖罐：
>
> 喂，喂
> 不讓我進去
> 你是醒不了的夢啊！
>
> 喂，喂
> 不讓我進去
> 你是醒不了的夢啊！
>
> 那樣的回聲一直
> 輕輕叩著糖罐[19]

「喂」與「喂」之間的逗號，讓「喂，喂」成為兩個聲響，就好像敲了兩聲門一樣，「喂，喂」與「不讓我進去」的句末無標點，讓詩作延續輕輕叩著的音響，其後的「你是醒不

---

19 蕭蕭，〈緣無緣〉，《緣無緣》（臺北：爾雅，1996），頁68-69。

了的夢啊！」，添上驚嘆號強化語氣，詩作音響隨之漸強，強調了螞蟻對進入糖罐吃糖的想望。螞蟻想吃糖的意念也通過段落的反覆呈現，第三段文字與第二段完全重複，可視為螞蟻一再對糖罐訴說，張默即曾談到：「緊接著中間兩段重複的話語，意味深長地暗喻那隻昆蟲急於覓食焦急的心情」。[20]其次，兩段文字相同，節奏自然也相同，節奏的反覆正好呼應著詩中所言「那樣的回聲一直／輕輕叩著糖罐」。

以逗號強化音響效果的詩例又如〈流淚的滋味〉，詩中寫道：「想著落葉輕輕，落」，[21]此句刻意以逗號隔開「落」，一方面運用停頓讓輕落的節奏更顯輕巧，另一方面也讓「落」成為焦點，「想著落葉輕輕，落」的節奏轉換，揭示了飄落的動感。〈驚心〉裡的逗號同樣牽動著節奏與文意：「緩緩，緩緩，刺向」，[22]短短六個字裡，使用了兩次逗號，營造出兩字一頓的緩慢節奏，恰如詩中所言「緩緩」。〈茫然以對〉則是透過逗號區別音響層次：「吠，吠吠，狗搖搖頭」，[23]逗號出現在「吠」與「吠吠」之間，產生了不同字數的「吠」，更因而衍生出強弱變化的聲音表情。

接著看〈我們是一尾優遊自在的魚〉第一段：

---

20 張默，〈垂今釣古話蕭蕭——試論《緣無緣》詩集及其他〉，《臺灣詩學季刊》，第 15 期（1996 年 6 月），頁 127。

21 蕭蕭，〈流淚的滋味〉，《悲涼》（臺北：爾雅，1982），頁 130。

22 蕭蕭，〈驚心〉，《雲邊書》（臺北：爾雅，1998），頁 53。

23 蕭蕭，〈我們是一尾優遊自在的魚〉，《皈依風皈依松》（臺北：文史哲，2000），頁 66。

潑剌・潑剌・潑剌
我們的島像所有的島
在太平洋的浪潮拍擊中
甦醒了！
在太平洋的浪潮推湧中
潑剌潑剌潑剌地動了起來[24]

此段並置了長短不一的詩行，錯落的直線彷彿自成旋律。其中，首句和末句都選用「潑剌」來描摹聲音，隨著標點有無的變化，兩行詩句有著不同的音響，「潑剌・潑剌・潑剌」以間隔號隔開彼此，表示著一波波浪潮拍打海岸的聲響；「潑剌潑剌潑剌地動了起來」，則是透過無標點的快節奏表現島的甦醒。

三、語義性：蕭蕭的點狀抒情

康丁斯基在《點線面》裡指出：「在一串話裡，點代表中斷（否定的元素）不存在（沒有），同時代表上文（有）和下文（有）的橋樑（正面的元素）。這是它在文字上的內在意義。」[25]蕭蕭筆下的標點符號，往往兼具斷句的消極作用與豐富語意的積極功能，比如：〈似乎不必多說——回輔

24 蕭蕭，〈我們是一尾優遊自在的魚〉，《皈依風皈依松》（臺北：文史哲，2000），頁 110。
25 Wassily Kandinsky 著，吳瑪俐譯，《點線面》（臺北：藝術家，2000），頁 19。

大有感〉以「似乎——不必多說什麼」[26]作結，連綴在文字之間的破折號，是「似乎」的音節切斷與拉長，此為斷句效果；其次，破折號亦是詩中我思索的表徵，而後詩句點出「不必多說什麼」，非文字的破折號與「不必多說」成為呼應，此為標點符號的內在意義作用。又如〈堅凝〉：

> 我喜歡幻影。沒有人肯這樣說
>
> 迴紋針。訂書機
> 楔。膠水
> 螺絲。定型液
> 雙面膠。榫
>
> 我固定我的愛給你看。沒有人喜歡這樣說[27]

大量使用句號的〈堅凝〉，可謂擅用句號的特性表現「堅凝」，就節奏來說，句號用於語意完足的文句末，表示文句告一段落；就意義性而言，句號可用於判斷句，表示肯定。[28]細看詩中的文字與標點配置，「我喜歡幻影。」、「我固定我的愛給你看。」句號賦予文字肯定，進而揭示了詩中我信念的堅定，緊接在句號後的「沒有人肯這樣說」與「沒

26 蕭蕭，〈似乎不必多說——回輔大有感〉，《悲涼》（臺北：爾雅，1982），頁 136。

27 蕭蕭，〈堅凝〉，《皈依風皈依松》（臺北：文史哲，2000），頁 96。

28 林穗芳，《標點符號學習與應用》（臺北：五南，2002），頁 162-163。

有人喜歡這樣說」，看似外在環境對詩中我意志的否定，然而，相較於加上句號的前文，此處的無標點反增添了幾分不確定性，相形之下更突顯出詩中我的堅定。至於第二段不斷出現的工具，都具有固定物品的功能，亦是「堅凝」的象徵。

多用句號的手法還可在〈承諾〉中窺見：

> 雨不可能一直下個不停。雲也是。
>
> 但是，這世界沒有承諾。這人間沒有保證。這紅塵沒有盟誓。
> 沒有盟誓，這世界。沒有承諾，這人間。沒有保證，這紅塵。
>
> 死亡就躲在你閃神的那一秒。雲也是。[29]

此詩大量運用「反覆」的表現技巧，以標點符號來說，多次使用賦予文字肯定的句號；就文字而言，則多用否定詞「沒有」，且不斷使用「換句話說」的寫法，第二段文字即是一連串的「換句話說」。值得注意的是，「沒有」帶來否定意涵，而句號帶來肯定語氣，整首詩可謂一再地以肯定句表達否定，即便是第一段中看似肯定的「雲也是」，亦是回應前句的「不可能」，表示雲同樣不會一直處於某狀態，意義上

---

29 蕭蕭，〈承諾〉，《皈依風皈依松》（臺北：文史哲，2000），頁93。

同樣屬於表現否定。一連串的否定句，揭示了事物的流動性，末段則轉為肯定句，直指死亡就在一瞬間。

接著看蕭蕭的〈枯枝〉：

原想讓一切可以感動或臉紅的，都成
灰。

而你卻在我已灰的灰燼裡
等待綠
等待勃興，的森林[30]

就色彩學的觀點來看，灰色屬於無彩度的中性色，但在文學作品中，灰往往跟灰暗、消極等負面意象連結在一起，首段的「灰」是灰燼，意味著生命殆盡，其後的句號更是進一步強調出一切的終結。第一段以灰表示生命的消逝，第二段則在灰色環繞下，提出「綠」的等待，綠色是生命的象徵，「綠」其實就是「勃興，的森林」。逗號通常用於語意未完，可謂具有延續的意涵，「勃興」之後的逗號正是藉由逗號的特質，象徵生機仍在。

〈枯枝〉使用了色彩意涵的對比來揭示生命興衰，〈絕對〉一詩同樣可見到色彩的對比與生命的反思，值得一提的是，此詩每一行都運用了標點符號，且其中不乏作者的巧思：

30 蕭蕭，〈枯枝〉，《皈依風皈依松》（臺北：文史哲，2000），頁 86。

天地也在尋求絕對的對比？
冰天雪地一片白／褐黑的虬梅
褐黑的虬梅／冷肅的幾點紅
幾點冷肅的紅—散作萬裡之春
這時，孤冷的我與誰成絕對？[31]

二、三行選用了少用的分隔號（／），通常引用詩作時，會在分行處標上分隔號，以表示原文換行的位置，此詩不僅有分隔號，同時也使用了換行，分隔號與換行的並用發揮了分隔結構層次的作用，讓第二行與第三行成為同等的層次，其中的兩個物件則成為次一層的同質物件。[32]如搭配二、三行的文字構成來理解，則分隔號更是多義，首先，「冰天雪地一片白／褐黑的虬梅」是淺與深的對比，「褐黑的虬梅／冷肅的幾點紅」是暗與亮的對比，分隔號可看成連結色彩對比的橋樑；其次，「冰天雪地一片白」是遠望，「褐黑的虬梅」是近看，「冷肅的幾點紅」又是遠觀，分隔號可謂遠近視野的轉換。到了第四行，「幾點冷肅的紅——散作萬裡之春」改以破折號做前後連接，破折號是風景的漸變，也是冬到春

---

31 蕭蕭，〈絕對〉，《皈依風皈依松》（臺北：文史哲，2000），頁 48。

32 教育部國語推行委員會編著的《重訂標點符號手冊》並未將分隔號納入標點符號之一，林穗芳的《標點符號學習與應用》將「／」、「＼」、「｜」等都歸類為分隔號，根據林穗芳的觀察，分隔號的用法有十種，分別為：標示詩行、標題原來的分行位置；劃分詩歌節拍；區分語言結構層次；分隔舉例用的詞句；分隔組成一對的兩項，相當於「和」；分隔供選擇或可轉換的兩項，相當於「或」；分隔一個年度跨越的兩個歷年；用於音位音標兩側；用於離合詞中間；分隔期刊年份和期號。林穗芳，《標點符號學習與應用》（臺北：五南，2002），頁 369-374。

的時間流動。此外，這首詩始於問號、終於問號，首句提出「天地也在尋求絕對的對比」之問，二至五行皆可視為對第一個問題的回應。再換個角度想，「天地也在尋求絕對的對比」若是一道假設性的提問，那二至五行詩句就是試圖證明假設的反覆辨證，然而，弔詭的是，究竟是天地在尋求絕對的對比，還是人在天地間尋找對比來證明自己的認定呢？此詩雖名為「絕對」，但恐怕是正話反說，詩作意圖揭示的其實是沒有什麼是絕對的。

蕭蕭詩作不乏通過標點符號營造場景替換的例證，除了前述的〈絕對〉，又如〈酒後〉，全詩只有一個標點，即最末一句寫道：「推門：秋月的手」，[33]先寫動作、接著冒號、最後點出施力者，頗有劇本場景交代的味道。〈酒瓶的清醒〉則以破折號作為轉換標記：

這世界可以唱歌
為什麼只有我與酒瓶
維持清醒？

——酒，老在瓶外流淚
——沙灘老藏著海的嘆息[34]

首段以我的內在情緒為描摹對象，次段則轉為描寫我眼中的

33 蕭蕭，〈酒後〉，《緣無緣》（臺北：爾雅，1996），頁 54。
34 蕭蕭，〈酒瓶的清醒〉，《草葉隨意書》（臺北：萬卷樓，2008），頁 68。

外在景物，破折號可謂代表著鏡頭的轉換；另一方面，前半部是激動的質問，後半部是淡淡的哀傷，句首的破折號亦區隔出情緒的不同。

括號同樣具有區別的作用，試看〈還沙——海埔新生地的迷思〉：

木生火火生土
若是如此，水與沙如何成土？
土生金金生水
是故，水頂多只能滋養木

（而他們抽取海中的沙填海造陸）

抽了沙，留下大坑
誰去填補抽空了的沙坑？
不知哪一代子孫
要以滑陷的地層償付？

（而他們仍然抽沙填海造陸）

還君明珠
總是雙淚緊緊相隨
還七千四百萬平方公尺的海沙
需要多少億的眼淚珍珠？

（而他們繼續抽取海的脊髓造陸）[35]

括號外的文字是詩人對海埔新生地的反思，括號裡的文字則是海沙不斷被抽取的事實，括號的有無一方面區別著反對與贊成兩種立場，另一方面也分隔出同一時間的不同空間，儘管詩人的反思於此時不斷湧現，抽取海沙的動作卻也同時在發生，看似退位的括號文字，其實是難以扭轉的現實。

四、圖象性：蕭蕭的畫面暗示

前文曾提及蕭蕭早期詩作可見「一字一行」的形式實驗，除了以一字一行來呈現一字一頓，《悲涼》詩集中尚有多首詩作以具形標點塑造一字一頓，比如〈投水者——佳洛水所見〉：「就這樣沉，沉，沉，沉下去」，[36]反覆的「沉」字間加了逗號的區隔，組成了一字一頓的斷句結構。逗號不只加強詩句的音節變化，更影響著意義性與圖象性的生成，「沉，沉，沉，沉下去」用文字的反覆描摹，勾勒出下沉的畫面，隨著「沉」字的增加，降下的深度顯得越深、速度也顯得越快。[37]

35 蕭蕭，〈還沙——海埔新生地的迷思〉，《皈依風皈依松》（臺北：文史哲，2000），頁 150-151。

36 蕭蕭，〈投水者——佳洛水所見〉，《悲涼》（臺北：爾雅，1982），頁 77。

37 當蕭蕭寫著「就這樣沉，沉，沉，沉下去」時，林燿德也在類似的時間點寫著「他們，沉，沉，沉，沉，沉下去」，或許標點符號運用也存在著「互文性」。林燿德之詩例可參見林燿德，〈屈原一年一度死一回〉，《妳不瞭解我的哀愁是怎樣一回事》（臺北：光復，1988），頁 290-295。

運用逗號製造一字一頓的詩作又如〈誰是誰的靈魂〉:「水，滴著」[38]，〈河邊那棵樹〉:「淚，緩緩，滲入你的心井」[39]，〈車禍現場——公路所見〉:「血，靜靜地流入四周爭論的嘴巴裏……」[40]等。這些詩作一方面透過逗號的停頓作用達到聚焦的效果，另一方面也借用逗號水珠般的型態作為液體流動的圖象暗示。〈風入松〉:「松，還在詩韻中／動」，[41]則是先以逗號給予松特寫，繼而刻意斷行，利用一整行的空白，突顯其中唯一的「動」字，進而形塑出畫面的搖動。再者，逗號未必要置於文字之後才能發揮突顯功能，置於文字之前同樣有凝聚焦點的成效，試看〈讓水繼續流之三〉，最末寫著:「讓水繼續，流——」，[42]就表示語意未完的功能而言，逗號是一種「繼續」的象徵；就逗號的外觀來看，逗號是「流」的表徵，斷句在「繼續」與「流」之間的逗號，既是繼續的文意強化，亦是流動的形體暗示，最末的破折號也和逗號有異曲同工之妙，兼具著延伸的語義性與畫面性。

蕭蕭新詩標點符號的圖象性除了可在逗號中窺見，也展現在標號的運用，舉凡〈有無中的雪意〉:

　　最後一聲更鼓敲著

---

38 蕭蕭，〈誰是誰的靈魂〉，《草葉隨意書》（臺北：萬卷樓，2008），頁101。

39 蕭蕭，〈河邊那棵樹〉，《緣無緣》（臺北：爾雅，1996），頁85。

40 蕭蕭，〈車禍現場——公路所見〉，《悲涼》（臺北：爾雅，1982），頁71。

41 蕭蕭，〈風入松〉，《雲邊書》（臺北：爾雅，1998），頁33。

42 蕭蕭，〈讓水繼續流　之三〉，《悲涼》（臺北：爾雅，1982），頁69。

你走著
走在最後一聲煙雲裏
·
回應敲起的更鼓
繼續
諧和
·
你
·
踉蹌的腳
·
步
·
向
最
遠
的
一聲招引[43]

穿梭在文字間的間隔號，切斷了「腳步」為「腳／·／步」，以文字來說，這樣的斷句安排讓「步」一方面可與前面的文字結合讀作「腳步」，另一方面也能向後發展，讀為「步向」。約翰·伯格在《另一種影像敘事》一書中指出：

43 蕭蕭，〈有無中的雪意〉，《悲涼》（臺北：爾雅，1982），頁 19-20。

「每個單一事物或事件的視覺外貌，總是搭了其他事物或事件的順風車。」又言：「一個影像會再穿越滲透其他的影像。」[44]當〈有無中的雪意〉的間隔號搭配文字來觀看，視覺聯想的流動性與滲透性便隨之浮現，詩作前三行點出了三個物象，一是更鼓，二是走著的你，三是煙雲，間隔號其實也是三者的畫面表徵，可解讀為更鼓之響、你的足印與心中的煙雲，甚至可搭配最後一行詩句，將其看作「一聲招引」。

類似的觀點也可用在〈渴〉一詩：

東南去一隻西北來的雁，在
漸漸不是雲的

天

空
叫著

緩緩沒落
一些憂鬱的啼聲
直到亮起了另一隻
東南去的憂鬱

44 John Berger 與 Jean Mohr 合著，張世倫譯，《另一種影像敘事》（臺北：三言社，2007），頁 115。

‧

‧

‧

‧

‧

‧

直到天空漸漸是
雲的[45]

通過文字的牽動，間隔號是飛雁身姿與飛行軌跡的形體暗示，也是聲聲啼鳴的聲音標記，甚至可說是天空中飄動的雲。再者，此詩的間隔號以一字一行的方式呈顯，共計六枚連用，換個角度來看，也像是放大版的刪節號。

通過前文對〈有無中的雪意〉與〈渴〉的討論，可以發現，標點符號引發的視覺聯想大致可分為「聲音」、「事物」、「移動軌跡」三類。蕭蕭筆下的破折號常用於展現移動軌跡，舉凡〈心井〉的「獨坐井邊，探頭而望／——一千丈的沉寂，沉沉沉入黝黑的心底」，[46]〈簷滴〉的「直落入——那無底的哀愁」，[47]〈飲之太和　第四首〉的「夕陽寂寂／——沒入／——沒入那無際的柔韌的艸叢裏」，[48]都以破折號強化落下的動態感，並以破折號作為移動軌跡的表

45 蕭蕭，〈渴〉，《悲涼》（臺北：爾雅，1982），頁 3-4。

46 蕭蕭，〈心井〉，《悲涼》（臺北：爾雅，1982），頁 43。

47 蕭蕭，〈簷滴〉，《悲涼》（臺北：爾雅，1982），頁 46。

48 蕭蕭，〈飲之太和　第四首〉，《悲涼》（臺北：爾雅，1982），頁 98。

徵。又如〈美的和諧〉，詩人寫道：「昂首闊步——」，[49]破折號暗示著邁開的步伐，也暗示著將行的道路。此外，〈陽關三疊〉的破折號象聲又象形，「　　　　　猶聞出塞聲，忍———／忍不住那唐朝還忍得住的眼淚」，[50]破折號是出塞聲的音波，也是淚水的縱落。

破折號的直線造型適用於表現物體的直直落下，連接號的波浪曲線造型則適合展示較柔和的律動，擅用直線經營移動軌跡的蕭蕭，其實也擅用曲線傳遞畫面，〈春蠶兩仙〉中，「才慢慢吐～慢慢吐～慢慢吐出／一條細細～細細～細細的長絲」，[51]連接號的曲折延緩了線的運動速度，巧妙的刻畫了春蠶吐絲的動感，其次，作者不論是描寫「吐」的動作或「絲」的型態時都使用連接號，連接號讓兩個句子產生了同質性，兩行詩句的連接號都可謂既是吐絲的畫面營造也是絲的圖象暗示。又如〈阿美族老人〉寫道：「樹上一片枯葉無聲飄落～」，[52]連接號展現了葉子隨風飄落的軌跡；〈望春風〉裡，「東風～似有若無」[53]則是以連接號表徵東風的動與柔。

---

49 蕭蕭，〈美的和諧〉，《皈依風皈依松》（臺北：文史哲，2000），頁 64。

50 蕭蕭，〈陽關三疊〉，《凝神》（臺北：文史哲，2000），頁 94。

51 蕭蕭，〈春蠶兩仙〉，《凝神》（臺北：文史哲，2000），頁 66。

52 蕭蕭，〈阿美族老人〉，《皈依風皈依松》（臺北：文史哲，2000），頁 187。

53 蕭蕭，〈望春風〉，《後更年期的白色憂傷》（臺北：唐山，2007），頁 21。

五、小結

康丁斯基曾言：「符號變成一種習慣後，往往把象徵的意義隱藏了。內在的意義因之被外在的意象隱藏。」[54]標點符號作為文字書寫的輔助工具，似乎常常被理解為只是格式，因而忽略了其中更深層的意涵，本文嘗試由標點符號的功能性切入，揭示蕭蕭新詩標點符號如何為詩作畫龍點睛。張默曾評價蕭蕭詩作「題材多樣，技巧圓熟，迭創新意，別有丘壑」，[55]通過前述對蕭蕭新詩標點符號的析論，正可驗證此一評價，翻閱蕭蕭詩集，可以發現，蕭蕭時而使用一字一頓來拆解文字呼吸，時而經營隱形標點以表徵空間，時而大量使用標點強化語義，時而借力標點符號的圖象特質來象形與象意。蕭蕭筆下的標點符號，可謂從標點符號斷句、標示語氣的功能出發，進一步將標點化作符號，將隱形標點的外在空白昇華為內在意義，激盪出詩作的無限可能。

54 Wassily Kandinsky 著，吳瑪俐譯，《點線面》（臺北：藝術家，2000），頁19。

55 張默，〈垂今釣古話蕭蕭——試論《緣無緣》詩集及其他〉，《臺灣詩學季刊》，第15期（1996年6月），頁131。

引用書目

【蕭蕭詩集】（依年代序）

《舉目》（彰化：大昇，1966）
《悲涼》（臺北：爾雅，1982）
《毫末天地》（臺北：漢光，1989）
《緣無緣》（臺北：爾雅，1996）
《雲邊書》（臺北：爾雅，1998）
《皈依風皈依松》（臺北：文史哲，2000）
《凝神》（臺北：文史哲，2000）
《蕭蕭・世紀詩選》（臺北：爾雅，2000）
《後更年期的白色憂傷》（臺北：唐山，2007）
《草葉隨意書》（臺北：萬卷樓，2008），

【引用書目】（依作者姓氏筆畫序）

丁旭輝，《臺灣現代詩圖象技巧研究》（高雄：春暉，2000）。
丁旭輝，《淺出深入話新詩》（臺北：爾雅，2006）。
林穗芳，《標點符號學習與應用》（臺北：五南，2002）。
趙天儀，《現代美學及其他》（臺北：東大，1990）。

【引用篇目】（依作者姓氏筆畫序）

丁旭輝，〈標點符號在現代詩中的意義與節奏功能〉，《國文

天地》，第 197 期（2001 年 10 月），頁 74。
丁旭輝，〈論蕭蕭短詩的簡約美學〉，《國文學誌》，第 10 期（2005 年 6 月），頁 57-79。
丁旭輝，〈蕭蕭圖象詩研究〉，《中國現代文學理論》，第 19 期（2000 年 9 月），頁 475。
仇小屏，〈新詩藝術論之五——從分行、圖象與標點符號切入〉，《國文天地》，第 221 期（2003 年 10 月），頁 95。
方群，〈凝神諦聽回音——談蕭蕭的《凝神》〉，《創世紀》，第 123 期（2000 年 6 月），頁 118-126。
白靈，〈詩的第五元素——讀蕭蕭詩集《雲邊書》〉（下），《中央日報》（1998 年 7 月 19 日），第 19 版。
白靈，〈詩的第五元素——讀蕭蕭詩集《雲邊書》〉（上），《中央日報》（1998 年 7 月 18 日），第 22 版。
張春榮，〈現代詩的長青志工　評《蕭蕭教你寫詩、為你解詩》〉，《文訊》，第 192 期（2001 年 10 月），頁 22-24。
張默，〈垂今釣古話蕭蕭——試論《緣無緣》詩集及其他〉，《臺灣詩學季刊》，第 15 期（1996 年 6 月），頁 123-131。
陳巍仁，〈羚羊如何睡覺？——如何看《皈依風皈依松》〉，《創世紀》，第 123 期（2000 年 6 月），頁 109。
羅門，〈扛著「現代」與「後現代」走向二十一世紀的詩人——序《凝神》詩集〉，《淡藍為美：藍星詩學》，第 7 期（2000 年 9 月），頁 167-178。

【學位論文】（依年代序）

陳政彥，《蕭蕭詩學研究》（國立中央大學中國文學研究所碩士論文，2002）

黃如瑩，《臺灣現代詩與佛——以周夢蝶、敻虹、蕭蕭為線索之考察》（國立臺南大學語文教育學系教學碩士班碩士論文，2005）。

林毓鈞，《蕭蕭新詩研究》（國立彰化師範大學國文學系碩士論文，2006）。

【中譯書目】（依作者姓名字母序）

John Berger 與 Jean Mohr 合著，張世倫譯，《另一種影像敘事》（臺北：三言社，2007）。

Robert L. Solso 著，梁耘瑭譯，《視覺藝術認知》（臺北：全華，2006）。

Wassily Kandinsky 著，吳瑪俐譯，《點線面》（臺北：藝術家，2000）。

【網路資料】

教育部國語推行委員會編著，《重訂標點符號手冊》修訂版，2008 年 12 月上網，網址 http://www.edu.tw/files/site_content/M0001/hau/c2.htm

蕭蕭散文的人文關懷

羅文玲（明道大學國學研究所所長）

摘要

蕭蕭的散文有著濃厚的情感，有童年的回憶、成長的艱辛，充滿鄉情、充滿著愛戀土地的情感，就在他的散文中生動的展現出來，而這類的作品也就能引發許多人來正視農村社會的式微，相當具有社會關懷的正面意義。

在蕭蕭的散文中透露出他對生命的價值與生活的體悟，與對於人活在這世上，應要有積極樂觀的態度，才能活得自在快樂！除此之外，他對自然觀察細密、對周遭環境的變遷更有深刻的感觸，蕭蕭的散文散發出愛與關懷，發人省思。

關鍵詞

蕭蕭、人文關懷、鄉情、彰化、社頭

一、引言

蕭蕭，本名蕭水順（1947-），彰化縣社頭鄉朝興村人，在當代臺灣新文學的領域裡，蕭蕭的創作之路已經邁過三十載的滄桑歲月，他以遙吟俯暢的意趣，放浪形骸的不羈，馳騁在新詩、評論、散文、隨筆車水馬龍的陽關大道上。[1]蕭蕭著作上百冊，融冷靜與感性的隱與秀於一爐[2]。

他熱愛鄉土、熱愛生命，更有著積極豁達的人生觀，並且崇尚自然[3]。蕭蕭的研究方面，已有碩博士論文[4]，單篇論文比較不多。

他的散文有著濃厚的情感，有童年的回憶、成長的艱辛，有著對朝興村的鄉土之情，但是他又不單單只寫對朝興村的愛，對其他的農村是一樣的，人們有著樸素真實的民心、農村裡充滿著泥土的芬芳、遼闊的稻田，如此充滿鄉

1 張默：〈垂釣古今話蕭蕭——序《緣無緣》詩集及其他〉，引自林明德編：《蕭蕭新詩乾坤——蕭蕭新詩研究》，晨星出版社，2009 年 10 月。

2 向陽：〈在天藍與草青之間——蕭蕭的悲涼與激動〉，《文訊》15，1984，頁 284-285。

3 楊雯琳：〈月光下的現代詩——論蕭蕭《後更年期的白色憂傷》中的禪意特色與其發揮之用〉，《問學集》16（2009）232。黃如瑩 182。

4 陳政彥：〈蕭蕭詩學研究〉，碩士論文，中央大學，2001；陳政彥：〈戰後臺灣現代詩論戰史研究〉，中央大學，2007；林毓鈞：〈蕭蕭新詩研究〉，碩士論文，彰化師範大學，2006；黃如瑩：〈臺灣現代詩與佛——以周夢蝶、敻虹、蕭蕭為線索之考察〉，碩士論文，臺南大學，2005；楊雯琳：〈蕭蕭詩作探究〉，碩士論文，淡江大學，2008；蔡欣倫：〈1970年代前期臺灣新世代詩人群研究〉，碩士論文，中央大學，2006。

情、充滿著愛戀土地的情感，就在他的散文中生動的展現出來，而這類的作品也就能引發許多人來正視農村社會的式微，相當具有社會關懷的正面意義。

除了鄉土之情之外，蕭蕭散文中也寫出他與家人之間的親情，其中描述深刻的就是他的父親，每當蕭蕭在自我介紹時，就會驕傲的說著：「我姓蕭，我爸爸也姓蕭，所以我叫蕭蕭。」「我是，農夫的兒子。」父親在蕭蕭的生命中佔有重要位置，父親對他的影響更是無可厚非，在他的心中父親是偉大堅毅的，就像棵擊不倒的大樹，所以當父親逝世之後，每每想到父親便淚流滿面，尤其在他的《父王・扁擔・來時路》中記錄著他父親的形象與其思念之情，表露無遺。

在蕭蕭的散文中透露出他對生命的價值與生活的體悟，與對於人活在這世上，應要有積極樂觀的態度，才能活得自在快樂！除此之外，他對自然觀察細密、對周遭環境的變遷更有深刻的感觸，蕭蕭的散文散發出愛與關懷，發人省思。

本論文以探究蕭蕭散文中的親情、鄉情、與生命本質的人文關懷為主題。

二、蕭蕭散文中的親情

現象學大師梅露彭迪〈M.Merleau-Ponty〉認為「時間的特性為一永恆不止的運行，永遠走向自身之外。」[5]並指出時間「只不過是一個普遍的乖離自身的東西，而其唯一控制

5 Margeriler 著：《現象學與文學批評》，臺北市：結構群出版社，1989。

這些離心活動的法則，就是海德格的所謂『出神忘我』」[6]。時間是天地自然存在的主體，任生命在它面前生滅，他始終存在卻是最難以描繪的存在。而蕭蕭在散文中看見時間的本質，在描寫父親以及祖母形象時都化入時間的流動之中[7]。

羅蘭巴特〈Roland Barthes，1915-1980〉〈文論〉中所說的：「所有文都處於文際關係裡」「一切文都是過去的引文的新織品」[8]的說法來看，蕭蕭的祖母以及父親對他的生命影響是深遠的。

（一）堅強能幹的巨人──祖母的形象

1.蕭蕭心中祖母的模樣：

> 「祖母雖然纏著腳，上山下田，操持家務，並不遜於任何以天足行走的婦女。祖母是個堅強、能幹的人。祖母是我生命中的巨人。」「在我心目中，祖母身材高大，嗓門更大，不論我跑到那裏玩，幾聲「順仔──」就能把我招回來。」[9]

祖母在他心中就像是個巨人，堅強能幹就像個無所不能的巨人，祖母總會在他身邊細心的照顧他，對他的疼愛更讓

6 Margeriler著：《現象學與文學批評》，臺北市：結構群出版社，1989年。

7 松浦友久的《中國詩歌原理》，孫昌武（1937-）、鄭天剛（1953- ）譯（瀋陽：遼寧教育出版社，1990。

8 羅蘭巴特〈Roland Barthes〉，《文之悅》，屠友祥譯，上海：上海人民出版社，2004，頁 94。

9 〈紀念祖母〉選自《來時路》，爾雅出版社，1983 年 11 月。

蕭蕭念念不忘，深厚的祖孫情在蕭蕭的散文不難看見。

2.蕭蕭對祖母的回憶與思念：

在蕭蕭兒時，祖母都會陪伴著他「挑燈夜讀」，「當朝興村都已早早進入夢鄉，遠處傳來幾聲狗吠，這時，一燈如豆，祖孫相依的情景，是這輩子不能忘懷的，時時來到眼前，歷歷如繪。」

祖母雖已逝，但祖孫之情在卻一直放在蕭蕭心中，而回味起當時祖母陪他挑燈夜讀的場景，好似就在眼前發生。尤其祖母對蕭蕭特別疼愛，什麼都盡量給他最好的、吃最好的，深怕他會吃不飽穿不暖，如此的疼愛，讓蕭蕭對祖母的依賴更深了！「在三餐都難以為繼的日子裏，吃番薯籤配醬筍和蘿蔔乾的日子裏，長久為我維持每餐魚乾的奢侈生活，我必須感謝，必須永恆紀念。」

3.祖母逝世蕭蕭失去了依靠

「那一天阿ㄇㄚˋ回去了，看你吃什麼？」從小對祖母的依賴是一種習慣，與祖母之間的祖孫情更是他美好的回憶，但是祖母逝世了，祖母的愛、祖母的模樣，只能留在心中回味，只能在回朝興村時，在祖母墳前陪她坐一段時間，直到暮色漸漸淹沒了他們祖孫倆…，蕭蕭對祖母的思念之情溢於言表，在〈紀念祖母〉便能深刻體會。

（二）不怒而威的父王──父親的形象

現象學方式的文學批評：「文本自身被化約成作者意識的

純然具現，其風格與意識的特點，全被視為某一繁複總體的有機成分，而其統一的本質就是作者的心靈。」[10]父親的愛在蕭蕭的內心深處每當蕭蕭在自我介紹時，就會驕傲的說著：

> 我姓蕭，我爸爸也姓蕭，所以我叫蕭蕭。」「我是，農夫的兒子。」「我不知道什麼是生命，生命裡應該塗抹什麼樣的顏色，但我確實知道：望著父親多皺紋的臉，叫一聲『阿爸』，然後，父子相對無言，卻是我生命中最激動的時刻，縈繞在胸口的總是火一樣燒著的血，一句『阿爸』是一波一波又一波的浪湧來，一波又一波的血湧來，我清晰記得陰冷的北風，北風中的農夫，以堅實的生命在大地上掙扎的，是我的農夫爸爸。[11]

在蕭蕭的散文裡，父親在他心中形象有以下幾點：

1.蕭蕭對父親非常敬畏：

「在我們『宮』中，父親真的就是父王，從小我們都怕父親，老鼠看到貓那樣。」若是說蕭蕭怕父親，倒不如說父親是蕭蕭的天，因為他永遠不知道天有多大，所以擔心無法學到父親的大智慧，所以一輩子更以父親為榜樣，在蕭蕭的課堂上常常引述父親所說的話、發揮遺傳父親幽默的天份，

---

10 Terry Engleton 著：吳新發譯，《文學理論導讀》〈Literary theory: introduction〉，臺北：書林出版社，2002 年 4 月，頁 80。

11 蕭蕭序：《來時路》，臺北，爾雅出版社，1983 年 11 月。

更加珍惜著他與父親的父子之情，那樣的情感令人為之動容。

2.蕭蕭遺傳了父親「不怒而威」的臉：

「學生要求我永遠保持微笑，說他們怕見我不笑的臉，我才想起父親的臉也是這樣『不怒而威』。」其實看得出來他是以遺傳父親「不怒而威」的臉龐為傲的，如此的臉龐讓自己看起來「氣派」多了。

3.蕭蕭謹記父親的話：

父親說：「常常大小聲的一定不是獅。獅，是深山林內的獅；知，是心肝內的知。」蕭蕭認為父親內涵是不隨意由口中表露的，若是隨意表露炫耀的，那不是真知，不是大智，蕭蕭覺得父親的「知」是藏在他的心肝裡，只會適時表現，但一旦表露了，就都是大智慧，每一字句都被他珍藏在心中。

4.蕭蕭以父親為榮：

> 小時候，父親就是我的天，我不知道天有多高，天有多大，因為父親的「知」藏在他的心肝內，偶爾透露一點，對我來說，就是一片森林，直到今天，我還常常在課堂上引述他說過的話，不能不珍惜那話語中的一草一木。

對蕭蕭來說，他的父親是一個有智慧的人，是他一輩子要學習的對象，雖然父親一輩子務農，但是他心中蘊藏的內涵，是無邊無際的。「我姓蕭，我爸也姓蕭，所以我叫蕭蕭」;「我是，農夫的兒子。」這看似玩笑的話語，卻不難發現蕭蕭以父親為榮，更以父親務農為傲。

5.蕭蕭遺傳了父親的幽默：

「沒衫會冷，我有一襲「正」皮的衫阿！」(父親說)；「真皮」→真正的塑膠皮。(蕭蕭)[12]

在課堂上或生活上，蕭蕭的幽默總讓人會心一笑，這些都是父親給他的無價之寶，如「四書五經讀透透，不識黿鼇龜鱉竈」、「七九六三，拉衫拭玖——留枋」。[13]

此外，蕭蕭散文也透露出對父親為家裡打拼的辛勞，表示心疼；對父親臥病在床，自己卻無能為力；父親逝世後對他的想念之情，字字句句扣人心弦，令人鼻酸。

兒時記憶裡父親的辛勞，心有餘而力不足之感，北風肆虐的冬夜，作者的父親披著一件褪色的卡其上衣出門「巡田水」，蕭蕭也想跟著父親去學習，祖母怕他穿不暖，便拿了一條包巾包住他的臉、脖子，顯得他十分臃腫，父親也把自己的鴨舌帽給了蕭蕭，自己換上斗笠，母親也問他：「你仆倒，爬得起來嗎？」一到田地，父親查看田埂是否完好，蕭蕭顫抖著身子問著父親：「好了沒有？好了沒有？」襯出了父親在作者心中的形象，以自己的「畏寒」，對映出父親堅

---

12 〈父王〉原載《聯合報》1983.7.5；選自《來時路》，爾雅出版社，1983年11月。

13 〈爸爸，我哪甘您離開〉，選自《忘憂草》，九歌出版社，1992年3月。

毅的性格。末段與祖母的一段對話：

> 「按怎，大尾烏魚，敢講要再去嗎？」祖母一面灌我熱茶，一面問我，我不知怎麼回答，只能問祖母：「爸爸也能不去嗎？」[14]

表示蕭蕭心疼父親在寒夜裡撩撥著田水的手腳不知會不會凍壞，與父親在寒夜裡受北風無情肆虐的不捨，想幫忙卻又因為天氣太冷，顯得心有餘而力不足。

除此之外，蕭蕭感慨父親辛苦地耕作，卻掙不了多少錢，當作者兒時要繳註冊費、買月票的前一天更是令他憂心忡忡。讓作者感到最有希望的「暑假龍眼收成時」，這樣他們家就有一筆額外的小收入，但是父親卻要挑著重擔走去十里外的市街上販賣。

> 晚上，父親還要揀選一番……，然後早早上床睡覺。第二天，一交寅時，父親就挑著這兩籮筐的龍眼，走向十里外的市街，沉甸甸的擔子壓著他，大約要走一小時半才能趕上員林果菜市場的早市，圖個好價錢。這時，天還未亮，公雞盲目地叫著，我則瑟縮在門檻上，傻傻地望著父親的背影沒入晨曦中，那蹣跚的步履會帶回什麼樣的希望呢？我在等待，等待天亮。什

---

14 〈北風來的時候〉原載《臺灣新生報》1982.2.8；選自《稻香路》，九歌出版社，1986 年 5 月。

> 麼時候天才亮呢？」[15]

蕭蕭傻傻望著父親的背影，等待天亮。天亮隱含的意思可能是指父親何時才能不必如此辛勞，過個好日子。蕭蕭擔心父親漸漸衰老的身體：

> 幼年的時候，我們信任「田」，就像信任爸爸寬厚的胸膛，發亮的背。爸爸的胸膛，是我們的港灣，爸爸英挺發亮的背脊是我們肅然起敬的堅毅形象，可是，田園不會老，爸爸卻老了！[16]

感慨著父親漸漸衰老，雖然他可以守著田，守著希望，但是父親的衰老卻無法阻止，對於父親的希望，又該怎麼守住呢？由此更可看出蕭蕭對於無法阻止父親衰老的無能為力與對父親身體的擔憂，父子之情溢於言表。「不知道從什麼時候開始，我發覺爸爸遲緩了，言語遲緩了，思慮遲緩了，舉手投足都遲緩了！」

父親曾經熬過多少風霜、挑過多少重擔，原本在蕭蕭心中的父親一直都像是一棵大樹，如今，就算他「盡一切的努力，也無法阻止父親衰老，就像任誰也無法阻止風去搖撼樹。」最後父親中風了，臥病在床，一棵在蕭蕭心中的大

---

15 〈什麼時候天才亮呢？〉，原載《臺灣新生報》1982.2.15；選自《稻香路》，九歌出版社，1986 年 5 月。

16 〈寬厚的胸膛發亮的背〉，原載《臺灣日報》1980.7.24；選自《來時路》，爾雅出版社，1983 年 11 月。

樹，就這樣倒下了，蕭蕭頓時失去了精神依靠，在父親逝世的最後幾個鐘頭，蕭蕭想挽回父親生命的無能為力、心中的悲痛難熬便可從「子欲養而親不待，即使放聲痛哭也不等了！」[17]看出。

對於父親的逝世，讓蕭蕭難以承受，他心中的天、心中的那棵大樹倒下了，他未來還能依靠誰、向誰學習？父親去世後回憶起父親在兒時教他「夯筆在土腳練習寫字」，與傳承了父親的幽默「四書五經讀透透，不識黿鼉龜鱉竈」、「七九六三，拉衫拭玖——留枋」。父親剛去世滿一年，蕭蕭選了個吉日良辰去父親的新墳掃墓，蕭蕭就像父親在世時一樣跟他說話，就像父親還在他身邊一樣：「爸爸，我們兄弟姊妹來跟你培墓了，你在另外一個世界，要自己保重，爸爸你要自己保重……。」[18]此時，蕭蕭對父親的想念、不捨、無法知道父親是否在另一個世界過的好不好，這樣的徬徨無助、無能為力之感就宣洩出來了。

> 當我遇到吹拂著臉頰的南風，我知道那是您。當我看見結晶的雪花，我知道那是您。當我欣然審視田野飽滿的稻穗，我知道那是您。當我默默摩挲一根扁擔，我知道那是您。當我一掀開一冊詩集，我知道，那，也是您。[19]

---

17 〈跟樹站在一起抵抗風〉原載《中央日報》1993.4.16；選自《在尊貴的窗口讀信》；九歌出版社；1993 年 10 月。

18 〈一朝風月・萬古空寂〉——原載《中華日報》1993.3.15；選自《在尊貴的窗口讀信》，九歌出版社，1993 年 10 月。

19 〈扁擔〉原載《更生日報》、《中央日報》、《聯合報》；選自《父王・扁父親雖然已經逝世，但是父親仍然活在他的內心深處，父親似乎還是待在他的身邊，因為父親不曾消失在蕭蕭的生命裡，那種無盡的思念，扣人心弦。

三、散文中自然流露的鄉土之情

蕭蕭的成長年代正好是臺灣社會型態轉變劇烈的時代，面對著文化差異矛盾、科技革命的推陳出新、經濟型態的劇變，原本仰賴泥土維生的農夫紛紛出走，轉向工商業。他們原本都來自農村，也曾受到泥土的滋育。泥土陪著農夫走過貧困、走過每個艱難的日子，曾經赤著腳走在泥土裡，農夫們知道泥土的可親，知道奮鬥的辛勞，面對這樣的轉變，我們更應該「紮穩泥土，伸望長空」，才能紮穩根基，向天萌芽結果生態環保[20]的作品。

蘇珊・郎格《情感與形式》中說：「有意味的形式，即一種情感的描繪性表現，它反映著難於言表從而無法確認的感覺形式。」[21]蘇珊・郎格從貝爾的概念中[22]，強調藝術的有意味的形式，即在於藝術形式之中含有情感或者是創作者藉以表現的某些意義，他說：「意義的真正功用是：他可作

擔・來時路》，爾雅出版社，2001 年 12 月。

20 林佳惠：〈生態與文學：從一則鯨魚的傳說談起〉，《文學前瞻》6（2005）：39-56。

21 蘇珊郎格〈Susanne.k.Langer〉：《情感與形式》〈*Feeling and Form*〉，劉大基等譯，臺北：商鼎文化出版社，頁 50。

22 貝爾〈Glive Bell〉：《藝術》〈*Art*〉，周金環譯，臺北：商鼎文化出版，1991，頁 8。

為抽象之物，可作為象徵，即思想的荷載物。」[23]所以藝術品之所以為藝術品而不是僅僅為技術之展現，是因為藝術品的「意味」，在蕭蕭的作品中有時會呈現出「以虛帶實，以實帶虛，虛中有實，實中有虛，虛實結合」的美學效應[24]。

朝興村是蕭蕭的家鄉，是他的根土，根離不開土，就跟蕭蕭離不開朝興村是一樣的。朝興村有著傳承生命的意義，更有著臺北沒有的自然鄉土，在朝興村可以體會土地與生命之間緊緊相連的關係，對生命會有更深的認識。

(一) 臺灣農村的縮影：八卦山下的社頭朝興村

朝興村是一個典型的臺灣農村，有著和所有農村擁有共同的特點，這裡的人日出而作，日入而息，有著安份守己、親切熱情的純樸真性情，除此之外，朝興村更有著一望無際的稻海、潺潺的清澈溪水、清爽的微風徐徐、泥土的自然芬芳，最重要的是這裏有著蕭蕭寶貴的童年回憶。「你將記起番薯籤與蘿蔔乾的辛酸，颱風、大水洶湧而來的驚悸，你更會記起王鹿仔、布袋戲、陀螺……以及滿佈皺紋的厝邊阿伯。」[25]

那些童年回憶歷歷在目，在朝興村所有一切的同年回憶一直在蕭蕭心中，任誰也帶不走抹不去的。

---

23 蘇珊郎格〈Susanne.k.Langer〉:《情感與形式》〈*Feeling and Form*〉，劉大基等譯，臺北：商鼎文化出版社，頁 57。

24 宗白華：〈中國美學史上重要問題的初步探索〉，《美從何處尋》，臺北：駱駝出版社，1987。

25 〈朝興村〉，《來時路》，臺北，爾雅出版社，1983 年 11 月。

在功利現實的社會中，我不能不以朝興村的「堅毅」教示下一代，不能不以朝興村的「純樸」力圖對抗日益奢靡的社會風氣，我們的下一代也會留存「朝興村」的影子，只是這也是臺灣農村最後的餘暉了！[26]

朝興村不只是一個鄉村的名字，而是全臺灣農村的縮影，面對農村社會型態的式微，越趨都市化現象，更讓人感慨世代變遷的無奈，蕭蕭力圖為臺灣農村爭取最後一絲尊嚴，想讓農村能夠保留它原有的面貌，原有的純樸，原有的自然，不然未來該如何為我們的下一代介紹農村的樣貌、農村的美麗的景象？

(二)對土地的眷戀：世代變遷交錯的感慨

人與土地及自然的關係是密不可分的，所有的生命都從泥土中滋長，都從土地衍生。田埂田間的泥土充滿著童年快樂回憶，泥土的渾水溫潤帶給人平和的心[27]，如今農村歷經時代的變遷，農田與山坡地被開發建造成高樓大廈，泥土路被鋪上厚厚一層柏油，大家穿起了鞋，與泥土之間頓時有了隔閡，與自然又更疏遠了，人們對土地的情誼應該是濃得化不開的，我們仰賴著泥土維生、眷戀泥土的芬芳，如今失去了與泥土最單純的接觸，難免會忘了我們最初的單純童年，最單純的那顆心。林明德曾說所謂土地倫理是「是一種環境哲學其核心是土地社群的概念，即土地是由人類與其他動

26 〈紮穩泥土，伸望長空〉《忘憂草》，臺北：九歌出版社，1992年3月。
27 吳晟：《筆記濁水溪》，臺北：聯合文學出版社，2002年。

物、植物、土壤、水共同組合而成的，人類只是社群中的一個成員，必須與其他成員互賴共生。」[28]「人，遠離了土地，必會遠離自然。遠離自然的人，也就遠離了生活規範！」[29]

> 土地是一本永遠念不完的書，我們一頁一頁的翻讀。每一頁山陬水曲都有先祖的血汗，我們不敢輕忽。那廣袤不盡的土地，堅實的生活憑藉，那古老的廟宇，山邊的祠堂，都讓我們禁不住輕輕吐出一個字：愛。愛，只因為是我們的土地，我們深深眷戀。」[30]

因為在這塊土地上擁有了許多回憶，因而對這塊土地有了情感，不管經歷了多少世代變遷，對土地的愛卻未曾削減，因為這是我們的土地，我們的家。

(三) 思鄉情懷

蕭蕭從農村搬到了繁華的臺北，思鄉情懷的鬱悶只能付諸於天空，望向天空，想著朝興村碧藍如洗的天，好像就能有像天一樣的胸襟，包容一切不平與愁苦，所有的苦悶都能忘懷了。

---

28 林明德：〈鄉間子地鄉間老〉，彰化師範大學《國文學誌》第十期，2005 年 6 月，頁 17。

29 〈泥土的眷戀〉，《來時路》，臺北：爾雅出版社，1983 年 11 月。

30 同上

> 在朝興村，一個寂寞而堅定的小鄉村，我們馬上擁有一大片完整的天空，亮麗的天空。所有從大地上成長的生物，一齊向天空抽芽，向天空旋轉自己成長的年輪。這樣亮藍的天空，我們願意與它合而為一，深深一呼吸，彷彿吐納著全宇宙的清純。[31]

然而，心情也是不受地域限制的，望向天空就可以讓心情盡情自在遨遊，對於在臺北都市的塵囂都可忘卻，在澄淨的天空中尋找熟悉的白雲，就像在朝興村裡享受最純淨的自然。

> 這也是童年以來我所熟悉的雲，在朝興村，我們就喜歡仰臥在稻野田埂上，天就是那樣高那樣藍，雲就是那樣高那樣白……，雖然我們那時還不知道海有多大，至少我們明白：天是可以任我們遨遊的，雲是可以隨我們心情變幻的，我們的心是可以隨白雲南北東西，古往今來！[32]

(四) 童年回憶：

蕭蕭兒時家窮，窮得繳不出十塊錢的補習費，幼小的心靈存在著自卑感，和人說話不自覺的畏縮，自從被選上旗手之後，終於可以昂著首、挺直脊粱，站在臺上舉起國旗、高

---

31 〈天空的嚮往〉，《來時路》，臺北：爾雅出版社，1983 年 11 月。

32 〈與白雲同心〉，《與白雲同心》，臺北：九歌出版社，1988 年 9 月。

唱國旗歌，那樣的驕傲自信，即使身上只著一件內衣一件內褲又如何？

> 「而我，一個只能穿著內褲的旗手，同時在內心裏也升起一面鮮明的旗幟，朗朗的青天，永遠的十二道白日光芒，象徵博愛與關切的熱血，人生，就應該這樣向上仰望，仰望光明，應該這樣奮發，奮發向上！」[33]

對於現代人以吃番薯當零嘴的態度，與以前餐餐把番薯當主食的刻苦日子有很深的感觸，從番薯身上體悟到生命的堅韌性，瞭解生命獨立自主的可貴。想起在民國三、四十年時，家家堆放著山一樣的番薯，人人吃著有時香甜有時無味的番薯，回味起當時窮苦的日子，更珍惜現在擁有的生活。

童年滾鐵環無憂無慮單純的快樂日子值得回味，在純淨無汙染的朝興村裡玩耍，更是令人難以忘懷。鐵環的來源大都是壞了的尿桶，或是母親嫁妝的腳桶上的鐵環（因得來不易故更顯珍貴），多半是自然淘汰的玩具，但是現今生活的鐵環已消失，取而代之的是讓人類遠離大自然，造成生態環境汙染的「塑膠製品」。

> 其中最不能忍受的要算是塑膠花和塑膠水果了，客廳中擺著一瓶無生命，不芬芳的塑膠花，徒然感知灰塵

33 〈穿內褲的旗手〉原載《聯合報》1981.11.7；選自《來時路》，臺北：，爾雅出版社，1983 年 11 月。

> 日日加多而已，了無情趣可言。更讓人痛心的是，將這種塑膠花供奉在祖宗牌位前，年年歲歲，一勞永逸，子孫不肖，一至於此，夫復何言！這算不算是孔子說的「始作俑者」呢？[34]

感嘆著現代人連對祭祀祖先都抱著隨便的態度，連水果都擺成塑膠製品，更何況在日常生活對人的態度，又怎會誠心誠意的待人呢？

蕭蕭藉由回憶童年回憶，來關懷社會人文，面對世代變遷有著很深的感觸，希望由散文喚醒人們的道德心。

四、生命價值及人生態度的展現

蕭蕭的散文中探究著人與萬物同生共長共榮的大愛，思索著生命的本質、生命的源頭。從雷蒙‧威廉斯〈Raymond Williams，1921-1988〉提出的情感結構〈structure of feeling〉來理解，威廉斯說：「從根本上講，正是在藝術中總體性的影響，支持性感情結構的影響才得以表現和呈現，將藝術作品與被注意到的總體性的任何一部分相關係。」[35]蕭蕭在臺灣這片土地上生活，其將自身生命與臺灣這塊土地人民以及事件連繫，所以對許多事亦相當關注。

---

34 〈滾鐵環的日子〉《來時路》，臺北：爾雅出版社，1983 年 11 月。

35 Raymond Williams：「*structure of feeling*」，中譯本採劉進，《文學與『文化革命』：雷蒙德‧威廉斯的文學批評研究》，成都：巴蜀書社，2007 年 9 月，頁 387。

(一)對生命本質的認識

人活在這世上的理由，不只是重複著前人的腳步，而是要開闢一條新的軌跡，創造永恆價值，而什麼是生命的本質？

> 「什麼是生命的本質？生命應該像風一樣，像風一樣無形無象，卻讓我們確實知道它是存在的，就在我們的四周。就在我們不注意的時候它輕輕撫過臉頰，飄起衣襟。」[36]

生命是遼闊無所限制的，人與草木蟲魚鳥獸同生同朽，人類何其有幸而為人？因為人類會思考，並瞭解萬物各安其位、各逐其生，但是人們帶給生命的傷害，卻是無可比擬的。在〈我看著一片指甲成長〉中，蕭蕭體會到等到失去才知道其珍貴的道理。當時指甲陷入肉中引起化膿，最後居然要開刀將指甲整個拔除，從這當中驚覺到「我，愛自己嗎？」如果今天失去的不是一片指甲，而是一個肺、一個胃、一個爸爸呢？我們又該如何去愛人？然而，人是生命，人身上的每一個小小器官也是生命、指甲是生命、毛髮也有它的生命，愛指甲、愛毛髮，就像愛親人一樣，因為先愛自己，才能愛別人、愛世界上所有的生命，所以可以知道生命的本質，就是「愛」。

---

36 〈扇〉，《太陽神的女兒》，臺北：九歌出版社，1984 年 10 月。

(二) 對生命價值的探究

蕭蕭以一個尊重生命的態度，去探究萬物生存的價值，面對人類對環境的破壞，蕭蕭將其對生命的關懷寄託在散文裡，更站在各種生命的立場，為牠們的生存權發聲。對於人類為萬物之靈的迷思有了更進一步的體認。從〈有一個我們的同類死在海灘上〉中，一隻擱淺的鯨魚，與人類同是哺乳類動物，但命運卻大為不同。蕭蕭對於不知道尊重生物，是不是單純的對生命的關切也變得沒有價值，產生疑惑，認為生命何其無辜，生命的傳承與愛的可貴，需要人類一同維護。

〈洗魚〉，所有的寵物都可抱在懷裡，既拍且撫又親，但只有魚不行，想像還得隔一層水。道出魚與其他寵物不同之處，對魚的照料也不一樣，而作者以為幫魚洗掉身上的污垢是為了牠好，卻不知道這樣做其實是害了牠，藉此省思人類常自以為是地一意孤行。〈落雁〉，寫出母雁為了掩護受傷的伴侶，而讓自己摔落，期望誘使獵人欺身而來，好讓自己的愛侶有更多時間選擇適當的掩護：顯示了高貴的愛與情操，省思人類是否也能也如此相愛？母雁的高貴情操，是最真實的情愛，一種單純為伴侶犧牲奉獻的精神。

〈尊重一朵小花〉：從一朵小花身上，體悟生命的可貴與價值，可以抱持著欣賞的角度去愛一朵花，若強行摘下佔為己有，讓它失去了根，最後枯萎，這難道是愛的表現嗎？「人，是有生命的個體，一朵小花，一莖細草，也都是有生命的個體，可以只為了個人的喜愛，將花採下嗎？可以為了創造第二個自然卻去破壞第一自然嗎？」

我們應該以尊重一朵小花的心情，去對待世界所有的生命，以欣賞它的香、它的美，去代替擁有它、破壞它。

> 尊重自然！花教的初衷應該如此，讚賞的態度應該如此。當我們欣賞著茉莉花的香、茉莉花的白，我們實際是在與一個完整的生命對視，我們尊重生命的完整、生命的自如。[37]

（三）對自然環境意識抬頭

蕭蕭是站在世界中去看整個大自然的，世界上所有的生命都是息息相關，人類沒有資格去破壞自然，然而面對人類對環境的無情破壞、對摧毀生命的輕而易舉，哀悼著美好世界變質，更為那些無辜的生命表達深切悲痛。蕭蕭的散文裡充滿著愛的聲音，藉以下出自《太陽神的女兒》中幾篇散文為例：

〈哀王維〉：

若是王維看見現在的山不再青，路不再是餘暉眷顧的青苔地，柴扉換成了鋁製門扉，不知道會做何感想？這樣深切的悲痛，來諷刺山林被開闢，自然環境被破壞殆盡。但是蕭蕭心中的淨土卻是誰也無法毀損的，因為唯有心不會被開發，能保留原有的純淨。

---

37 〈尊重一朵小花〉，《與白雲同心》，臺北：九歌出版社，1988 年 9 月。

〈哀伯勞〉：

用映襯手法來表達，為候鳥發聲。恆春，四季如春，卻處處暗藏陷阱，到處都有捕鳥器，伯勞因而不敢棲，卻又不能不棲的無奈。伯勞何其辜？牠們只不過是來臺灣過冬而已啊！怎落得人們嘴裡的一塊肉？如此的殺戮生命，臺灣的天空不再清澈湛藍，而是處處藏著危機，如此悲哀的處境，蕭蕭從中探取生命的啟示，生命不該被如此對待。

> 做為一隻候鳥，北國、南國，任我來去，天涯、海角，何處不可棲息？紅尾伯勞，生命裏，翱翔與流浪仍然是最值得珍惜的，只要不落入南臺灣比樹椏還多的陷阱，只要年年與子孫都能平安過境恆春，不留一滴血在竹枝上……。[38]

以候鳥最單純的心境，來襯托出牠們想活下去的小小希望，怎麼會那麼困難？

〈哀自然〉：

天氣的爆冷爆熱，顯示出氣候的異常已漸漸失控了，造成氣候異常的原因，人類依舊是罪魁禍首，大自然失去了循序漸進的耐性，因為它要讓人類知道它要開始反撲了！在這科技進步神速的世界，原本自然的環境，慢慢地都變成人為的，把一寸寸的泥土覆上了柏油，那是大地的肺臟啊，它該如何呼吸呢？清澈的溪流被灌上水泥，成了一條條任人車奔

---

38 〈哀伯勞〉，《太陽神的女兒》，臺北：九歌出版社，1984年10月。

馳的大道，它想去的大海永遠也到不了了。然而在這都市裏，依然有這最後的自然。

> 有時，高樓的窗臺，無端懸著幾盆懼高的草花。有時，幾枝淡漠的花枝，拘謹地擺出優雅的姿勢，只為了汲取瓶中一口清水。有時，所有的花草樹木選擇枯萎，堅持稻草人的立姿，苦守著紅磚環圍下的一小塊泥土。默默地說：這是最後的自然。

人類的過度開墾，使得天破碎（因高樓大廈林立），小溪嗚咽（因溪流被灌入水泥），蕭蕭想表達著被人為破壞殆盡的自然，卻又無法拯救它的無奈，甚至希望大自然能夠反撲！

> 來一場狂風暴雨吧！有時我會這樣想，真的來一場驚天動地的風雨吧！讓「人」知道大自然是不可忽視的，也許只有在這個時候，才讓人想起「自然」原來還在人間，自然還是在天之下。[39]

〈哀山林〉：

> 相對於水，山有多樣的堅忍毅力，承受八方風雨，不散為九秋蓬草，是仁者不動的形象。相對於人，山能包容不同的鳥獸、葛藤，與蚊蚋，是仁者無所不容的

39 〈哀自然〉，《太陽神的女兒》，臺北：九歌出版社，1984 年 10 月。

> 寬大胸懷。[40]

以山的宏偉，更顯得人類的渺小，人類就像是山中的一莖草，卻有能耐讓整座山林巨木倒榻、讓生物滅跡，生態秩序因而大亂，當被劃割的山林受到兩小時雨的沖刷，山崩了，山林消失了，那些土石壓毀房屋、沖毀堤防，最終生命受到威脅的不只是住在山裏的那些鳥獸，而是失去為人類平衡大氣溫度的山林的人類，所以人類該如何尊重山林、尊重自己，生命與生命之間又該如何維持平衡，需要人類好好思考。

〈哀溪流〉：

小溪是生命的鮮活形象。點出小溪的生命鮮活形象，它忍受稜石的尖刺、利草的拉扯，有著執意向大海奔赴的堅韌性格。

> 風，如果為山林帶來歌聲，那麼，溪水就是大地音樂的演奏者，隨著興之所至，翕如也、純如也、皦如也、繹如也，總有一分魅力要你聆聽，要你激賞。生命，就要這樣無止境的聲音和諧地傳遞下去。

童年，誰不曾在清澈的小溪裡追逐嬉戲？誰不曾在溪邊的沙洲捉些螃蟹、蛤蠣，童年就像自然清淨的溪流，那麼地天真無邪，但如今童年已逝，溪水枯竭，河裡只剩工廠廢

---

40 〈哀山林〉，《太陽神的女兒》，臺北：九歌出版社，1984 年 10 月。

水，童年裏的清澈溪水就只能留在記憶裡回味了，而溪水中流著的汙水，到最後那些重金屬汙染的水，經過食物鏈後，又被人類所吸收，人類所造的孽，最終也是要自己去承擔。

〈哀田野〉：

原本無數的生命在這肥沃的田野上活躍，農夫的堅韌性格更翻騰了田地，混著草香、稻香、清新的泥土香，讓這田野充滿自然的味道，但是自從殺蟲劑出現了、農藥出現了，迎面而來的再也不是自然清新的泥土香，而是一陣陣刺鼻的農藥味。除此之外，因為都市人口的膨脹，許多田野被開墾，蕭蕭憂慮田野即將消失，有著都市人口膨脹的憂慮。

> 都市與人口的膨脹，瘦下了田園。一根一根的鋼條，幾噸幾噸的水泥，灌入田野，窒息田野，田野不能呼吸了，還會有什麼生命可以存活？而人沾沾自喜，在樓窗中賞觀對面的樓窗。這時，都市文明大量的廢氣、落塵，悄悄飄入田野，工廠排出的廢水，靜靜流向田野。[41]

(四) 豁達人生觀

蕭蕭有著積極樂觀的生活態度，面對任何人事物都抱持著感恩的心態。他知道如何用「心」去看世界、用「心」去體會自然、用「心」去關懷社會，在他的散文裡，我們可以

41 〈哀田野〉，《太陽神的女兒》，臺北：九歌出版社，1984 年 10 月。

看出他對人生的體悟、對生活的享受。蕭蕭更以〈流浪者的血液〉去影射自己對生活的態度。

> 一個流浪者記得住自己家鄉的方位，但也可以隨遇而安，倒頭就睡；他可以專注追求某種理想，也可以棄世俗名利於不顧。[42]

而又以〈對不起，你們有白開水嗎？〉透露出蕭蕭如水的本質：

> 水，一直以它的平淡無味，襯托出茶的芬芳；水，一直以它透明無色，妝點著咖啡的繽紛；水，一直以它的圓融無我，吐露給我們東方文明與西方文明的花香果蜜。水，一直環繞著陸塊和島嶼，一直涵容著我們給它的任何東西——而水，一直、依然，只是它自己。[43]

葉維廉曾經提過一種概念「山水景物能否以其原始的本樣，不牽涉概念世界而直接的佔有我們。」[44]其實蕭蕭經歷了許多風霜，但他心中的恬然適意一直都沒變，心更不被外在事

---

42 〈流浪者的血液〉，《太陽神的女兒》，臺北：九歌出版社，1984年10月。

43 〈對不起，你們有白開水嗎？〉，《心中昇起一輪明月》，臺北：九歌出版社，1996年4月。

44 葉維廉：〈中國古典詩和英美詩中山水美感意識的演變〉，《比較詩學》，臺北：東大圖書，2007，頁118。

務所左右。

在《太陽神的女兒》中的一篇散文〈吃東西的最高原則〉，便可看出他對人生有著豁達的性格。蕭蕭認為吃東西有五個原則，第一是吃自己不曾吃過的，因人生苦短，當然要在有限的生命裡嘗試新奇的東西；其次是選自己喜歡吃的，因為人生不長，最重要的是選自己喜歡的，快樂的過日子；第三是吃最不喜歡吃的，因為減少一個敵人就等於多增加一個朋友；第四，是吃最便宜的，因為省一些錢，才能實踐第一第二原則。最後一個就是有啥吃啥，人生何其短，何必那麼計較！由此可見，蕭蕭的生活準則，就是凡事都別太計較，開心就好！

人與人相處，就在於一個「心」字，重要的是我們有一顆真誠的心願意與人溝通，在我們付出真心、付出關懷、付出愛，就是一件開懷的事，因為被關懷的人，心中也同樣注滿了相等的喜悅！在〈先關心才能開心〉中，蕭蕭對人生有著新的態度：

> 關心物，我們從物中獲得開心，關心人，我們從人身上獲得開心。同時，為我們所關心的物與人，也獲得被關心的開心。[45]

而當人遇到挫折時，蕭蕭自有一套哲理，如〈山不轉路轉，你不轉我轉〉中說道溪水隨山勢七彎八拐，遇到巨大岩

---

45 〈先關心才能開心〉，《太陽神的女兒》，臺北：九歌出版社，1984 年 10 月。

石，石不轉水轉，水輕快的轉著，從深山到深谷，從深谷到深海，路徑或許相異，但多少世紀以來，河水溪水不都是這樣「你不轉我轉」綿綿長長的嗎？在〈不使魚刺成為鯁〉中，蕭蕭更用魚刺來比喻人生中所受到的阻礙與難解之結，若抱著迎向最險惡的風浪的決志與勇氣去將之剔除，人生旅程又是開闊的！

對於人性，蕭蕭也寫出了一些想法，如在〈醉漢意識〉中，用醉漢的自擬封閉意識情境，來對照不會醉酒的我們，在生活中似乎也會出現類似醉漢的行為而不自知，這跟醉漢有何差別？對於人性的自以為是，不與外在世界認同做出一探討。〈裝潢〉，則是針對人們為了掩蓋較醜陋的那面，而把外表打理的光鮮亮麗，但內理卻醜陋無比，道出無論有著什麼炫目耀人的外表，都比不上道德智慧學問滿腹的內涵，因為只有言談修養知識是真實的。

> 或者竟是以金屋、金錶，企圖吸引別人的注意，無法以言談、修養、知識，使人專注、傾心！一個言談無味的人，一個見識淺陋的人，或許只好以外物的美適來博取別人的一點禮貌上的尊崇，滿足自己一點虛榮了！[46]

---

46 〈裝潢〉，《太陽神的女兒》，臺北：九歌出版社，1984 年 10 月。

（五）對社會的真誠關懷

蕭蕭對社會的關懷反映在他的散文裡，藉由文字讓人們關心在社會上有許多人需要我們的幫助，讓人們對社會能多一份關懷。蕭蕭的散文通過人物的形象書寫表現主題以及映照人生，而情節的推動是在散文中人物的言行中產生的，當「只有當藝術家的手透過事實抓取到事實背後的東西，事實才有意義。」[47]

在〈她們也是臺灣的女兒〉為雛妓的悲慘命運發聲，為她們喪失了基本人的尊嚴而哀悼，渴望能幫助她們脫離苦海。

> 我們愛自己的孩子，讓我們也有多餘的心力去愛別人的孩子，特別是那些飄零的落花，淒苦無告的心靈。[48]

對於社會角落的苦難的人，蕭蕭也不吝嗇給予幫助。

> 雖然不知道她的身分，不知道她來自那裡、回去那裡，他每天站在那兒，看見她，我們心中有一點淒惻，臺北仍有一些苦難，看見她長久站在那兒而無恙，我們伸手去買條口香糖，心中也會閃過一絲感謝

---

47 德國作家〈Kasimir Edschmid〉於 1918 年發表之演說，收入《現代西方文論選》，朱光潛等譯，臺北：書林出版社，頁 155。

48 〈她們也是臺灣的女兒〉，《忘憂草》，臺北：九歌出版社，1992 年 3 月。

和溫暖。[49]

一位站在肯德基速食餐廳前面賣口香糖的老婆婆，若是大家經過她的時候去跟老婆婆買一條口香糖，這一個小小的動作，就是無限大的關懷！另外蕭蕭對於在現實生活中努力生存的人表達敬佩之意，當我們開車在路上都會看到路旁有人在兜售著馨香無比玉蘭花，他們就像「香草生在巉巖的縫隙裏一樣，像君子總是生在讒言的縫隙一樣！」[50]雖然買賣的環境惡劣，但是她們不向現實低頭，繼續綻放著芳香，繼續傳遞著永遠不息的信念！

此外，蕭蕭對年輕人為了飆車，為了追求速度，而失去了寶貴生命感到不值，雖然在我們心中都渴望著任風恣意吹拂、嚮往著像風一樣的飄泊自由，但是年輕人飆車不是在追求自在自如的心境，而是純粹為了逞一時之快感，是被眾人的叫囂聲所迷惑了，為何年輕人要成為別人眼中的棋子？殊不知自己已經成為別人的賭博籌碼，這樣的人生價值值得嗎？生命還有可以自己選擇要走的方向，若是結束在飆車意外上，將會錯失多少精彩？將會惹來多少悲傷？然而那些飆車少年

「他們不是為了正義，不是為了公理。他們甚至不是

49 〈肯德基婆婆〉，《在尊貴的窗口讀信》，臺北：九歌出版社，1993 年 10 月。

50 〈要不要買串玉蘭花？〉，《太陽神的女兒》，臺北：九歌出版社，1984 年 10 月。

為了冷然而善、御風而行。他們不是愛『風』的人，不是要與天地間飄然來去的浪遊者交遊。」「要記得天地是那麼的寬廣，奔馳而過的風景都有值得你停車暫借問的情采，生命還有更多可以奔馳的空間，不要將自己限定在兩線之間。放縱速度，仍然有御風追逐的消遙。逍遙，才是飆車客心情的舒放啊！」[51]

德國思想家阿多諾〈Theodorv W.Adorno,1903-1969〉探討「醜的社會樣態」在文學藝術中的價值，他說：「讓醜進入藝術便反映出一種反對封建的衝動。」「藝術務必利用醜的東西，藉以痛斥這個世界。」[52]但是蕭蕭對社會上都發出同理心，且伴隨熱心助人的舉動，在〈一個勇敢的銅板〉中，蕭蕭寫出自己的經驗，在搭公車時看見有對情侶因為少了十塊錢而下不了車，而低聲下氣向司機解釋著，但是司機卻得理不讓人，就在氣氛僵到極點時，A 型的蕭蕭就從口袋摸出一個十塊，說著：「我剛好多一個，讓他們下車吧！」[53]就這樣解決了這場尷尬。雖然看似一個小舉動，相信那對情侶一定非常感激有人願意伸出手來幫助他們，蕭蕭在散文中心存達雅充分表現了文學的教化功能。

---

51 〈飆〉，《忘憂草》，臺北：九歌出版社，1992 年 3 月。

52 Theodorv W.Adorno，《美學理論》〈*Aesthetics Deign Art Education*〉，王柯平譯，成都：四川人民出版社，頁 87。

53 〈一個勇敢的銅板〉，原載《臺灣新生報》81.6.27，《在尊貴的窗口讀信》，臺北：九歌出版社，1993 年 10 月。

五、餘論

姚斯指出：「文學的歷史是一種審美接受與創作的過程。這個過程是在具有接受過能力的讀者，善於思考的批評家和不斷創作的作者對文學文本的實現中發生的。」[54]文學史並非只是由作者與作品來決定，而是取決於讀者如何看待作者與作品來決定。那麼蕭蕭在文學創作之外致力於文學的推動是別具意義的。文學作品的發展讀者與文學家都應負起責任，讀者理論的基本精神在於認為作品最後由閱讀者完成，閱讀包括文本與解釋者、閱讀者與文本之間相互作用[55]。

詩人蕭蕭返回家鄉彰化明道大學中文系執教的這幾年當中，寫出許多對彰化這片土地、家鄉、親人及對朋友的情懷。讀蕭蕭的文章可以領略大地之美、人情淳厚[56]，蕭蕭的作品透過外在視覺形式，以及內在意象不斷簡潔化，造成作品中寧靜淡泊，呈現出人生的詩意與風情[57]，悠遊自得。同時也積極推動文學研究及文學的活動，如下表所列，蕭蕭對文壇前輩的尊重以及對啟發青年學子學習文學的用心，令人敬佩！這也將是現代文學史上值得記錄的一頁呼應著他散文中的人道關懷。

---

54 Hans Robert Jauss，周寧、金元浦譯：《接受美學與接受理論》，遼寧：遼寧人民出版社，1987 年 9 月，頁 29。

55 佛洛恩德〈Elizabeth freund〉:《讀者反應理論批評》〈*The return of the Reader*〉，陳燕穀譯，臺北：駱駝出版社，1994，頁 15。

56 李漢偉：《臺灣新詩的三種關懷》，臺北：駱駝出版社，1997，頁 102。

57 丁旭輝：〈論蕭蕭短詩的簡約美學〉,《國文學誌》10（2005），頁 57-79。

2007 年 6 月	籌辦「儒家美學的躬行者—向明詩作學術研討會」
2008 年 5 月	籌辦「錦連的時代——錦連詩作學術研討會」
2008 年 10 月	籌辦「2008 濁水溪詩歌節」 邀請吳晟、鄭愁予、瘂弦等詩人朗誦詩歌
2009 年 5 月	籌辦「翁鬧百歲冥誕學術研討會」
2009 年 10 月	籌劃「2009 濁水溪詩歌節」及「管管八十壽慶學術研討會」 邀請管管、向陽、康原、林武憲等詩人朗誦詩作
2009 年 12 月	籌辦「向九十歲詩人致敬——周夢蝶詩作研討會」
2010 年 5 月	籌辦王鼎鈞學術研討會
2010 年 5 月	彰化社頭蕭蕭工作室成立，開放社區民眾免費閱讀使用
2010 年 10 月	籌辦「2010 濁水溪詩歌節」及「張默八十壽慶學術研討會」 邀請張默、辛鬱、方明、渡也、康原、吳晟等詩人朗誦詩歌
2010 年 10 月	明道大學「追風詩牆」啟用
2011 年 10 月	籌辦「2011 濁水溪詩歌節」

布狄厄在《藝術的法則》提到：「藝術品價值的生產者不是藝術家，而是作為信仰的空間的生產場，信仰的空間通過生產對藝術家創造能力的信仰，來生產作為偶像的藝術品

的價值。」[58]換言之蕭蕭的散文創作無形之中將對生命和諧的企盼，對生命的尊重的思維影響了讀者，並以溫婉的心描繪父子之愛、鄉土之情、社會關懷、人文情愛與自然心境，探索著人與萬物共生共存共榮的大愛。蕭蕭以細膩的筆法，點染世事、點醒世理，一方面勾勒出大自然的美麗面貌，一方面又描繪出人與人之間的關懷是如此美麗動人，對於生命的體悟更是深切，蕭蕭散文裡處處可見他對人文的關懷、對社會的關心、對自然的渴望，藉此讓讀者能對生命有更進一層的認識。

58 皮耶布狄厄《藝術的法則》，頁 276。

〔會後記一〕

「蕭蕭與二十世紀華文文學研討會」觀察報告

陳巍仁

蕭蕭在臺灣詩壇兼具多重身分，既是著名評論家、創作者，在現代詩的推廣上，更是最重要的佈道者。四十年來，蕭蕭從未停止對詩的思辨，筆耕不輟所積累的成果亦已極為可觀，近年返回故鄉彰化明道大學任教後，於詩作、詩論、區域詩學建構各領域所展現的成績更加亮麗，足見蕭蕭的詩藝生涯，正邁入一個更值得期待的豐收時期。此次盛會，不僅是向蕭蕭其人、其成就致敬，更重要的，則是讓研究者繼續與蕭蕭對話，在思想的交流中一同探索新世紀現代詩的新走向、新風貌。

本次大會所提交之論文，絕大多數以蕭蕭詩作為研究主題。相對於評論及散文，蕭蕭早年詩作的數量並不算多，直至上世紀九〇年代中葉之後，其創作能量才逐漸增強。此外，其詩作又明顯具有時間上的密集與統一性質，比方蕭蕭近作《後更年期的白色憂傷》（2007）與《草葉隨意書》（2008）皆極富美學特色，可作為其創作理念的新里程碑，但因為與前兩本詩集《皈依風皈依松》（2000）、《凝神》（2000）已有相當間隔，先前的蕭蕭研究論著多未及處理，藉由這次會議，不但補足了這部份的論述，也使學界對蕭蕭創作觀的演變，能夠掌握得更形完整。

綜觀本次會議的論文，對蕭蕭詩作的解析約有兩大路徑。蕭蕭詩作多以簡潔形式表現，近來尤以三行詩實驗廣受注目，此類形構與詩境相互融合，頗能與古典絕句遙相呼應；在意象上，蕭蕭亦力求清簡，去其繁重，是故「小詩」之「小」，更超越了行數字數的算計，而體現於詩心之清輕無礙。以上所述蕭蕭詩作的「簡約」之意，與會論文多有精采的梳理及闡發。另外，蕭蕭詩中的「空白」、「留白」，甚至以「白」為詩作主要色調的特徵，也不約而同地引起眾多學者的關注，進而指出蕭蕭的「白」不僅源自傳統細緻的美學意涵，更植根於對環境、對人生的洞徹關照。過往對蕭蕭詩作的評論，常以「小」、「禪」二字概括，此回研討會所彰顯的「簡約」、「空白」二義，不但是對舊有看法的補充，更是進一步的深化。

本會議的具體成果，當可視為蕭蕭詩作詮釋理論的新基礎，亦為後續研究開闢了新局。然而較為可惜的是，因討論多聚焦於創作，蕭蕭在理論、教學方面的成績便少獲闡析，除陳政彥教授大文專論蕭蕭詩學發展外，其他便付之闕如。特別是蕭蕭在現代詩教學上的貢獻堪稱當代第一，《現代詩創作演練》等幾部重要著作影響尤深，若能以文學傳播的角度來觀察蕭蕭，想必又可開出一個有趣的研究領域。

在以上的吹毛求疵之後，我想以更個人的感受，來做為本觀察報告的收束。本次會議，在召集人黎活仁教授的堅持與兩岸三地與會學者的高度自我要求下，論文質量自屬上佳。但更令人印象深刻的是，本場會議不但未如想像般嚴肅，反而充滿了親切愉快的對話氣氛。蕭蕭教授疏朗而淳厚的生命氣質感染了所有的與會者，而作者的親臨，也使得原來稍有距離的文學文本，變得更加鮮活可親。大學時期我的詩思啟蒙於蕭蕭老師，曾在老師的指導下創辦校園詩社，目前亦有幸與老師同在教育與研究的崗位上服務，因此深知創作、教學、學術研究三者兼顧之不易。六世達賴倉央嘉措有詩曰:「世間安得雙全法？不負如來不負卿。」每當我為自己的侷限浩嘆再三時，老師所開展的「雙全」甚至「三全」法門，總能再度給我許多積極的能量。此番復旦之行，除了學問上大有收穫，藉由這場會議，我更榮幸能再次領受教誨，且欣喜於能與眾多素心之人分享。

——寫於元智大學研究室

〔會後記二〕

十月復旦，他們的故事

古典文學、華文教學會後記

陳素貞

一、故事前傳

他們陸陸續續接到論劍英雄帖，說是
兩岸三地文學現象國際高峰論壇，這個夏天
以為只是諸多學術會議的一場，不怕
直到遊戲規則穿越網纖飄洋過海駭浪堆雪，輕舟
過不了萬重山……

「請大家『務必』（千千萬萬）遵守：（一）引用 30 篇文獻，10 篇外文或翻譯資料（二）一定要按照 MLA 格式排好版，否則會被退稿……又，別忘了要穿黑色套裝……」請大家告訴大家，務必
「不要太懷憂喪志，關關難過關關過……」
急急如律令

蕭蕭簌簌，簌簌蕭蕭
弦箭終不能不發，於是
他們將論文一修再修再退再修利用黑夜盜偷時間強渡關山

二、故事於焉開始

十月十五日午後，他們抵達上海，大會召集人黎活仁教授端出前菜：參觀世博中國館。從日正到天黑，人龍繚繞，一時半刻竟無法推進寸許——據說那天參觀人數達八十萬！清明上河圖上，萬頭鑽動，他們都成了汴京橋岸邊的風景。

十月十六日，一場眾聲喧嘩的開始，直到隔天，十月十七日；陽光和煦。

他們進行著一場又一場多元視域下的對話與比較：在古典文學的場域中，他們的論述縱跨了先秦到當代，橫越了經、史、文學與音樂諸範疇；他們討論了作家、作品與文本等錯綜關係，提出了理論、批評與創作、審美等相關研究，他們也觀察了文學、社會與歷史的變化發展，分析了文學與民俗信仰等現象；最後，還有一篇掉入古典場域中，被主持人吳惠珍教授戲稱為「額外福利」的、陳憲仁老師的臺灣文學獎現象專題演講與討論。華語教學方面，在結合多媒體科技應用，展現新穎而多元化的教學藝術與未來趨勢的同時，又與漢語、語言學形成了另類對話的交鋒，其兼具理論與實用，也令人驚豔。

會議漸入尾聲，他們也漸熟稔，於是交流愈熱絡，氣氛愈輕鬆。那晚，他們不再磨劍爭鋒，將對話的喧嘩，延伸到夜晚——在雕盤裡盛上紅膾縷，案杯裡烹螯蟹，他們把酒言歡，恣意縱騁，直到賓主盡歡，期約再會。

回顧這場古典盛會，二十篇論文中，涵蓋了傳統的歸納演繹法，運用了詮釋學、語言學，與閱讀美學等理論，參閱了社會、文化與心理等諸多跨領域學說，可說極具研究實力與開拓性的成果。除了古典文學外，這次會議還有現代文學與詩人蕭蕭研究等，計三個場域，近十所學校、百人參與，規模之盛大，開啟了兩岸三地校際交流的新模式；更特別的是，論文的發表者包含了老師、研究生，還有本科生，評點部份也安排了研究生與本科生的參與，這對初次觀堂，隨即入室的學子——尤其是本科生來說，不啻震撼教育！然而，當下的惴慄惶恐，終將啟發而粹鍊成研究動力，銘刻心中。

三、故事另一章

十月十七日午後，告別東道主，他們放下了緊繃的心情，繼續彼岸的參訪活動。傍晚，來到「集中國水鄉之美」的周莊，在黃昏後泛著小舟，搖晃過綠影婆娑的雙橋、富安橋，想像沈廳、張廳、迷樓、澄虛道院……不盡的歷史風華，天水黯藍幽深，一抬頭，他們見到了梵谷星夜的天空，和斑駁的牆垣上即將圓滿的上弦月。

十月十八日早上，他們先參觀了中國四大園林之一的蘇州拙政園，想像在蔭柳曲路中，款款履步，在水廊畫閣下，枯荷聽雨，透過花窗，框畫自己的風景；而與此沉靜婉約相對的，是鄰近湖石爭立，號稱不出戶便能登山遊水的獅子林，據說獅子林有九隻石獅子，以意不以形，可惜到處鑽爬的人潮，早已遮蔽了視角，獅子，只剩下傳說。出了獅子林，回頭一瞥，高高的白色門牆上四個簡單大字：「讀書便佳」，刻盡了千百年來中國人對讀書的盲目信念與堅持。

下午來到聞名千古的寒山寺，周遭淩亂散落著泥水木板與枝葉，寺廟裡外聲影雜沸，連門口「寒山寺」三個大字都探不出頭來，幸好一旁楓橋下靜靜流淌的古運河水，還可以稍發思古幽情；而最讓人難以忍受的，大概就是那塗在黃色水泥外牆上，一首首字體拙劣的詩——是水泥工人所寫的吧！不懂。倒是詩人蕭蕭在其中找到了好多「蕭蕭」：「日暮東塘正落潮，孤朋泊處雨蕭蕭。」「木葉蕭蕭靜，江雲黯黯閑」……引得大夥一陣會心玩笑，紛紛尋找「蕭蕭」，搶著跟「蕭蕭」合照。回程，蕭蕭買了超大的梨，一人發一個，正想著要如何吃它時，詩人白靈天外飛來一句：「請蕭蕭把梨子削一削吧！」大家聽了又忍不住大笑——原來旅程中有詩人相伴，就是如此滋味！晚餐後，西湖邊的「印象西湖」正待上演；然而，無論對歷史文化有多熟悉，燈光炫影幾乎淹沒了所有符碼：當如何詮釋這些飛越、旋轉，那些紅白藍紫呢？就各自表述吧！詩人白靈說，他或許會寫一首詩說一說。

十月十九日，回臺灣的飛機在下午三點半，他們偷得一點時間，搭船遊西湖去。那天的西湖不僅淡妝，且戴上層層面紗，煙水迷濛中，舟船已過三潭印月，下了船、上了岸，回眸，依舊煙水迷濛。遊覽車一路疾馳，通過了著名的錢塘江大橋，中午飯後，直奔杭州機場，他們踏上了歸途。

四、番外餘音

那一天他們離開周莊，準備到春申湖飯店時，才發現有同學將臺胞證遺落在上海，怎麼辦？聯絡旅館請他們快遞？請旅行社聯絡……七嘴八舌，莫衷一是，而司機先生一直堅持，最好的方法是親自回上海取回證件，想起之前詩人杜十三遺失證件，竟而殞落異鄉……還是回上海一趟吧，吳惠珍教授如是決定，事情終於抵定——感謝老師，同學們也學到了意外的一課。而此次參與隨行的學生們，不分彼此，一路上自動自發的協助上下行李，搬提物品，充分發揮了團隊精神，令人讚賞，也值得記上一筆。

陳素貞　臺中　會後記，十一月，陽光和煦如舊

〔會後記三〕

多元視域

張之維

秋天，是屬於文人的季節。因秋景是適合讓人登高望遠、即景抒情的季節，文人的心緒總要被秋天撩撥，所以在中國文學史上，秋天對文人們來說，可說是一個具有特殊意義的季節。而今年的秋天，一場關於文人、關於文學的盛會，在上海，在建校已逾百年的復旦大學展開。

這是由復旦大學、香港大學、徐州師範大學、明道大學中文系、臺中技術學院應用中文系、靜宜大學中文系、韓中文學比較研究會、全南大學中文系聯合主辦「多元視域下的對話與比較：兩岸三地文學現象國際高峰會議」。在 2010 年 10 月 16-17 日，於復旦大學光華樓一共舉辦了兩天。兩天緊湊的議程，進行到 17 日的晚上七點，才完美落幕。

這次研討會，是由李翠瑛老師帶領著我們三個子弟兵共同赴會。有幸能參與這場由中港臺韓多所大學共同主辦的研討會，使我們能開啟視野，並從中觀摩學習，是一個非常難得的機會。尤其特別的是，主辦單位將這次研討會開放給學生們發表論文，讓各校學生因此有彼此交流學習的機會。一方面也顯現了這次參與研討會的老師教授們的用心，對提升學生的學習如此不遺餘力，讓兩岸三地參與此會的學生們都能共沐春風。

整個研討會共分為三個不同主題：第一個是古典文學及華文教學文學現象；第二個是中外文學現象；第三個是蕭蕭與二十世紀華文文學研討會。參與發表論文的教授及學生近百位，也因此可以想見整個會議從籌畫到完成，是一項多麼巨大繁瑣的工程。然而，在香港大學黎教授的統籌規劃之下，整個會議從開始計畫到結束，均在一個高規格的要求標準，得以逐一進行、完成。如最基礎的論文格式的要求，雖然嚴格的標準，對初寫論文的學生們而言，有些許困難，但卻是一個極為重要的訓練，因為若沒有一個嚴謹的態度與嚴謹的的治學方式，又如何能將學術研究做好？所以這是在踏入學術殿堂時，一個最基礎、同時亦是極為重要、必然要完成的訓練。而在黎教授不分日夜、嚴謹把關之下，不僅讓學生們獲得很大的成長，使學生們在論文寫作能達到一個基礎的標準，也連帶使這次研討會能夠順利推動、完成，進而能在一個基礎的水準下做到「多元視域下的對話與比較」。

李翠瑛老師、劉姿麟同學、湯子慧同學與我，以及本校陳巍仁老師，都是參加第三部分的「蕭蕭與二十世紀華文文學研討會」。這個部分的主題內容除了蕭蕭的文學作品研討，還涵蓋中港臺三地的現代文學作品研討。由於我的論文是有關蕭蕭老師的詩作探討，所以也就特別注意的是相同主題的論文。這次有三篇論文都寫到蕭蕭老師詩作的「空」、「白」美學（白靈教授、李翠瑛師、沈玲及方環海教授），可以得知「空」、「白」美學在蕭蕭的詩作裡儼然是一個極為特殊而重要的美學形式，可說是已成為蕭蕭老師的個人特色。而雖然三篇論文都探討「空」、「白」，但卻各自採取不同的切入視角，這使得蕭蕭老師的「空」、「白」美學得到學術論證下的完整建構。羅文玲教授寫蕭蕭老師的人與文，可以看到蕭蕭老師除了文學以外的表現，他對人文的關懷、他對教育的熱情，都是後輩學習的楷模。陳政彥教授寫的是蕭蕭詩學發展與現代詩壇的流變，這是一個縱觀的視野，可以瞭解整個詩壇流變的脈絡。丁旭輝教授的論文是寫蕭蕭老師詩作裡的古典氛圍，將蕭蕭老師融合中國傳統文學素養與現代語言的詩作，做了清晰的爬梳。黎活仁教授、段文菡教授，以及我的論文，則恰好都談到了蕭蕭老師詩作中的「意」與「象」，黎教授著重於論「象」，我著重於論「意」，段教授則兼論「意」與「象」的糾結，三篇都努力將蕭蕭老師詩作的「意」融於「象」做一拆解。綜合上述，這數篇論文，當然無法言盡蕭蕭老師的文學成就，但經由這次研討會，也算是又獲致與呈現了一些關於蕭蕭老師文學的研究成果。

這是我第二次參與黎教授主辦的詩人研討會，每次參與，都覺得自己收穫豐碩，不僅是開啟視野，同時在與其他學校學生做交流時，亦是一種學習，可以看到不同的求學態度、不同的治學方式，而這往往是自己正好極為缺乏、並應努力迎頭趕上之處。而更為重要的是，能夠親身與許多前輩學者、教授們接觸，能夠感受這些學者教授的風範與學識涵養，一方面是極為難得的學習良機，而在景仰與欽佩之餘，也將激勵自己要更為努力。

——寫於元智大學

〔會後記四〕

多元視域下的對話與比較

兩岸三地文學現象國際高峰會議　後記

湯子慧

「多元視域下的對話與比較：兩岸三地文學現象國際高峰會議」研討會於 2010 年 10 月 16-17 日，復旦大學光華樓舉辦。會議包含了三大主題：古典文學及華文教學文學現象、中外文學現象、蕭蕭與二十世紀華文文學研討會。由復旦大學、香港大學、徐州師範大學、明道大學中文系、台中技術學院應用中文系、靜宜大學中文系、韓中文學比較研究會、全南大學中文系聯合舉辦，元智大學由李翠瑛老師帶領，參與的有陳巍仁老師、劉姿麟同學、張之維同學與我。

有別於以往的研討會，主辦單位除了教授發表以外更特別開放名額讓學生有機會參與發表論文；學生們不僅聆聽學習教授們專業的論文寫作與發表風範，更透過自身發表論文與兩岸三地不同文化、教育機制底下的同學們相互交流學習的機會。

參與此會的學者和學生近百位，可以想見統籌數量龐大的論文是件非常不容易的事，但在香港大學黎教授的統籌規劃下，訂出了一套完整的論文寫作規範。從論文寫作最基本的格式到參考外文資料的引用，黎教授都不辭辛勞點出每篇論文的缺失，使學生在修改的過程中獲得成長。雖然，一開始有一點不習慣如此嚴謹的治學方法，甚至萌生退出此研討會之意，能撐到最後多虧了李翠瑛老師在一旁的鼓勵與教導才順利完成論文。經過這次研討會的洗禮，我除了學習到論文寫作技巧以外，更學習到必須對自己的論文負責，要求自己必須更細心努力才能達到能參與國際性研討會的資格。

議程安排上，兩天的論文發表前都安排了知名教授的精彩的專題演講；每位發表者有 15 分鐘講述自己的論文，並安排了兩名以上的講評者進行交叉點評。每個場次結束後都安排了會議觀察報告，為大家作完成而詳細的會議總結與討論，讓每一位與會者都能有機會表達個人的看法與意見，透過這樣的交流學習到不同層次的新視野。

研討會後的晚宴上黎教授更花費心思安排了交叉座位，讓大家在嚴肅的學術交流之外輕鬆拉近彼此的距離，結交新朋友，參與者無不滿載而歸！很幸運能有這麼好的機會在李老師帶領下參與二岸三地國際研討會與大家進行學術交流研究。

能參與這場國際性的研討會，除了學術專業的磨練以外，對我而言意義更是非凡。因為我大學就讀的是明道大學，研究所才進入元智大學就讀。大學時期蕭蕭老師是我的班導。對於蕭蕭老師的第一印像是嚴肅的，同學們只敢竊竊私語討論著：「這就是《穿內褲的旗手》的作者？」。這時候有同學鼓起勇氣問：「老師，《穿內褲的旗手》是您的作品嗎？」班上霎時陷入一片安靜，這時老師的臉上露出帶著酒窩的笑容不疾不徐的說：「就是我啊，不像嗎？」大家才明白在嚴肅的外表下，其實是非常幽默的。接著老師開始談起他的經歷，對於彰化這塊土地的情感，並希望將來能貢獻鄉里；而老師這個夢想也在 2010 年達成。老師於故鄉社頭成立了「蕭蕭工作室」，藏有上千冊的圖書供鄉親、學童借閱。

大三時，蕭蕭老師開設了新詩及習作，這也是我第一次開始認識「詩」，原來寫詩需要有一顆溫暖且充滿「愛」意的心，而「詩」就是在大量閱讀與思考之後生產的意象。在蕭蕭老師的教導之下，寫詩成了一種創意的遊戲；課餘時間，蕭蕭老師帶著我們在校園划船、湖畔喝咖啡，甚至搭著小火車到集集明新書院參觀，讓我們用心體會生活中的詩意。學期結束之後，老師還幫同學們的把學習成果出版了《第一次甘蔗甜》，讓大家都有機會當個「詩人」。

到了研討會場，才發現與我同校的陳巍仁老師竟也是蕭蕭老師的學生。陳老師也在大三時上過蕭蕭老師的現代詩課程，並在蕭蕭老師的指導下創立「白開水現代詩社」。而另一位，嘉義大學陳政彥老師的碩士論文《蕭蕭詩學研究》，陳老師的指導教授李瑞騰（現任臺灣文學館館長），與蕭蕭白靈等人共同創辦了《臺灣詩學學刊》，三人之間有著深厚革命情誼，因此陳老師自然也把蕭、白兩位老師當成老師。這一三代同場的研討會，師生共同迸射思想火花的經驗是非常可貴的，而薪傳的脈絡居然可以這麼明顯，足見蕭蕭老師耕耘之深。蕭蕭老師在現代詩教學上的貢獻堪稱當代第一，誠如陳政彥老師在〈蕭蕭詩學發展與現代詩場域流變〉中所說：「蕭蕭的詩學不偏激不譁眾取寵，不以爭議論辯取得名望，並且願意承擔沒有掌聲的台灣現代詩的教育工作。」蕭蕭老師同時兼顧了創作、教學以及學術研究，對於推廣台灣現代詩的工作可謂不遺餘力。而蕭蕭老師個人獨特的幽默風格與氣度更展現在面對主題為研究自己的論文會議時，採取開放的態度接受各式的評價與異議，詩人特有的率直也為嚴謹的研討會場帶來輕鬆的氣氛。

雖然會議結束了，然而兩岸三地的文學現象研究正在方興未艾。由黎教授帶領的團隊與其他各校的教授們更如火如荼的籌辦著下一場研討會，老師們都如此為學界費盡心力，身為學生的我們更必須時刻提醒自己把握當下學習的機會。

〔會後記五〕

嚴格規範下的高規格會議

蘇沛祺

轉眼間，由復旦大學、香港大學、徐州師範大學、明道大學中文系、臺中技術學院應用中文系、靜宜大學中文系、韓中文學比較研究會和全南大學校中文系聯合主辦，於十月十六、十七日在上海復旦大學光華樓召開的「多元視域下的對話與比較：兩岸三地文學現象國際高峰會議」，已經完滿結束。香港大學黎活仁教授建議從香港的觀點，把所思所感作一整理，留下一個實錄，想不到有緣肩負這一重任，實在感到無比的光榮。下筆時事隔一個多月，近百人穿著黑色西服正裝的開幕式、井井有條的論文發表程式、各顯神通的ppt 設計和插畫，和晚宴川流不息、來回敬酒的歡樂氣氛，歷歷在目，興奮依舊。

是次會議不僅得到大陸、臺灣、香港三地學者鼎力支持，更榮幸邀請到韓國學者參與。會議分為「古典文學及華文教學文學現象」、「中外文學現象」及「蕭蕭與二十世紀華文文學研討會」三個主題，發表論文數目高達百篇，內容橫越古今、縱觀中外，涉獵範圍甚廣。可惜會場分三個，同時舉行，未能一一共析議題。儘管如此，是次會議可謂滿載而歸。首先要感激黎教授賜予良機，讓後學跟偉聰師弟得以躬逢其盛，並於研討會前悉心教導、鞭策，使論文得以如期完成。黎教授對於論文的嚴格要求有目共睹，這種精益求精的態度，實在值得後輩倣效。黎教授不但誨人不倦，更不分晝夜地透過電話、電郵等聯絡各地學者，甚至在飛往上海前一個晚上，仍忙於整理會議論文，足見黎教授對學術充滿熱誠。此外，後學論文發表於第二部「中外文學現象」，獲得復旦大學戴從容教授撥冗指正，至為感激，謹在此致以萬分謝意!

會議期間，陪同黃自鴻老師和學弟一直坐在「蕭蕭與二十世紀華文文學研討會」的會場，印象固然深刻。 托黎教授鴻福，每次出席活動都有緣拜會著名作家。剛過去的一次有鄭愁予教授，這次則有蕭蕭教授。後學早於研討會前拜讀過蕭蕭教授的作品，如今能向本尊請教，可謂十分難得。蕭教授溫文儒雅，和藹可親，委實令人難忘。通讀與會者的論文，進一步明白蕭蕭教授其人、其詩深受敬重和喜愛的原因。大會除論文發表部分，亦邀請著名學者作專題演講，後輩也因此得到寶貴的學習經驗。大會又盡量安排來自不同大學的學者進行互評，大大增加彼此交流、互動的機會。是次會議更打破傳統，允許本科生參與，讓他們一展所長，以收薪火相傳之效。

「多元視域下的對話與比較：兩岸三地文學現象國際高

峰會議」落幕不久，黎教授又密鑼緊鼓籌備有關白靈、錢鍾書、隱地等多位教授的專題研討會。黎教授在推動學術發展方面不遺餘力，居功厥偉。在黎教授認真、嚴謹的教導和帶領下，相信兩岸三地的學術水平定能穩步上揚、百花齊放。

——寫於香港大學

國家圖書館出版品預行編目(CIP)資料

簡約書寫與空白美學：蕭蕭新詩論評集 /
羅文玲主編.－ 再版.－
臺北市：萬卷樓, 2012.09
面； 公分
ISBN 978-957-739-772-0(平裝)
1.蕭蕭 2.新詩 3.詩評 4.文集

851.486 101018780

簡約書寫與空白美學
——蕭蕭新詩論評集（修訂版）

2012 年 9 月 再版 平裝
2011 年 2 月 初版 平裝

ISBN 978-957-739-772-0
定價：新台幣 400 元

主　　編　羅文玲
發 行 人　陳滿銘
總 編 輯　陳滿銘
副總編輯　張晏瑞
編輯助理　游依玲
編輯助理　吳家嘉

出 版 者　萬卷樓圖書股份有限公司
編輯部地址　106 臺北市羅斯福路二段 41 號 9 樓之 4
電話　02-23216565
傳真　02-23218698
電郵　editor@wanjuan.com.tw
發行所地址　106 臺北市羅斯福路二段 41 號 6 樓之 3
電話　02-23216565
傳真　02-23944113
印 刷 者　百通科技股份有限公司

新聞局出版事業登記證局版臺業字第 5655 號

網 路 書 店　www.wanjuan.com.tw
劃 撥 帳 號　15624015